DER LETZTE TEUFLISCHE SCHURKE

DIE LIGA DER SCHURKEN
BUCH IX

LAUREN SMITH

Übersetzt von
CORINNA VEXBORG

ISBN:978-1-958196-37-3 (E-Book-Ausgabe)

ISBN: 978-1-958196-38-0 (Druckausgabe)

PROLOG

London, Dezember 1821

Das ohrenbetäubende Krachen des brechenden Eises war wie ein Pistolenschuss. Es ließ Charles Humphrey, den siebten Earl of Lonsdale, auf der Stelle erstarren. Er war über die zugefrorene Themse gerannt, während sich die Dämmerung über die winterliche Landschaft vor ihm ausbreitete und unheimliche Schatten warf, die zu der Gestalt führten, die gerade noch in seiner Reichweite war.

»Halt!«, rief Charles. Schmerz und Wut erfüllten ihn so sehr, dass er nichts anderes mehr in sich hatte. Er war eine Bestie, die nur ein Ziel hatte: den Mann zu töten, den sie verfolgte.

Sein eigener Bruder.

Aber das Geräusch von brechendem Eis war jetzt überall um ihn herum und hallte über die Themse. Der Mann vor ihm blieb stehen und schlitterte kurz über das Eis. Charles tat dasselbe und lauschte auf ein weiteres Warngeräusch, aber er konnte keine offensichtlichen Risse in der Oberfläche erkennen.

»Keinen Schritt weiter, Bruder«, warnte der Mann mit fester, kalter Stimme.

Die Wut, die kurzzeitig durch das drohende Brechen des Eises beiseite geschoben worden war, kam nun wieder hoch. Seine Finger ballten sich zu Fäusten.

»Bruder? Du wagst es, mich so zu nennen? Du hast mir *alles* genommen. Sie war meine Welt.« Die Wut in ihm legte sich wie ein schwarzer Vorhang über seine Sicht. Er wagte es nicht, die Augen zu schließen. Wenn er das täte, würde er sie, seine Liebe, in seinen Armen sterben sehen, und das würde ihn schwächen. Seine Wut war jetzt seine einzige Stärke.

»Das ist nicht weniger, als du verdienst. Du hast mir *meine* Welt genommen«, knurrte sein Bruder. »Du und dein Vater, ihr habt mein Leben zerstört.«

»Er war auch dein Vater«, zischte Charles. »Er hat versucht, dich zu retten.«

»Er hat mich verlassen, ich musste mich selbst retten! Du bist eine Schande.«

Charles hatte seine Wut gerade noch unter Kontrolle. »Ich hatte nie ein Problem mit dem Mann, der ich bin, aber du? Du bist ein Mörder. Wenn wir die Sünden auflisten, stehen deine an erster Stelle.« Charles machte einen weiteren Schritt auf ihn zu.

»*Mörder?* Wie *kannst* du es wagen ...«

Krach! Das Eis brach, sein Bruder schrie auf und stürzte in die eisigen Tiefen.

»Nein!« Charles stürzte sich auf die Hand, die aus dem Bruch im Eis ragte, und wie ein verdammter Narr schoss auch er ins Wasser hinunter.

Dunkelheit, Eis und Kälte hüllten ihn ein. Er kämpfte, als er eine weitere Gestalt im trüben Wasser sah. Er griff nach ihm, seine Finger streiften die Spitze der Schulter des Mannes, aber die Strömung war zu stark. Sie waren im Begriff zu sterben. Jeder Albtraum, den er seit dem Studium gehabt hatte, wurde wahr. Dies sollte das Ende sein.

Wenigstens würde er dann bei ihr sein, seiner geliebten Frau.

Der Mann vor ihm verschluckte sich, sein blasses Gesicht verzerrte sich, als er einen Atemzug Wasser einatmete.

Er hätte immer wissen müssen, dass es so enden würde. Tod im Dunkeln für beide. Nur hatte er diesmal seinen eigenen Bruder und seine Frau getötet, weil die Vergangenheit ihn nicht losließ.

Vielleicht war er von Anfang an der Bösewicht in dieser Geschichte gewesen ...

KAPITEL 1

Liga-Regel 1:
Ein Haus, das mit sich selbst uneins ist, kann nicht bestehen. Auch unsere Freundschaft kann das nicht. Wir müssen zusammenstehen, denn getrennt werden wir fallen.

Liebe Lady Society,

. . .

ES IST EINE NATIONALE TRAGÖDIE, DASS IHRE KOLUMNE gerade jetzt ausgesetzt wurde, denn ich schreibe Ihnen mit großer Neugier und viel Angst, weil ich entsetzt bin über das, was mein lieber Mann gestern Abend auf dem Heimweg von einem Geschäftstreffen in der Nähe der Lewis Street gesehen hat. Bei einem Spaziergang am Straßenrand stieß mein schneidiger Mann auf eine zerzauste Dame in einem auffallend roten Kleid, die nach Aussage meines tapferen Mannes auf der Flucht war vor - und das ist höchst beunruhigend, Lady Society, aber sie versuchte, Lord Lonsdale zu entkommen!

Es schmerzt mich, dies zu sagen, aber ich glaube, der in Ihrer Kolumne erwähnte Vorfall mit den Schwänen ist nicht das einzige schurkische Verhalten dieses Schurken! In der Tat bestand mein charmanter Ehemann darauf, dass Lord Lonsdale mitten in der Nacht sehr bedrängt wurde, um diese Dame zu suchen, die herumlief und nüchterne Männer von Bedeutung wie meinen Ehemann angriff!

Und in der Tat, Lady Society, das war nicht einmal die ungewöhnlichste Information, die mir mein Mann mitgeteilt hat! Er erinnerte sich daran, dass er, nachdem die Dame verschwunden und Lord Lonsdale bereits auf dem Weg nach Hause war (vermutlich, um sich für die Brautwerbung fit zu machen), einen äußerst gefährlich aussehenden Kerl gesehen hatte, der Lord Lonsdale ziemlich bedrohlich hinterherschlich. Was für ein Horror!

Die einzige Lösung ist natürlich, Lord Lonsdale so schnell wie möglich zu verheiraten! Wenn Sie also etwas von Ihrer Magie wirken könnten, Lady Society, so wie Sie es bei seinen Freunden und anderen vor ihm getan haben, dann glaube ich, dass Lord Lonsdale jetzt Ihre Hilfe braucht.

Und wenn Sie ihm den Weg zu meiner reizenden zweiten Tochter weisen könnten. Sie spielt sehr gut Klavier, und ihre Handarbeit ist tadellos - aber erwähnen Sie nicht ihr Französisch, denn das ist miserabel.

· · ·

Mit freundlichen Grüßen,
  Eine verzweifelte Mama der gehobenen Gesellschaft

🙢

Charles lehnte sich in seinem Stuhl vor, zwei Reihen hinter dem Publikum, und hörte Miss Matilda Brower beim Singen zu, während er überlegte, wie er das Pianoforte neben ihr auf mysteriöse Weise aus dem nächsten Fenster auf die Straße fallen lassen könnte.

Während sie die Noten zu einer grässlichen Melodie trällerte, konnte Charles tatsächlich spüren, wie sein Verstand aufgrund des Mangels an angemessener Stimulation verkümmerte. Es gab ein Dutzend anderer Dinge, die er jetzt tun könnte, ein Dutzend anderer *Frauen*, die er verführen könnte, einschließlich der reizenden jungen Witwe Mrs. Forsythe, die ihn über ihren Fächer hinweg eine Reihe hinter und links von ihm beobachtete.

Er zwinkerte der frechen Witwe zu, und ihr Fächer flatterte noch ein wenig schneller. Aber er konnte auf keinen Fall einfach aufstehen und den Raum verlassen, nicht solange Fräulein Brower noch immer so tat, als würde sie eine Katze mit einem Dudelsack erwürgen.

Verdammte Musikaufführungen.

Es gab einfachere und barmherzigere Wege, einen Mann zu töten, als ihn zu zwingen, sich eine Aufführung von jungen Damen anzuschauen, die allesamt nicht das geringste Talent besaßen. Er krallte seine Finger um das Programm des Abends und unterdrückte ein Stöhnen. Er musste fliehen, aber das würde eine Ablenkung erfordern.

Eine Reihe vor ihm war sein enger Freund Godric St. Laurent, der Herzog von Essex, gerade dabei, einzunicken.

Wie der Mann es schaffte, während des hochtönigen Geträllers einzuschlafen, konnte Charles nicht ergründen.

Charles hob vorsichtig den Stock auf, der auf dem Stuhl neben ihm lag. Der Besitzer des Stocks, Cedric, Viscount Sheridan, starrte ins Leere und bemerkte das Fehlen des Stocks nicht. Mit einem schadenfrohen Grinsen positionierte Charles den Stock unter der Sitzfläche von Godrics Stuhl und verpasste ihm einen harten *Schlag!*

Godric sprang von seinem Stuhl auf, als hätte ihn eine Viper gebissen. *»Das verdammte Blut Gottes!«* Die schrecklichen Katzenwürgegeräusche verstummten abrupt, als sich alle umdrehten und ihn anstarrten.

»Äh ... ich ... sage ... verdammt gute Musik.« Godric räusperte sich und setzte sich wieder hin, strich seine Weste glatt und sein Gesicht war rot geworden. Charles kicherte vor sich hin, aber in der plötzlichen Stille war es laut genug, dass man ihn hörte. Die kastanienhaarige Schönheit, die neben Godric saß, drehte sich zu ihm um und starrte ihn mit leuchtenden violetten Augen an.

»Mach weiter so, Charles, und ich werde es zu meiner Priorität machen, dich zu verheiraten. Und sei es nur, um dein Verhalten zu zügeln.«

Die Frau, Godrics Ehefrau Emily, hatte noch nie eine Drohung ausgesprochen, die sie nicht wahr machte, was für eine neunzehnjährige Herzogin eine große Leistung war.

»Das ist unwahrscheinlich, Mylady«, schnaubte er. »Wenn ich aufhören würde, ich selbst zu sein, würdet ihr euch innerhalb von nur zwei Wochen zu Tode langweilen.«

Emily wölbte herausfordernd eine Augenbraue, und dann begann das furchtbare Gekrächze von neuem.

Nun, davon hatte er jetzt genug. Ablenkungen hin oder her. Charles ignorierte die schockierten Blicke der Umsitzenden, als er eilig den Raum verließ und die erschrockene Miss Brower schelmisch angrinste. Draußen angekommen, lehnte er sich mit dem Rücken an die Wand, die Handflächen gegen die blaue Satintapete gepresst.

»Mylord?«, erkundigte sich ein Lakai. Charles schaute ihn an.

»Hol meinen Hut und meinen Mantel. Und lass eine Kutsche heranbringen.«

Er musste raus aus diesem verdammten Haus, weg von diesem ganzen Unsinn mit Bällen und Partys. Die gesellschaftlichen Vergnügungen, die er einst genossen hatte, verloren von Tag zu Tag an Reiz. Sein Atem wurde kürzer, als eine Welle der Panik wieder aufflammte. Im vergangenen Jahr hatte er miterlebt, wie seine Freunde heirateten und Kinder bekamen. Sie zogen weiter, ließen die Tage der Jugend und des Leichtsinns hinter sich.

Sie lassen mich zurück.

Der Gedanke, den Rest seines Lebens allein zu verbringen, hatte ihn noch nie beunruhigt. Er hatte immer seine lieben Freunde, die Liga der Schurken, an seiner Seite gehabt. In der Blüte seiner Jugend hatte er nicht einmal daran gedacht, dass er der letzte Junggeselle sein würde. Jetzt, da Hochzeiten und Taufen seine Tage ausfüllten, war sein Lebensrhythmus dramatisch gestört. Und eine Sache war erschreckend klar geworden. Er war allein.

Ein hohler Schmerz der Einsamkeit senkte sich auf seine Schultern. Natürlich konnte er nicht viel dagegen tun, außer eine junge Frau zu finden und Erben zu zeugen. Aber Charles hatte gesehen, welche Folgen es hatte, wenn Männer ihre Partnerinnen schlecht auswählten, und er hatte gehofft, dieses Schicksal zu vermeiden.

Auch das gefürchtete Gefühl, ein verliebter Narr zu sein, hatte er noch nie erlebt. Es hatte seine Freunde fast über Nacht von Schurken, deren Verhalten nur aufgrund ihres Reichtums oder ihres Ansehens toleriert wurde, in Gentlemen verwandelt. Diese Verwandlung erschreckte Charles, aber sie faszinierte ihn auch. Er wollte sich vielleicht nicht verlieben, aber er würde verdammt noch mal nicht heiraten, wenn er nicht verliebt wäre. Es war wohl besser, ein besessener Narr zu sein, der seine Frau liebte, als die Alternative.

Emily konnte so viel darüber lästern, ihn zu verheiraten, wie sie wollte, aber das würde nicht passieren, nicht mit irgendeiner Frau, die er in London kannte, und er kannte sie alle.

Er schloss kurz die Augen, um seine Angst zu vertreiben, bevor er zur Eingangstür ging und den Lakaien traf, der ihm Hut und Mantel reichte.

Er verließ das Stadthaus und ging zu seinem wartenden Wagen. Normalerweise würde sein Diener, Tom Linley, auf ihn warten, aber er hatte Tom einen dringend benötigten freien Abend gegeben. Angesichts von Charles' angespanntem Verhältnis zu seinem eigenen Bruder war der Junge im letzten Jahr so etwas wie eine Familie geworden. Jemand, dem er alles anvertrauen konnte. Da die Kluft zwischen ihm und seinen Freunden immer größer wurde, würde Tom bald der *einzige* sein, dem er vertrauen konnte.

Er konnte nicht umhin, sich zu fragen, was der Junge tat, wenn er nicht damit beauftragt war, ihm zu folgen. Die Schüchternheit des Jungen ließ nicht vermuten, dass er ein verrufenes Haus oder eine Spielhölle besuchen würde. Wahrscheinlich hatte Tom den Tag mit der kleinen Katherine verbracht. Da er sich um eine kleine Schwester kümmern musste, drehte sich ein Großteil seiner Freizeit zweifellos um sie.

»Wohin, Mylord?«, erkundigte sich der Fahrer.

Charles ließ seinen Blick über die winterlichen Straßen schweifen. Es gab nur einen Ort, an den er gehen konnte, um einen klaren Kopf zu bekommen.

»Lewis Street.«

Der Fahrer zog die Augenbrauen hoch, widersprach aber

nicht. Es war ein ziemlich gefährlicher Teil Londons, und die meisten Männer mieden ihn. In den Tunneln unter der Lewis Street hausten Diebe, Mörder und alle möglichen übelgesinnten Menschen.

Früher wäre Charles mit dem Rest seiner Freunde in ein Vergnügungslokal gegangen, und sie hätten den Abend in Gesellschaft der besten Kurtisanen Londons mit Trinken und Zechgelagen verbracht. Aber alles hatte sich geändert. Jetzt würden sie nicht mehr mit ihm kommen, selbst wenn sie es wollten. Die Verzweiflung bei diesem Gedanken, von ihnen verlassen zu werden, schnürte ihm die Kehle zu. Schon bald ergriff eine Unbekümmertheit von ihm Besitz. Er wusste, dass er nicht allein in die Lewis Street gehen sollte, aber das war ihm egal.

Er stieg in die Kutsche, die sich kurz nach seinem Einsteigen ruckartig in Bewegung setzte.

Es war spät, halb zwölf, als der Wagen in der Lewis Street hielt.

»Soll ich auf Sie warten, Sir?«, fragte der Fahrer.

»Nicht hier, wo eine Diebeshöhle in der Nähe ist.« Charles wusste, dass die Gänge in der Nähe der Tunnel voll von Männern waren, die einem Menschen die Kehle aufschlitzen würden, wenn sie glaubten, einen Penny dabei rauszuholen. Er war sich sicher, dass er, wenn er fertig war, ein paar Straßen weiter gehen und eine andere Kutsche mieten konnte, um nach Hause zu kommen.

»Wie Sie wünschen, Mylord.« Der Fahrer schnippte mit den Zügeln, und die beiden gescheckten Grauen eilten davon und ließen ihn allein zurück.

Er rückte seinen Hut zurecht, und mit einem finsteren Grinsen duckte er sich in den Schatten der nächstgelegenen Türöffnung. Er klopfte mit den Fingerknöcheln gegen das alte, verwitterte Holz. Eine Klappe in Augenhöhe öffnete sich, und ein stämmiger Mann mit einem dichten Bart und harten, dunklen Augen tastete ihn von Kopf bis Fuß ab. Die Klappe schlug zu, und die Tür öffnete sich, der stämmige Mann ließ Charles an sich vorbeigehen. Von der Straße aus sah das Gebäude wie ein kleines Lagerhaus aus, aber in Wirklichkeit war es ein Portal zu einer riesigen unterirdischen Welt mit Tunneln, die zu Räumen führten, in denen Männer ohne Regeln oder Störungen boxen und wetten konnten. Sogar die Bow Street Runners fürchteten sich davor, hierher zu kommen, und wenn es sein musste, dann traten Sie immer in großer Zahl auf.

Charles war in letzter Zeit immer öfter hierher gekommen, denn die wilde Atmosphäre und das Chaos nährten etwas Dunkles in ihm, das er nicht erklären konnte. Jede Wut, jede Angst, die sich in ihm aufgestaut hatte, konnte er hier loswerden. Und dann würde er sich für ein paar kurze Tage frei fühlen.

»Ring drei ist frei«, sagte der Pförtner, als sie tiefer in die zerklüfteten, ummauerten Tunnel vordrangen, die angeblich aus der Zeit der Tudors stammen. In der Hauptkaverne befanden sich drei große Boxringe, von denen zwei gerade benutzt wurden.

Im dritten Ring erregte ein hochgewachsener Mann mit kräftigen Fäusten die Menge, als er einen Herausforderer für sich forderte. Er war ein dickhalsiger Mann mit fast bis zur Kopfhaut geschnittenem Haar, und seine dicken Lippen zeugten von einem Gesicht, das seit Jahren Schläge einstecken musste.

Ja, dieser Mann würde ihm eine gute Nacht bescheren.

Charles hielt sich eine Hand vor den Mund. »He!« Sein Schrei hallte über die Menge hinweg. Der Mann im Ring hielt inne, und die Menge wurde still, die Gesichter wandten sich Charles zu.

»Zwei Schläge, und du liegst am Boden«, verkündete Charles, während er seinen Hut und seinen Mantel abnahm und sie einem dürren Jungen gab, der ihn mit großen Augen anstarrte.

»Zwei Pence, wenn du die für mich aufbewahrst.«

Der Junge nickte ängstlich, und Charles klopfte ihm auf die Schulter, bevor er auf die Plattform des Rings kletterte.

»Zwei Treffer?«, knurrte der Mann. »Etwas übermütig, oder?«

»Auf jeden Fall, alter Junge.« Charles krempelte die sauberen weißen Ärmel seines Hemdes hoch und entblößte seine Unterarme.

Der Mann zuckte mit den Schultern. »Deine Beerdigung.«

»Und die Einsätze?«, fragte Charles, als er sich in Position brachte. Er brauchte kein Geld, aber es war eine große Befriedigung, diese Narren zu besiegen. In der Regel spendete er die Gewinne für einen guten Zweck oder in seltenen Fällen für seinen Arzt, der ihn nach den härteren Kämpfen wieder zusammenflickte.

Der andere Mann lachte rau. »In Ordnung. Wer auch immer gewinnt, kann das hübsche Stückchen Musselin dort drüben mit nach Hause nehmen.«

Charles runzelte die Stirn. »Wie bitte?«

Der Mann ruckte mit dem Kopf zu einer Frau, die plötzlich auftauchte, weil zwei Männer sie an die Spitze der Menge zerrten. Das war nicht normal, nicht einmal hier unten.

Die Frau trug ein tiefrotes Kleid und hatte das schönste blonde Haar, das er je gesehen hatte, zu einer lockeren griechischen Frisur gebunden und mit Bändern durchflochten. Ihre cremefarbene Haut war an den Stellen gezeichnet, die aussahen, als hätte man sie geschlagen, und sie hatte die reinsten blauen Augen, die er je gesehen hatte.

Trotz des roten Kleides und der von Fackeln erleuchteten Tunnel dieses Höllenlochs sah sie wie ein Engel aus. Ein verängstigter Engel. Sie wehrte sich, aber der Knebel in ihrem Mund dämpfte ihre Schreie. Wut stieg in Charles auf und er stellte sich seinem Gegner. Sein Körper verspürte eine neue Lust auf den Kampf. Er hätte nicht gewettet, um eine willige Frau zu gewinnen, aber um eine unwillige zu retten? Absolut.

»Es gibt viele Frauen auf der Straße. Und du hast dir eine gegriffen, die sich nicht verkaufte?«

Der Rohling nickte. »Es ist viel besser, sie schreien zu hören. Ich mag es, wenn sie kämpfen.«

»Nun, das reicht dann«, erklärte Charles in einem angewiderten Ton. »Ich wollte es dir leicht machen, weil mir langweilig war, aber jetzt hast du mich verärgert.«

Der Mann grinste. »Der schicke Herr denkt, er kann es mit mir aufnehmen, was?« Die Menge um sie herum brüllte vor Begeisterung, aber Charles schenkte ihr kaum Beachtung. Stattdessen konzentrierte er sich auf den Mann vor ihm, die Art, wie er sich bewegte, den leicht ungleichmäßigen Gang, der ihn zwang, sein linkes Bein zu bevorzugen, möglicherweise eine alte Verletzung. Seine Atmung zeigte, dass er sich von seinem letzten Kampf noch nicht ganz erholt hatte. Das waren nützliche Dinge, die man wissen sollte.

Charles ließ jeden Gedanken an die Welt außerhalb des Rings los und gab sich ganz dem Augenblick hin. Der Rohling hob die Hände, stürzte sich ohne Vorwarnung auf Charles und schwang eine kräftige Faust. Er wollte die Sache lieber schnell beenden, als seinen Gegner zu studieren. Töricht.

Charles tanzte zurück und ließ den Schlag passieren. Sein Gegner schwankte vorwärts, und Charles verpasste ihm einen kräftigen Tritt in den Hintern, als der Mann an ihm vorbeistolperte. Die Männer in der Menge jubelten Charles zu, was ihn nur noch wütender machte, wie es beabsichtigt war.

Sie tanzten, wie ein Mungo und eine Königskobra, umkreisten einander gegen den Uhrzeigersinn, wobei Charles jedem Schlag vorsichtig auswich, den Mann zwang, sein verletztes Bein zu schonen, und ihn immer wieder stolpern ließ, bis er ermüdete.

»Bist wohl zu feige ... um mich zu schlagen«, keuchte der Mann und wischte sich den Schweiß aus den Augen.

Als der Mann dieses Mal auf ihn zukam, schlug Charles zu. Hart. Seine Faust traf den Mann am Kiefer, und er ging zu Boden wie ein Stein und landete als ein Haufen im Holzring. Er bewegte sich nicht, bis auf das schwache Heben und Senken seines Rückens beim Atmen.

Ich brauchte nicht mal einen zweiten Schlag, oder?

Die Menge um den Ring herum brüllte, und Charles winkte ab, als er die Plattform hinunterkletterte, um die Frau zu befreien. Sie atmete schwer und hatte große Augen. Als er näher kam, bemerkte er, dass sie etwas an sich hatte, wie ein halb erinnerter Traum. Er funkelte die Männer an, die sie noch immer festhielten, und ihre Hände fielen runter. Er erwartete, dass die Frau mit ihm verschmelzen und ihn mit dankbaren Küssen bedecken würde.

Doch das geschah nicht. Stattdessen schlug sie zu und trat einem Mann mit dem Knie in die Leiste, bevor sie dem zweiten gegen die Kehle schlug.

Dieser Engel konnte kämpfen - ein Erzengel ohne das Flammenschwert. Er wollte ihr gerade applaudieren, doch dann stürzte sie sich auf ihn. Er konnte ihre Faust gerade noch abfangen, bevor sie landete, und er zog sie an sich, wobei er seinen Körper benutzte, um ihren zu beruhigen.

»Ganz ruhig, Liebes, ich werde dir nicht wehtun. Ich werde nicht zulassen, dass dir jemand hier etwas antut.« Er blickte in ihre Augen und hatte das seltsame Gefühl, als würde sie ihn mit diesen Augen in ihren Bann ziehen. »Ich ...« Er räusperte sich, und sie sah weg, um den mächtigen Zauber zu brechen.

»Ich werde dich jetzt loslassen. Bitte glaub mir, dass ich dir nichts Böses will.« Er ließ sie los, und sie wich von ihm zurück. Aber sie kam nicht weit, weil sich eine Gruppe von Männern um den Boxring herum aufhielt.

»Ich muss gehen.« Ihr Tonfall war leise und erinnerte ihn daran, wie Mädchen in ihrer ersten Zeit im *Ton* oft sprachen und sich bemühten, so zu klingen, als würden sie dazugehören. Sie versuchte zu fliehen, aber Charles hielt eine ihrer Hände fest.

»Nicht auf diese Weise. Bitte erlaube mir, den Gentleman zu spielen und dich sicher von diesem Ort weg zu begleiten.«

Die Frau wandte den Blick ab, nickte aber widerwillig und erlaubte ihm, sie den Weg zurück zu führen, den er gekommen war. Er schlang seine Finger um ihre schlanke Hand und wunderte sich, wie wunderbar sie sich anfühlte. Zweifelsohne war das alles nur eine Folge des Hochgefühls, jemanden gerettet zu haben, aber er wollte es trotzdem genießen.

Er sah den Jungen, bei dem er seine Sachen gelassen hatte, winkte ihn heran und überreichte ihm die versprochenen zwei Pence. Er bemerkte, wie die Frau den Jungen anlächelte, als dieser davonhuschte. Hatte sein Engel eine Vorliebe für Kinder? Bei ihm war es ähnlich. Die Jungen in den Tunneln hatten ein hartes und gefährliches Leben. Jedes bisschen Münze war wichtig.

»Kennen Sie den Weg nach draußen, Sir?«, fragte sie, als sie durch die Menschenmenge gingen, die bereits auf den nächsten Kampf wartete.

»Das tue ich.« Sie gingen schweigend durch das nun leere Tunnelsystem, aber er blieb wachsam, für den Fall, dass die Bestie Freunde hatte, die nicht an den Geist des Fair Play glaubten. Es war jedoch nicht leicht, denn es lenkte ihn ab, einfach nur die Hand dieser Frau zu halten.

Schließlich erreichten sie die steile Treppe, die sie wieder an die Oberfläche bringen würde, und ein kalter Wind von draußen kitzelte seine Nase. Der Pförtner war immer noch auf seinem Posten an der Tür zur Lewis Street. Er öffnete sie ohne ein Wort und ließ sie passieren.

Charles blinzelte, als sie unter dem Dachvorsprung hervortraten. Es regnete jetzt in Strömen, weich und eisig. Sein Engel hatte keinen Mantel und würde bei diesem Wetter nicht weit kommen, ohne sich zu erkälten.

»Ich werde eine Droschke rufen, die Sie hinbringt, wohin Sie wollen«, sagte er und reichte ihr seinen Mantel. Sie winkte ab und befreite dabei geschickt ihre Hand von seiner. Der Verlust des Kontakts erfüllte ihn mit einer seltsamen Verzweiflung. Er wollte nicht, dass sie ging, er wollte ... Was wollte er? Er wollte sie, wollte sie mit nach Hause nehmen, sie an einem Feuer wärmen, die Geheimnisse erforschen, die in ihren Augen schimmerten.

»Danke für die Rettung, aber ich muss wirklich gehen.« Sie wischte sich mit einer Hand über die Augen, wischte den Regen von ihren dunkelgoldenen Wimpern und eilte davon.

»Warte!« Er lief ihr auf die Straße nach. »Du musst mir wenigstens deinen Namen sagen.« Er schenkte ihr sein verheerendstes Lächeln, das dafür bekannt war, jedes Frauenherz im Umkreis von hundert Metern zu brechen.

Der melancholische Ausdruck, mit dem sie erwiderte, war wie ein Schlag in die Magengrube. Sie schien von ihm völlig unbeeindruckt zu sein. Natürlich war ihm klar, dass sie gerade einem schrecklichen Schicksal entkommen war, aber dennoch war es nicht die Reaktion, die er erwartet hatte.

Sie hielt inne, und der Regen färbte ihr rotes Kleid in eine tiefe Beerenfarbe, die an ihrer Haut klebte. »Mein Name ...«

»Meine Belohnung für deine Rettung«, sagte Charles und verdoppelte seine Bemühungen. »Obwohl ich behaupten könnte, dass das an sich schon Belohnung genug war.«

Er schluckte die Scham hinunter, die in ihm wuchs. Nach allem, was sie durchgemacht hatte, brauchte sie einen weißen Ritter auf einem Pferd, der sie beschützte, und keinen verdammten Schurken. Doch er konnte sich nicht zurückhalten. Sie hatte ihn verzaubert.

Endlich brach sie das Schweigen. »Lily.«

»Lily«, wiederholte er. Der Name war sanft, zart und weiblich, genau wie die Art, wie sie sprach. »Darf ich Sie besuchen kommen? Wenn ... wenn Sie sich von Ihrem Abenteuer angemessen erholt haben, natürlich.« Der Gedanke, diese geheimnisvolle Frau gehen zu lassen, fühlte sich nicht richtig an. Er befürchtete, dass es der größte Fehler seines Lebens sein würde, wenn er sie gehen ließe.

»Ich glaube nicht, dass das eine gute Idee wäre, Mylord.«

»Woher wussten Sie, dass ich ein Lord bin?«

Sie lächelte wieder. »Ihr Gegner hatte Recht. Sie sind ein zu schicker Herr.« In ihren Worten spiegelte sich der Akzent des Rohlings wider, was Charles zum Lachen brachte.

»Ich nehme an, das bin ich.« Er blickte auf die silber- und goldbestickte Weste hinunter. »Aber ich wäre sehr gerne *Ihr* zu schicker Herr.«

Ihr Lächeln, so seltsam bittersüß, zerrte an seinem Herzen. Einen Moment lang dachte er, sie würde in die Nacht hinauslaufen, aber stattdessen fasste sie ihn an den Schultern und küsste ihn.

Er war nur eine Sekunde lang erschrocken, bevor er sie an der Taille packte und die Kontrolle übernahm. Es war ein Moment aus Feuer und Licht, wie ein Ruck in seinem Körper. Er war ein Meister der Verführung, hatte sein Leben darauf aufgebaut, perfekte Küsse zu kreieren, und doch fühlte er sich in diesem Moment wie ein Junge, der mit seinem ersten Mädchen herumfummelte. Es war nicht möglich, und doch war er hier.

Nach einem langen Moment trennten sich ihre Münder, der Regen kam immer noch in einem leichten Nebel herunter, während sie sich zitternd an ihn schmiegte. Er lehnte seine Stirn an die ihre, und ihr röchelnder Atem ging in perfektem Rhythmus. Alle Sinne wurden wach, als er darum kämpfte, diese Erinnerung in sein Gedächtnis einzubrennen.

Ihr Körper drückte sich an seinen, das Blau ihrer Augen wie Saphire, der Samt ihrer Lippen und das Rauschen ihres Atems.

»Hier ist deine Belohnung«, sagte sie.

»Bitte, lassen Sie mich Sie nach Hause begleiten«, flehte er. Charles befürchtete, dass sie verschwinden würde, wenn er sie losließe, dass er irgendwie seinen Kampf verloren hatte und dieser ganze Moment nur ein Traum war, während er ohnmächtig auf dem Boden lag. Eine Frau wie diese konnte nicht echt sein.

Sie stieß sich ab und blickte erschrocken auf etwas hinter ihm. Charles drehte sich zu den dunklen Gängen hinter ihnen um, die Fäuste erhoben, bereit, es mit allem aufzunehmen, was aus den Tunneln der Lewis Street auf sie zukommen könnte.

Aber da war nichts, nur Dunkelheit und Regen.

Er drehte sich um und stellte fest, dass das Marstallgebäude leer war. Lily war weg.

Er blickte in den Himmel und ließ den eisigen Regen auf sein Gesicht prasseln. Vielleicht war es wirklich nur ein Traum gewesen. Wie könnte ein solcher Moment real gewesen sein? Die perfekte Frau zu finden, nur um sie noch in derselben Nacht zu verlieren.

KAPITEL 2

Lily eilte die Treppe zu ihrem kleinen Zimmer hinauf. Das betrunkene Treiben in der Spielhölle ein Stockwerk tiefer war nur noch ein entferntes Rauschen. Sie schob ihren Schlüssel ins Schloss und blinzelte sich den Regen aus den Augen, während sie weiter zitterte. Ihr Kleid war völlig durchnässt und möglicherweise ruiniert.

Dieses winzige Zimmer war ihr einziger wirklicher Zufluchtsort, mit dem kleinen hölzernen Bettgestell in der einen Ecke und dem staubigen Backsteinkamin in der gegenüberliegenden. Heute Nacht würde es feucht sein, und sie würde alle ihre Decken brauchen, um sich aufzuwärmen, nachdem sie ihr Kleid ausgezogen hatte.

Der heutige Abend war nicht wie geplant verlaufen. Es war so viel schief gegangen, und sie wollte nicht darüber nachdenken. Sie stapfte zum Kamin hinüber und holte den Feuerstein und das Anzündholz aus einer Blechdose auf der Kommode. Sobald eine gesunde Flamme brannte, fügte sie ein paar Holzscheite hinzu, bis ein gleichmäßiges Feuer den Raum wärmte. Sie rieb sich die Arme und suchte verzweifelt nach Wärme. Die Unmenschen im Tunnel hatten ihr den

Mantel vom Leib gerissen, als sie sie in Vauxhall Gardens packten.

Das hatte sie durchaus erwartet. Alles war so arrangiert worden, dass sie in die Tunnel der Lewis Street gebracht werden sollte, wo der Anführer einer lokalen Schmugglerbande dafür bekannt war, willige Opfer im Ring und unwillige Opfer im Bett zu bevorzugen - nicht, dass sie es so weit hätte kommen lassen. Sie hatte sich selbst gut genug unter Kontrolle. Sobald sie hatte, was sie wollte, würde die Flucht leicht sein. Alles war nach Plan verlaufen ...

Und dann *kam er* und machte alles kaputt. Wie sollte sie das jemals erklären?

»Ich hoffe, du hattest einen produktiven Abend?«, fragte eine kalte Stimme aus den Schatten hinter ihr.

Lily ergriff den Schürhaken und drehte sich zu dem Mann, der gesprochen hatte. Sie war sich sicher gewesen, dass der Raum leer war, als sie hereinkam. Als sie erkannte, wer es war, entspannte sie sich. Aber nur ein bisschen. Ihr Master, Sir Hugo Waverly, war ein kaltherziger Mistkerl und duldete keinen Misserfolg.

Sie hob ihr Kinn und antwortete gleichgültig. »Nicht mehr, als erwartet.«

Das Letzte, was sie wollte, war, dass dieser Mann ihre Angst sah. Furcht war eine Schwäche, und er tötete alle, die dumm genug waren, sie zu zeigen.

Hugo gluckste. »Und die Mission? War es ein Erfolg?«

Lily runzelte die Stirn. »Ich habe ein wenig von denen gelernt, die mich entführt haben. Sobald wir in den Tunneln waren, schien es sie nicht mehr zu interessieren, was sie sagten. Aber ihr Anführer hat die Wette verloren, und ich wollte nicht mit dem Sieger gehen.«

»Nein, natürlich nicht. Nun ja, auch die besten Pläne sind den Launen des Zufalls unterworfen, nehme ich an.«

Das war ungewöhnlich verständnisvoll von ihm. »Warum

sind Sie hier?« Lily klang kühn, furchtlos, aber alles an diesem Mann erfüllte sie mit tiefer Angst. Er hatte ihr in den letzten Jahren so viel Schmerz zugefügt, indem er den Puppenspieler spielte und ihre Marionettenfäden nach Lust und Laune zurechtrückte. Er hatte ihr beigebracht, wie man kämpft, wie man täuscht, wie man überlebt, und sie war dadurch stärker geworden, aber das änderte nichts daran, dass er die Kontrolle über ihr Leben hatte.

»Du hast es versäumt, mir deinen wöchentlichen Bericht über Lonsdales Bewegungen zu schicken.«

Lily zuckte zusammen. Ihre Hauptaufgabe war es, den Earl of Lonsdale zu beobachten und ihrem Herrn über seine Bewegungen Bericht zu erstatten. Sie war immer pünktlich und zeigte nie einen Anflug von Abneigung gegen die Arbeit.

Doch mit der Zeit hatte sich etwas verändert. Sie hatte einen Blick auf den wahren Earl Charles geworfen, den Schurken mit dem Herzen aus Gold, den Mann, der sich in einen Kampf stürzen würde, um seinen Gefährten zu helfen, koste es, was es wolle. Dieser Mann hatte sie veranlasst, ihre Pflichten zu überdenken, doch sie machte weiter, weil sie keine andere Wahl hatte.

»Ich hätte ihn rechtzeitig abgeschickt, wenn Sie mich nicht für die heutige Aufgabe gerufen hätten.«

»Das klingt wie eine Ausrede«, entgegnete er, schien das Thema aber fallen zu lassen. Es brannte ihr auf der Seele, dass sie ihm immer zur Verfügung stehen musste - oder, wie er es ausdrückte, »im Dienste der Nation stand«. Sie konnte auch erkennen, wenn er wusste, dass es mehr zu sagen gab, als sie ihm sagte. Das Schweigen nagte an ihr, um die Wahrheit herauszufinden.

»Es gab eine Komplikation«, sagte sie schließlich.

»Oh?« Er klang nicht überrascht, eher so, als ob er bereits alles wüsste und darauf wartete, dass sie es bestätigte.

»Lonsdale war heute Abend da.«

Ihr Meister knurrte, und ihr Körper spannte sich an, bereit, sich auf jeden Schlag vorzubereiten, den er ihr versetzen würde. »Was weiß er?«

»Nichts. Ich glaube, es war ein unglücklicher Zufall.« Ihre Stimme blieb ruhig, obwohl sie vor Angst wie erstarrt war. »Wir wissen, dass er Spaß am Boxen hat, auch an den ungeregelten Kämpfen. Lonsdale hat mich vor diesen Männern in den Boxentunneln gerettet.«

»Gerettet?«, schnaubte er.

»Aus seiner Sicht. Ich bin ihm entkommen, als er mich aus den Tunneln hinausbegleitet hat. Aber ... ich habe ihm meinen Namen gesagt.« Sie sah, wie seine Augen aufleuchteten, und fügte schnell hinzu: »Nur meinen Vornamen.«

»Das war töricht. Ich dachte, du würdest vorsichtiger sein. Trotzdem ...« Ihr Meister strich sich über das Kinn, ein Schimmern in seinen dunklen Augen. Das letzte Mal, als sie diesen Blick gesehen hatte, hatte sie von seinen Plänen erfahren, Audrey Sheridan, eine junge Frau, mit der Charles befreundet war, in Frankreich ermorden zu lassen. Dieser Plan war nicht so aufgegangen, wie er es geplant hatte, und Audrey war mit dem Leben davongekommen, aber das hielt Lily nicht davon ab, sich jetzt Sorgen zu machen.

»Würdest du sagen, er fand dich ... verlockend?«

Lily blieb ruhig. Wenn sie irgendwelche Gefühle zeigte, würde er sie nur gegen sie verwenden.

»Er mag Frauen, wie Sie durchaus wissen«, sagte Lily kühl.

Mit finsterer Miene packte er sie grob am Arm und drückte sie gegen die Wand. Sie unterdrückte einen Schmerzensschrei, als ihr Rücken gegen die Holzlatten prallte. Einen Moment lang war sie jünger, naiver, ihr Körper lag mit dem Gesicht nach unten auf einem Bett, ihre Kehle war rau von den Schreien und den Tränen, die das Bettzeug durchnässten.

Würde sie jemals frei von diesem Mann sein?

Sein Gesicht drückte sich an ihres, und sie spürte, wie ihr

Herz in ihrer Brust pochte. »Halte dich nicht für schlauer als du bist. Ich habe dir alles beigebracht, was du weißt.« Er trat einen Schritt zurück und ließ sie los, so dass sie auf die Knie fiel.

»Er hungert nach dir, wie jeder andere Mann auch.« Sie rollte sich fast in sich zusammen und versuchte, sich für das Raubtier, das er war, unsichtbar zu machen. Aber diese Lily war schon vor Jahren gestorben; die, die übrig geblieben war, hatte den Wert der Stärke gelernt.

»Ich denke, wir werden das zu unserem Vorteil nutzen«, begann er.

»Nein. Ich habe in *jeder* Angelegenheit Ihren Wünschen entsprochen. Ich werde nicht ...«

Klatsch!

Ihr Herr schlug ihr hart ins Gesicht. »Ich habe dir mehr gegeben, als die meisten Frauen in deiner Lage je erhoffen könnten, und du wirst weiterhin meine Wünsche erfüllen, bis ich keine Verwendung mehr für dich habe. Verstehst du mich?«

Lily hob eine zitternde Hand an ihre Lippen, wo sie Blut schmeckte. Er schritt einen Moment durch den Raum, bevor er sich auf die Fersen setzte, seine kräftige Gestalt wirkte bedrohlich in dem winzigen Schlafgemach.

Plötzlich stieß er ein freudloses Lachen aus, von einer dunklen Eingebung erfasst. »Ja, natürlich. Du wirst meine junge, unschuldige Cousine vom Lande sein. Melanie ist über Weihnachten in Cornwall, und sie wird dich nicht sehen.«

Lily nickte gefühllos. »Was soll ich tun?«, fragte sie und fügte sich in das Unvermeidliche. Wann immer Hugo etwas oder jemanden wollte, bekam er es. Widerstand wäre zwecklos. Wäre es ein anderer Mann gewesen, hätte sie zurückgeschlagen, aber nicht bei ihm. Er hatte ein Band zu ihr geknüpft, das nicht zerstört werden konnte.

»Lord Merton wird in einer Woche einen Ball veranstalten. Da er mit Lonsdale und seinesgleichen bekannt ist, gehe ich davon aus, dass sie eingeladen werden. Das könnte sich zu unseren Gunsten auswirken.« Er holte seinen Stock, der an der Wand lehnte, und klopfte damit gegen die Dielen, eine Angewohnheit, an der sie immer erkannte, wenn er etwas vorhatte. Jeder Schlag der Metallspitze vibrierte in ihr wie Nägel, die in einen Sarg geschlagen wurden.

»Ich werde bekannt geben, dass meine Cousine in der Stadt ist und dass sie und ich anwesend sein werden. Sobald er dort auftaucht ...« Er warf ihr einen Blick zu. »... wird er erkennen, dass du die Lily bist, die er gerettet hat. Da er deine Beziehung zu mir kennt, könnte er versuchen, durch dich Informationen über mich zu erhalten. Ich denke, ich könnte dir etwas Nützliches als Köder mitgeben. Wenn er dann ganz vernarrt in dich ist, schlagen wir zu.« Diese letzten Worte wurden mit einer solchen Freude ausgesprochen, dass sie sich beinahe übergeben musste. Manchmal war er unmenschlich, so wie er jeden als Schachfigur in seinem eigenen verdrehten Spiel betrachtete.

Er strich sich über das Kinn, als er sich wieder ihr zuwandte. »Wir müssen dich natürlich hübsch machen. Neue Kleider, Schmuck und dergleichen. Vielleicht eine Erinnerung an die Wege der Verführung. Ich vermute, du bist ein bisschen aus der Übung.«

Lily zitterte, unfähig, ihre Angst zu kontrollieren. Wenn ihr Meister glaubte, dass er derjenige sein würde, der sie in die Kunst der Verführung einweisen würde, lag er falsch. Sie würde *nie wieder* zulassen, dass er sie so berührte. Für ihn zu spionieren, das war die eine Sache, aber er würde ihr nie wieder etwas anderes nehmen.

»Sie vergessen eines. Ich kenne Lonsdale besser, als er sich selbst kennt.« Genauso wie sie gewusst hatte, dass ein Kuss heute Abend ihn ablenken, seine Gedanken verwirren und ihr die Möglichkeit geben würde, zu fliehen.

Aber es war auch ein intensiver, wunderbarer Kuss gewesen. Ein Traum, aus dem sie nicht mehr erwachen wollte. »Ich kenne seine Vorlieben und Wünsche. Es gibt nichts, was Sie oder irgendjemand anders mir beibringen kann, was ich nicht schon weiß.«

Irgendetwas an ihrem Tonfall schien eine Wirkung gehabt zu haben. Er schien irgendwie aufgeregt zu sein und murmelte, als er zur Tür ging. »Ich bin schon zu lange hier. Ich sollte gehen.«

Ihre Schultern sackten in sich zusammen, und sie stieß den Atemzug aus, den sie angehalten hatte. Doch bevor sie sich entspannen konnte, drehte sich ihr Herr wieder um.

»Und du.« Er knurrte die Worte so düster, dass ihr das Blut in den Ohren pochte. »Du musst immer noch zu deiner ersten Aufgabe zurückkehren.«

Lily nickte. »Ja, Sir.«

Er drehte sich zu dem Bett um, auf dem sie einen Stapel Bedienstetenuniformen und eine Perücke abgelegt hatte. »Wir dürfen ihn nicht vermuten lassen, dass etwas nicht stimmt. Nicht wahr, Mr. Linley?«,

Ohne ein weiteres Wort schlug Sir Hugo Waverly die Tür hinter sich zu, als er ging.

KAPITEL 3

Tom Linley.

Es war der Name, den sie vor über einem Jahr angenommen hatte, als sie in Berkleys Club geschickt worden war, um Charles' Vertrauen zu gewinnen. Der dünne, schlaksige Junge namens Tom Linley existierte gar nicht. Sie war Lily Linley, die Tochter eines Landedelmannes und Mutter eines kleinen Mädchens, das sie als ihre kleine Schwester ausgeben musste. Und sie würde dieses Kind um jeden Preis beschützen, selbst wenn sie dafür einen guten Mann zerstören müsste. Sie hatte keine Wahl.

So sehr sie sich auch wünschte, sie könnte ablehnen, sie konnte es nicht. Auch Charles konnte sie nichts gestehen. Er konnte sie nicht beschützen, selbst wenn er es wollte. Er verstand nicht, wie viel von seinem Leben und dem Leben seiner Freunde Hugo längst unterwandert hatte. Selbst sie kannte nicht das ganze Ausmaß, nur genug, um zu erkennen, dass es kein Entkommen vor ihm gab. Sie konnte sein Spiel nicht gewinnen; sie konnte nur hoffen, es zu überleben.

Nachdem Hugo gegangen war, ließ sich Lily gegen die Wand sinken. Ihre Beine knickten ein, und sie fiel auf die

Knie. Ein Schluchzen entkam ihr, und die Flut von Gefühlen, die sie bisher zurückgehalten hatte, brach wie ein wütendes Feuer über sie herein. Als sie keine Tränen mehr hatte, stand sie auf und begann, ihr regennasses Kleid auszuziehen. Sie trug Kleider, die vorne diskret geknöpft werden konnten und speziell angefertigt wurden, damit sie sich ohne Hilfe an- und ausziehen konnte.

Das rote Satinkleid schlug mit einem leisen Schmatzen auf dem Boden auf. Ihre Haut war kühl, und sie kniete in ihrer feuchten Unterwäsche am Feuer. Sie rieb sich die Arme, um sich zu wärmen, holte eine Decke von ihrem Bett und wickelte sie um sich, während sie sich an den winzigen Herd kauerte. Das Feuer brachte etwas Leben in ihren kalten Körper. Als sie warm genug war, um sich anzuziehen, zog sie die nasse Unterwäsche aus und schlüpfte stattdessen in frische Herrenunterwäsche. Ihre Brüste band sie mit Stoffstreifen ein.

Die Perücke, die sie normalerweise unter ihrer Mütze trug, verbarg ihr fest zusammengebundenes und hochgestecktes Haar, und die Reithose brachte ihre schlanke Figur zur Geltung. Sie war schon immer groß für eine Frau gewesen, und ihre Beine waren schlanker als die der meisten Frauen. Das Binden ihrer Brüste ließ ihre Brust maskuliner erscheinen - genug, um als junger Mann durchzugehen. Aber sie ging noch einen Schritt weiter und holte einen kleinen Topf mit farbiger Gesichtscreme hervor, die sie auf ihre Wangenknochen auftrug, um sich selbst ein mageres Aussehen zu verleihen, das sie viel jungenhafter erscheinen ließ. Einen falschen Schnurrbart hatte sie anfangs in Erwägung gezogen, aber schließlich doch verworfen. So ein Ding gab zu viele Gelegenheiten für zufällige Entlarvungen.

Hugos Leute hatten sie monatelang in den Künsten der Täuschung und des Kampfes geschult. Sie hatte mit einigen der besten Spione Englands trainiert und Boxen, Straßenkampf und Fechten gelernt, deren Prinzipien sich auch auf improvisierte Waffen wie Stöcke oder Schürhaken anwenden ließen. Sie beherrschte auch den Umgang mit Giften und Drogen. Sie konnte Botschaften auf dutzende geheime Arten schreiben und Codes verwenden, um sie zu übermitteln.

Trotz Hugos gegenteiliger Beteuerungen war ihre Arbeit nicht nobel. Sie diente nicht mehr ihrem König oder ihrem Land. Sie diente Hugos eigenem Bedürfnis nach Rache. Um den Earl of Lonsdale und seine Freunde, die Liga der Schurken, zu Fall zu bringen.

Eine Welle des Selbsthasses überkam sie, aber sie kämpfte sie schnell zurück. Sie holte eine kleine silberne Sternnadel hervor und steckte sie in ihre Krawatte, ihr Symbol für Hugos andere Spione, dass sie eine von ihnen war, und ging. Sie hatte nur ein oder zwei Abende in der Woche Zeit, ihr wahres Ich zu zeigen, vorausgesetzt, dass Hugo sie nicht für andere Aufgaben in Anspruch nahm, wie er es heute Abend getan hatte.

Sie verließ ihr Zimmer über der Spielhölle und schritt ohne Angst durch die Stadt. Sie konnte sich ungesehen in den Schatten bewegen und wusste, wie man die Gefahren der Londoner Straßen umgehen konnte. Wenn man so lange für Hugo gearbeitet hatte wie sie, wurden alle anderen Ängste zur Nebensache.

Als sie Charles' Stadthaus erreichte, war sie bereit, in ihrem kleinen Bett auf dem Dachboden zusammenzubrechen. Sie betrat das Haus durch die Gassentür und kam in die Küche. Die Köchin des Hauses Lonsdale, Mrs. Farrow, sah sie und grinste.

»Tom! Du bist spät dran heute.«

»'n Abend, Mrs. Farrow.« Sie sprach in Toms etwas tieferem Tonfall, der aber nicht so tief war, dass er gezwungen klang. Sie griff nach einem Teller mit frisch aus dem Ofen geholten Scones. Die Köchin ließ zu, dass sie sich einen davon nahm, nachdem sie mehr als einmal festgestellt hatte, dass sie für einen jungen Mann von zwanzig Jahren viel zu dünn war.

»Ist Katherine schon im Bett?«

Die irische Köchin nickte. »Aye. Das kleine Lämmchen ist heute Nacht problemlos eingeschlafen. Geh hoch und ruh dich aus.«

Lily genoss das Gebäck, während sie die drei Stockwerke zu ihrem Zimmer über dem Hauptwohnbereich hinaufstieg. Ihr kleines Zimmer lag am Ende des Flurs. Die meisten Bediensteten teilten sich ein Zimmer, aber wegen Katherine hatte sie ein Einzelzimmer und eine Wiege bekommen, die von Davis, einem der Lakaien, angefertigt worden war, der ein natürliches Talent für Holzarbeiten hatte.

Davis hatte im Jahr zuvor seine Frau verloren und zog seinen eigenen Sohn Oliver auf, der vier Jahre alt war. Er war eine von Charles' unkonventionellen Personalentscheidungen, aber Lily gefiel es, dass Charles einen verwundeten, verheirateten Soldaten als Lakai in sein Haus aufgenommen hatte. Sie und Davis hatten viele Nächte damit verbracht, über die Erziehung von Kindern zu sprechen. Das hatte ihr in diesem Teil ihres Lebens ungemein geholfen. Sie war allein und in allen anderen Bereichen gefangen.

Als Lily eintrat, bemerkte sie, dass jemand ein Feuer in dem kleinen Ofen in einer Ecke neben dem Kinderbett angezündet hatte. Sie ging auf Zehenspitzen hinüber und schaute auf das Baby hinunter, das unter den Decken schlief, die Lily selbst genäht hatte.

Katherine war der einzige helle Stern in einer endlosen Nacht der Täuschung. Die Sünden von Katherines Vater waren nicht ihre eigenen. Sie war eine Unschuldige, und Lily würde alles tun, um sie zu beschützen. Lily liebte sie mehr als ihr eigenes Leben.

Das goldene Haar des Mädchens wurde jetzt lang und

kräuselte sich zu goldglänzenden Locken. Ihr dritter Geburtstag war nicht mehr weit entfernt. Lily würde sich etwas Besonderes für sie einfallen lassen müssen. Vielleicht könnte Mrs. Farrow einen süßen Teekuchen für sie backen, und es gäbe ein paar Geschenke. Vielleicht eine Puppe. Vielleicht könnte Davis ihr ein kleines Schaukelpferd bauen?

Das plötzliche Klingeln an ihrer Tür ließ sie aufschrecken. Die Klingel war mit dem Zimmer von Charles verbunden. Er war noch nicht im Bett? Sie fluchte leise vor sich hin, aber wenigstens hatte die Klingel das Baby nicht geweckt. Lily verließ ihr Zimmer und ging die Treppe hinunter, dann durch den Flur, und betrat Charles' Schlafgemach. Er stand an seinem Bett vor dem Ganzkörperspiegel und zog die Stirn in Falten.

»Tom, da bist du ja. Entschuldige, dass ich dich an deinem freien Abend störe, aber ich bin in einer verflixt schwarzen Stimmung.«

»Oh?« Lily betrachtete sein feines Profil im Schein des Feuers und erinnerte sich daran, wie es sich angefühlt hatte, diese perfekten Lippen zu küssen. Charles war ganz einfach der attraktivste Mann, den sie je gesehen hatte. Er hatte kein fliehendes Kinn, kein blasses Gesicht, keine wässrigen Augen und keine temperamentvolle Natur wie viele der jungen Aristokraten, denen sie in den letzten Jahren während ihrer Ausbildung bei Hugo begegnet war.

Charles war schlichtweg ein Gott unter Menschen. Seine Haut war immer sonnengeküsst, sein goldglänzendes Haar sah immer so aus, als wäre eine Geliebte mit den Händen hindurchgefahren, und seine Gesichtszüge waren perfekt geformt. Es war, als hätte der Himmel gedacht, es wäre amüsant, den schönsten Mann der Welt zu erschaffen und ihn vor ihr fallen zu lassen.

Betrachte diese Ikone der Schönheit und verzweifle.

Aber er hatte noch so viel mehr zu bieten. Trotz der gelegentlichen Unreife seiner Handlungen oder der schwarzen Wolken, die manchmal über ihm schwebten, gab es eine Freundlichkeit in seinen Worten, eine Sanftheit im Umgang mit seinen Bediensteten und eine Loyalität in seinem Herzen gegenüber seiner Familie und seinen Freunden, die ihresgleichen suchten. Er war der wunderbarste Mann, den sie je kennengelernt hatte ...

Und eines Tages würde sie Hugo helfen, ihn zu töten.

Charles sah sie und nickte in Richtung seiner Stiefel, die am Fußende des Bettes standen.

»Ja, ich war beim Boxen in der Lewis Street. Das Übliche ...«

Lily erstarrte, als sie sich bückte, um die Stiefel aufzuheben, die er weggeworfen hatte. Er hielt diesen Abend für *üblich*?

»Und ich habe die bezauberndste Frau getroffen. Einen wahrhaftigen Engel.«

Sie war froh über die Schminke, die sie trug, und über das schummrige Licht des kerzenbeleuchteten Raums. Sie würden ihr Erröten verdecken.

»Ich habe sie gerettet. Irgendwie wurde sie von ein paar Rohlingen geschnappt.«

Lily rümpfte die Nase. Diese Männer waren inkompetent gewesen. Sie hatte sich praktisch auf sie stürzen müssen, um erwischt zu werden.

»Gerettet, sagen Sie? Das war ritterlich von Ihnen, Mylord.« Sie richtete sich auf, die Stiefel in den Armen, und ging zur Tür, in der Hoffnung, dass das alles war, was er brauchte.

Sein tiefes Kichern jagte ihr einen Schauer über den Rücken. »Nun, ich denke schon. Aber es war ja nicht so, dass ich sie dort mit ihnen zurücklassen konnte. Da war etwas in ihren Augen. Sie war so ängstlich, so verletzlich. Es machte mich ... verrückt, weil ich sie beschützen wollte.«

Lily hätte fast gelacht. Der Blick, den er gesehen hatte, war von Unglauben und Angst geprägt gewesen, dass er alles ruinieren würde, was er dann auch getan hatte.

»Vielleicht war es einfach nur Ritterlichkeit, aber als ich sie ansah ...« Er zuckte mit den Schultern, ein schiefes Lächeln unterstrich sein schmerzhaft gutes Aussehen. Einen Moment lang erinnerte sie sich an diesen Kuss ...

Seine grauen Augen waren wie ein Spiegel ihrer Seele, wann immer sie seinem Blick begegnete. Er war groß, sechs Fuß und zwei Zoll groß, hatte die Form eines Boxers und das Gesicht eines Engels. Eine Frau konnte sich in Tagträumen darüber verlieren, wie es wäre, wenn ... Lily schüttelte sich leicht. Selbst wenn die Umstände anders gewesen wären, war sie mit Männern fertig. Sie hatten ihr immer nur wehgetan oder sie bedroht; man konnte ihnen nicht trauen. Doch ein Teil von ihr sehnte sich danach, Charles zu vertrauen.

»Eine reizende Dame hat Sie also in schlechte Laune versetzt?«, fragte Lily und drehte ihm den Rücken zu, während sie seine Stiefel vor die Schlafzimmertür stellte. Ein Lakai würde sie später abholen, um sie für sie zu polieren, da sie eigentlich noch frei hatte. »Wie untypisch für Sie. Ich glaube, diesen Effekt hatte bisher nur Audrey Sheridan, wenn sie Sie in einen ihrer Pläne verwickelt hat.«

»Nein, nicht so ... aber ja. Ich meine ... ich weiß es nicht.« knurrte Charles. »Ich wollte sie nach Hause begleiten, ihr vielleicht später einen Besuch abstatten, ihr Blumen bringen ... Verdammt, ich weiß gar nicht, was ein Gentleman mit einer solchen Frau tun sollte. Aber sie verschwand, bevor ich ...«

»Bevor Sie sie verführen konnten?«, bot Lily an, wobei sie sich die Frechheit nicht verkneifen konnte. Charles über sie sprechen zu hören, über die echte Frau, war aufregend und frustrierend zugleich. Ist es möglich, auf sich selbst eifersüchtig zu sein?

»Du scherzt, aber ich bin mir sicher, dass ich eine anständige Verführung hinbekommen hätte, wenn sie mir nur Zeit gelassen hätte. So aber haben wir uns nur einmal geküsst.« Charles zupfte an seiner Krawatte, nahm sie ab und warf das weiße Stück Stoff auf sein Bett, bevor er seine Weste aufknöpfte und ablegte.

»Wenn Sie sie gerade gerettet hatten, dann wäre eine Verführung wohl nicht angebracht gewesen.«

»Das sagst du, aber du sollst wissen, dass *sie* mich geküsst hat.« Er zog sein Hemd aus der Hose und hob es über seinen Kopf.

»Aus Dankbarkeit, würde ich annehmen, nicht aus Verführung.« Lily schluckte schwer beim Anblick seiner muskulösen Brust, der Art, wie er stark und vollkommen perfekt aussah.

»Das stimmt schon irgendwie, aber du hättest hören sollen, wie sie gesprochen hat. Es hatte etwas Gehauchtes, wie ich es sonst nur im *ton* höre, wenn eine Frau auf der Suche nach einem Freier ist.«

Lily dachte zurück. Hatte sie sich wirklich so angehört? Sie hatte zwar einen anderen Tonfall verwendet, um die Wahrscheinlichkeit zu verringern, erkannt zu werden, aber ...

»Junge, hör auf zu schmollen und komm und hilf mir«, murmelte Charles, während er seine Hose öffnete. Lily erhaschte einen allzu verlockenden Blick auf die beiden muskulösen Einbuchtungen, die ein V in seinem Becken bildeten, und sie musste den Drang bekämpfen, aus dem Zimmer zu flüchten.

Charles ging in sein Ankleidezimmer, wo eine große Kupferwanne mit heißem Wasser dampfte. »Ich habe Nackenschmerzen. Komm und reib mal meinen Nacken.«

Oh Gott.

Seit sie sein Diener geworden war, hatte sie ihn einige Male baden sehen, und anstatt sich an den Anblick zu gewöhnen, fiel es ihr immer schwerer, die Gefühle zu ignorieren, die er in ihr auslöste. Er war nicht nur ein Arbeitgeber, er war auch nicht nur ein Mann. Er war ein Schelm, ein Halunke, ein Charmeur, eine zutiefst loyale Seele, jemand, der ihr immer wieder zeigte, dass sie ihm wichtig war, dass er sie mochte, ganz gleich, wer sie waren.

Jeder, der für Charles arbeitete, wurde gut bezahlt, aber fast alle hätten für die Hälfte ihres Lohns gearbeitet, nur um einem Mann wie ihm zu dienen. Er nahm die weniger Glücklichen auf und gab ihnen ihr Leben zurück, wie Davis, der im Dienst der königlichen Infanterie den Gebrauch einer Hand verloren hatte. Er hatte Davis sogar geholfen, eine speziell angefertigte Holzhand zu erwerben, die es ihm ermöglichte, die Aufgaben zu erfüllen, für die er zwei Hände brauchte. Die Köchin, Mrs. Farrow, war in einem Schuldnergefängnis gefangen gewesen, nachdem ihr Mann mit einer anderen Frau durchgebrannt war und sie seine Schulden nicht bezahlen konnte. Charles hatte sie dort herausgekauft, und dann wollte er nur noch wissen, ob sie einen guten Feigenpudding machen könne. Auf die eine oder andere Weise hatte Charles jede Seele unter seinem Dach gerettet, und er hatte nur ehrliche Arbeit als Gegenleistung verlangt.

Und genau diese Eigenschaft hatte Hugo ausgenutzt, um sie direkt in seinen Weg zu stellen.

Charles hatte ihre Geschichte erfahren und sie bei sich aufgenommen. Er hatte nicht einmal mit der Wimper gezuckt, als er erfuhr, dass sie eine kleine Schwester hatte und auch für sie sorgte. Für einen bösen Schurken war er ein ziemlicher Experte, wenn es um Kinder ging. Er hatte das Baby mehr als einmal selbst getragen und es zum Schlafen gebracht, wenn es unruhig war. Und verdammt, wenn das nicht dazu führte, dass ihr Körper vor verbotenem Verlangen nach ihm brannte.

»Tom, hör auf, so viel nachzudenken«, rief Charles aus dem Bad. »Ich brauche dich hier.«

»K-komme.« Sie räusperte sich und betrat sein Ankleidezimmer. Zum Glück war er bereits entkleidet und saß in der großen Wanne. Sie war so in Gedanken versunken gewesen, dass sie sich die Peinlichkeit erspart hatte, ihn seine Hose ausziehen zu sehen. Wann immer sie in seiner Nähe war, wurde sie von einer unbestreitbaren animalischen Anziehungskraft angezogen, die sie nur mit Mühe verbergen konnte.

Er tauchte seinen Kopf unter das Wasser. Sein goldenes Haar triefte vor Wasser, das ihm den Rücken hinunterlief. Er stützte seine Arme auf den Rand der Kupferwanne, die Muskeln waren straff und fest wie bei einer Marmorstatue.

Lily atmete tief durch, während sie einen Holzschemel anhob und ihn am Ende der Wanne hinter ihm abstellte. »Wo brauchen Sie mich, Mylord?«, fragte sie.

Er griff nach oben und berührte die Stelle, an der sein Hals auf seine Schulter traf. »Hier.« Sie berührte ihn zaghaft und strich leicht über die verkrampften Muskeln an seinem Hals.

»Ich werde nicht beißen, Junge. Streng dich mehr an. Ich glaube, ich habe mich bei dem Kampf heute Abend überanstrengt. Der Rohling, den ich zur Strecke gebracht habe, war, nun ja ... ziemlich brutal. Ich habe ihn mit einem Schlag erwischt, aber ich schwöre, sein Gesicht war aus Granit.«

Lily grub ihre Finger tiefer in seine Haut, drückte auf den Knoten, den sie in seinem Nacken spürte, und er stieß einen leisen Seufzer aus.

»Besser.«

Sie schwiegen, während sie die Muskeln seines Halses bearbeitete. Früher hat sie diese Stille gehasst. Schweigen bedeutete Angst, es bedeutete Schmerz. Aber jetzt ... war die Stille sanft, und manchmal sogar süß. Wie damals, als Charles ihr auf Audrey Sheridans Hochzeit ein Stück Torte gebracht hatte. Sie hatten sich auf der Treppe niedergelassen und gemeinsam Kuchen gegessen, ohne zu sprechen. Seltsamerweise hatte sie weinen wollen, weil es sich so schön anfühlte. Er war ein guter Mann. Ein Mann, den sie verraten müsste. Ihr Mund füllte sich mit einem bitteren Geschmack.

Denk nicht an die Zukunft. Denk nur an jetzt.

»Danke, Tom. Das ist genug. Und jetzt ab ins Bett mit dir. Wir haben morgen ein Mittagessen im Haus des Herzogs von Essex, und ich möchte nicht zu spät kommen.«

»Ja, Mylord.« Lily verließ das Schlafgemach, blieb aber vor der Tür stehen, hörte das Wasser plätschern und versuchte verzweifelt, sich nicht vorzustellen, wie er herauskletterte. Sie ging sofort zurück in ihr Zimmer auf dem Dachboden, sah noch einmal nach Katherine und ließ sich auf ihr Bett fallen.

Der Schlaf kam schnell und entführte sie in Träume darüber, was hätte passieren können, wenn sie sich von Charles in der Gasse nur ein wenig länger hätte küssen lassen. Aber sie würde nie wieder das Gefühl seiner Lippen auf den ihren erleben. Trotz Hugos Plan für sie, Charles zu verführen, wollte sie sich nicht von ihm küssen lassen. Sie würde ihn alles andere machen lassen, aber wenn seine Lippen die ihren berührten und er sie küsste, als wäre sie *wichtig*, fürchtete sie, sie würde zusammenbrechen und ihm alles gestehen.

Sie war verdammt.

CHARLES LEGTE SICH SCHLIESSLICH IN SEIN EIGENES BETT. Der Schlaf kam unruhig, und er wurde von Träumen geplagt, von denen er befürchtete, dass sie sich in Albträume verwandeln würden. Die Vergangenheit ließ ihn nie los. Sie zog ihn immer wieder nach unten, immer und immer wieder.

DER PICKEREL PUB WAR VOLL VON JUNGEN MÄNNERN, DIE nach dem Unterricht frisch vom Abendessen kamen. Zum ersten Mal seit Wochen konnte Charles mit einem Klassenkameraden ein Bierchen trinken. Da er so viel jünger als die anderen war, hatte er es schwer, Freunde zu finden.

Peter Maltby, ein zwei Jahre älterer Student, wohnte auf der anderen Seite des Flurs im Magdalene College. Peter hatte Charles beim Abendessen allein essen sehen und war zu ihm gekommen, um ihn auf einen Drink in die kleine Kneipe vor den Toren des Colleges einzuladen. Sie waren schnell gute Freunde geworden, und die Kneipe war für sie zu einer Art Ritual geworden.

Heute Abend hatten sie sich auch wieder bei dem älteren Pförtner verabschiedet, der die Tore bewachte, und setzten sich in eine abgeschirmte Ecke des Pubs, um zu trinken und zu reden.

»Gefällt dir der Unterricht?«, fragte Peter mit einem breiten Lächeln, während er an seinem Bier nippte.

Charles nickte. »Ich habe nicht viel für das Lernen übrig, aber ich nehme an, dass ich es mir zur Gewohnheit machen werde, je länger ich hier bin.« Er legte die Hände um sein Bierglas und betrachtete die goldene Flüssigkeit im Kerzenlicht.

»Du wirst es schon bald in den Griff bekommen. Du bist doch ein Lonsdale. Dein Vater war eine Legende, als er hier war.«

»Was?« Charles blinzelte überrascht. Sein Vater hatte nie über seine Zeit in Cambridge gesprochen.

»Wusstest du das nicht? Er war ein ziemlicher Gelehrter, habe ich gehört«, verkündete Peter mit einem Augenzwinkern. »Du wirst auch einer sein, ich weiß es. Intelligenz liegt in der Familie. Meine Familie hält nicht viel von Schulbildung, aber ich beweise meinem Vater, dass wir unsere Lebensumstände verbessern können. Ich bin nicht der Sohn eines Lords, wie du weißt.«

Charles hörte aufmerksam zu, während Peter von seinem Vater erzählte, der Bankier bei Drummonds war, und wie er mit einem Jungen namens Ashton aufgewachsen war und lange Sommer damit verbracht hatte, Unfug zu treiben, während ihre Väter über Investitionen diskutierten. Sie waren zusammen mit einem Jungen namens Cedric ausgeritten, einem jungen Mann, der jetzt Viscount war.

»*Ich sollte dich Ash und Cedric vorstellen. Sie sind auch beide hier.*«

»*Ich weiß es nicht*«, *sagte Charles. Er fühlte sich in solchen Situationen immer noch unsicher.* »*Ich bin sicher, sie sind viel zu beschäftigt.*«

»*Blödsinn. Du würdest gut zu ihnen passen. Ich kann mir vorstellen, dass du auch einige meiner anderen Freunde mögen würdest. Bist du zufällig schon dem Herzog von Essex begegnet? Er ist ziemlich lustig, aber komm ihm nicht in die Quere – er ist ein richtiger Kämpfer.*«

»*Das Boxen ist mir nicht fremd*«, *sagte Charles und versuchte, selbstbewusst zu klingen.*

Peter lächelte. »*Du hast nicht den Körperbau dafür wie er. Noch nicht. Und dann ist da noch der neue Marquess of Rochester, Lucien. Er findet jede Nacht eine willige Frau für dich. Er hat mit fast allen Töchtern der Professoren geschlafen. Ich nehme an, so besteht er seine Kurse*«, *überlegte Peter lachend.*

»*Man könnte meinen, dass er deswegen rausfliegt.*«

Peter hob sein Glas. »*Nur, wenn er jemals erwischt wird.*«

Ein Lachen entwich Charles, als er sich vorstellte, wie ein junger Mann sich in die Betten von Mädchen schlich, um ihnen Informationen über die Prüfungen zu entlocken, die ihre Väter zusammenstellten. Keine schlechte Idee, obwohl er es nicht tun konnte. Die meisten jungen Damen hatten ihn ausgelacht, als er versucht hatte, sie vor seiner Abreise nach Cambridge zu umwerben. Er hatte das ganze Unterfangen als eine schlechte Idee aufgegeben. Frauen waren nicht zu begreifen.

»*Abendessen morgen?*«, *fragte Peter.* »*Wir könnten uns alle in der großen Halle treffen. Ich glaube, die anderen würden dich gerne kennenlernen.*«

Peter schien jeden zu kennen und zu mögen, dem er begegnete. Charles beneidete ihn um seinen freien Geist und sein offenes Herz. Wenn er nur so ein Leben haben könnte, mit solchen Freunden. Mit Peters Hilfe könnte er das schaffen.

»Das würde mir gefallen.«

»Was dagegen, wenn ich jetzt einen Freund einlade, mit uns zu trinken?«, fragte Peter plötzlich. »Ich habe ihn heute Morgen gesehen und ihm gesagt, dass ich hierher kommen werde. Er ist ein guter Kerl, du wirst ihn mögen. Er hatte zuletzt eine schwere Zeit hinter sich. Sogar noch schwerer als deiner. Ich kann nicht näher darauf eingehen, aber er hat vor einiger Zeit seinen Vater verloren, und das hat ihn auf einen dunklen Pfad geführt. Ich dachte, ihr könntet euch vielleicht gegenseitig helfen.«

»Ich hab nichts dagegen«, sagte Charles. Er hatte seinen eigenen Vater erst vor ein paar Monaten verloren. Es könnte schön sein, mit jemandem zusammen zu sein, der diesen Schmerz und Verlust verstehen konnte.

»Ausgezeichnet. Er wird sicher bald hier sein. Er ist pünktlich, kommt nie zu spät. Allerdings ist er manchmal ein bisschen steif, immer auf die Regeln bedacht. Ich versuche, ihn zu ermutigen, wann immer es möglich ist, aus dem Rahmen zu fallen.«

Charles lachte. »Ich fürchte, ich falle ständig aus dem Rahmen.« Er hatte schon lange nicht mehr das Gefühl, irgendwohin zu passen, schon gar nicht hierher. Er war kleiner als die anderen jungen Männer, schmaler und dünner ... schwächer. Seine Mutter hatte darauf bestanden, dass er mit der Zeit in sich selbst hineinwachsen würde, aber er glaubte ihr nicht.

»Ah, da ist er ja!« Peter stand auf und winkte jemandem zu, der gerade die Kneipe betrat.

Charles setzte sich eifrig auf und hoffte, dass, wer auch immer dieser Mann war, er auch mit ihm befreundet sein würde.

Als Peter sich in seinen Sitz zurücklehnte, sah Charles, wer in seine Richtung kam, und ihm blieb das Herz stehen.

»Hugo Waverly, komm und lerne Charles Lonsdale kennen ...« Peter lächelte immer noch, nicht ahnend, dass sich in der Mitte des Pubs ein Riss auftat, ein Riss, der Charles und Hugo durch Meilen von Hass und Schmerz trennte ...

Die Kneipe verschwand, als sich der Traum veränderte. Wasser rauschte in der Dunkelheit um seinen Körper herum. Das Mondlicht tanzte auf den Wellen, als er und Hugo im seichten Wasser des Flusses Cam wateten und gegeneinander kämpften.

»Hugo! Nein!« Die Stimme von Peter war ganz nah. Wo war er?

»Verschwinde von hier, Peter. Das geht dich nichts an!« Hugo knurrte wie ein wildes Tier.

Das kalte Wasser stand Charles bis zum Hals, seine gefesselten Hände und Füße machten ihn hilflos. Er konnte nur noch verzweifelt um sich schlagen, als Hugo ihn tiefer in den Fluss zog. Das Wasser schlug über seinem Kopf zusammen, und er schrie, saugte es in seine Lungen ...

CHARLES RICHTETE SICH SCHREIEND IM BETT AUF. DIE TÜR sprang auf, und Tom stürzte herein.

»Mylord! Es ist jetzt alles in Ordnung. Sie sind in Sicherheit. Atmen Sie.« Tom stellte eine brennende Kerze neben das Bett, holte ein Glas Wasser und setzte es Charles an die Lippen. Charles versuchte, das Wasser wegzuschieben. Das war das Letzte, was er jetzt schmecken wollte.

»Trinken Sie«, befahl Tom mit Nachdruck. Charles, der am ganzen Körper zitterte, gehorchte und schluckte die kühle Flüssigkeit hinunter. Es beruhigte ihn zwar ein wenig, aber er konnte nicht aufhören zu zittern, und sein Herz ... Gott, es fühlte sich an, als würde sein Herz direkt aus seiner Brust springen wollen ...

»Ein weiterer Traum«, murmelte Tom. Er versuchte, die Kissen hinter Charles' Rücken aufzuschütteln. »Ich wünschte, ich könnte das aufhalten, Mylord. Schade, dass Sie nie vom Essen träumen. Dann wüsste ich vielleicht wenigstens, was das alles bedeutet. Kohl für schlechte Nachrichten, Schokolade für Glück ...«

»Wir haben Bier getrunken«, sagte Charles und versuchte,

sich an die Kneipe zu erinnern und nicht an das, was danach kam.

»Oh, das ist immer ein Zeichen für Ärger«, sagte Tom. »Nun, wenn es Wein gewesen wäre, wäre das ein Zeichen von Glück – es sei denn, er wurde verschüttet. Das ist schlecht.«

Tom zuzuhören, wenn er über Träume sprach, war seltsam beruhigend, so als ob er helfen würde, sie zu bekämpfen. Guter Junge.

»Tut mir leid, dass ich dich geweckt habe.« Charles' Stimme war rau, und es tat ihm weh, zu sprechen, aber er hatte das Gefühl, sich entschuldigen zu müssen. Wie oft war Tom im letzten Jahr zu ihm gekommen, um ihn nach jedem schrecklichen Traum zu beruhigen?

»Kein Problem, Sir. Ich war gerade dabei, mir Wasser zu holen, als ich Sie hörte.«

Das war eine Lüge. Charles wusste, dass die meisten im Haus ihn schreien hören konnten. Er hatte ihnen allen gesagt, sie sollten sich von ihm fernhalten, ihn einfach ignorieren, aber Tom hörte nicht auf ihn. Tom kam immer herunter, um nach ihm zu sehen.

»Mir geht es gut, Tom. Los, zurück ins Bett mit dir.« Er wartete, bis er sicher war, dass sein Kammerdiener gegangen war, bevor er sich wieder hinlegte, immer noch zitternd.

Es dauerte lange, bis er die Augen wieder schloss, und als er es tat, konnte er sehen, wie das Wasser um ihn herum aufstieg, ihn ertränkte und Peter in die eisige Dunkelheit entführte.

KAPITEL 4

»**E**s ist viel zu kalt zum Krocketspielen!«, rief Emily St. Laurent, die Herzogin von Essex, ihrem Mann zu. Sie rieb mit einer behandschuhten Hand über ihren geschwollenen Bauch, in dem der zukünftige Erbe des Essex-Titels selig zu schlafen schien, während sie zusah, wie ihr Ehemann Godric und sein Halbbruder Jonathan St. Laurent sich abmühten, die Wickets in den harten Boden des kleinen Rasens in ihrem Garten zu drücken.

»Unsinn, Liebling«, brummte Godric. »Es fehlt nur noch ein bisschen *Schwung!*« Er rutschte auf dem eisigen Gras aus und landete auf dem Hintern. Sein Bruder brach in Gelächter aus, verlor aber auch das Gleichgewicht und fiel neben ihm hin. Emily hielt sich den Mund zu, um sich ein Lachen zu verkneifen.

»Gott, was für ein Paar.« Eine helle Stimme kam von neben ihr. Audrey, Jonathans Braut, stand grinsend neben Emily. Die beiden waren seit mehr als einem Jahr befreundet, und nun hatten sie das Vergnügen, Schwestern zu werden.

»Es ist so schön zu sehen, wie sehr sich Jonathan verändert hat, seit ihr zusammen seid«, sagte Emily etwas leiser. Sie hatte gesehen, wie der junge Mann im Stillen litt, während er sich an das Leben als Sohn eines Herzogs gewöhnen musste. Er hatte sein ganzes bisheriges Leben als Diener verbracht, und Emily hatte befürchtet, dass er nie das Gefühl haben würde, in das Leben zu passen, das ihm zustand.

»Wir haben uns beide verändert«, gestand Audrey. »Alles ist jetzt so anders. Ich bin mein ganzes Leben lang umgeben von meinem Bruder und seinen Junggesellenfreunden aufgewachsen. All das hat sich geändert ... wegen dir.«

Emily strich sich mit der Hand über den Bauch und spürte, wie sich ihr Inneres regte. Charles hatte einmal gesagt, dass sie der Untergang der Liga der Schurken sein würde. Vielleicht war sie das. Sie mochten vielleicht nicht mehr die Schurken sein, die sie einst gewesen waren, aber ihre Bande zueinander waren noch immer ungebrochen. In Wahrheit hatte sie sie nur herausgefordert, ihre Herzen der Liebe zu öffnen. Aber Charles hatte diese Schwachstelle gefürchtet, und das tat er immer noch.

»Audrey«, sagte Emily. »Wir müssen etwas wegen Charles unternehmen. Er wird immer distanzierter, und ich beginne mir Sorgen zu machen. Ich weiß, dass er an all den Bällen und Abendessen teilnimmt, aber sein Blick ist so leer, dass ich Angst bekomme. Es ist, als ob er aufgegeben hätte.« Sie hatte einst geschworen, jemanden zu finden, der ihn lieben würde, und wollte dieses Versprechen halten, auch wenn sie dafür alle Ozeane und Kontinente überqueren musste.

»Das habe ich auch bemerkt«, sagte Audrey. »Ich wollte mit dir darüber sprechen, weil ich weiß, dass ich dir vertrauen kann.«

Emily wandte sich von ihrem Mann und Jonathan ab, die die Krocketgeräte hatten liegen lassen und vorsichtig aufstanden. »Ja?«

»Nun ... es geht um Tom.«

»Tom?« Emily verstand nicht sofort, von wem Audrey sprach.

»Charles' Kammerdiener.«

»Oh! Mr. Linley.« Jetzt erinnerte sie sich. Blondes Haar, scheue blaue Augen, ein Junge, der seinem Herrn wie ein treuer Spaniel folgte. »Was ist mit ihm?«

»*Sie*«, flüsterte Audrey.

Emily blinzelte und verstand Audreys Worte nicht sofort.

»Er ... ist eine *sie*.«

Emily blinzelte erneut. »Was? Wie kannst du da so sicher sein?«

»Wie lange bin ich schon Lady Society?«, fragte sie. Das Geheimnis war zwar gelüftet, aber es war immer noch in der Liga und ihren Frauen. »Ich habe Jahre damit verbracht, Menschen zu beobachten, war viel näher an ihnen dran, als du dir vorstellen kannst. Es gibt eine Reihe von Hinweisen, von ihren Augen bis zu der Art, wie sie Charles ansieht.«

»Sehnsuchtsvolle Blicke bedeuten nicht, dass Tom ein Mädchen ist. Ich habe schon Männer gesehen, die auf Charles stehen. Vielleicht verwechselst du das mit offener Bewunderung.«

Audrey schüttelte den Kopf. »Nein, es steckt mehr dahinter, als du glaubst. Sie benutzt Gesichtsfarbe, um männlicher zu wirken. Ich wurde in der Kunst der Verkleidung ausgebildet und erkenne die Techniken, die sie anwendet.«

»Audrey, ich fürchte, dass du aufgrund deiner Zeit in diesen Kreisen überall Verschwörungen zu sehen beginnst.«

»Du musst mir ja nicht glauben. Beobachte einfach, wenn Charles eintrifft. Es wird Hinweise geben. Das verspreche ich dir.« Audrey war so ernsthaft, dass Emily zustimmte.

»Ich werde hinschauen. Aber ganz ehrlich, ich glaube, da irrst du dich.« Sie wandte sich an ihren Mann. »Godric, die anderen werden bald hier sein, und dein Spiel, fürchte ich, ist ein hoffnungsloser Fall. Bitte komm ins Haus und wärm dich auf.«

Godric überquerte den glatten Rasen, zog seine Frau in eine Umarmung und drückte ihr einen trägen Kuss auf die Lippen.

»Warm genug für dich, Liebling?«

»Oh ja, ganz recht«, antwortete sie und lächelte zu ihm auf.

»Gut.« Er führte sie hinein, und Jonathan und Audrey folgten ihnen.

Godrics Butler Simpkins kam ihnen in der Halle entgegen. »Euer Gnaden, Ihre Gäste sind eingetroffen«, erklärte der Butler mit einem fröhlichen Funkeln in den Augen. »Wie von Ihnen befohlen, habe ich die besten Flaschen Portwein, Sherry und Scotch versteckt.«

Godric lächelte. »Danke, Simpkins. Charles kann man mit den neuen Teppichen nicht vertrauen.«

»Eine weise Vorsichtsmaßnahme.« Simpkins hatte Charles noch immer nicht die Flecken verziehen, die er auf dem arabischen Teppich auf dem Landsitz in Essex oder auf dem Perserteppich im letzten Frühjahr hinterlassen hatte. Oder auf dem Bärenfellteppich im Billardzimmer letzten Monat.

Emily führte sie alle in den Salon, in dem sich Männer und Frauen angeregt unterhielten. Sie bemerkte Lucien, den Marquess of Rochester, und seine Frau Horatia; Cedric, Viscount Sheridan, und seine Frau Anne; den Baron Ashton Lennox und seine Frau Rosalind; und dann war da noch Charles, der Earl of Lonsdale, obwohl er nicht allein war.

Tom Linley war wieder einmal sein Schatten. Es war ungewöhnlich, einen Diener in den Salon des Hauses eines anderen Mannes mitzubringen, aber Charles machte bei dem jungen Mann eine Ausnahme. Er schien fehl am Platz zu sein, und doch …

Hatte Audrey recht? War dieser große, dünne Junge … nicht wirklich ein Junge?

Emily ging während ihrer Begrüßung weiter in den Raum hinein, und als sie Tom und Charles gegenüberstand, schenkte sie ihm ein warmes Lächeln.

»Charles, ich habe die Köchin gebeten, ein spezielles Mittagessen für das Personal zuzubereiten. Würdest du mir erlauben, deinen Diener zu entführen, damit ich ihn etwas fragen kann, bevor er zu den anderen nach unten geht?«

Charles' graue Augen funkelten schelmisch. »Versuchst du, meinen besten Mann für Godric abzuwerben? Tom ist ein exzellenter Junge, aber viel zu loyal, um zu gehen, egal, was du ihm anbieten willst.«

Toms Gesicht erblasste, und Emily versuchte, ihn nicht anzustarren, damit nicht noch jemand im Raum ihr Interesse bemerkte.

»Niemand wildert irgendjemanden ab, Charles. Mach dich nicht lächerlich.«

Emily wartete darauf, dass Tom ihr in den Flur folgte. Sie nahm sich einen Moment Zeit, um den Jungen beim Gehen zu beobachten. Der Gang war männlich, aber auch das leichte Schwanken der Hüften war nicht zu übersehen.

Großer Gott. Audrey könnte Recht haben.

Vielleicht war Tom Linley ja doch nicht Tom. Aber warum die Täuschung? Sie hatte eine kleine Schwester, um die sie sich kümmern musste. War es einfach leichter, als Mann Arbeit zu finden? Für eine unverheiratete Frau mit einem Kind war das Leben in den unteren Schichten schwierig, ja sogar gefährlich.

»Womit kann ich Ihnen helfen, Euer Gnaden?«, fragte Linley mit respektvoll gesenktem Blick.

»Helfen mit? Oh … das hatte ich ganz vergessen. Es ist nichts Wichtiges, das versichere ich dir. Bitte genieß einfach das Mittagessen mit dem Rest des Personals.« Sie beobachtete, wie der Diener sich entfernte, und ihre Neugierde wurde noch größer.

Die arme Frau. Eine Lüge leben, nur um zu überleben. Das ist nicht richtig. Ich bin sicher, dass ich ihr helfen kann. Ich muss.

LILY VERPUTZTE DAS LETZTE STÜCK PFLAUMENKUCHEN, DAS Mrs. Fitzhugh ihr gegeben hatte. Sie hatte ihr Mittagessen mit den anderen Bediensteten des Hauses Essex unten eingenommen und hatte einen vollen Bauch. Wenn man bedachte, wie groß die Mahlzeiten für das Personal in den Häusern der Liga-Schurken waren, konnte sie sich nicht vorstellen, wie viel die Männer der Liga selbst aßen. Herr, sie würde so groß wie ein Elefant werden, wenn sie jemals als Lady mit ihnen speisen würde.

»Mr. Linley?«, verkündete Simpkins in der Tür zum Speisesaal des Personals. »Ihre Anwesenheit wurde von Ihrer Gnaden im Morgenzimmer erbeten. Die Herren spielen Billard.«

Lily erstarrte. »Erbeten? Ihre Gnaden wollte mich sprechen?« Das war zweimal an einem Tag, und zweimal mehr, als sie mit einer der Damen im Obergeschoss sprechen wollte. Dies waren keine gewöhnlichen Frauen, und sie hatte schon früh gelernt, dass sie deren wachsamen Blicken ausweichen musste, um nicht entlarvt zu werden.

»Ja. Gehen Sie jetzt.« Simpkins klatschte in die Hände, wie es nur ein Butler konnte, und sie wusste, dass sie schnell nach oben gehen musste. Sie bedankte sich bei der Köchin für den Kuchen und eilte davon. Sie fand die Tür des Morgenzimmers und klopfte an.

»Kommen Sie herein.«

Lily blickte zu Boden, als sie eintrat. Als sie einen Blick nach oben wagte, sah sie eine Parade bunter Röcke, die einer Reihe junger Damen gehörten, die sich im Raum bewegten.

»Mr. Linley, bitte kommen Sie herein und setzen Sie sich«, sagte die Herzogin von Essex.

»Ich glaube, ich sollte stehen bleiben, Euer Gnaden«, antwortete Lily in leisem Ton, während sie sich den Blicken der fünf beeindruckenden Damen um sie herum stellte.

»Setzen Sie sich. Bitte, ich bestehe darauf.« Lily setzte sich auf einen Stuhl, etwa einen Meter von den anderen entfernt. Sie hielt ihren Blick gesenkt und versuchte herauszufinden, warum sie hierher gerufen worden war.

Eine der Frauen ergriff das Wort. »Wir beißen nicht, sollten Sie wissen.«

»Und unser Blick wird Sie auch nicht in Stein verwandeln«, fügte eine andere hinzu.

Lily blickte auf und bemerkte die teuren Seidenkleider mit den üppigen Stickereien und schönen Verzierungen, die sie sich selbst einmal vorgestellt hatte zu tragen. Als sie die Herzogin ansah, war sie überrascht von der Wärme, die sie in den violetten Augen der Frau fand. Lily war zwei Jahre älter, doch die Herzogin hatte einen reifen, kenntnisreichen Ausdruck in den Augen, der Lily verriet, dass sie weiser war als ihr Alter. Das machte Lily nervös, denn weise Menschen sahen oft, was andere nicht sehen konnten.

»Sie sind also nicht *Mr.* Linley, nicht wahr?«, erkundigte sich die Herzogin, obwohl es nicht wirklich als Frage formuliert war.

Lilys Herz erstarrte. Vor nicht allzu langer Zeit hatte Audrey gesagt, sie kenne das Geheimnis, das Lily bewahre. Lily war sich nicht sicher gewesen, was sie meinte. Es war durchaus möglich, dass Audrey ihre Verkleidung durchschaut hatte, aber es war auch möglich, dass sie etwas völlig Falsches vermutete. Audrey war schließlich berühmt für ihre Höhenflüge.

»Ich bin ...«, flüsterte Lily heiser. Linley war ihr Nachname – das war nie eine Lüge gewesen.

»Ich will damit sagen, dass Sie *Miss* Linley sind«, stellte die Herzogin klar. Die stählerne Entschlossenheit in ihren Augen ließ Lily zusammenzucken.

»Bitte, Sie müssen sich nicht mit Dementis abmühen. Ihr Geheimnis ist bei den Damen in diesem Raum gut aufgehoben«, beruhigte die Herzogin sie. »Sehen Sie, unsere Männer haben ihre Liga der Schurken, aber wir ... wir sind die Gesellschaft der rebellischen Damen. Wissen Sie, was wir tun?«

Lily schüttelte den Kopf, zu fassungslos, um zu sprechen. Es fiel alles auseinander. Sie konnte sich nicht mehr herausreden. Hugo würde sie umbringen, sobald er es herausfand, und dann würde Katherine ... Panik erfüllte sie, und sie blickte von ihrem Stuhl auf, als ihr plötzlich schlecht wurde. Sie flüchtete zu der Topfpflanze in der Ecke und erbrach sich in sie.

»Um Himmels willen!«, keuchte eine der Frauen. Lily hörte durch ihren kranken Dunst hindurch, wie sich die Frauen um sie versammelten. Eine kühle Hand berührte ihren Nacken, und sie sank auf die Knie, ihr Körper spannte sich an, als sie weiter trocken hustete.

»Aber, aber.« Das war die Stimme von Anne Sheridan, der Viscountess. »Wir wollten Sie nicht aufregen. Wir wollten nur unsere Hilfe anbieten. Das ist es, was wir tun.«

Lily schloss die Augen und lehnte sich stöhnend gegen die hohe Topfpflanze. »Das verstehe ich nicht. Wogegen rebellieren Sie?«

»Dies ist eine Männerwelt«, sagte Audrey, »und der Himmel weiß, wie schwer es für uns ist, in ihr zu überleben. Sie sind der lebende Beweis. Dagegen rebellieren wir.«

»Wenn überhaupt, dann haben Sie bereits bewiesen, dass Sie eine von uns sind«, fügte Emily hinzu. »Es ist keine kleine oder zaghafte Leistung, das zu tun, was Sie getan haben.«

»Dürfen wir Ihnen helfen?« Das kam von Horatia, der Marchioness of Rochester.

Lily hob den Kopf und wischte sich den Mund mit dem Ärmel ihres Mantels ab. »Mir helfen?«

»Ja. Wir möchten Ihnen helfen, einen Ehemann zu finden«, sagte Audrey. »Jemand, der sich um Sie und Ihre kleine Schwester kümmern wird. Sie heißt doch Katherine, nicht wahr?«

Jemand, der sich um sie kümmert? Diese armen, naiven Närrinnen. Sie hatten keine Ahnung, wie unmöglich das war. Hugo hatte ihr alles genommen. Ihre einzige Zukunft war die, die er ihr zugestand.

»Ich kann nicht«, sagte sie.

»Warum nicht?«

»Mein Leben ist komplizierter als Sie denken«, sagte sie. Näher konnte sie die Wahrheit nicht zugeben.

»Ich bin sicher, Sie haben sich an ein gewisses Maß an Freiheit als Mann verkleidet gewöhnt, aber Sie leben eine Lüge«, sagte Horatia. »Und das kann unmöglich von Dauer sein. Mit dem richtigen Ehemann könnten Sie genauso frei und viel sicherer sein. Sie könnten Sie selbst sein.«

»Wir werden Charles nichts sagen, falls Sie das befürchten«, sagte Audrey. »Wir werden es geschickt anstellen. Sie können um bestimmte freie Nächte bitten.«

»Er ist ziemlich nachsichtig mit seinem Personal«, fügte Emily hinzu. »Ich weiß, dass er es erlauben würde. Dann können Sie uns auf unseren Bällen begleiten. Wir haben bereits damit begonnen, eine clevere Familiengeschichte für Sie zu erstellen, die Ihnen Zugang zum *ton* verschaffen wird.«

»Ich habe zugestimmt, Ihnen eine angemessene Mitgift zu stellen«, sagte Rosalind. Sie war eine schottische Bankerin, was an sich schon eine Seltenheit war, und Lily hatte sie dafür immer bewundert. Aber der Gedanke, dass diese Damen ihr halfen, obwohl Hugo sie geschickt hatte, um ihnen das Leben zu ruinieren ... Die Übelkeit kehrte mit neuer Kraft zurück. Sie musste jedoch ihre Rolle spielen.

»Ich kann nicht auf einem Ball des *ton* gesehen werden, nicht wenn ich ein Diener bin.«

»Aber das sind Sie ja nicht, oder? Sie sprechen wie eine Lady und bewegen sich wie eine, weil sie eine sind, nicht wahr?«

Lily zögerte und nickte dann. »Ich wurde nicht als Dienerin geboren. Meine Eltern stammten aus dem Adel, mein Onkel war ein Baron in Cornwall. Aber nach dem Tod meiner Eltern musste ich mir Arbeit suchen, da das Vermögen meines Vaters auf Null geschrumpft war.« Das war die Wahrheit. Es war nicht schlimm, dies preiszugeben.

»Dann sind Sie für einen Gentleman des *Ton* für die Ehe ziemlich geeignet«, beharrte Anne.

»Bitte«, beharrte Emily. »Es kommt nicht oft vor, dass wir die Chance haben, jemandem so zu helfen, und es würde uns große Freude bereiten.«

Lily versuchte, einen Weg zu finden, sie zu verleugnen, aber sie konnte es nicht, nicht ohne weiteren Verdacht zu erregen und sie die Wahrheit herausfinden zu lassen.

Und das Schlimmste daran war, dass ihre Hilfe Hugos Pläne erleichtern könnte. Sobald er davon erfahren würde, würde er darauf bestehen, dass sie akzeptierte. Er würde die Ironie zu gut finden, um sie sich entgehen zu lassen, aber er würde darauf bestehen, vorher über das Angebot informiert zu werden.

»Darf ich etwas Zeit haben, um darüber nachzudenken?«, fragte Lily.

»Ja, natürlich. Lassen Sie sich Zeit, aber ich hoffe, Sie werden es sich überlegen.« Emily half Lily auf die Füße. »Geht es Ihnen gut genug, um wieder nach unten zu gehen?«

»Ja. Ja, Euer Gnaden«, log Lily, verließ den Raum und bedankte sich für ihre Diskretion. Draußen angekommen, konnte sie die Männer im Billardzimmer hören. Der Klang ihres Lachens war seltsam beruhigend.

Sie schlich auf Zehenspitzen am Billardzimmer vorbei. Die Tür stand einen Spalt offen, und sie konnte nicht widerstehen, einen Blick durch den Rahmen zu werfen. Lampen beleuchteten die Billardtische, und die Vorhänge waren teilweise zugezogen, um die Gemälde vor den Strahlen der übereifrigen Vormittagssonne zu schützen. Godric beugte sich über den Tisch, die Lippen zusammengepresst, die grünen Augen konzentriert, während er einen Stoß ausführte. Als er nur einen Ball versenkte, lachten die anderen Männer spielerisch darüber. Ihre unkomplizierte Kameradschaft war eine magische Kraft für sich.

Wie konnten diese mächtigen und ehrgeizigen Männer, die alle so unterschiedlich waren, so enge Freunde werden? Was hatte sie zusammengeführt? Das war etwas, was sie Charles schon tausendmal hatte fragen wollen. Freundschaften entstanden in der Regel aus wunderbaren Momenten, aber was die Liga verband, war etwas Dunkles und Schreckliches, und es hatte mit Hugo zu tun.

Doch Hugo war derjenige, der sich rächen wollte, nicht die Liga. Und warum? Hatten sie ihm in der Vergangenheit etwas angetan? Etwas Unverzeihliches?

Sie sah Charles, der am Rahmen eines hohen Fensters lehnte. Das Sonnenlicht, das durch die teilweise geöffneten Vorhänge fiel, ließ sein goldenes Haar wie einen Heiligenschein schimmern. Die goldenen Strähnen waren ungestümer als bei ihrer ersten Begegnung mit ihm vor einem Jahr, aber das verstärkte nur seinen Charme und seinen Sinn für Unfug.

Wann immer er mit diesen fünf Männern zusammen war, verschwanden die Schatten in seinen Augen. Die nächtlichen Schrecken, die ihn mitten in der Nacht aufweckten, ließen eine Zeit lang nach. Lily kannte seine wahre Angst, die täglich wuchs. Die Angst, dass all dies enden würde, dass die

Ehefrauen und die kommenden Kinder die Liga nach und nach auseinander treiben würden, bis Charles der einzig verbliebene Mann wäre.

Seine größte Angst war es, alle zu verlieren, die er liebte, und sie wusste mit erschreckender Gewissheit, dass seine Angst wahr werden würde. Früher oder später würde Hugo seinen letzten Plan in die Tat umsetzen. Die Liga würde auseinanderbrechen, und Charles wäre der Letzte, der noch auf eigenen Füßen stand.

Erst dann würde Hugo Charles töten.

KAPITEL 5

Es war etwas im Gange.

Charles war am Billardtisch an der Reihe, zielte und stieß. Alle seine Freunde waren mit ihm im Raum, glücklich, lachten über etwas, das er nicht einmal ansatzweise verstehen konnte - das Eheleben. Die Kluft war da, eine wachsende Kluft zwischen ihm und dem Rest der Liga, die ihm einen Knoten in den Magen machte. Wie war das alles so schnell passiert? Innerhalb eines Jahres wurde er aus ihrer Welt vertrieben, während sie sich nach und nach alle niederließen.

Und sie können es nicht einmal sehen ...

Er versuchte, die Welle der Verzweiflung aus seinem Kopf zu verbannen, die ihn überkam, bevor er sprach. »Was hat Em vor, hm?«, fragte er Godric.

Godric lehnte sich auf seinen Queue. »Em? Nichts, soweit ich weiß. Warum?«

»Sie hat meinen Kammerdiener zu sich gerufen, und ich möchte wissen, warum. Braucht ihr einen neuen Diener?«

Godric schnaubte. »Sicherlich nicht. Jeremy leistet hervorragende Arbeit. Außerdem würde ich es nicht wagen, dir deinen Freund wegzunehmen, wo doch klar ist, dass er dich vergöttert.«

Charles gluckste. »Er *vergöttert* mich nicht.«

Godric und Cedric tauschten einen Blick aus, der Charles die Nackenhaare zu Berge stehen ließ.

»Was?«

»Nun ...« Cedric errötete ein wenig. »Bist du wirklich ganz sicher, dass er keine ... Gefühle für dich hat?«

Charles lachte. »Sei nicht albern, Linley ist nicht ...«

Ashton räusperte sich und machte ein ernstes Gesicht. »Es ist nicht unmöglich, weißt du. Und wenn es wirklich der Fall wäre, solltest du dem Jungen vielleicht einen neuen Arbeitgeber suchen, der ihm weniger das Herz bricht.«

»Ach, komm schon. Ich war in seinem Alter auch nicht viel anders, wenn es um euch Jungs ging. Heldenverehrung und so weiter.« Charles weigerte sich, Linleys Verhalten als etwas anderes zu betrachten. Tom war sein einziger treuer Begleiter, seit seine Freunde geheiratet hatten.

Außerdem lagen sie falsch. Linley hatte die Bewunderung eines jungen Burschen für ihn, das war alles. Wie er gesagt hatte, war er selbst vor langer Zeit genauso gewesen und hatte Ashton, Lucien, Godric und sogar Cedric als heldenhafte Figuren bewundert. Sie waren nur ein oder zwei Jahre älter als er, aber als junger Mann an der Universität waren ihm diese Jahre wie ein ganzes Leben vorgekommen.

Mit der Zeit war er ihnen dann näher gekommen und hatte erkannt, dass sie Männer wie er waren. Fehlbar, liebenswert, aber kaum die Götter, die sie einst zu sein schienen. Und er war froh über diese Veränderung. Ein Mensch kann nicht mit einem Gott befreundet sein.

So sah Tom ihn zweifellos auch. Er hatte dem Jungen einen besseren Job, eine bessere Bleibe und eine bessere Situation für seine kleine Schwester verschafft. Er war auch Zeuge der Art von Abenteuern geworden, in die Charles oft geriet. Aus einer solchen Perspektive war Heldenverehrung nur natürlich. Aber das war nicht gesund.

Da kam ihm eine Idee. Vielleicht könnte er mehr Zeit mit Tom verbringen, ihn dazu bringen, Zeit mit Charles, dem Mann, zu verbringen und nicht mit Charles, dem Retter. Er könnte ihm zeigen, wie man zechte, trank und spielte, und ihm vielleicht sogar helfen, eine Frau für die Nacht zu finden. Das würde dem Jungen helfen, seinen eigenen Weg zu finden und nicht mehr wie ein kleines Entlein zu Charles aufsehen zu lassen. Ja, das war eine ausgezeichnete Idee.

»Wie wär's, wenn du Emily ein bisschen für dich kuppeln lässt? Das würde ein paar deiner Probleme lösen«, drängte Ashton. »Wenn Linley dich wirklich bewundert, wird er vielleicht davon ablassen, wenn er sieht, dass du dich niederlässt. Das könnte ihn lehren, ein bisschen erwachsen zu werden.«

Charles sträubte sich, weil ihm der Gedanke nicht gefiel, dass irgendjemand, vor allem Emily, für ihn eine Frau aussuchen sollte. Er klatschte seinen Queue auf den Tisch. »Ich bin es leid, dass ihr vier versucht, das Kindermädchen des Jungen zu sein. Der Junge ist in Ordnung, und ich werde niemanden entlassen, nur weil er mich bewundert. Und was die Kuppelei angeht, so habe ich mich damit abgefunden, meine Tage als Junggeselle zu verbringen, auch wenn ihr mich alle deswegen im Stich lasst.«

»Charles ...«, begann Cedric zu sprechen, aber Charles hörte nicht zu.

Er verließ den Billardraum und brüllte nach Tom. Der Junge stürzte aus dem Dienstbotenzimmer, als hätte jemand einen Schuss über seinen Kopf hinweg abgefeuert.

»Mylord?«

»Wir gehen.«

Toms Gesicht verdüsterte sich vor Sorge. »Jetzt gleich?« Charles schlug ihm auf die Schulter, so wie er es bei seinem kleinen Bruder Graham getan hatte - bevor sich die Dinge zwischen ihnen geändert hatten. Jetzt konnten die beiden kaum noch zusammen in einem Raum sein, bevor es zu einer Schlägerei kam.

»Ich habe Lust auf etwas Sport. Wie wäre es, wenn wir nach Hause gehen und ein bisschen üben.«

»Gewiss, Sir. Boxen?«

»Ich habe an Fechten gedacht. Ich habe plötzlich das Bedürfnis, etwas aufzuspießen.«

»Ich habe keine Lust, am Ende Ihres Spießes zu stehen«, murmelte Tom.

Charles lachte, als er und Tom Godrics Haus verließen. Die frische Londoner Luft umwehte sie, als sie darauf warteten, dass ihre Pferde vorgeführt wurden.

Zurück in seinem Haus fühlte sich Charles noch überzeugter von der Idee, wie man rücksichtslos lebte. Ashton und die anderen hatten dasselbe für ihn getan, als er jünger gewesen war. In diesem Sinne würde er die Tradition an die nächste Generation weitergeben.

Charles und Tom betraten den Freizeitraum, und er nahm zwei Florette von der Wand. Die Klingen waren mit Metallkugeln an den Spitzen abgestumpft, um eine tatsächliche Verletzung zu verhindern.

»Fang, Junge.« Er warf seinem Diener eine der beiden Waffen zu. Der Junge fing das Florett auf und wirbelte es mit dramatischem Schwung durch die Luft.

»Du kennst dich mit einem Florett aus, wie ich sehe?«

Tom schenkte ihm ein Grinsen. »Ein wenig, Sir.« Dann nahm er die Haltung *en garde* ein. Charles zog seinen Mantel aus und krempelte seine Ärmel hoch. Er ging auf Tom zu und hob sein eigenes Florett. Er schwenkte die Spitze leicht im Kreis, um Tom abzulenken. Tom runzelte konzentriert die Stirn, und bevor Charles reagieren konnte, stürzte sich der Junge auf ihn. Der Angriff traf ihn unvorbereitet, und er stolperte einen Schritt zurück, das Florett gegen die Brust gepresst.

»Ein Treffer, Sir«, sagte Tom und versuchte, ein Lächeln zu verbergen.

»Also, so willst du spielen?« Charles kam wieder auf die Beine, tanzte nach links und parierte den nächsten Schlag von Toms Florett.

»Der einzige Weg zu spielen, ist zu gewinnen, Sir.«

Charles grinste. »Ganz recht.«

Die nächsten paar Wechsel waren wie aus dem Lehrbuch, als ob jeder den anderen studieren würde, um zu lernen, was er konnte, um später eine Schwäche auszunutzen.

»Wer hat dir beigebracht, wie man kämpft?«, fragte Charles zwischen den Paraden.

Tom wehrte Charles' nächsten Stoß ab und fiel ein wenig zurück. »Mein Onkel, Sir. Er starb vor meinen Eltern, aber es heißt, er habe nie ein Duell verloren.«

Ihre Florette und Arme verschränkten sich, als sie sich ineinander verkeilten und sich gegenseitig nur Zentimeter voneinander entfernt anstarrten. Es gab eine kurze Pause und einen stummen Blick zwischen ihnen beiden.

»Also gut«, sagte Charles. »Mal sehen, ob du ihn stolz machen kannst.«

Und dann begannen sie ernsthaft zu kämpfen.

Fast eine halbe Stunde lang fochten sie gegeneinander, als wäre ihnen der Teufel auf den Fersen, bis sie beide am Rande des Zusammenbruchs standen. Tom schien sich prächtig zu amüsieren. Charles erkannte das Glitzern in seinen Augen. Er trug es selbst, wann immer er einen Boxring betrat und sich nicht ganz sicher war, ob er seinen Gegner besiegen konnte, aber es unbedingt herausfinden wollte.

Beide hatten bisher jeweils zwei Treffer erzielt, und keiner wollte einen dritten zulassen. Aber er konnte sehen, dass Tom müde wurde, und es war nur eine Frage der Zeit, bis er seine Deckung fallen lassen würde.

Tom zog sich jetzt immer öfter zurück und ging streng in die Defensive. Der Kampf hatte sie in die Nähe eines Fensters geführt, in die Nähe eines Tisches und einer Vase. Als sie daran vorbeitänzelten, kippte die Vase durch einen ungeschickten Schwung von Tom in Richtung von Charles, der instinktiv versuchte, die Vase mit seinem Fuß abzufangen, damit sie nicht auf dem Boden zerbrechen würde.

Es funktionierte. Die Vase versetzte seinen Zehen einen bösen Stich, ehe sie fast sanft auf dem Holzboden landete, und Tom landete einen dritten Schlag direkt auf Charles' Brust.

»Das sind drei, Sir«, keuchte Tom schwer. »Tut mir leid wegen der Vase.«

Charles fing an, selbst zu Atem zu kommen. »Ein Unfall, ja?«

»Ich wurde müde, Sir. Ich fürchte, ich war ein bisschen unvorsichtig.«

Oder clever, dachte Charles. »Du hast mich erwischt. Gut gemacht, Tom. In der Tat gut gemacht. Jetzt zeig ein bisschen Gnade und lass mich Wasser holen.«

Tom trat zurück, legte das Florett ab und stemmte die Hände in die Hüften, wobei er schwer atmete. Charles zeigte auf einen Stuhl am Fenster mit Blick auf den Garten.

»Setzen. Ich komme gleich wieder.« Als Tom sich nicht sofort bewegte, schlug Charles ihm mit seinem Florett auf den Hintern. »Jetzt.«

Mit einem rebellischen Blick stapfte Tom zu dem Stuhl hinüber und ließ sich darauf fallen. Es war eine Erleichterung zu sehen, wie Tom seine übliche starre Haltung aufgab. Wer auch immer sein früherer Herr gewesen war, hatte das Vertrauen des Jungen eindeutig beschädigt. Es hatte lange gedauert, bis Charles Tom davon hatte überzeugen können, dass er keine an die Ohren bekommen würde, nur weil er einen einfachen Fehler gemacht hatte.

Charles verließ den Freizeitraum und eilte in die Küche, wo er Mrs. Farrow und das Küchenmädchen vorfand, die das Abendessen vorbereiteten.

»Mylord.« Die Köchin wischte sich die mehlverschmierten Hände an ihrer Schürze ab.

»Bitte, lasst euch nicht stören. Ich wollte nur einen Krug mit Wasser und ein paar Gläser.«

Das Küchenmädchen eilte, um den Krug zu holen, und errötete, als sie ihn ihm reichte. Die Köchin gab ihm zwei Wasserkelche.

»Danke.« Er wollte gehen, doch die Köchin räusperte sich und erregte seine Aufmerksamkeit.

»Mylord ... Wenn ich darf ...«

»Ja?« Charles bemerkte ein Erröten bei Mrs. Farrow, während sie sprach.

»Das Personal, wir wollten mit Ihnen sprechen ... über Mr. Linleys kleine Schwester.«

»Katherine?«

Die Köchin und ihr Dienstmädchen tauschten einen Blick aus. »Sehen Sie, Sir, das Baby ist kein Baby mehr, und wir haben uns gedacht, dass es vielleicht bald mehr Aufsicht braucht.

Er legte den Kopf schief. »Aufsicht?«

»Ja. Wir vom Personal haben im letzten Jahr während unserer Arbeitsschichten abwechselnd auf das Baby aufgepasst, aber es wird Zeit, dass wir ein wenig Hilfe bekommen. Könnten wir jemanden einstellen, der auf sie aufpasst? Es wird nicht lange dauern, bis sie auch Unterricht braucht. Mr. Linley könnte es sicher tun, aber er verbringt einen Großteil seiner Zeit mit Ihnen, und die Kleine vermisst ihn sehr. Ich musste das Mädchen mehr als einmal ins Bett bringen, und sie ruft ständig nach ihrer Mama.«

Charles versuchte, die Schuldgefühle zu ignorieren, die er verspürte, weil er Tom so oft von seiner Schwester ferngehalten hatte. Er hatte Tom von der einzigen Familie, die ihm noch geblieben war, ferngehalten, nur um ihn zu unterhalten, wenn er mal wieder niedergeschlagen war. Wie egoistisch von ihm.

»Mrs. Farrow, Sie haben völlig Recht. Und Katherine ist nicht die Einzige. Ich hatte auch vor, etwas für Davis' Situation zu tun. Jetzt, wo seine Mary, Gott hab sie selig, tot ist, braucht er Hilfe mit dem jungen Oliver. Ich werde mich sofort auf die Suche nach einem Kindermädchen machen. Sie kann helfen, sich um beide zu kümmern. Und vielleicht stelle ich eine ein, die auch als Erzieherin arbeiten kann, ich weiß, das ist etwas ungewöhnlich, aber ich glaube an die Erziehung aller Kinder, unabhängig von ihrem Stand.«

Die Köchin lächelte offen und erleichtert. »Danke, Mylord. Davis und Tom werden es zu schätzen wissen.«

Er nickte, verschwand aus der Küche und kehrte in den Freizeitraum zurück. Tom lümmelte wie ein Kater auf dem Stuhl, ein Bein über die Armlehne geworfen. Er richtete sich auf, als Charles eintrat.

»Ruh dich aus, Tom. Du hast es dir verdient.« Charles reichte ihm einen Becher und schenkte ihm ein. Tom nahm das Wasser entgegen, trank schnell und schaute weg, als wäre ihm die Situation peinlich. Merkwürdigerweise fühlte sich auch Charles unwohl. Er war es gewohnt, von Frauen bewundert zu werden, aber er hatte noch nie erlebt, dass ihn jemand als Held verehrte. Es war beunruhigend. Er war kein Mann, dem man nacheifern sollte. Es gab weitaus bessere Gentlemen, wie zum Beispiel den Earl of Pembroke. James war im Vergleich zu Charles ein verdammter Heiliger.

»Tom, wir müssen reden.«

»Wirklich, Sir?« Toms Augen weiteten sich, und Charles brachte es nicht über sich, zu fragen, was er ihn wirklich fragen sollte. Männer redeten nicht einfach so über so heikle Dinge wie Gefühle. Er beschloss, stattdessen das Thema Katherine anzusprechen.

»Ich habe erfahren, dass Katherine ein Kindermädchen braucht. Wenn man bedenkt, wie viel Zeit du in meiner Gesellschaft verbringen musst, habe ich es versäumt, für sie zu sorgen, und ich denke ...«

»Oh nein, Sir. Sie müssen nicht für sie sorgen. Sie ist meine Schwester. Sie ist nicht Ihre Angelegenheit.« Tom sprang vom Stuhl auf, aber Charles packte ihn an der Schulter und drückte ihn zurück.

»Ruhig, Junge, du machst deine Sache verdammt gut und kümmerst dich um sie, aber es ist meine Schuld, dass du so wenig von ihr siehst. Ab heute wirst du mehr freie Abende bekommen, um bei ihr zu sein. Und ich werde morgen anfangen, ein Kindermädchen zu suchen, die sich um deine Schwester und den Jungen von Davis kümmert. Kat wird älter, und man muss sich um sie kümmern. Bald wird sie alleine durch den Garten laufen, ihre Schürze schmutzig machen und auf Bäume klettern. Du kannst nicht jede Minute da sein. In ein paar Jahren wird sie eine richtige Gouvernante brauchen.«

Toms Augen schimmerten, und er wischte sich mit dem Ärmel über die Nase. Als der sonst so verschlossene junge Mann seine Gefühle zeigte, fühlte sich Charles wie ein Schurke. Er hatte Tom nicht verunsichern wollen, aber eben das schien ihm verdammt gut zu gelingen.

»Kopf hoch, Junge. Ich habe dir gesagt, du machst deine Sache gut. Viel besser als ich in deinem Alter.«

Tom sah ihn mit einer Hoffnung und Verletzlichkeit an, die Charles bis ins Mark traf. Es erinnerte ihn an ihn selbst, als er jünger gewesen war und so viel verloren hatte. »Was meinen Sie damit?«

»Mein Vater starb, als ich achtzehn Jahre alt war. Mein

Bruder Graham war drei Jahre jünger, und meine Schwester war nur ein paar Jahre älter als deine Katherine. Meine Mutter war am Boden zerstört über den Tod meines Vaters. Jahrelang hielt ich meine Familie an einem seidenen Faden zusammen. Ella fiel unter meine Obhut, und ich hatte keine Ahnung, was ich mit dem Mädchen machen sollte.« Er hasste es, an die Vergangenheit zu denken; dort wartete so viel Schmerz auf ihn.

Tom schien jetzt noch neugieriger zu sein. »Was hast du getan?«,

»Ich habe getan, was ich konnte, und der erste Schritt war, mir einzugestehen, dass ich nur ein Mensch bin. Ich habe eine Pflegerin eingestellt, die meiner Mutter half, und eine Erzieherin für Ella, und sie hat sich prächtig entwickelt.«

»Aber ich kann mir nicht leisten ...«

»Ach komm schon, Tom. Davis braucht ebenfalls Hilfe, und ich habe beschlossen, Kat wie meine Patentochter zu behandeln, als ich dich eingestellt habe. Ich sollte etwas Verantwortung für sie übernehmen.«

Mehr als einmal hatte er sich gefragt, ob er nicht irgendwann einmal Toms Mutter begegnet war. Die Kleine sah ihm selbst auf unheimliche Art und Weise ähnlich. Aber Tom war so verschwiegen über seine Vergangenheit, dass Charles nicht einmal den Namen der Frau kannte. Er wusste bis vor einer halben Stunde nicht einmal, dass er einen Onkel gehabt hatte. War es möglich, dass er einmal mit der Frau geschlafen hatte und ein Kind gezeugt hatte, von dem er nichts wusste?

Aber wenn das der Fall war, verstand er nicht, warum sich Toms Mutter nicht gemeldet hatte. Die meisten Frauen taten dies, wenn der Vater einen Titel hatte und wohlhabend war. Charles war bereit, zuzugeben, dass er der Vater sein könnte, aber ohne mehr über Toms Mutter zu wissen, war es schwer, diese Möglichkeit anzudeuten.

Vielleicht hatte er sich aber auch nur von der Sorge leiten

lassen, ein ganzes Leben als Junggeselle vor sich zu haben. Kat war vielleicht seine Tochter - in einem anderen Leben, mit einer Frau, die er geliebt hatte. Der Gedanke an das, was hätte sein können, reizte ihn, und er wurde ungewöhnlich düster.

»Aber warum?«, fragte Tom. »Für unsere Kinder sind Sie nicht verantwortlich, und Sie bezahlen uns bereits gut.«

»Ich hatte jemanden, der sich um mich kümmerte, als ich es am meisten brauchte. Das Mindeste, was ich tun kann, ist, jemand anderem zu helfen.« In jener Nacht, in der Hugo versucht hatte, ihn zu ermorden, waren es genaugenommen sogar vier Personen gewesen, die auf ihn aufpassten. Er schauderte und verdrängte die Erinnerung, nicht aber die Dankbarkeit, die er empfand. Godric, Lucien, Cedric und Ashton hatten ihn in jener Nacht vor mehr als nur dem Fluss gerettet. Sie hatten seine Seele gerettet.

Und er hat es ihnen heimgezahlt, indem er heute ungehobelt und unhöflich gewesen war und sie im Stich gelassen hatte. Er hatte sich wie ein dummes, störrisches Kind verhalten.

»Geht es Ihnen gut, Mylord?«, fragte Tom und zog besorgt die Brauen zusammen. Großer Gott, Tom war wirklich noch so jung. Es würde gut sein, wenn die Männlichkeit ihn einholte und seine Schultern sich füllten und seine Gesichtszüge ein wenig härter wurden. Charles war selbst einmal klein gewesen und kannte die Entbehrungen, denen man ausgesetzt sein konnte. Der Junge würde Gefahr laufen, schikaniert zu werden, wenn er in einem anderen Haus arbeiten würde.

»Ich bin nur ein bisschen in Gedanken, Tom. Trink dein Wasser aus. Ich bin heute Abend nicht da, also kannst du dir den Abend frei nehmen. Morgen werden wir einige Kindermädchen für Kat und Oliver in Betracht ziehen.«

Tom kletterte vom Stuhl und trank seinen Becher aus, bevor er ging. Charles warf sich auf den Stuhl, den Tom frei gemacht hatte, und ehe er sich versah, träumte er von dem blonden Engel, den er aus den Tunneln gerettet hatte, und wünschte sich, er hätte noch einen Kuss im Regen gestohlen, bevor sie verschwunden war.

Ich muss sie wiederfinden. Ich muss wissen, wer sie ist ...

෨෩

LILY SCHLICH SICH IN DEN DIENSTBOTENFLÜGEL UND FAND Katherine auf Davis' Schoß sitzen. Er ließ das Baby mit einem Stück blauem Band spielen, was es offensichtlich faszinierend fand.

Lily lächelte den jungen Mann an, als sie ihm ihre Tochter abnahm. »Danke, Davis.«

»Jederzeit, Tom. Ich weiß, dass Seine Lordschaft dich auf Trab hält, und es macht mir nichts aus, mich um sie zu kümmern, wenn es meine Zeit erlaubt. Nachdem ich Mary verloren hatte, war es verdammt schwer, mich allein um Oliver zu kümmern. Ich weiß nicht, was ich getan hätte, wenn Mrs. Farrow und der Rest des Personals nicht gewesen wären. Wir müssen uns gegenseitig helfen, nicht wahr?« Davis tippte mit der Fingerspitze auf Katherines Nase. Sie quietschte und klatschte ihre pummeligen Hände zusammen. Davis lachte. Kat legte eine ihrer Hände auf Davis' hölzerne Hand, ohne sich an der Fremdartigkeit zu stören.

»Du weißt, dass ich immer gerne auf Oliver aufpasse, wenn es meine Zeit erlaubt«, sagte Lily.

»Danke, der Kleine läuft im Kreis um Mrs. Farrow herum, jetzt wo er älter ist.« Davis zuckte zusammen, als er seine hölzerne Hand bewegte. In der Winterkälte schmerzte sein Handgelenk oft an der Stelle, wo es mit seiner Prothese verbunden war. Bestimmte Aufgaben wurden dadurch erschwert, aber er konnte seine Pflichten dennoch erfüllen. Zumindest könnte sie ihm dabei helfen.

»Wenn du mir die Stiefel bringst, die du polieren musst, kann ich das für dich machen«, bot Lily an. Davis kam erstaunlich gut mit nur einer Hand zurecht, aber Lily war dem Lakaien zu tiefstem Dank verpflichtet und wollte sichergehen, dass er wusste, wie dankbar sie war. Als Davis ihr den Rücken zudrehte, um das Feuer zu schüren, vergrub sie ihr Gesicht in Kats goldenem Haar und atmete ihren süßen Babyduft ein. Es spielte keine Rolle, dass Katherine in einem dunklen Moment ihres Lebens entstanden war; wichtig war nur, dass Katherine ihr gehörte.

»Hat Mrs. Farrow mit Seiner Lordschaft darüber gesprochen, jemanden einzustellen, der sich um die Kinder kümmert?«, fragte Davis. »Wir hatten schon mal darüber gesprochen, weil ich etwas Hilfe mit Oliver gebrauchen könnte.«

Lily nickte und küsste brüderlich den Scheitel von Katherines Haar. »Er sagte, dass er morgen ein paar Kindermädchen zu Vorstellungsgesprächen empfangen will. Bitte danke Mrs. Farrow auch von mir.« Sie wussten beide, wie ungewöhnlich es für einen Lord war, eine Amme für die Kinder von Bediensteten einzustellen, aber so war Charles. Seine Bediensteten fühlten sich wohl damit, ihn um Hilfe zu bitten, und er gab sie ihnen sofort.

Zuerst war sie verletzt gewesen, als Charles das Thema ansprach, aber er hatte Recht. Sie war in letzter Zeit kaum noch für Katherine da, und der Rest des Personals konnte nicht ständig die Aufgaben tauschen, um sich um ein Kind zu kümmern, das nicht zu ihnen gehörte. Wie immer überraschte Charles sie mit seiner offenen Herzlichkeit und Großzügigkeit. Er war wirklich ein guter Mensch. Sie schluckte die aufsteigende Galle in ihrer Kehle hinunter, als sie daran dachte, wohin das alles eines Tages führen würde.

Betrachte es nicht als Verrat an ihm. Du musst dein Kind an die erste Stelle setzen.

Sie schloss ihre Augen und hielt ihre Tochter fest. Katherine war jetzt still, als ob sie Lilys Verzweiflung spürte, aber nicht verstand. Ihre winzigen Hände griffen nach Lilys Wange, und sie neigte ihren Kopf nach oben.

»Sieht aus, als bräuchte sie ein Nickerchen«, sinnierte Davis. Lily zuckte zusammen. Sie hatte nicht einmal bemerkt, dass er noch da war. Sie hatte sich wieder in ihren Gedanken verloren, eine gefährliche Sache. Sie konnte es sich nicht leisten, auch nur eine Sekunde lang unvorsichtig zu sein, schon gar nicht in Gegenwart von Freunden.

»Ich denke, du hast Recht. Ich bringe sie in ihr Bettchen.«

»Sie wird bald zu groß dafür sein«, sagte Davis. »Ich werde ihr bald ein richtiges Bett bauen müssen.«

»Hoffentlich nicht zu bald.« Lily stand auf und ging in Richtung ihres Zimmers. Als sie Davis' Schritte verklingen hörte, ließ die Spannung in ihr nach. Sie setzte Katherine auf ihrem Bett ab.

»Mama«, flüsterte Katherine.

»Ja, Liebes, aber du darfst mich nicht so nennen. Erinnerst du dich?« Sie kniete vor ihrer Tochter und versuchte zu lächeln.

»Warum?«, flüsterte das Baby. Mit nur drei Jahren war sie bereits intelligent. Zu intelligent. Sie hatte die Gerissenheit ihres Vaters, was Lily mit einem Gefühl der Angst erfüllte, aber sie glaubte, dass Katherine ihr Herz hatte, ein Herz der Liebe, nicht des Hasses.

»Es ist ein sehr wichtiges Geheimnis. Dir gefällt es hier, nicht wahr?«

Katherine nickte übertrieben, so dass ihre Locken wippten.

»Dann müssen wir das Geheimnis bewahren. Wenn jemand weiß, dass ich deine Mama bin, werden wir weggeschickt. Keine Bänder mehr.« Sie spielte mit dem blauen Seidenstreifen, der noch immer in den Händen ihres Kindes lag. »Keine Kekse mehr aus der Küche, keine warmen Nächte am Feuer.« Lily wollte ihr keine Angst einjagen, aber Kat musste verstehen, wie wichtig das Geheimnis war.

Katherines kornblumenblaue Augen wurden groß. »Kein Onki Charles mehr?«

»Nie wieder Onkel Charles«, stimmte Lily zu. »Denk daran, dass unser Geheimnis sehr wichtig ist. Du musst mich Tom nennen, nicht Mama.«

»Toma!«

»Nein, Dummerchen. *Tom.*«

Sie zog das Baby wieder in ihre Arme und genoss die einfache Freude, es einfach nur zu halten. Die meiste Zeit des Tages ohne Katherine zu verbringen, war schwierig, und der Schmerz in ihrer Brust, sich an sie zu kuscheln und so zu tun, als wäre sie ihr altes Ich, Lily, war übermächtig.

»Warum machen wir nicht ein kleines Nickerchen?« Sie legte das Kind auf das Bett und streckte sich neben ihr aus. Katherine kuschelte sich eng an sie und schlief fast sofort ein. Lilys Muskeln schmerzten noch immer von dem anstrengenden Fechtkampf, und sie war erleichtert, sich einen Moment ausruhen zu können.

Charles hätte sie geschlagen, wenn sie nicht die Vase umgestoßen hätte. Sie wusste, dass sie es nicht hätte tun sollen, aber es wurde von ihr erwartet, dass sie jeden Vorteil, den sie fand, ausnutzte. Charles hingegen glaubte an Fairness, selbst bei den Kämpfen in den Tunneln der Lewis Street. Das war seine Schwäche, eine Schwäche, die Hugo nur zu gut kannte.

Sie haben ein zu großes Herz, Mylord, ein viel zu großes Herz. Es tut mir so leid.

KAPITEL 6

Sir Hugo Waverly stand in den Schatten der Spielhölle, die als *Cockerel* bekannt war. Sein Blick schweifte über die Mischung aus Aristokraten und Männern aus der Unterschicht, die spielten und huren. An diesem Morgen waren Gerüchte über einen von Schmugglern betriebenen Untergrundboxring aufgetaucht, und Hugo wollte Antworten.

Schmuggler waren eine Tatsache, mit der er sich normalerweise nicht beschäftigte, aber hier war es anders. Das, was von Samir Al Zahranis Sklavenhandel übrig geblieben war, hatte eine neue Führung gefunden und war angeblich auf der Suche nach neuen Rekruten. Es war wichtig, diese Bande zu beseitigen, bevor sie in den Docks Fuß fassen konnten.

Er hatte Lily den Auftrag gegeben, mehr über sie herauszufinden und sich selbst als Köder anzubieten. Sein kleines Kätzchen hatte erwähnt, dass es als Preis für die Kämpfer in die Lewis Street geschleppt worden war, aber Hugo vermutete, dass der endgültige Bestimmungsort ein Frachtschiff mit unbekanntem Ziel gewesen sein dürfte. Dank Lonsdale hatte sie zwar nichts weiter herausgefunden, aber das Nachdenken über die Situation in der Lewis Street brachte ihn auf eine Idee.

»Sir?« An seiner Seite war Daniel Sheffield, der erst vor kurzem von einer verdeckten Mission in Frankreich zurückgekehrt war. Obwohl er nicht alle seine Ziele erreicht hatte, war die Mission für die Krone erfolgreich verlaufen. Siebzehn Ausländer, die in London Unruhe stifteten, waren gefasst und in aller Stille beseitigt worden, einige von ihnen dauerhaft. Die Unantastbarkeit Englands und seines Reiches war wieder gesichert, eine Tatsache, die Hugo mit Stolz erfüllte.

Er diente drei Herren: dem König, dem Land und der Kontrolle. Ein Mann musste immer seinen König verteidigen, sein Land schützen und seine Kontrolle behalten.

»Daniel, finde heraus, was du über die Regeln für die Männer, die in den Boxringen der Lewis Street kämpfen, herausfinden kannst, sofern sie überhaupt welche haben. Die Schmuggler leiten ihn, aber ich möchte wissen, wie sie es den Männern erlauben, in den Ringen zu kämpfen, und wie hoch die Einsätze normalerweise sind.«

Daniel tauchte tiefer in die Menge ein, und Hugo beobachtete weiterhin die Tische, die Kartenspiele, die Siegesschreie und - häufiger - die Niederlagen. Dann stockte ihm der Atem, als er einen goldhaarigen Mann an einem Tisch sitzen sah, der ihn für einen Moment an ...

Aber nein, es war nicht der Earl of Lonsdale. Es war sein jüngerer Bruder, Graham Humphrey. Sie hatten das helle Haar und die Augen ihres Vaters gemeinsam, aber bei näherer Betrachtung stammte Grahams Aussehen von seiner Mutter, nicht von seinem Vater.

Einen Moment lang war Hugo enttäuscht. Er war heute Abend auf Rache aus, und die Begegnung mit Lonsdale hätte ihm die Möglichkeit gegeben, sich zu rächen. Nicht, dass er hier sein Endspiel durchziehen würde. Nein, wenn es an der

Zeit war, Lonsdale zu töten, würde es zu einem Zeitpunkt und an einem Ort seiner Wahl geschehen.

Lonsdale hatte mehr Leben als ein verdammter Kater, aber diese Leben gingen zur Neige. Es würde nicht mehr lange dauern, bis Hugo Charles genau da hatte, wo er ihn haben wollte. Und dann, der letzte Schlag.

Daniel kehrte zurück, die Lippen zu einem festen Strich verzogen.

»Und?«, fragte Hugo.

»Die Schmuggler, die den Boxring in der Lewis Street betreiben, sind die von der schlimmsten Sorte. Die Art, die einen Mann für einen einfachen unwillkommenen Blick ausschalten würden.«

»Das ist nicht unerwartet. Was noch?«

»Diejenigen, die das Sagen haben ...« Daniel senkte die Stimme und beugte sich vor, um leiser reden zu können und von Hugo dennoch verstanden zu werden. »... sind dafür bekannt, dass sie den Männern eine Möglichkeit bieten, ihre Schulden durch Kämpfe zu begleichen. Die Einsätze sind oft hoch, weil es keine Sicherheitsgarantien gibt. Manchmal sogar das Gegenteil.«

»Blutsport«, sagte Hugo.

»In der Tat. Und die willigen Männer sind nicht immer so willig. Sie sind eher verzweifelt, würde ich sagen. Wenn sie den Schmugglern nicht bieten können, was diese haben wollen, bleibt ihnen nichts anderes übrig, als sich selbst anzubieten ... im Ring.«

»Ist das so?«

»Ja, Sir.«

Hugo zeigte auf den Mann, der neben Graham Humphrey saß. »Siehst du diesen Mann?«

Daniel musterte den jungen Aristokraten, der neben Graham saß. »Phillip Wilkes, der Earl of Kent?« Er und

Graham lachten und genossen einen Abend an einem Tisch beim Faro-Spiel.

»Ja. Sampson leitet den Tisch. Sorg dafür, dass der Earl verliert. Ich möchte, dass er dir hinterher eine große Summe Geld schuldet. Wenn er nicht zahlen kann, verlangst du, dass er die Rechnung durch einen Kampf in der Lewis Street begleicht.«

Daniel runzelte die Stirn. »Ich sollte darauf hinweisen, dass diese Boxer dafür bekannt sind, dass sie bei diesen Kämpfen Menschen töten.«

»Das ist etwas, das wir dem Schicksal überlassen sollten. Dieses Vorgehen ist erforderlich, um eine wichtigere Figur in Position zu bringen.«

»Ich verstehe.«

»Und Daniel?«

»Ja, Sir?«,

»Benutze unbedingt deinen richtigen Namen.«

Hugo entging die Resignation in Daniels Augen nicht. Er war durch und durch loyal, doch in letzter Zeit begann er eine gewisse Abneigung gegen seine Methoden zu zeigen.

Daniel schlenderte zum Faro-Tisch, nahm neben Kent Platz und nickte ihm zur Begrüßung stumm zu, als das Spiel begann. Hugo nahm ein Glas Branntwein vom Tablett eines vorbeigehenden Mädchens und kostete die Flüssigkeit. Nicht besonders gut, aber besser, als er an diesem Ort erwartet hatte.

Er begann, an andere Spiele, andere Figuren und andere Züge zu denken, die noch zu machen waren. Aus den Haushalten der Liga verlautete, dass sie endlich bereit seien, sich zu wehren.

Zweifellos war Ashton Lennox der Anführer. Er war der einzige in der Gruppe, der jemals die Fähigkeit besaß, das Spiel so zu spielen wie Hugo, aber das spielte keine Rolle. Der Baron kam viel zu spät, und selbst diese Wendung der Ereignisse war erwartet worden. Wurde genaugenommen von Hugo als notwendig erachtet. Der Feuersturm, der auf die Liga der Schurken und alle, die sie liebten, niederprasseln sollte, würde sich nicht aufhalten lassen.

⁂

GRAHAM HUMPHREY KLAPPTE SEINE KARTEN ZUSAMMEN und sah seinen Freund Phillip, den Earl of Kent, besorgt an. Der Faro-Tisch hatte sich gelichtet, und das eigentliche Spiel fand jetzt zwischen seinem Freund und einem dunkelhaarigen Mann statt, der mit beachtlichem Geschick spielte. Er hatte sich als Daniel Sheffield vorgestellt, ein Manager unten bei den Docks.

Kent beugte sich vor und betrachtete stirnrunzelnd die Karten, die der Dealer auf der grünen Filzplatte aufdeckte. Faro war halb Geschick, halb Glück, und normalerweise war Kent mit beidem gesegnet, aber heute Abend nicht. Sheffield gewann anscheinend fast jede Runde und sorgte dafür, dass Kent immer mehr Schulden anhäufte.

»Noch eine Runde?«, forderte Sheffield Kent heraus. »Eine gute Hand würde Sie wieder in die Oberhand bringen.«

Graham ergriff den Arm seines Freundes und schüttelte den Kopf, aber Kent stieß ihn weg.

»Noch eine.« Noch einmal legte der Geber dreizehn Karten aus, und es wurde gewettet, welche Karte der Geber als nächstes aufdecken würde.

Grahams Magen rebellierte, als Kent eine hohe Summe einzahlte, die Sheffield kommentarlos verdoppelte. Um den Tisch herum wurde es still, als sich eine kleine Menschenmenge versammelte, um zuzusehen.

Der Dealer drehte die Karte um, und Kents Gesicht nahm die Farbe von Birkenrinde an.

»Ich ...«, stammelte er. »Ich brauche vielleicht ein paar

Tage, um das Geld für Sie zusammenzutragen, Mr. Sheffield.« Kent war nicht arm, aber kein Mensch konnte sich so viel leisten, wenn er nicht genügend Zeit dafür bekam.

»Ich fürchte, ich werde in einem Tag abreisen«, sagte Sheffield. »Aber vielleicht können wir uns ja einigen.« Sheffield beugte sich vor und flüsterte etwas in das Ohr des Earls. Kent nickte hastig. Dann erhob sich Sheffield und verließ den Tisch.

»Phillip, was hat er gesagt?«, wollte Graham in einem dringenden Flüsterton wissen.

Kent erhob sich vom Tisch und zog seinen Mantel an. »Nicht hier.«

Graham folgte ihm zur Tür hinaus und streifte seinen eigenen Mantel über die Schultern. Draußen im eisigen Wind angekommen, brachte Graham seinen Freund mit einem Ruck zum Stehen.

»Phillip, was zum Teufel hat er gesagt?«

Der Earl of Kent wich seinem Blick aus. »Ich habe keine Möglichkeit, meine Schulden rechtzeitig zu begleichen, und er bot mir an ...«

»Was?« Graham fürchtete die Antwort, die sein Freund geben könnte. Wenn er so zögerlich war, musste es sich um etwas Schreckliches handeln.

»Er hat *andere* Interessen und ist auf Hilfe durch jemanden angewiesen.«

»Was meinst du damit? Welche Interessen?«

»Boxen. Er ist der Meinung, dass ich die Schuld zurückzahlen könnte, wenn ich mich bereit erkläre, in den Ringen der Lewis Street zu kämpfen. Er hat eine Art finanzielles Arrangement mit denen, die die Kämpfe organisieren.«

»Lewis Street?«, antwortete Graham. Er hatte nur Gerüchte über diesen Ort gehört. Es war ein schlechter Ort für Boxbegeisterte. Die Männer dort hatten keine Ehre und zeigten keine Gnade. Es war kein Ort, an den jemand gehen sollte.

»Ich bin jetzt auf dem Weg dorthin. Ob ich gewinne oder verliere, er sagt, dass meine Schulden als vollständig beglichen gelten.«

»Nein, Kent, du kannst nicht ...«

Sein Freund drehte sich um und sah ihn an. »Was soll ich denn deiner Meinung nach tun? Es ist besser, gegen einen Rohling in den Ring zu steigen, als zu jedem Bankier in London zu rennen und meine Wertpapiere einzufordern. Wenn sich erst einmal herumgesprochen hat, dass ich eine solche Schuld zugelassen habe, wäre mein Name ruiniert.« Er schaute weg. »Danke, dass du versucht hast, mich vor der letzten Runde aufzuhalten. Ich hätte auf dich hören sollen. Es tut mir leid.«

Kent ging los, um sich eine Droschke zu rufen, und Graham folgte ihm auf den Fersen.

»Nun, ich werde dich nicht allein dorthin gehen lassen«, verkündete Graham. »Jemand wird dich danach zum Arzt schleppen müssen.«

Die beiden tauschten ein kurzes, kaltes Lachen aus. »Danke, aber ich würde lieber glauben, dass ich eine Chance habe zu gewinnen.«

Graham wollte nicht daran denken, was heute Nacht in den Tunneln passieren könnte. Er befürchtete, dass er am Ende eher einen Priester als einen Arzt würde aufsuchen müssen.

❦

LILY SCHLENDERTE DEN FLUR DES GROßEN STADTHAUSES entlang und lächelte, als sie ihren neuen Arbeitsplatz bewunderte. Ihre erste Arbeitsstelle. Die Arbeit als Dienstmädchen der Frau eines prominenten Mannes der Gesellschaft war eine unerwartete Wendung des Schicksals. Melanie Waverly war wunderschön, die Art von Frau, die alle Männer begehrenswert fanden. Ihre blitzenden Augen und ihr kokettes Lächeln hatten ihr viele Verehrer eingebracht.

Lily hielt vor der Tür zum Schlafgemach ihrer Herrin inne und strich mit einer Hand über ihr blasslilafarbenes Tageskleid. Es war hübsch genug, aber es hing lose an ihrem Körper. Sie war in den letzten Jahren größer geworden, hatte aber immer noch einen eher eckigen Körper mit kleineren Brüsten und Hüften als die meisten Frauen ihres Alters. Sie würde nie die Aufmerksamkeit auf sich ziehen, wie ihre Herrin es tat, aber vielleicht war das auch gut so. Sie hatte nur geplant, lange genug im Dienst zu bleiben, um einen anständigen Mann kennenzulernen, vielleicht ebenfalls einen Dienstboten, und hoffentlich zu heiraten. Darüber hinaus hatte sie keine Erwartungen, und die Arbeit im Haushalt der Waverlys wäre ein guter Einstieg.

Sie klopfte leicht an die Schlafzimmertür. Es war jedoch nicht ihre Herrin, die öffnete, sondern deren Gemahl. Sir Hugo war ein gut aussehender, aber einschüchternder Mann mit dunklem Haar und noch dunkleren Augen. Ihn umgab eine Aura der Macht, die Lily sofort spürte und die ihr die Nackenhaare zu Berge stehen ließ.

»Du musst wohl das neue Dienstmädchen sein. Lily, oder?« Er trat zur Seite, und Lily schlüpfte an ihm vorbei.

»Da bist du ja. Du bist spät dran.« Melanies Tonfall war schroff, während sie sich kritisch im Spiegel ihres Schminktisches betrachtete. »Komm und bring mein Haar in Ordnung. Steh nicht einfach herum.«

»Beherrsche dich, mein Schatz«, ermahnte Hugo seine Frau und schenkte Lily ein freundliches Lächeln. Vielleicht war sein Bellen schlimmer als sein Biss? Doch Lily wusste, dass man Männern nicht trauen sollte, zumindest nicht, wenn es um Dienstmädchen ging. Man hatte sie gewarnt, dass es in der Natur eines Mannes lag, sich Vorteile zu verschaffen, wenn er eine Machtposition innehatte. Und eine Frau im Dienst befand sich am untersten Ende jedweden Machtgefüges.

»Jetzt aber schnell«, schnauzte Melanie.

Lily nahm vorsichtig eine teure silberne Haarbürste in die Hand und begann, die dichten Locken ihrer Herrin zu kämmen. In dem Moment, in dem sie das tat, begann sich ihre Herrin zu entspannen. Als sie fertig war und auch ihre anderen Aufgaben im Schlafgemach erledigt hatte, war es früher Abend.

Sir Hugo war gegangen, um seine Mutter zu besuchen, und wurde zum Abendessen zurückerwartet, obwohl es möglich war, dass er den Abend in seinem Club, Boodle's, verbringen würde. Das Personal würde den Nachmittag und den Abend damit verbringen, einige liegengebliebene Arbeiten nachzuholen, wenn der Herr oder die Herrin erst spät zurückkehrten.

Lily war mit dem Wechseln der Wäsche fertig und verließ das Schlafgemach ihrer Herrin. Doch als sie am Zimmer des Herrn vorbeikam, hörte sie Geräusche, einen Mann, der vor sich hinmurmelte.

Sie stieß die Tür weiter auf und sah Sir Hugo. Er ging in seinem Schlafzimmer auf und ab. Sie wollte die Tür schließen, aber die Scharniere knarrten, und sie erstarrte.

»Wer ist da?«

Schuldbewusst stieß sie die Tür auf und gab sich zu erkennen.

»Ach, du bist es. Bring mir einen Brandy«, sagte er emotionslos.

Lily holte eilig eine Karaffe und ein Glas aus seinem Arbeitszimmer und reichte sie ihm. Er hatte sich in dem Sessel am Kamin niedergelassen, in dem noch kein Feuer brannte.

»Soll ich jemanden holen, der den Kamin für Sie anzündet?«, fragte sie. Sein distanzierter Blick verriet ihr, dass seine Gedanken meilenweit entfernt waren.

»Sir?«, hakte sie nach.

»Nein, lass es«, murmelte er und blickte in den kalten Kamin. »Das erscheint mir seltsam passend.«

Lily konnte sehen, dass er beunruhigt war, und sie wollte ihm helfen. Da war ein schrecklicher Schmerz in ihm, den er zu unterdrücken versuchte.

»Herr, ging es Ihrer Mutter nicht gut, als Sie sie sahen?«

»Oh, es ging ihr gut.« Seine Antwort war kalt. »Ihr Leben war auch ohne mich in perfekter Ordnung.«

»Hat sie sich nicht gefreut, Sie zu sehen?«

Sir Hugo schnaubte. »Sie war sehr glücklich, mich zu sehen. Ich dachte, vielleicht würde es jetzt anders zwischen uns werden. Aber dann hat sie wieder einmal alles kaputt gemacht.«

Eine Sekunde lang wusste Lily nicht, was sie von seinem schnippischen Ausbruch halten sollte. Sie streckte die Hand aus, um seine Schulter zu berühren, wie sie es bei einem Freund tun würde.

»Es tut mir so leid, Sir. Ich bin sicher, sie hat es nicht böse gemeint.«

Hugos Hand umklammerte das Glas, als er es langsam auf dem Tisch neben seinem Stuhl abstellte. »Vielleicht. Aber das ändert nichts an den Tatsachen, die mir vorliegen.«

Lily war sich nicht sicher, was sie sagen wollte, aber sie wollte ihm ein paar tröstende Worte anbieten. »Sir, ich weiß, es ist nicht meine Aufgabe, aber ... kann ich irgendetwas tun? Zu helfen?«

Sein Blick wanderte zu ihrer Hand, die noch immer auf seiner Schulter lag. »Helfen? Du glaubst, dass du mir helfen kannst?«

»Manchmal hilft es, wenn Menschen über das sprechen, was sie schmerzt. Das nimmt ihnen die Last von den Schultern.«

Hugo erhob sich langsam von seinem Stuhl, und ihre Hand fiel von seiner Schulter. Sie sah zu, wie er leise die Tür zu seinem Zimmer schloss und den einzigen Ausgang versperrte.

»Wer hat dich geschickt?«

»Sir?«

Hugo näherte sich ihr. Sie fühlte sich unfähig, sich zu bewegen, selbst als er nach ihr griff und sie an der Kehle packte, obwohl er nicht drückte.

»Wer. Hat. Dich. Geschickt?«

»Ich verstehe nicht, Sir. Ich verließ gerade das Zimmer meiner Herrin, als ich Ihren Kummer hörte. Ich wollte nur helfen.«

Hugo sah sie mit zusammengekniffenen Augen an. Einen Moment lang sah er beschämt aus, als hätte er einen Fehler begangen. Sie glaubte, er würde sie gehen lassen. Dann verhärteten sich seine Augen, und er begann zu pressen.

»Du glaubst, weil du siehst, dass ich Kummer habe, kannst du mir helfen? Glaubst du, du verstehst irgendetwas von mir? Du hast keine Ahnung von Schmerzen und Leiden.« Seine dunklen Augen huschten über ihren Körper.

»Aber du wirst.«

»Sir? Bitte nicht.« Sie flüsterte die Worte und verstand nichts, außer, dass sie in Gefahr war.

Bevor sie wusste, wie ihr geschah, wurde sie in das Schlafgemach der Herrin gezerrt und auf das Bett geworfen. Minuten später lag sie auf dem Bett, die Röcke über die Hüften hochgezerrt, von Schmerzen geschüttelt. Aber sie wagte nicht, sich zu bewegen, wagte nichts zu tun, außer flach zu atmen und zu versuchen, nicht zu denken. Er packte sie fest an der Taille, so fest, dass ihre Haut in ein paar Stunden von blauen Flecken übersät sein würde.

Hugo kletterte schließlich von ihr herunter. »Du weißt, wann du still sein musst. Das ist gut. Ich könnte andere Verwendungszwecke für jemanden finden, der sich so beherrschen kann.«

Eine Träne tropfte aus ihrem Auge und befeuchtete das Kissen unter ihrem Kinn. Sie starrte auf die Fasern des Kissens, als ihr klar wurde, was geschehen war.

»Wenn du meiner Frau auch nur ein Sterbenswörtchen sagst, verlierst du sowohl deinen Lohn als auch deine Anstellung. Ich werde dafür sorgen, dass niemand sonst dich jemals einstellt.« Er nickte zu dem Kästchen auf dem Nachttisch seiner Frau, in dem Melanies Schmucksammlung lag.

Hugo verließ das Schlafzimmer. Lily blieb still stehen, wie ein verängstigtes Kaninchen, das sich vor einem Fuchs versteckt, weil es weiß, dass die Gefahr nur allzu nahe ist.

Als sie schließlich aufstand, richtete sie ihr Kleid und benutzte den Lappen und das Wasser vom Waschtisch, um sich zu reinigen. Auf ihren Schenkeln und dem Laken war Blut. Es wurde von ihr erwartet, dass sie die Laken reinigte.

Dieser Gedanke, die Vorstellung, dass sie die ganze Arbeit machte, um diese Schande zu verbergen, während er so tat, als sei nichts geschehen, brach sie. Sie eilte den Flur hinunter und durch die Küche und kämpfte mit den Tränen. Sie konnte nicht hier bleiben. Sie konnte nicht für dieses Ungeheuer arbeiten. Ohne ein Wort zu jemandem zu sagen, schlüpfte sie durch die Hintertür und floh auf die Straße, ohne sich umzusehen ...

LILY WACHTE RUCKARTIG AUF. IHRE KEHLE FÜLLTE SICH MIT einem Schrei, der nicht kommen wollte. Dann erinnerte sie sich daran, wo sie war. Sie war im Haus von Charles. Sicher. Zumindest im Moment. Sie war nicht in Hugos Reichweite, nicht hier.

Doch in Wahrheit war sie immer in seiner Reichweite. Sie war seine Marionette, die an seinen Fäden tanzte. Sie beugte sich über ihr Baby und strich mit dem Fingerrücken über Katherines samtene Wangen. Sie hätte eine schreckliche Erinnerung an jene Nacht sein sollen, ein schwarzer Fleck in ihrer Erinnerung, aber Lily weigerte sich, Katherine so zu sehen.

Du bist mein Kind. Du gehörst mir. Du wirst niemals ihm gehören.

Sie küsste ihr Baby auf die Stirn, bevor sie aus dem Bett schlüpfte. Es war Nacht geworden, und in dem winzigen Kamin war nur noch Glut. Lily schürte die Flammen mit einem Haken und legte ein frisches Holzscheit vom Stapel nach. Lily lächelte. Davis musste das Holz irgendwann an diesem Tag heraufgebracht haben. Sie schürte die Flammen, bis sie gleichmäßig brannten. Als sie zu ihrem Bett zurückkehrte, hob sie ihre Tochter auf, trug sie zu ihrem Kinderbett und legte sie hinein.

Lily hatte den Nachmittag verstreichen lassen. Sie hatte noch einiges zu tun, unter anderem musste sie die Stiefel polieren, wie sie es Davis versprochen hatte. Mit einem schweren Seufzer verließ sie ihr Zimmer und ging den Flur entlang. Es war still im Haus. Die meisten der Bediensteten waren gerade dabei, ihr eigenes Abendessen unten in der Küche einzunehmen. Aber Lily war nicht hungrig.

Sie wollte gerade ins Erdgeschoss hinuntergehen, als sie das Klopfen an der Haustür hörte. Der übliche Lakai war nicht da, da Charles für den Abend ausgegangen war. Lily glättete eilig ihre Kleidung, um vorzeigbar auszusehen, und beeilte sich, die Vordertür zu öffnen. Eine dunkle Gestalt taumelte herein und griff im Zusammenbrechen nach ihr. Zuerst versuchte sie, sich dem Griff des Mannes zu entziehen, aber für eine Sekunde dachte sie, es sei Charles, der nach ihr griff. Sie versuchte, ihn zu packen, als er zu Boden stürzte.

»Charles ...«, stöhnte der Körper auf dem Boden. »Brauch ... Hilfe.« Der Mann sank in die Bewusstlosigkeit.

Lily drehte ihn auf den Rücken und sah ihn sich genauer an. Er war übel zugerichtet, sein Gesicht geprellt und geschwollen, aber die Ähnlichkeit mit der Familie war nicht zu übersehen. Es war Graham, der jüngere Bruder von Charles. Sie hatte den Mann im letzten Jahr nur ein paar Mal gesehen, und Charles sprach selten von ihm. Was auch immer zwischen den Brüdern vorgefallen war, es war so schlimm, dass sie sich weiterhin voneinander fernhielten. Jetzt war Graham hier und bat um die Hilfe seines älteren Bruders.

»Mr. Humphrey?«, fragte sie, aber der Mann rührte sich nicht. Sie untersuchte seine Verletzungen, aber es gab keinen Hinweis darauf, dass auf ihn eingestochen worden wäre. Er schien sich geschlagen zu haben. Sie lief in die Küche und rief nach dem Butler. Mr. Ramsey eilte ihr direkt vor dem Speisesaal der Bediensteten entgegen.

»Tom? Was in aller Welt?«

»Es ist Mr. Humphrey, der Bruder Seiner Lordschaft. Wir müssen den Arzt holen.« Lily führte Ramsey zurück in den

Eingangsbereich. Der Butler fluchte, als er sich neben den gestürzten Mann kniete.

»Ich bringe ihn in den Salon. Dort steht eine Couch. Davis soll Dr. Shreve aus der Duke Street holen.«

»Ja, Mr. Ramsey.« Der Butler wuchtete sich Graham über die Schulter und schleppte ihn in den Salon. Sie war noch nie so dankbar dafür gewesen, dass Ramsey ein starker, gesunder Mann war, wenn auch schon in den Fünfzigern. Er hatte keine Mühe, Graham an einen Ort zu bringen, an dem er sich sicher ausruhen konnte. Als Lily Davis in die Duke Street geschickt hatte und in den Salon zurückkehrte, hatte Ramsey Graham bereits Mantel und Weste abgenommen und untersuchte ihn auf weitere Verletzungen.

»Wie hast du ihn gefunden, Tom?«, fragte Ramsey.

»Er hämmerte gegen die Tür. Als ich öffnete, brach er auf mir zusammen. Er bat um Hilfe, bevor er ohnmächtig wurde. Er wollte Seine Lordschaft sehen.«

Ramsey entfernte Grahams Halstuch und zuckte zusammen beim Anblick der dunkelblauen Fingerabdrücke, die Grahams Hals umrandeten.

»Jemand hat versucht, ihn zu erwürgen«, sagte Lily.

Ramsey nickte. »Ich glaube auch.«

Lilys Hände wanderten reflexartig zu ihrem eigenen Hals. Lebhafte, schmerzhafte Erinnerungen an damals, als Hugo sie an der Gurgel hatte. Wie sie versucht hatte, ihm zu entkommen, aber diese Flucht war nur von kurzer Dauer gewesen.

»Ich wünschte, Seine Lordschaft wäre hier«, murmelte Ramsey.

»Wo ist er? Ich könnte ihn holen«, bot Lily an.

»Ich bin mir nicht sicher. Er wollte nach Vauxhall, aber du weißt ja, wie er ist. Der Mann ändert seine Richtung wie der Wind. Er könnte jetzt überall sein. Wir würden ihn nie finden.«

»Was sollen wir tun?«, fragte Lily. Graham lag still, aber sein Atem war tief, nicht flach.

»Sobald der Arzt ihn untersucht hat, werden wir ihn in einem der Gästezimmer unterbringen. Wenn Seine Lordschaft zurückkehrt, werden wir ihm die Angelegenheit erklären, und er wird entscheiden, wie es weitergeht.«

Lily nickte. Ramsey war sich, mehr noch als sie, der prekären Natur der Beziehung zwischen den beiden Brüdern bewusst.

Um zu helfen, brachte Lily saubere Tücher und eine Schüssel mit Wasser und wischte das Blut auf Grahams aufgeplatzter Lippe und den Schmutz in seinem Gesicht ab. Er sah so aus, als wäre er ein paar Mal gestürzt, bevor er vor Charles' Haustür ankam.

Die Tür des Salons öffnete sich, und Davis trat ein, gefolgt von Dr. Shreve. Der Arzt war im Haushalt der Lonsdales kein Unbekannter, da Charles eine Vorliebe für Boxen hatte.

»Hier drüben«, sagte der Butler. Lily machte Platz, blieb aber in der Nähe, um den Arzt dabei zu beobachten, wie er Grahams Hemd anhob. Weitere blaue Flecken und Striemen bedeckten seine Brust.

»Jemand hat diesen Mann ziemlich heftig zusammengeschlagen.« Die scharfen Augen des Arztes beurteilten Grahams Zustand. »Er hat ein paar gebrochene Rippen, hier. Es ist wichtig, dass er in den nächsten Wochen so viel wie möglich im Bett bleibt.« Der Arzt beugte sich nahe heran und berührte Grahams Hals. Graham regte sich plötzlich und wälzte sich wie ein unruhiges Kind.

»Charles?« Graham stöhnte. Es klang seltsam mitleiderregend, wie ein Junge, der sich verzweifelt nach seinem älteren Bruder sehnt, weil er der Einzige ist, der die Dinge in Ordnung bringen kann. Lily strich Graham mit einem feuchten Tuch über die Stirn und versuchte, ihn zu beruhigen.

Seine Augen öffneten sich, und sie sah diese hellgrauen Augen, die denen von Charles so ähnlich waren.

»Ganz ruhig«, sagte der Arzt. »Ruhen Sie sich aus, Mr. Humphrey. Sie sind außer Gefahr, aber Sie müssen schlafen. Verstehen Sie?«

»Ja«, antwortete Graham.

»Wenn es beim Sprechen weh tut, sollten Sie auch Ihre Stimme schonen«, sagte Dr. Shreve. »Es sieht aus, als hätte jemand versucht, Ihre Luftröhre zu zerquetschen.«

Ramsey gesellte sich zu Lily in der Nähe von Grahams Kopf. »Seine Lordschaft ist nicht hier, aber wir werden ihn direkt zu Ihnen bringen, sobald er zurück ist.«

»Phillip ... ist tot.« Er hustete und krampfte vor Schmerzen, zweifellos wegen seiner gebrochenen Rippen. Lily strich mit den Fingerspitzen über seine Stirn und versuchte, ihn zu beruhigen. Dann strich sie ihm mit einem feuchten Tuch über die Stirn.

»Wer ist Phillip?«, fragte der Arzt.

»Der Earl of Kent ... Sie haben ihn zu Tode geprügelt ... Lewis Street ... Ich bin nur knapp entkommen.« Grahams Augen fielen ihm zu, und er sackte auf der Couch zusammen.

»Lord Kent? Tot?«, flüsterte Ramsey mit großen Augen.

»Wer ist er?«, fragte Lily den Butler.

»Ein Freund von Mr. Humphrey. Seit sie Kinder waren. Ein guter Mann.«

Lily erschauderte. Ein Mann war tot, und Graham war schwer verprügelt worden. Sie befürchtete, dass Hugo irgendwie darin verwickelt war und einen weiteren Zug in seinem tödlichen Spiel machte. Hatte er beabsichtigt, dass auch Graham starb? Oder war es für ihn wichtig gewesen, den Mann am Leben zu lassen und hierher zu schicken, zerschlagen und zerschrammt?

»Bringen Sie ihn ins Bett, und ich lasse Ihnen etwas Laudanum gegen die Schmerzen da.« Dr. Shreve und Mr.

Ramsey hoben Graham auf, nahmen jeder einen Arm um die Schultern und trugen ihn aus dem Salon. Es war schwierig, ihn die Treppe hinaufzubringen, aber irgendwie gelang es ihnen.

Lily blieb eine Stunde lang bei Graham und hielt an seinem Bett Wache. Das war sie Charles schuldig, nach allem, was er für sie und Katherine getan hatte.

Graham wachte auf, als sie seine Stirn mit einem Tuch abtrocknete. Seine Augen starrten sie an, ein fieberhafter Blick, aber nicht weniger intensiv.

»Weiß er es?«, fragte Graham schläfrig.

Sie setzte ihm ein Glas Wasser an die Lippen. »Wissen?«

»Ja ...« Graham hielt ihr Handgelenk fest, sein Daumen berührte ihren rasenden Puls. »Deine Augen ... zu freundlich.« Er schlief wieder ein und ließ Lily mit der Frage zurück, was er wohl meinte.

KAPITEL 7

»**D**as ist eine schreckliche Idee«, murmelte Cedric, als er Godric, Ashton und Lucien durch eine Hecke in Vauxhall Gardens folgte.

»Ich möchte darauf hinweisen, dass *die meisten* von Godrics Ideen schrecklich sind«, antwortete Lucien flüsternd. »Aber das hat noch niemanden von uns davon abgehalten, mitzumachen.«

»Ich sehe keinen von euch, der eine bessere Idee hat«, schnauzte Godric und sah Lucien und Cedric finster an.

Cedric lächelte. Es war wie in alten Zeiten, als er und Godric sich in Cambridge ausgetobt hatten, bevor sie wie vier Monde in die Umlaufbahn von Charles gezogen worden waren, bevor Peter für immer für sie alle verloren gewesen war. Es war ein Zusammenschluss von fünf Seelen wegen des Verlusts einer Seele gewesen. Und heute Abend, wie in jener Nacht, in der sie Charles vor all den Jahren gerettet hatten, versuchten sie erneut, Charles zu retten, dieses Mal vor sich selbst.

»Woher wissen wir überhaupt, dass Charles hier ist?«, fragte Cedric.

»Ich habe Grund zu der Annahme, dass er heute Abend auf der Suche nach Gesellschaft ist«, antwortete Ashton.

»Moment mal, das Letzte, was ich sehen will, ist Charles nackt und ...«

»Oh, still«, lachte Lucien. »Dann wird einer von uns gehen.«

Cedric folgte seinen Freunden durch die dunklen Kieswege der weitläufigen Gärten. Sie kamen zu einem Weg mit drei markanten Torbögen, auf denen ein realistisches Gemälde der Ruinen von Palmyra zu sehen war. Als Junge war Cedric bei seinem ersten Besuch überzeugt gewesen, dass es sich bei den Gemälden um echte Ruinen handelte.

»Sollen wir den dunklen Gang überprüfen?«, schlug Godric vor.

»Warum nicht«, flüsterte Ashton. »Der beste Ort für heimliche Treffen.« Sie versuchten, sich unbemerkt auf den Wegen zu bewegen, bis sie die äußerste Promenade erreichten. Der dunkle Gang, oder auch *Spaziergang der Verliebten*, war schmal und bot einen heimlichen, sehr nahen Ort, an dem sich Verliebte am Abend trafen. Cedric hatte selbst ein oder zwei Frauen hierher gebracht, bevor er Anne geheiratet hatte. Er stellte sich vor, wie er sie hierher brachte, sie in die samtigen Blätter der Büsche drückte und ihre Röcke hochzog. Die Fantasie zauberte ihm ein Lächeln auf die Lippen. Vielleicht konnte er, wenn Hugo endlich erledigt war, Anne hierher bringen und ihr einige seiner verruchten Fantasien zeigen.

»Cedric.« Das Zischen von Lucien riss ihn aus seinen Gedanken. Er bemerkte, dass seine Freunde sich über die Kreuzung der Wege geduckt hatten und darauf warteten, dass er sich ihnen anschloss. Er warf einen Blick den Weg hinunter, um sich zu vergewissern, dass ihn niemand beobachtete, und stellte sich dann eilig neben die anderen, als sie wieder in einer Reihe weitergingen. Das plötzliche klare Läuten einer Glocke ließ sie erstarren.

»Verdammte Scheiße«, knurrte Godric. »Wir haben es vergessen. Es ist neun Uhr. Die Show.«

Um sie herum begannen sich die Wege mit Damen und Herren zu füllen, die sich zur berühmten Kaskade in der Mitte des Gartens bewegten, die nur um neun Uhr für fünfzehn Minuten zu sehen war. Dort war ein Müllerhaus mit einem plätschernden Wasserfall errichtet worden, der beim Drehen des Rades einen dicken Schaum am Boden erzeugte.

Dem Wasser waren Farbstoffe zugesetzt worden, und schwimmende Leuchtkörper boten einen wunderschönen Anblick aus tanzendem Licht und farbigem Wasser. Die Menschen klatschten und jubelten, während über ihnen ein Feuerwerk explodierte.

Die vier wurden an den Rand des riesigen Springbrunnens gedrängt. Cedric fluchte. Sie würden dem Gedränge nicht entkommen können, bis das Spektakel vorbei war. Er sah sich in der Menge um und entdeckte ein bekanntes Gesicht.

Charles.

Er stand im hinteren Teil der Menge, halb im Schatten. Nur das Feuerwerk erleuchtete ihn. Aber er war allein. Keine Frau war bei ihm, und sein Gesicht war ... Cedric versuchte, seinen Gesichtsausdruck zu deuten, aber in der zunehmenden Düsternis war das schwierig. Charles hatte noch nie Probleme gehabt, sich Gesellschaft zu sichern, doch heute Abend, während des Vauxhall-Zaubers mit den Springbrunnen und dem Feuerwerk, war er allein, und zwar ganz eindeutig.

Cedric hatte das seltsame Gefühl, dass er in etwas Intimes und Persönliches eingedrungen war. Was immer Charles heute Abend hierher geführt hatte, sollte niemand anderes miterleben. Die Einsamkeit eines Mannes war etwas Heiliges, das nur ihm gehörte, und es war nicht richtig, dass andere sie so miterlebten.

»Wir sollten gehen«, sagte Cedric zu Ashton, als sie sich an den Besuchern der Gärten vorbeidrängen, um zu ihren anderen Begleitern zu gelangen.

»Wir waren uns alle einig, dass er ein Eingreifen braucht«, erinnerte Godric ihn. In den Augen des Herzogs lag ein Schmerz, den Cedric tief in seinen Knochen spürte. Wenn ein Mann in der Liga Schmerzen hatte, fühlten alle anderen mit. Es war nicht leicht zu erklären, aber es war unbestreitbar wahr.

Resigniert wies Cedric auf Charles hin. Sie drehten sich um, um zu sehen, wohin er deutete. Alle Gesichter in der Menge waren dem Himmel zugewandt, um das Feuerwerk zu sehen, aber irgendetwas war nicht in Ordnung. Ein Mann, der etwa drei Meter von Charles entfernt war, beobachtete ihn. Dann schien er zu bemerken, dass die Liga ihn beobachtete.

»Mein Gott, er ist es«, sagte Cedric, halb zu sich selbst.

»Wer?«, fragte Godric.

»Gordon.« Cedric würde nie das Gesicht des Mannes vergessen, der ihn und seine Schwester Horatia fast ermordet hätte. Er erinnerte sich an das brennende Haus des Gärtners und daran, dass er danach monatelang blind gewesen war.

Der Mann sah Cedric an und nickte ihm zu, dann wandte er sich wieder Charles zu und griff in seinen Mantel.

»Wer ist Gordon?«, fragte Godric.

»Mein ehemaliger Lakai«, sagte Lucien. »Einer von Hugos Attentätern!«

Ashton spornte sie zum Handeln an. »Los! Haltet ihn auf!«

Die Gruppe brach auseinander, und jeder drängte sich durch die Menschenmenge, um den schnellsten Weg zu Charles und dem Mann zu finden, der ihn verfolgte.

Charles wandte sich ab, schlüpfte in die Hecken und verschwand aus dem Blickfeld, ohne sich der Gefahr bewusst zu sein. Der Attentäter folgte ihm wie ein schwarzes Gespenst in die Schatten. Cedric war kein Mann, der sich mit fantasievollen Vorstellungen aufhielt. Er war ein Sportsmann, der an Dinge glauben musste, die er fühlen und anfassen konnte, aber der Anblick dieses Mannes, der Charles' Schritte in der verhüllenden Dunkelheit verfolgte, ließ Cedric sich fragen, ob es tatsächlich Teufel gab.

Cedric schob mit der Schulter eine etwas dickliche Frau aus dem Weg, die empört brummte und mit ihrem Fächer nach ihm schlug, aber er war ihr schon aus dem Weg gegangen. Lucien jedoch bekam den Fächer der Frau direkt ins Gesicht. Cedric wich dem Rand des großen Springbrunnens aus, sprang über eine Bank am Gartenweg und rannte weiter.

Godric war jetzt einen Schritt hinter ihm, und der dunkle Fremde, den sie verfolgten, vielleicht fünfzehn Fuß entfernt. Aber es gab keine Hinweise mehr auf Charles. Wenn sie den Mann nicht bald erreichen könnten, würde er verschwinden. Ohne Vorwarnung wirbelte Gordon herum und stürzte sich mit der Klinge in der Hand direkt auf Cedric.

»Hallo noch mal!«, sagte Gordon.

Godric packte Cedric an seinem Mantel und zerrte ihn zurück, um zu verhindern, dass er von der Klinge des Mannes getroffen wurde. Zu spät erkannte Cedric, in welche Lage sie sich gebracht hatten.

»Es ist eine Falle!«

Gordon hatte nicht versucht, Charles einzuholen - er hatte sie alle von ihm weggelockt. Wie leicht Cedric es jetzt sah. Deshalb hatte Gordon gewartet, bis Cedric ihn sah, und dann seinen Zug gemacht.

Cedric und Godric bereiteten sich auf den Kampf mit dem Mann vor, obwohl sie beide unbewaffnet waren.

»Ihr seid zu zweit, was?«, sagte er. »Das scheint kaum ein gerechter Kampf zu sein.« Wie aus dem Nichts erschien eine zweite Klinge in seiner anderen Hand. »So ist es besser. Also, wer möchte zuerst sterben?«

Peng! Gordon sackte mit einem dumpfen Schrei zu Boden,

als ihn jemand von der Seite ansprang. Ashton hatte irgendwie einen Weg gefunden, dem Mann den Weg abzuschneiden, und er kämpfte nun mit ihm.

»Vorsichtig! Er hat zwei Messer!«, rief Godric aus. Plötzlich ertönte ein Aufschrei. Ashton sprang zurück, ein Messer in der Hand.

Das andere hatte sich in Gordons Oberschenkel gegraben. Gordon taumelte auf die Beine, um dann auf die Knie zu fallen.

»Nun ... das sollte nicht ... so passieren.«

»Es ist vorbei, Gordon«, sagte Ashton.

Der Mann lächelte finster. »Du kannst nicht überall sein, Lennox«, sagte Gordon mit rauer, aber schwächer werdender Stimme.

»Du wirst überrascht sein«, knurrte Ashton. Cedric verstand nicht, warum der Mann nicht aufstand und sich nicht wehrte. Die Wunde war nicht tödlich.

Ashton hielt die Klinge an seine Nase und atmete vorsichtig ein, dann weiteten sich seine Augen vor Schreck.

»Was ist?«, fragte Lucien.

»Belladonna.« Ashton ließ die Klinge fallen, als hätte er sich daran verbrannt, und überprüfte seine Kleidung.

»Hat er dich geschnitten?«, fragte Cedric.

Ashton seufzte erleichtert und schüttelte den Kopf.

»Gift? Warum sollte er ...«

Ashton beugte sich über den sterbenden Mann. »Erspare deiner Seele die Verdammnis und sag uns, was du weißt. Hinter wem warst du wirklich her?«

Der Attentäter lächelte schwach. »Ich glaube, das weißt du ganz genau«, antwortete Gordon schlicht. »Und wenn nicht, dann ist es auch bald nicht mehr wichtig.« Dann krampfte er sich am Boden zusammen, und seine Augen rollten in seinen Kopf zurück.

Ashton schlug auf den Kies neben dem Kopf des Mannes

ein. »Verdammt noch mal!« Er setzte sich auf die Fersen und fluchte erneut.

»Wir gehen jetzt besser, bevor uns jemand sieht«, sagte Godric leise. »Wir können nicht mit dieser Sache in Verbindung gebracht werden. Es wäre zu einfach für Hugo, diesen Umstand gegen uns zu verwenden.«

»Einverstanden.« Lucien packte Ashton am Arm und zerrte ihn auf die Beine. »Lass uns gehen.«

Sie sanken zurück in die Sicherheit eines schmaleren Weges, der sie aus den Gärten herausführen würde. Cedric betete, dass Charles in Sicherheit war, wo immer er auch war, zumindest für heute Nacht.

ICH BIN EIN VERDAMMTER NARR.

Charles seufzte schwer, als er die Stufen zu seinem Stadthaus hinaufging. Fast zwei Stunden lang hatte er die Vauxhall Gardens durchkämmt, in der Hoffnung, die Frau in dem roten Kleid wiederzusehen. Es war dumm zu glauben, dass er sie dort finden könnte, nur weil sie dort gewesen war, als diese Rohlinge aus der Lewis Street sie entführt hatten, aber er hatte keine Ahnung, wo er sonst hätte suchen sollen. Er kannte nur ihren Vornamen, und niemand, den er getroffen hatte, konnte sich daran erinnern, jemanden ihrer Art mit diesem Namen gesehen zu haben. Sie war ein Rätsel, von dem er befürchtete, dass er es nie entschlüsseln würde.

War sie eine adelig geborene Dame? Der konservative Schnitt ihres feinen roten Seidenkleides deutete darauf hin, aber ihr Trotz und ihre Tapferkeit waren keine Eigenschaften, die man bei einer Frau von edler Geburt oft findet. Sicherlich hatte er auch vorher schon mutige Frauen gekannt, die Frauen seiner Freunde waren hervorragende Beispiele, aber ihre

Tapferkeit war durch ihre Stellung im Leben gemildert worden, selbst wenn sie es wagten, darüber hinauszugehen.

Bei Lily war es anders. Als sie sich von ihren Entführern befreit hatte, erinnerte ihn etwas an ihn selbst und daran, woher er seine eigene Kraft schöpfte, und dieses Gefühl hatte sich noch verstärkt, als sie miteinander sprachen. Sie hatte in ihrer Vergangenheit Dinge erlebt, dunkle Dinge, da war er sich sicher. Diese Tatsache hatte eine seltsame Sehnsucht nach ihr geweckt, nach dem Gefühl der Verwandtschaft, das die Frau ihm gab.

»Wer sind Sie?«, flüsterte er in die Dunkelheit. Zum ersten Mal in seinem Leben spürte er, wie sein Herz heftig pochte, wie ein verliebter Junge. Aber das war lächerlich. Er hatte im Laufe der Jahre Verliebtheit, Lust und eine Unzahl anderer Gefühle für die Frauen, mit denen er zusammen gewesen war, erlebt, aber dies war das erste Mal, dass etwas ... Reines in ihm zu brennen schien, ein Gefühl, das so tief und klar war, dass es wie eine Glocke läutete.

War ich jemals verliebt? Nein, nicht so, wie es die Dichter zu Papier brachten. Er hatte zwar Lust empfunden, aber niemals Liebe.

Als er nach Hause zurückkehrte, war er immer noch in diese Überlegungen vertieft. Die Lampen waren erloschen, bis auf einige wenige in seiner Nähe. Er fühlte eine Leere in seinem Haus; die Bediensteten waren wahrscheinlich unten, um sich um ihr eigenes Abendessen zu kümmern.

Ramsey verließ die Tür zu den Dienstbotenzimmern. »Mylord. Gott sei Dank sind Sie wieder zu Hause.«

Charles spannte sich an. Er kannte diesen Stimmklang. »Was ist passiert?«,

»Kommen Sie mit nach oben, und ich erkläre es Ihnen.« Ramsey forderte Charles auf, ihm zu folgen. »Ihr Bruder ist vor etwa einer Stunde angekommen, vermutlich zu Fuß. Er wurde schwer verprügelt.«

»Von wem?«

»Das wissen wir nicht. Wir wissen nur, dass die beteiligten Männer mit der Lewis Street in Verbindung standen. Hat das eine Bedeutung für Sie?«

»Ja, ich fürchte, das tut es.« Charles folgte Ramsey in ein Gäste-Schlafgemach. Drinnen fand er Graham auf dem Bett liegend, Tom Linley an seiner Seite. Der Junge hatte die Hand von Graham gehalten. Tom zog seine Hand aus Grahams Griff zurück, und sein Gesicht rötete sich, als er sich zurückzog.

»Wir hatten den Arzt hier, um ihn zu untersuchen. Ein paar gebrochene Rippen und eine Prellung am Hals. Die größte Sorge ist, ob er innerlich blutet. Er wird sich mindestens ein paar Wochen lang ausruhen müssen.«

Charles setzte sich auf die Bettkante, dicht neben seinen Bruder.

»Graham ...« Er berührte die Schulter seines Bruders, und Graham regte sich, öffnete die Augen.

»Charles. Gott sei Dank ...« Grahams Stimme war rau, aber er sprach weiter. »Kent ist tot. Sie haben ihn getötet.«

Schmerz durchbohrte sein Herz. Der Earl of Kent war tot? Charles kannte Phillip schon lange, fast so lange wie Graham, und hatte ihn zu seinen Freunden gezählt.

Er ergriff die Hand seines Bruders, hielt sie fest und wünschte, er könnte Graham seine Kraft leihen. »Was ist passiert? Erzähl mir alles.«

»Wir haben im Cockerel gezockt. Kennst du den Laden?«

»Das habe ich. Bei den Docks.«

»Ein Mann setzte sich neben uns und begann zu gewinnen. Du kennst Phillip - er hat das Glück des Teufels beim Kartenspiel. Aber nicht heute Abend. Ich habe versucht, ihn zum Aufhören zu bewegen, aber dieser Mann hat ihn immer zu einer weiteren Runde angestachelt, bis er mehr verlor, als er zurückzahlen konnte.« Graham zuckte zusammen, als er sich im Bett bewegte.

»Was ist dann passiert?«

»Der Mann sagte Phillip, dass es eine Möglichkeit gäbe, seine Schulden zurückzuzahlen, ohne dabei in der Öffentlichkeit aufzufallen. Er könnte in den Boxringen der Lewis Street kämpfen. Ich bin mit ihm gegangen und ...« Graham schloss die Augen, während er darum kämpfte, seine Fassung zu bewahren. »Er hatte nie eine Chance. Sie steckten ihn in einen Ring und ließen ihn nicht mehr heraus, selbst nachdem er den Kampf gewonnen hatte. Sie schickten immer noch einen und noch einen, und die Wetten wurden immer höher und höher. Sie zermürbten ihn, und als er nicht mehr stehen konnte ... Der letzte trat ihn, bis er sich nicht mehr bewegte. Ich habe versucht, sie aufzuhalten, aber sie ...« Er konnte nicht zu Ende sprechen, aber seine Verletzungen machten diesen Teil der Geschichte deutlich.

»Wie bist du rausgekommen?« In der Lewis Street konnte man leicht für immer verloren gehen.

»Glück gehabt, nehme ich an. Ich wusste nicht, wohin ich gehen sollte. Aber irgendwann spürte ich den Wind, stolperte durch, bis ich die Fackellichter flackern sah.« Graham verschluckte sich bei seinen nächsten Worten. »Ich habe ihn dort zurückgelassen, Charles. Ich konnte seine Leiche nicht herausholen ... ich ...«

Die Erinnerungen an eine weitere dunkle und schreckliche Nacht kehrten zu Charles zurück. Die Kälte des Flusses schnitt wie ein Messer, als er an die Oberfläche spritzte, endlich frei von den Seilen, die ihn an den schweren Stein gebunden hatten, mit dem Hugo ihn hatte ertränken wollen.

Aber zu welchem Preis? Peter ... Er hatte ihn nicht finden können. Er hatte sich gewehrt, Peters Namen gerufen. Hatte er Peter bei seinen Kämpfen verletzt? Hatte er ...? Die Angst vor dem, was er in dieser Nacht getan haben könnte, ließ ihn nie mehr los. Er wollte gerade wieder zu Peter hinuntertauchen, obwohl er keine Kraft mehr hatte, aber Godric hatte ihn gepackt und war mit ihm gemeinsam zum Ufer geschwommen. Er hatte sich der Erschöpfung hingegeben von den anderen ans Ufer bringen lassen. Sie krallten sich am schlammigen Ufer fest und sackten auf den Rücken.

Noch immer nach Luft schnappend, hatte er in den Himmel gestarrt, wo die Sterne so dicht standen, dass sie den Himmel ausfüllten. Ihr kaltes, fernes Licht erdrückte ihn mit seinen Gefühlen. Petrus würde sie nie wieder sehen, er selbst aber schon, wegen der vier Männer, die neben ihm lagen. Er hob den Kopf, und da, am gegenüberliegenden Ufer, kletterte sein Möchtegern-Mörder ebenfalls aus dem Wasser und schwor ihnen allen Rache. Ihr Krieg war noch nicht zu Ende, er hatte gerade erst begonnen.

»Graham«, sagte Charles beruhigend. Er kannte den Schmerz, den Graham seelisch und körperlich durchmachte, besser als jeder andere. »Wer war der Mann, der gegen Phillip gewettet hat?«

»David ... Oder Daniel ... Sheffield. Ja, das war sein Name.«

Charles schloss die Augen und versuchte, seine Reaktion zu verbergen. Das war der Mann, der Jonathan und Audrey in Calais verraten hatte. Hugos Stellvertreter.

Sobald ich ihn finde, wird er für Phillip bezahlen.

Graham schaute weg, sein Gesicht war voller Scham. »Charles, ich weiß, ich hätte nicht kommen sollen ...«

»Du bist genau da, wo du hingehörst, Bruder«, sagte Charles. »Wir sind blutsverwandt, und wir sind immer füreinander da.« Er drückte Grahams Hand erneut. »Ruhe jetzt. Ich brauche dich lebendig und gesund, damit du mir dabei hilfst und ich für Gerechtigkeit sorgen kann.«

Graham schloss die Augen, und der Schlaf holte ihn wieder ein.

Charles sah seinen Bruder einen Moment lang an, bevor er

Ramsey zum Gehen aufforderte und sich dann an Tom wandte.

»Danke, dass du bei ihm geblieben bist. Du bist ein guter Kerl.« Er hielt inne, seine Emotionen waren noch immer aufgewühlt. »Du weißt nicht, wie sehr ich *Freunde* brauche, die loyal und treu sind.«

»Ich bin Ihr Kammerdiener, Sir. Es ist meine Pflicht.«

»Du bist weit mehr als das, Tom. Wir sind Freunde.«

»Freunde, Sir?«

»Ja. Ich glaube, das sind wir schon seit einiger Zeit.« Er lächelte reumütig. In der Nacht, in der er Tom kennengelernt hatte, hatte er dringend einen Freund gebraucht.

Tom runzelte die Stirn, als wäre er sich nicht sicher, was er sagen wollte. »Darf ich dann eine persönliche Frage stellen, als Freund?«

Ihre Blicke trafen sich. Etwas an Toms Augen erinnerte ihn an spätsommerliche Gewitterwolken. Die Art von Gewitter, die er als Junge geliebt hatte, bei denen er unbekümmert und furchtlos über die Wiesen stürmte, um zu beobachten, wie die Wolken aufeinander zu rasten, wie sich das Donnergrollen aufbaute und das Gefühl einer statischen Aufladung in der Luft. Damals hatte er sich unbesiegbar gefühlt, bereit, sich jeder Herausforderung durch Mensch oder Natur zu stellen, und das Leben war ihm endlos erschienen. Der unschuldige Junge war weg. Schon lange tot. Doch als er in Linleys Augen blickte, sah er plötzlich wieder diesen Jungen, als hätte ihn der Blitz des Gewitters getroffen und wieder zum Leben erweckt.

»Frag mich alles, Tom.«

»Was ist zwischen Ihnen und Ihrem Bruder passiert?«

Charles sah wieder zu Graham.

»Er hat mir den Tod unseres Vaters nie verziehen.«

Tom schnappte nach Luft, unterbrach ihn aber nicht.

»Mein Vater kämpfte an meiner Stelle in einem Duell. Ich

war ein Junge, damals erst siebzehn, und forderte jemanden zu einem Duell heraus. Mein Vater wusste, dass der andere mich töten würde, und nahm stattdessen meinen Platz ein.«

Tom streckte die Hand aus und legte sie ihm auf die Schulter. »Er starb beim Duell?«

»Nein. Er tötete den anderen Mann, aber dieser Tod verfolgte ihn. Die Erinnerung daran hat ihn gebrochen. Er fühlte sich, als hätte er diesen Mann kaltblütig ermordet. Er starb ein Jahr später vor Kummer und Schuldgefühlen.« Charles hatte diese Einzelheiten noch nie jemandem erzählt, nicht einmal der Liga. Aber Tom hatte hier bei Graham gesessen, obwohl er von dem bösen Blut zwischen den Brüdern wusste. Er verdiente es, die Wahrheit über die Gründe zu erfahren.

»Graham gibt mir die Schuld, und das zu Recht. Wenn ich nicht die Beherrschung verloren hätte, wäre unser Vater vielleicht noch am Leben.«

Und ich hätte meine Familie nicht auseinandergerissen. Sein rücksichtsloses Temperament hatte so viele Menschen verletzt und so viele Leben ruiniert. Das seines Vaters, das von Peter, sogar das von Hugo, dem Mann, der ihn jetzt vernichten wollte.

»Aber Sie waren praktisch noch ein Kind.« Tom drückte Charles die Schulter. In diesem Moment wusste Charles, dass er mit Tom eine ähnliche Verbindung hatte wie mit Godric und den anderen. Etwas, das er nicht definieren konnte, aber es war da und verband sie miteinander. Er hoffte, Tom würde sich eines Tages revanchieren und über seine eigene Vergangenheit sprechen.

»Manche Sünden sind unverzeihlich, egal in welchem Alter.«

Er sah in das Gesicht seines Bruders und hasste die Leere, die sich zwischen ihnen aufgetan hatte. Nach dem Tod ihres Vaters hatte er sich nicht getraut, Graham näher zu kommen, und er war zu sehr von Schuldgefühlen geplagt gewesen, um zu glauben, dass er die Dinge wieder in Ordnung bringen könnte.

Tom schien seine Gedanken gelesen zu haben. »Mylord, es ist noch nicht zu spät. Er kam zu *Ihnen* in seiner Stunde der Not.«

»Ich hoffe, dass du damit Recht hast«, sagte Charles. Er musste die Dinge in Ordnung bringen, bevor es zu spät war, bevor Hugo triumphierte. Charles wusste, wie es am Ende sein würde. Zu viel Dunkelheit umgab sie, als dass er oder Hugo dem anderen jemals verzeihen könnten. Am Ende würde einer von ihnen sterben.

Ich kann es mir nicht leisten, noch mehr unschuldige Menschenleben auf dem Gewissen zu haben, nicht seinetwegen.

»Du musst nicht bleiben«, sagte er zu Tom. »Ich werde jetzt auf ihn aufpassen.«

Tom sagte nichts, rührte sich aber auch nicht von seinem Platz. Seine ruhige Entschlossenheit erfüllte Charles mit einem Gefühl der Hoffnung. Solange gute Männer und Frauen mit edlem Geist und reinem Herzen einander beistanden, mussten sie doch die Dunkelheit von Menschen wie Hugo in Schach halten können.

Das musste er glauben, sonst war alles verloren.

KAPITEL 8

Lily schlüpfte einige Stunden vor Sonnenaufgang aus dem Gästezimmer, nachdem Charles ihr befohlen hatte, ins Bett zu gehen. Sie war froh, dass sie gehorchen durfte. Schließlich konnte sie sich inzwischen kaum noch auf den Beinen halten.

Als sie ihr Zimmer erreichte, sah sie, wie Davis gerade seines verließ. Er erstarrte, als er sie sah. In seinen Augen blitzte etwas auf, das sie zusammenzucken ließ.

»Tom, auf ein Wort, bitte.«

Sie folgte ihm mit klopfendem Herzen in ihr Zimmer. Davis schloss die Tür. Kat schlief noch immer in ihrem Bettchen.

Davis verschränkte die Arme vor der Brust. »Ich weiß.«

Lily hatte Mühe, ihre Panik zu verbergen. »Was wissen?«

»Du willst, dass ich es sage?« Seine Stimme wurde weicher, aber sie blieb stumm. Er seufzte. »Du bist eine Frau.« Er sprach leise, denn er wusste, dass seine Worte durch das ganze Haus getragen würden, wenn er lauter sprach.

»Ich bin keine ...«

Davis riss ihr die Mütze vom Kopf und zog an ihrem Haar. Sie zuckte zusammen, als sich die Nadeln, die die Perücke an ihrer Kopfhaut festhielten, lösten. Sie fühlte sich nackt und bedeckte ihren Kopf, wo ihr langes blondes Haar festgesteckt war. Hugo hatte in Erwägung gezogen, ihr die Haare kurz zu schneiden, dann aber entschieden, dass sie ihm nützlicher wäre, wenn sie mehr Rollen als nur die eines Jungen spielen könnte. Sie fragte sich, ob er seinen Fehler jemals zugeben würde, wenn er ihn herausfände.

Lily stand vor einer schrecklichen Entscheidung. Im Moment war Davis verwundbar. Seine echte Hand umklammerte ihre Perücke, so dass nur seine Holzhand frei war. Sie wog ihre Optionen ab und stützte sich dabei auf das, was sie von Hugos Lehrern erfahren hatte.

Sie wollte ihn nicht töten, aber sie könnte es. Das würde jedoch zu weiteren Komplikationen führen, die viel zu zahlreich wären, als dass sie dann noch weiter hier bleiben könnten, ohne in Verdacht zu geraten. Sie würde mit Kat fliehen und sich bei Hugo melden müssen, und sie fürchtete, wozu das führen würde.

Sie könnte ihn bewusstlos schlagen und fliehen, aber das würde zu demselben Problem führen. Ein Geständnis konnte sie nicht retten, ebenso wenig wie eine Bestechung. Davis war zu loyal für solche Dinge. Sie wollte ihn nicht verletzen. Er war derjenige unter den Lonsdale-Bediensteten, der ihr am ehesten ein Freund geworden war, und er war ein Vater.

Ihre einzige Hoffnung bestand darin, dass Davis nicht wusste, *warum* sie hier war.

»Bitte ... Bitte sag es niemandem«, flehte sie ihn an. »Das war die einzige Möglichkeit, um für Katherine zu sorgen. Sie ist alles für mich.«

Er reichte ihr die Perücke zurück und sah zu Katherine hinüber. »Sie ist deine Tochter, nicht deine Schwester, ist das richtig?«

Lily senkte ihren Blick. »Ja. Wie bist du darauf gekommen?«

Davis' Augen wurden für einen Moment weich. »Wenn du denkst, dass niemand zuschaut, veränderst du dich. Nur ganz wenig. Ich erkannte es, weil meine Frau Oliver so ansah, bevor sie starb. Den Blick einer Mutter kann man nicht verwechseln. Du hast es fast vor mir versteckt. Mehr als einmal dachte ich, ich sei verrückt geworden, aber ich war überzeugt, dass ich Recht haben musste.«

Lily nickte. Offenbar konnte sie ihre mütterlichen Instinkte auch durch noch so viel Training nicht völlig verbergen. »Und der Vater?«, fragte Davis. »Ist es Lonsdale? Einige von uns haben sich das gefragt. Angesichts des Zeitpunkts deiner Ankunft hier und des Babys dachten wir, dass er das Kind vielleicht selbst gezeugt hatte und sich erst jetzt darum kümmert. So etwas ist nicht ungewöhnlich.«

»Nein, sie ist nicht von ihm.«

Davis schürzte die Lippen, schloss die Augen und rieb sie mit Daumen und Zeigefinger. »Warum die Täuschung?«

Lily ging zur Wiege hinüber und lehnte sich leicht auf den Rand. »Das weißt du doch. Eine Frau mit einem Kind kann keinen einfachen, ehrlichen Weg finden, um ihren Lebensunterhalt zu bestreiten, wenn sie keinen Ehemann hat, der ihr Vertrauen schenkt.«

»Warum nicht als Dienstmädchen?«

»Ich wollte Küchenmädchen bei Berkley's werden, aber ich habe gelernt, dass man als Diener viel besser bezahlt wird, besonders um Weihnachten herum. Und es war auch sicherer. Das war der Anfang. Und dann bat mich Lord Lonsdale, sein Kammerdiener zu werden. Ich konnte kaum nein sagen.«

»Aber als ein junger Mann?« Davis schüttelte langsam den Kopf. »So ungerecht es auch ist, ich verstehe, wie du deine Wahl getroffen hast. Aber ich bemitleide dich dafür.«

»Ich brauche und will dein Mitleid nicht, Davis. Ich bitte

dich nur um dein Schweigen. Katherine ist gut versorgt, und ich genieße meine Stellung hier.«

Der Lakai winkte mit der Hand, um sich zu ergeben. »Ich verstehe, wirklich, Tom ... warte, wie ist dein richtiger Name?«

Sie überlegte, ob sie lügen sollte, erinnerte sich aber daran, dass zu viele Lügen einen in die Irre führen können, wenn man es am wenigsten erwartet. »Lily. Aber bitte, du musst mir schwören, dass du niemandem ein Wort davon erzählst. Wenn du das tust, kann sich die Krankenschwester, die Lonsdale eingestellt hat, um unsere beiden Kinder kümmern.« Sie zeigte auf ihr Kind. »Tu es nicht für mich, sondern für Katherine. Ich muss für ihre Sicherheit sorgen.«

»Sicherheit vor was?« Davis' Augen verengten sich. »Bist du etwa in Gefahr?«

Lily nickte. In diesem Punkt konnte sie fast ganz ehrlich zu ihm sein. »Ihr Vater. Er wird nicht zögern, sie zu benutzen oder sie in Gefahr zu bringen, wenn es zu seinem Vorteil ist.«

Davis schwieg einen langen Moment, dann nickte er sich selbst zu, als er zu einer Entscheidung kam.

»Du bist ein guter Junge ... äh, ein Mädchen, und Seine Lordschaft ist ein besserer Mann, wenn du auf ihn aufpasst. Ich werde helfen, wo immer ich kann.«

Erleichtert ließ sie sich auf ihr Bett zurückfallen. »Danke, Davis.«

»Du warst die ganze Nacht mit Lonsdale und seinem Bruder auf. Ruh dich aus. Ich nehme Katherine mit, wenn sie aufwacht.«

Lily bedankte sich bei ihm und ließ sich auf ihr Bett fallen. Sie hatte den Riss versiegelt, aber zu viele kannten ihr Geheimnis. Alles könnte jeden Moment zusammenbrechen. Sie würde vielleicht nicht mehr lange Tom Linley bleiben können. Und das würde Hugo dazu bringen, ihre weitere Nützlichkeit in Frage zu stellen.

Sie müsste Hugo sagen, dass Lady Essex wünschte, sie würde als Lady auftreten. Es würde leicht in seine derzeitigen Pläne passen, sie zu benutzen. Aber sie fürchtete sich vor der Vorstellung, dass Charles sie wieder als Frau sehen würde. Nicht wegen dem, was sie tun müsste, sondern wegen dem, was sie bei ihm fühlte. Als ob sie erwünscht wäre, als ob jemand *sich um sie kümmern würde*. Es wäre eine gefährliche Erinnerung daran, wie leicht es sein würde, sich in ihn zu verlieben.

❦

LADY ESSEX LÄCHELTE LILY AN, ALS SIE SICH IM SALON trafen. Lily war wie üblich als Kammerdiener verkleidet und stand so vor der schönen jungen Herzogin, wie man es von Tom Linley erwarten würde.

»Wie geht es Ihnen?«, fragte die Herzogin.

»Gut, Euer Gnaden«, antwortete Lily. Heute Morgen hatte sie eine verschlüsselte Nachricht von ihrem Herrn erhalten, in der er sie aufforderte, Emilys Hilfe anzunehmen, aber mit Vorsicht vorzugehen. Zweifellos hatte er Bedenken, dass seine Beteiligung aufgedeckt werden könnte, aber er erkannte, dass dies eine zu gute Gelegenheit war, um sie zu verpassen. Hätte er jedoch echte Befürchtungen gehabt, hätte er sich vorher mit ihr getroffen.

»Bitte, kein Grund, sich zu verstellen. Außer uns beiden ist niemand hier.« Emily hatte ihre Dienerschaft nach dem Tee weggeschickt.

Lily hatte die Ecken und Winkel des Raumes mit einem prüfenden Blick untersucht, bevor sie zustimmte, sich zu setzen. Die Herzogin schenkte Tee ein und reichte ihr eine Tasse. Emilys violette Augen waren scharf und intelligent, aber sie wurden weicher, als sie ihr ein warmes Lächeln schenkte.

»Haben Sie über mein Angebot nachgedacht?«

Lily nahm einen Schluck Tee, bevor sie langsam nickte. »Ja, Euer Gnaden. Ich glaube, ich würde es gerne tun.«

Emily schlug ihre Hände zusammen. »Oh, das ist großartig. Ich hatte gehofft, Sie würden mir zustimmen. Ich habe bereits Vorbereitungen getroffen, sollten Sie wissen.«

»Vorbereitungen?« Lily hätte das Wort fast verschluckt und räusperte sich. »Welche Art von Vorbereitungen?«

»Ich habe mir eine Vergangenheit für Sie ausgedacht.« Die Herzogin zog ein kleines Stück Papier hervor und reichte es Lily. »Und ich habe eine Näherin, die draußen wartet.«

Lily konnte nur starren, als die Herzogin zur Tür ging und sie öffnete. Sie steckte ihren Kopf in den Flur und sprach mit jemandem. Eine junge Frau, Anfang zwanzig, mit freundlichen Augen und einer Art, die Lily beruhigte, trat ein.

»Das ist Everly. Sie ist eine wunderbare Modistin und sehr diskret«, versprach Emily. »Ich verehre Madame Ella, aber als ich Everlys Entwürfe sah, als sie vor ein paar Wochen in London ankam, wusste ich, dass ich sie engagieren wollte. Jetzt habe ich einen guten Grund dazu.«

Lily starrte Everly an, und Everly starrte zurück und musterte sie. »Nun, kommen Sie. Schauen wir uns an, womit wir arbeiten. Sicherlich keine Jungenfigur unter all dem.«

Lily trat vor, als würde sie durch einen seltsamen Traum schweben, als Everly sie umdrehte und ihr die Jacke abnahm. »Ziehen Sie auch Ihre Weste aus. Sind Sie gebunden?« Everly nickte zu Lilys Busen.

»Das bin ich.«

»Kennen Sie zufällig Ihre Größe in Zoll? Dann müssen wir die Bandagen nicht lösen.«

Lily gab Everly ihre Maße und hielt dann still, während die Frau arbeitete und sie von Kopf bis Fuß untersuchte.

»Wie viele Kleider?«, fragte sie die Herzogin.

»Mindestens ein Dutzend für den Anfang, und das Nötigste. Stiefel, Mantel, Reitkleid, Handschuhe, einige Täschchen.«

»Verstanden, Euer Gnaden.« Everly schenkte Lily ein Lächeln und verließ den Raum. Lily schnappte sich ihre Weste und zog sie schnell wieder an. Ohne sie fühlte sie sich seltsam nackt, als ob ihre Verkleidung nicht mehr vollständig wäre.

»Nun denn.« Emily nickte auf das Papier, das Lily beiseite gelegt hatte. »Lassen Sie uns einen Blick auf Ihre Geschichte werfen, ja?«

Lily untersuchte das Blatt. »Mein Name ist Lily Wycliff?«

Emily grinste. »Ich habe tatsächlich eine entfernte Cousine namens Wycliff. Es ist viel einfacher, eine Lüge zu verkaufen, wenn sie sich hinter einer Wahrheit verbirgt, meinen Sie nicht auch?«

Lily spürte einen Schauer. Hugo hatte oft dasselbe gesagt. »Ja, das ist es.« Sie sah sich die nächsten Zeilen an.

»Ich bin eine Witwe? Mit einer Tochter?«

»Ja. Dieser Teil wird schwieriger sein. Aber es ist notwendig, um Ihrer Tochter willen. Hat sie einen zweiten Vornamen? Einen Namen, den sie stattdessen benutzen könnte? Wir können nicht zulassen, dass jemand ihren Namen Katherine hört und eine Verbindung zu Ihnen herstellt.«

»Ja, natürlich. Sophia, das ist ihr zweiter Vorname.«

»Sophia Wycliff«, wiederholte Emily den Namen.

Lily las den Rest der Notizen. Sie war die Witwe eines Mannes namens Aaron Wycliff. »Und wir sind Cousinen zweiten Grades?«

»Durch Heirat. Aaron war ein Cousin zweiten Grades von mir, den ich als Mädchen kennen gelernt habe. Jetzt, nach seinem Tod, sind Sie gekommen und werden bei mir wohnen.«

»Bei Ihnen wohnen?« Lily gab den Zettel zurück, den sie erhalten hatte. Unter Hugos Anleitung hatte sie gelernt, sich alles, was man ihr gab, schnell einzuprägen.

»Ja. Ich glaube, Sie sollten in mein Haus einziehen und Sophia mitbringen.« Die Herzogin war nahtlos dazu übergegangen, Katherine bei ihrem zweiten Vornamen zu nennen.

»Aber Lord Lonsdale wird erwarten, dass ich ...«

»Daran habe ich schon gedacht. Sie werden ihm sagen, dass eine Tante von Ihnen erkrankt ist und wahrscheinlich bald sterben wird. Beantragen Sie ein paar Wochen Urlaub. Er wird sie Ihnen gewähren.«

Emily hatte an alles gedacht. »Und Seine Gnaden wird nichts dagegen haben, dass ich hier bin?«

»Godric? Um Himmels willen, nein.« Die Herzogin berührte ihren runden Bauch. »Er wird wahrscheinlich erleichtert sein, wenn ich ihm sage, dass Sie hier sein werden, um mir bei der Entbindung zu helfen. Nachdem Lord Rochester und seine Frau eine Frühgeburt hatten, hat das meinen Mann etwas erschüttert.«

Lily war in jener Nacht dabei gewesen, als Charles bei der Geburt von Lord Rochesters Kind half, das fast einen Monat zu früh kam. Er war für sie ein Held gewesen, obwohl sie ihm das nie hatte sagen können.

Sie dachte an die Nacht zurück, in der sie in ihrem kleinen Zimmer über der Spielhölle gelegen hatte, nur mit einem Tavernenmädchen, das ihr half, Katherine auf die Welt zu bringen.

SIE HATTE ES GESCHAFFT, IHRE FLUCHT VOR HUGO ZU überleben, obwohl sie kein Geld und keine Referenzen hatte, indem sie unten Arbeit fand und ein Zimmer, das sie sich über einer Spielhölle leisten konnte. Es war alles andere als einfach gewesen, und selbst die Bardame, die sie jetzt unterstützte, hatte sich über ihr Durchhaltever-

mögen gewundert. Sie lag blutend und erschöpft auf dem Bett, hielt das Baby in den Armen und fragte sich, ob sie nun endlich zur Ruhe kommen würde.

Dann betrat Hugo den Raum. Sie hatte ihn seit dem Tag, an dem er ihre Unschuld gestohlen hatte, nicht mehr gesehen, doch irgendwie hatte er sie gefunden. Damals wusste sie noch nicht, dass er ein Spion war und ihre Bewegungen in den letzten neun Monaten verfolgt hatte.

Er winkte die Schankmagd aus dem Zimmer. »Tut mir leid, dass ich nicht früher gekommen bin.«

»Wie bitte?«

»Ich weiß, was du über mich denken dürftest, aber ich bin nicht ohne Mitgefühl. Ich hatte gehofft, dir diesen Moment zu erleichtern, wenn es in meiner Macht stünde.«

Sie verschluckte sich an ihrer Zunge und drückte das winzige Baby an ihre Brust, während die Angst in ihr so laut schrie, dass ihre Knochen klapperten. »Ich ...« Warum verhielt er sich so ... freundschaftlich? Das passte nicht zu der Art und Weise, wie er ihr vor neun Monaten die Unschuld geraubt hatte.

»Also, sag mir, habe ich einen Sohn?« Hugo streckte seine Hände aus, und in seinem Gesicht spiegelte sich ein unerwarteter Ausdruck von Hoffnung, der sie verblüffte. Lily starrte ihn an, ihr Körper war wie erstarrt, die Hände um die Wolldecke geschlungen, in der ihr neugeborenes Kind eingewickelt war.

»Kein Sohn ...«, flüsterte sie.

Hugos Interesse ließ sofort nach, und seine Lippen verzogen sich. »Ein Mädchen? Das ist bedauerlich.«

Die Bedeutung seiner Worte war klar. Er hatte einen Sohn, aber er hatte auf einen Ersatz gehofft, und ein Mädchen war für ihn nicht nützlich. Umso besser. Es bedeutete, dass er sie nicht wollen würde.

»Ich habe nichts, was Sie wollen, Sir Hugo. Bitte gehen Sie. Sie gehört mir.« Lily wollte nicht, dass dieser Mann etwas mit ihrem Kind zu tun hatte.

Er legte eine Hand auf das Kopfteil des kleinen Bettes und beugte sich über sie.

»Das ist nichts, was du zu entscheiden hast. Sie gehört mir, wenn ich es will. Kein Gericht würde mir dieses Recht absprechen. Hast du das verstanden?«

Lily schloss die Augen. Sie hatte dem Kind noch nicht einmal einen Namen gegeben, und schon sollte es ihr weggenommen werden?

»Bitte ... ich muss sie behalten.« Sie schluckte ihre Demütigung hinunter und bat Hugo um Gnade.

»Vielleicht. Du solltest verstehen, du hast dich geirrt. Du hast etwas, das ich will.« Sein Ton war jetzt weniger kalt und mehr neugierig.

»Ich gebe Ihnen alles«, antwortete sie sofort. Sie würde alles für ihr Kind tun.

»Ich habe dich beobachtet, musst du wissen. Du bist einfallsreich, auf deine eigene begrenzte Weise. Du begreifst, was zum Überleben nötig ist, die Opfer und Kompromisse, die zum Überleben erforderlich sind.« Er sah sich in ihrer kargen Umgebung um. »Du magst deine Bedingungen als schlecht bezeichnen, aber wenn ich zehn andere Frauen in die gleichen Bedingungen stecken würde, würde ich wetten, dass keine es bis hierher geschafft hätte. Ich kann jemanden wie dich gebrauchen.« Hugo stand auf und betrachtete sie jetzt ganz anders als in jener Nacht, in der er ihre Tugend gestohlen hatte. »Ja. Du kannst mir sehr nützlich sein.«

Er drehte sich um und ging zur Tür. »Du darfst das Kind behalten ... vorerst. Ich werde euch beide in ein paar Monaten abholen.« Er blieb stehen und drehte sich zu ihr um. »Mach dir keine Illusionen darüber, dass du mir entkommen kannst. Tu, was ich sage, und ich werde dafür sorgen, dass du entschädigt wirst, und das Kind ebenfalls.«

Lily umklammerte ihr Kind den Rest der Nacht, zu verängstigt, um zu schlafen.

· · ·

»LILY?« EMILY RÄUSPERTE SICH UND RISS LILY VON IHREN Gedanken an die Vergangenheit weg.

»Ja, Euer Gnaden?«

»Nennen Sie mich Emily. Wenn wir Cousinen sein sollen, dann müssen Sie diese Rolle auch überzeugend spielen.«

»Natürlich, Emily.« Lily konnte immer noch nicht glauben, dass die Herzogin ihr helfen würde. Ein bitterer Geschmack erfüllte ihren Mund, und ihre Handflächen waren schweiß-nass. Großer Gott, wie sollte sie das nur überleben?

Emily berührte besorgt ihren Arm. »Geht es Ihnen gut? Sie sind plötzlich sehr blass geworden.«

»Es ist einfach der Stress der Situation, Euer Gnaden. Ich meine, Emily.«

»Oh, dann müssen Sie sich setzen.« Emily versuchte, sie auf einen Stuhl zu zerren, aber Lily schüttelte den Kopf.

»Es tut mir leid. Ich sollte nach Lonsdale zurückkehren und meine Pläne für die Abreise machen.«

»Dann versuchen Sie doch, morgen zu kommen. Haben Sie ein Kleid zum Anziehen? Ich kann Sie hier nicht jeden Tag als Tom auftreten lassen.«

»Das tue ich.« Lily hatte ein paar Kleider in ihrem alten Zimmer über der Spielhölle.

»Dann kommen Sie morgen, vorausgesetzt, Charles ist einverstanden, Ihnen die freie Zeit zuzugestehen.« Emily drückte ihren Arm sanft. »Wir werden Ihnen helfen, Lily. Das verspreche ich. Es gibt viele wunderbare junge Herren, die sich sehr darauf freuen werden, Sie kennenzulernen.«

»Danke.« Lily nahm ihre Mütze und setzte sie sich auf den Kopf. »Sie waren sehr freundlich.«

Emily folgte ihr zur Tür. »Natürlich. Wir rebellischen Damen müssen schließlich zusammenhalten.«

Als Lily den Essex-Haushalt verließ, wünschte sie sich verzweifelt, sie wäre mehr wie Emily und die anderen. Aber sie könnte nie eine von ihnen sein. Sie war ihrer Herzlichkeit und Großzügigkeit nicht würdig. Eines Tages würden sie wissen, wer sie wirklich war, und sie würden ihren Namen verfluchen.

KAPITEL 9

»Wie geht es dir heute?«, Charles trug ein Tablett mit Essen für Graham in das Gästezimmer. Sein jüngerer Bruder setzte sich im Bett auf, sein Gesicht war noch immer eine chaotische Mischung aus blauen und lila Flecken. Ein Auge war fast zugeschwollen.

Graham zuckte zusammen, als er nach dem Toast auf dem Tablett griff, das Charles ihm auf den Schoß gestellt hatte. »Ich fühle mich, als wäre der Teufel persönlich mit seinen Hufen auf mir herumgetrampelt.«

»Iss, auch wenn es weh tut. Essen wird dir helfen zu heilen.« Charles zog den Stuhl an die Seite des Bettes und sah zu, wie Graham aß. Es war so lange her, dass er und Graham miteinander geredet hatten, geschweige denn, dass sie in einem Raum wie diesem zusammen gesessen hätten.

Graham hielt bei seinem Frühstück inne und sah ihn an. »Du musst nicht bleiben und mir beim Essen zusehen.«

»Ich weiß. Ich bin wohl einfach nur froh, dass du zu mir gekommen bist.« Er hatte nicht den Mut, zu gestehen, wie viel es ihm bedeutete, dass sein Bruder ihn aufgesucht hatte.

»Ich hatte nicht *vorgehabt*, hierher zu kommen«, sagte

Graham ein wenig unwirsch. »Aber ich wusste, dass ich nicht nach Hause zu Mutter und Ella gehen konnte.« Graham legte seine Hand auf seine Brust, weil er offensichtlich Schmerzen hatte. Charles verstand Grahams Bedenken. Charles hatte in den letzten zehn Jahren in diesem Haus gelebt. Es war eine Junggesellenwohnung, aber eine große. Er hatte nicht unter demselben Dach wie seine Mutter und seine Schwester leben wollen, weil er oft Frauen für eine Nacht nach Hause brachte. Es war verdammt unangenehm, nach dem Herumtollen im Bett zum Frühstück herunterzukommen und die eigene Mutter bei einer Tasse Tee zu sehen, die einen finster ansah. Wäre Graham in seinem Zustand im Haus ihrer Mutter aufgetaucht, wäre das eine Katastrophe gewesen.

»Nein, ich nehme an, das konntest du nicht. Mutter hätte einen Anfall bekommen. Dann würde sie selbst die Tunnel in der Lewis Street stürmen wollen. Und Ella ...«

»... wäre furchtbar erschüttert gewesen«, beendete Graham.

»Ja.« Charles' kleine Schwester war nicht gut darin, mit schwierigen Nachrichten umzugehen. Sie war eine kleine, feenhafte Frau mit einem weichen Herzen, das viel zu groß für sie war. Als Kind war sie oft krank gewesen, und obwohl sie keinen offensichtlichen Schaden davongetragen hatte, war sie dadurch empfindlicher geworden. Wenn sie Graham verletzt sehen würde, wäre sie am Boden zerstört.

»Charles«, sagte Graham mit niedergeschlagenen Augen. »Was sollen wir wegen Phillip machen?«

»Ich werde mich darum kümmern. Ich werde ihn finden, wenn er noch da ist.«

Grahams Augen wurden vor Schreck groß. »Aber du kannst da nicht hinuntergehen. Die werden dich umbringen.«

Charles stand auf, ging zum Fenster und stützte sich mit einer Hand auf den Rahmen. »Ich war schon mal da unten. Ich kenne meinen Weg.«

»Was?«

Charles konnte seinem Bruder nicht in die Augen sehen. »Ich ... bin bekannt dafür, dass ich von Zeit zu Zeit in den Ringen da unten boxe.«

Er drehte sich um, als plötzlich Geschirr klapperte, weil Graham das Tablett zur Seite schob, um aus dem Bett zu steigen. Er schaffte es auf die Beine, musste sich aber gegen den Bettpfosten lehnen, um sich abzustützen. Sein Gesicht war aschfahl.

»Warum ... *Warum* solltest du dort unten kämpfen? Du hast Fives Court. Warum solltest ausgerechnet du einen solchen Ort aufsuchen?«

Warum? Weil ich mich nur lebendig fühle, wenn es Risiken gibt, wenn die Möglichkeit besteht, wirklich verletzt zu werden. Weil ich es verdiene, verletzt zu werden. Ich habe es verdient.

»Charles ...«, sprach Graham leise seinen Namen. Es erinnerte Charles so sehr an die Zeit, als sie noch Jungen gewesen waren, bevor er alles zwischen ihnen ruiniert hatte.

»Mach dir keine Sorgen. Ich gewinne immer. Sie haben noch keinen Mann gefunden, der mich schlagen könnte.« Seine falsch-fröhliche Prahlerei ließ seinen Bruder die Stirn runzeln.

»Ich werde den Teil beiseite lassen, in dem klar ist, dass du dich umbringen lassen willst. Glaubst du wirklich, dass du die Tunnel erforschen und Phillip finden kannst?«

»Ja.« Charles zeigte auf das Bett. »Essen und ausruhen. Ich kümmere mich um alles.« Es war Mittag, also würden die Tunnel leer und ruhig sein, abgesehen von den gelegentlichen Dieben oder Kämpfern, die auf den Einbruch der Nacht warteten.

»Geh da nicht allein hin. *Bitte*. Ich kann dich nicht auch noch verlieren.« Graham packte ihn am Ärmel und brachte ihn mit einem Ruck zum Stehen.

»Ich werde jemanden mitnehmen«, versprach er. Graham

ließ ihn los, und Charles verließ das Schlafgemach. Er war in der Halle und zog gerade seinen Mantel an, als Tom durch den Dienstboteneingang hereinkam.

»Mylord, ich muss mit Ihnen sprechen.« Die Stimme des jungen Mannes war atemlos, als ob er gerannt wäre.

»Keine Zeit, Tom, ich werde den Rest des Tages unterwegs sein. Könnte in ein paar Stunden zurück sein, wenn nicht länger.« Er würde den Jungen auf keinen Fall mitnehmen. Er konnte zwar kämpfen, aber in dieser Sache brauchte er jemanden, der Erfahrung mit der Gefahr hatte. Ashton vielleicht, oder Cedric. Natürlich nicht die ganze Liga. Das würde zu viel Aufmerksamkeit erregen.

»Es tut mir leid, Sir. Ich fürchte, meine Tante ist erkrankt. Tante Miriam braucht mich.«

Charles erstarrte. »Du hast noch nie eine Tante erwähnt.« Andererseits hatte er auch erst gestern von Toms Onkel erfahren.

Toms Blick senkte sich. »Sie war die Schwester meiner Mutter. Als ich ein Junge war, haben sie sich oft gestritten. Jetzt, da sie im Sterben liegt, hat sie mich zu sich eingeladen, um Wiedergutmachung zu leisten. Es tut mir leid, dass ich Sie so kurzfristig verlassen muss, Mylord.«

Ein Teil von Charles wollte Tom zum Bleiben bewegen, aber das wäre egoistisch gewesen. »Du kommst natürlich zurück?«

Eine seltsame Mischung von Emotionen ging über Toms Gesicht, zu schnell, als dass Charles sie entziffern konnte. »Oh ja, Sir. Davis hat sich bereit erklärt, sich bis zu meiner Rückkehr um Ihre Bedürfnisse zu kümmern.«

Charles nickte. »Dann geh, aber schreib mir, wenn du bei deiner Tante bist. Ich möchte wissen, dass du gut angekommen bist. Und ich erwarte, dass du so schnell wie möglich zurückkehrst.«

Die Spannung in Toms Gesicht ließ nach. »Danke, Mylord. Das werde ich.«

Charles wollte noch etwas sagen, aber es war keine Zeit. Er drehte Tom den Rücken zu und schloss die Tür hinter sich, als er ging.

Er ging die Straße hinunter und die Treppe zu Ashtons Tür hinauf und war erleichtert, dass die meisten Mitglieder der Liga so nah beieinander wohnten, wenn sie in London waren. Er benutzte den Türklopfer. Als der Butler öffnete, wurde Charles sofort hineingeführt - ein weiterer Vorteil der engen Beziehungen innerhalb der Liga. Solange der gewünschte Gentleman zu Hause war, wurden sie hineingelassen, ohne den üblichen Vorwand, einen formellen Besuch machen zu müssen. Charles wartete im Salon. Doch als sich die Tür öffnete, sah er stattdessen Rosalind, Ashtons feurige schottische Frau.

»Charles?« Rosalind kam zu ihm herüber. »Was ist denn los? Der Butler sagte, dass du krank aussiehst.«

»Vielleicht krank vor Sorge«, murmelte er und betrachtete sein blasses Gesicht im Wandspiegel, während Rosalind nun neben ihm stand. Als er ihr zum ersten Mal begegnet war, hatte er ihrer Liebe zu Ashton nicht trauen wollen und sogar versucht, sie zu bestechen, damit sie gehen würde, aber er hatte sich in ihr getäuscht. Sie liebte Ashton ebenso heftig wie er sie.

Das hielt ihn jedoch nicht davon ab, frustriert zu sein. So sehr er sich darüber freute, dass seine Freunde sich mit Frauen niederließen, die ihrer würdig waren, so sehr sorgten dieselben Frauen für Komplikationen. Vor der Heirat wären seine Freunde bereitwillig mit ihm zu einem Ort wie den Tunneln der Lewis Street gekommen, aber jetzt? Jetzt hatten seine Freunde andere Überlegungen, bevor sie ihr Leben in Gefahr brachten, zum Beispiel die Sicherheit ihrer Familien. Der Groll kroch ihm unter die Haut. Er hasste diesen Teil von sich selbst und wusste, dass es falsch war, so zu empfinden.

»Ash wird bald unten sein. Ich wollte nur sicher sein, dass es dir gut geht.« Rosalind berührte seinen Arm. Er umfasste ihre Hand mit seiner und streichelte sie einmal, bevor er sie losließ und sie auch.

»Mir geht es sehr gut.«

Aber es ging ihm nicht gut. Im Moment war seine größte Angst, dass er Ashton um Hilfe bitten musste, und Rosalind würde es ihm verbieten. Rosalind nickte und ließ ihn allein. Vielleicht hatte sie etwas in seinem Tonfall gespürt. Einige Minuten später gesellte sich Ashton zu ihm.

»Charles?« In seiner Stimme lag ein Hauch von Sorge. »Ich habe gehört, dass es dir nicht gut geht?«

»Es ist nicht so, wie du glaubst.« Er hielt inne und vergewisserte sich, dass Rosalind nicht in der Nähe der Tür lauerte. »Ich brauche deine Hilfe. Ich muss in die Lewis-Street-Tunnel gehen, um eine Leiche zu bergen. Es ist eine Frage der Ehre und des Respekts für einen Freund.«

Ashtons Gesicht wurde leer. »Eine *Leiche*?«

»Lord Kent. Höchstwahrscheinlich wurde er dort letzte Nacht getötet. Mein Bruder war bei ihm und hätte fast das gleiche Schicksal erlitten. Ich habe versprochen, ihn zurückzuholen, komme was wolle. Ich kenne mich in den Tunneln gut aus, aber es wäre unklug, allein zu gehen. Vor allem, wenn man erfährt, wer dahinter steckt.«

Ashton machte sich sofort bereit, zu gehen. »Am besten, du erzählst mir unterwegs alles, was passiert ist.«

Bald nahmen sie eine Droschke zur Lewis Street. Als sie den Eingang zu den Tunneln erreichten, hatte er Ashton alles erzählt, was er wusste. Als sie an die Tür klopften, erwartete Charles, dass der Pförtner die Luke aufschieben und sie zunächst einmal angaffen würde. Aber er war nicht da. Charles versuchte es mit dem Türgriff, und die Tür öffnete sich mit einem schweren Ächzen. Das Tor war unbewacht. Das hinterließ bei ihm ein unangenehmes Gefühl in der Magengegend.

»Sheffield muss einen Grund gehabt haben, Lord Kent in eine solche Position zu manövrieren.« Ashton blieb dicht bei Charles, als sie tiefer in die dunklen Gänge unter der Lewis Street vordrangen. Alle zwanzig Meter hingen Lampen an den zerklüfteten Wänden und beleuchteten gerade so viel von ihrem Weg, dass sie weitergehen konnten.

»Offensichtlich war es auf Hugos Befehl.«

»Offensichtlich«, stimmte Ashton zu. »Aber warum? Eine Nachricht? Warum dann nicht stattdessen Graham?«

»Ich bin mir nicht sicher«, flüsterte Charles. In den Tunneln gab es Ohren, und er wollte nicht riskieren, belauscht zu werden.

»Vielleicht liegt es daran, dass Lord Kent ein Mann ohne Familie ist. Es gibt niemanden, der nach Antworten für seinen Tod sucht.«

Charles blickte finster drein. »Oder vielleicht will Hugo uns daran erinnern, dass *niemand* für seine Pläne weit genug entfernt ist. Er wollte, dass Graham dabei sein, alles miterleben und mich um Hilfe bitten würde. Niemand, der in irgendeiner Weise mit uns verbunden ist, egal wie weit entfernt, kann mehr als sicher angesehen werden.«

Ashton begann wieder zu gehen, und Charles führte ihn tiefer in die Dunkelheit. »Ich glaube, dass Hugo jetzt sein Endspiel beginnt.«

Der schmale Tunnel öffnete sich in einen höhlenartigen Raum mit mehreren Boxringen. Am anderen Ende des Raumes befand sich eine Gruppe von Eisenzellen, in denen Menschen eingesperrt werden konnten. Zu Zeiten der Tudors hatte dieser Raum als Kerker für politische Gefangene gedient, die zu einflussreich waren, um in sichtbareren Gefängnissen untergebracht zu werden. Wenn die Monarchen jemanden unauffällig verschwinden lassen wollten, landeten sie in den Tunneln.

Charles erschauderte angesichts der leeren Stille im Raum. Normalerweise war es so voll mit schwitzenden Körpern, dass ein Mann kaum durchkam.

Ashton deutete auf einen klumpigen Gegenstand im hinteren Bereich der Zellen. Offensichtlich lag dort eine Leiche, die einst fein gekleidet gewesen war. »Dort.«

Mit klopfendem Herzen eilte Charles hinüber, kniete sich neben den Leichnam und drehte ihn auf den Rücken. Das Gesicht war fast nicht zu erkennen, aber es war Lord Kent.

»Sein Bein ist gebrochen«, bemerkte Ashton. »Welche Tiere würden das tun und es Sport nennen?« Ashtons ruhiges Auftreten zerbröckelte beim Anblick von Phillips gequältem Körper.

»Graham sagte, sie hätten ihn geschlagen, bis er sich nicht mehr bewegte.« Wut durchströmte ihn. Hugo mochte geglaubt haben, dass niemand Phillip rächen würde, aber er hatte sich geirrt, so sehr geirrt.

Der Mann bewegte sich plötzlich. Sein Körper krampfte sich zusammen, und ihm entwich ein Luftstoß.

»Heiliger Christus!« Charles fiel erschrocken auf seinen Hintern zurück.

»Er ist nicht tot!« Ashton zog Charles auf die Beine. Gemeinsam hoben sie Phillip an seinen Armen hoch und legten sich jeweils einen über die Schultern.

»Phillip? Können Sie mich hören?«, fragte Charles.

»G-Graham...?« Das gekrächzte Flüstern war voller Schmerz.

»Graham hat mich geschickt«, sagte Charles. »Großer Gott, Ash. Wir müssen ihn hier rausbringen.«

Sie hoben ihn hoch und versuchten, seine Beine zu schonen, während sie ihn den schrägen Tunnel hinauf trugen. Der Pförtner war noch immer nicht zu sehen. Es war, als ob die

Tunnel verlassen worden wären. Charles war dankbar, dass ihnen die Flucht so leicht fiel, aber er konnte sich des Gefühls nicht erwehren, dass sie irgendwie ausgetrickst worden waren. Oder beobachtet wurden. Als sie das Portal zur Straße erreichten, blieb Charles bei Phillip, während Ash eine Kutsche herbeirief, und dann hoben sie ihn vorsichtig hinein.

»Nimm ihn mit zu dir nach Hause«, sagte Ash. »Ich werde den Arzt holen.«

Charles nickte. Die Zeit war von entscheidender Bedeutung, wenn sie ihn retten wollten.

KAPITEL 10

Lily trug Katherine aus dem Quartier der Bediensteten hinaus und verabschiedete sich von den Angestellten. Es kostete sie all ihre Selbstbeherrschung, nicht zu weinen. Diese Männer und Frauen waren gute, loyale Menschen, die ihr geholfen hatten, sich hier einzuleben, ein Leben, das zu einem glücklichen Traum geworden war, zumindest wenn sie nicht daran erinnert wurde, dass sie der Kuckuck im Nest war.

Sie blickte zurück auf das Haus, bevor sie eine Kutsche rief. Das schöne Stadthaus sah den anderen Häusern in der Straße sehr ähnlich, aber die rote Tür mit dem Löwenkopfklopfer würde für sie immer ihr Zuhause sein, und es tat ihr im Herzen weh, es zu verlassen.

»Mama?«, flüsterte Katherine schläfrig und schmiegte sich enger an sie.

Sie strich mit einer Hand an Katherines Kopf auf und ab, bevor sie in die Kutsche stieg. »Schlaf, Liebes.«

Als sie die Spielhölle erreichten, war es bereits später Nachmittag. Lily trug ihre Tochter die Hintertreppe hinauf und zog einen Messingschlüssel heraus, um die Tür aufzuschließen. Diesmal achtete sie sorgfältig auf die Schatten im Raum, halb in der Erwartung, dass Hugo hier wieder lauerte.

Sie setzte Katherine auf dem Bett ab und zog sich aus. Als sie die Fesseln um ihre Brüste löste, atmete sie tief ein. Dann zog sie ihre Strümpfe, das Korsett, die Unterröcke und ein dunkelblaues Tageskleid an, das vorne zugeknöpft wurde. Sie nahm die Mütze und die Perücke ab und nahm sich etwas Zeit, um ihre langen goldenen Locken zu bürsten, dann wusch sie den farbigen Puder ab, der ihre weiblicheren Züge verdeckte. Es war eine Erleichterung, wieder wie sie selbst auszusehen und nicht jeden Morgen eine Stunde damit verbringen zu müssen, ihr Gesicht zu verändern, um sich zu verstecken.

Sie rieb ihr Gesicht sauber und steckte dann ihr Haar zu einer einfachen Frisur auf. Sie betrachtete sich in dem zerbrochenen Spiegel. Es war nicht perfekt, aber es musste reichen.

Sie sammelte ihre Tom-Linley-Verkleidung ein und verstaute sie unter dem Bett, damit sie nicht von zufälligen Blicken entlarvt werden konnte, falls jemand ins Zimmer kam, während sie weg war. Sie betrachtete sich noch einmal im Spiegel, und ihr wurde klar, dass das Ende nahte. Hugo wollte, dass sie Charles verführte, und dann würde sein endgültiger Plan in Gang gesetzt werden. Es würde keinen Tom mehr geben und kein Leben mehr in Charles' Haus.

Kein Charles mehr.

Und was dann?, fragte sie sich. Würde sie endlich frei von Hugo sein? So viel hatte er ihr versprochen. Er hatte gesagt, er würde ihr und Katherine erlauben, auf dem Land zu leben und zu tun, was sie wollte. Sie würde frei sein, frei, die Schuld für ihre Taten für immer mit sich zu tragen.

Aber sie wusste auch, wie Hugo dachte. Er hatte Zeit und Geld in ihre Ausbildung investiert, und er hasste es, Ressourcen zu verschwenden. Ein Teil von ihr wusste, dass sie ein oder zwei Jahre später ein vertrautes Geräusch hören würde, nämlich das eines Stocks, der gegen ihre Tür gestoßen wurde, und dass eine neue Aufgabe ihre Aufmerksamkeit erfordern würde.

Sie würde nie wirklich frei sein.

Mit einem schweren Seufzer nahm sie ihre Tochter auf den Arm, verließ das Zimmer, in dem Katherine geboren worden war, und schloss es hinter sich ab. Sie rief eine weitere Droschke heran, die sie diesmal zum Stadthaus der Familie Essex brachte. Dort wurde sie von einem Lakaien hereingelassen, und Emily eilte die Treppe herunter, um sie zu begrüßen.

»Lily! Du bist gekommen.« Emily umarmte sie, als wären sie Cousinen und nicht, zwei Frauen, die eine Täuschung plotteten, um den *ton* an der Nase herumzuführen. Emily gab Katherine einen kleinen Kuss auf die Stirn, als ihr Mann die Treppe herunterkam.

Lily war schon oft mit Godric zusammen gewesen, aber als Diener war sie immer etwas unsichtbar gewesen. Jetzt stand sie ihm in einem Kleid gegenüber, hielt ihre Tochter im Arm und fühlte sich entblößt. Würde er sie erkennen?

»Mrs. Wycliff?« Godric strahlte sie an. Seine grünen Augen und sein natürlicher Charme trafen sie heftig. Kein Wunder, dass Emily diesen Mann verehrte. Wenn er lächelte, war es, als ob nach tagelangem Regen die Sonne herauskäme. Natürlich war das nichts im Vergleich zu dem Lächeln, das Charles zeigte. Wenn Godric der Sonnenschein war, dann war Charles die Sonne selbst. Hitze, Licht und rohe Kraft, die sie völlig verzehrten. Gott, sie hatte ihn gerade erst verlassen und vermisste ihn schon.

»Euer Gnaden.« Sie machte einen Knicks, was sich als schwierig erwies, da sie Katherine immer noch in den Armen hielt. Das Kind rührte sich, rieb sich die Augen und blinzelte Godric eulenhaft an.

»Und wer ist denn das?« Godric rieb Katherines Kinn und

strahlte das Kind an. Lily konnte bereits erkennen, dass er ein nachsichtiger, liebevoller und beschützender Vater sein würde.

»Sophia, Euer Gnaden.« Sie küsste den Scheitel von Katherines blondem Kopf. »Sophia, das ist Lord Essex.«

»Pst. Du kannst mich Onkel Godric nennen.« Er zwinkerte dem Mädchen zu, und sie lächelte ihn an und klatschte in die Hände.

»Ich habe oben im Kinderzimmer ein Kindermädchen für sie, wenn Sie möchten, dass sie ein bisschen schläft«, bot Emily an.

»Danke, Emily.« Sie knickste erneut vor Godric und folgte Emily die Treppe hinauf.

Eine matronenhafte Frau namens Mrs. Yorke kümmerte sich um Katherine und setzte sie in einem Raum voller Spielzeug ab. Eine große hölzerne Krippe war vorbereitet, und im Kamin brannte ein warmes Feuer. Es sah so einladend und wunderbar aus, dass Lily Tränen in die Augen stiegen.

»Emily, es ist ...«

»Bitte sagen Sie, dass es in Ordnung ist. Godric und ich haben es in den letzten zwei Monaten vorbereitet, und ich bin so froh, dass Sophia es benutzen kann, bevor unser eigenes Kind auf die Welt kommt.«

Katherine griff nach einem Spielzeugpferd und winkte dem Kindermädchen zu, das sich kichernd neben sie setzte und eine Puppe aufhob, um mit Katherine zu spielen.

»Das ist mehr, als ich mir je hätte träumen lassen. Mehr, als wir verdient haben.« Lily knetete die Hände vor der Brust, ihre Kehle wurde eng, als sie ihrer Tochter beim Spielen zusah.

»Unsinn. Sie haben es verdient. Jeder tut das.« Emily umarmte ihre Schultern. »Jetzt kommen Sie mit hinunter auf eine Tasse Tee. Ich möchte Ihnen von dem Ball heute Abend erzählen.«

»Ein Ball? So bald?« Lily winkte Katherine zu, als sie das Kinderzimmer verließ, aber das Kind war völlig damit beschäftigt, mit Mrs. Yorke zu spielen.

»Ja. Ich entschuldige mich dafür, dass es so knapp ist. Lord Sanderson und seine Frau veranstalten heute Abend einen solchen Ball, und ich dachte, es wäre die perfekte Gelegenheit für Sie, einige anständige Herren kennenzulernen. Ich habe bereits mit Lady Sanderson gesprochen, und sie ist begeistert, dass Sie auch kommen werden.«

»Aber ich habe kein passendes Kleid …« Sie hatte das rote Kleid im Zimmer über der Spielhölle zurückgelassen, weil sie Angst hatte, Charles würde es erkennen, wenn sie es trug. Aber jetzt wurde ihr klar, dass sie es hätte mitbringen sollen, *damit* er sie wiedererkennen würde. Warum hat sie das nicht getan? Versuchte sie etwa, sich selbst zu sabotieren?

»Everly hat vor einer Stunde Ihr erstes Kleid und einen Mantel abgeben lassen. Es handelt sich um ein vorgefertigtes Modell, das sie auf Ihre Maße zuschneiden konnte. Ich habe den Vormittag damit verbracht, für Sie einzukaufen. Ich habe Ihnen Strümpfe, Pantoffeln und alles, was Sie sonst noch brauchen, bis Everly weitere Kleider fertig hat.«

Emily und Lily betraten den Salon. Godric las am Kamin eine Zeitung, und Emilys Foxhound ruhte auf den Kissen eines Stuhls ihm gegenüber. Der Hund hob den Kopf, als Emily sich näherte, wedelte wild mit dem Schwanz, der hörbar gegen die Kissen schlug. Emily strich mit ihren Fingerspitzen über den Kopf des Hundes und flüsterte ihm etwas zu.

»Hat der kleinen Sophia das Kinderzimmer gefallen?«, erkundigte sich Godric.

»Ja, Euer Gnaden. Sie war sehr aufgeregt. Danke, dass wir Ihre Gastfreundschaft in Anspruch nehmen dürfen.«

»Unsinn. Sie gehören zur Familie. Es tut mir leid zu hören,

dass Ihr Mann gestorben ist. Emily sagte, Aaron sei ein guter Mann gewesen.«

»Das war er.« Lily folgte Emily, die sich auf eines der Sofas setzte und zwei Tassen Tee einschenkte. Der Foxhound sprang auf, setzte sich neben Emilys Bein und beäugte hoffnungsvoll das Tablett mit den kleinen Keksen.

»Nicht jetzt, Penelope«, sagte Emily. Die arme Hündin seufzte und stützte ihren Kopf auf Emilys Knie, während ihre Augen zwischen Emily und dem Tablett hin und her wanderten. »Hast du daran gedacht, die Liga für den Ball heute Abend einzuladen?«, fragte sie ihren Mann. »Lady Sanderson erwartet, dass sie alle kommen.«

Godric runzelte die Stirn, als er seine Zeitung zusammenfaltete. »Ja, Liebling, aber müssen *wir* denn hingehen? Was wäre, wenn du ...?«

»Ich komme schon klar. Du kannst mich jede eisige Treppe hinauftragen, und ich verspreche, nicht zu tanzen.« Emily berührte ihren geschwollenen Bauch. »Die Kleine ist erst in einem Monat fällig. Du wirst doch stillhalten, oder?« Sie sprach dies mit einem warmen Lächeln zu ihrem Bauch.

Godric sah seine Frau amüsiert an. »Emily schwört, dass unser Kind ein Mädchen ist, aber ich bin mir da nicht so sicher.«

Es war klar, dass Godric nichts Ungewöhnliches an ihr vermutete. Lily konnte sich in der Gesellschaft von Godric und Emily entspannen und lachte, als sie sich über ihr kommendes Kind lustig machten.

»Wusstest du, dass Sophia ein Mädchen sein würde, bevor sie geboren wurde?«, fragte Emily.

Lily schüttelte den Kopf. »Nein. Ich hatte keine Ahnung, was mich erwarten würde. Ich wusste nur, dass ich das Kind liebe, egal was passiert.« Katherine in sich zu haben, war gewesen, als würde sie ihr Herz, ihren Atem teilen. Ihr Kind zu lieben war, wie sich selbst zu lieben. Daran hatte es nie einen Zweifel gegeben.

»Ich werde sicherlich ein Mädchen lieben, wenn wir es haben«, sagte Godric, als er seine Zeitung wieder aufschlug. »Aber Herr, so ein Kind wird mir graue Haare bescheren, wenn es so ist wie seine Mutter.«

»Und wenn es ein Junge ist, der so ist wie sein Vater, dann werde ich zuerst grau«, konterte Emily. »Nun, Lily, wegen heute Abend ...« Ein Klopfen an der Tür zum Salon unterbrach, was auch immer Emily gerade sagen wollte. Simpkins' Gesicht erschien im Türrahmen.

»Verzeihen Sie die Störung, Euer Gnaden, aber es ist ein dringender Brief von Lord Lennox eingetroffen.«

Godric war blitzschnell auf den Beinen und nahm den Brief an sich. »Danke, Simpkins.« Er riss das Wachssiegel auf und las den Brief. Sein Gesicht erbleichte. »Mein Gott.«

Emily beobachtete ihren Mann intensiv, als ob sie seine Gedanken lesen könnte. »Probleme, mein Lieber?«

»Ash muss mich sofort sehen. Er und Charles haben Lord Kent aus den Tunneln der Lewis Street herausgeholt. Er ist fast zu Tode geprügelt worden.«

»Lord Kent?« Emilys Augen weiteten sich. »Was in aller Welt hat er da unten gemacht?«

Godric faltete den Brief zusammen. »Es ist ein unterirdischer Boxring für diejenigen, die ohne Einschränkungen kämpfen und wetten wollen. Charles war schon ein paar Mal dort. Der Ort ist brutal und gefährlich. Es ist jedoch unklar, warum Kent hineingegangen ist.«

Lilys Herz klopfte wie wild gegen ihre Rippen. Charles war dorthin zurückgegangen, um Kent zu finden? Instinktiv wollte sie sofort zu Charles zurücklaufen, um ihm zu helfen. Aber sie erinnerte sich, wo sie war, und *wer* sie jetzt war. Tom gehörte für immer der Vergangenheit an. Sie war Lily Wycliff. Sie war hier gefangen. Eine Fremde in Röcken.

»Das ist Hugos Schatten, da bin ich mir sicher«, sagte Emily.

»Ich fürchte, du hast recht«, sagte Godric. »Aber du solltest dir deswegen keine Sorgen machen. Nicht in deinem Zustand.«

»Gehst du jetzt dorthin?«, fragte Emily.

Er nickte und kam zu ihr herüber, um ihr einen langen Kuss zu geben, der Lily vor Neid erblassen ließ. Wenn sie das nur mit jemandem wie Charles haben könnte ...

»Die Liga wird sich in Kürze treffen, um das zu besprechen, aber ich sollte rechtzeitig zum Ball wieder zurück sein.« Er drehte sich um und ging aus dem Zimmer. Emily schwieg einen Moment lang. Sie saß still und legte den Kopf schief, als lausche sie auf jemanden, der nahe genug sein könnte, um sie zu hören. Als sie zufrieden schien, sprach sie schließlich.

»Das verheißt nichts Gutes.« Sie rieb sich die Schläfen. »Ich nehme an, Sie wissen von Charles über Hugo Waverly und die Gefahr, die von ihm ausgeht?«

Lilys Kehle schnürte sich zu. »Ja.«

»Das muss sein Werk sein. Alles scheint auf ihn zurückzukommen.« Emily schaute finster drein. »Aber das Rätsel ist, *warum*. Ich wünschte, sie würden mir erzählen, was in jener Nacht passiert ist.«

Lily beugte sich vor. »Was meinst du damit? Wie viel wissen Sie?« Sie wusste schon lange, dass es ein Geheimnis gab, das Charles tief vergraben hielt. Sie wusste, dass Hugo der Grund dafür war, aber weder Charles noch Hugo hatten jemals erklärt, warum sie einander so hassten.

»Es ist lange her, als Godric und die anderen in Cambridge waren. Hugo hat Charles aus seinem Zimmer entführt, ihm Arme und Beine gefesselt und ihn zum Fluss geschleppt.«

Lilys Blut wurde zu Eis, als sie sich vorstellte, wie Hugo versuchte, Charles so brutal zu ertränken. »So viel weiß ich.

Ich habe gehört, wie er im Schlaf in der Erinnerung geschrien hat. Aber was ich nicht verstehe, ist, warum.«

Emily zuckte mit den Schultern. »Ich wünschte, ich wüsste es. Ich bin mir nicht einmal sicher, ob mein Mann den vollständigen Grund kennt. Charles ist ein Mann mit vielen Geheimnissen. Nach außen hin lacht er nur und scherzt, aber wenn niemand hinsieht, ist er ein Mann aus Stahl.«

Das stimmte. Lily hatte einen Blick auf diesen entschlossenen und mutigen Mann geworfen, wie sie ihn noch nie zuvor gesehen hatte. Aber es gab Geheimnisse, die Schatten in seinen grauen Augen hinterließen. Manchmal fragte sie sich, ob seine Geheimnisse genauso vernichtend waren wie ihre. Vielleicht waren sie das. Sie erinnerte sich daran, wie er nachts geweint hatte, von Albträumen geschüttelt wurde und immer wieder den Namen Peter flüsterte, bis ihm die Tränen über die Wangen liefen und er wieder in den Schlaf glitt. Diese Nächte verfolgten sie.

»Sagt Ihnen der Name Peter etwas?«, fragte sie Emily.

»Peter? Ja ... ich glaube, er war ein Freund von Godric in Cambridge, aber er ist gestorben. Godric redet nicht gerne darüber. Warum fragen Sie?«

»Das ist etwas, was Charles sagt, wenn er Albträume hat - er flüstert den Namen. Aber er spricht nie über Peter, wenn er wach ist.«

Emilys Blick ging in die Ferne, als wäre sie für einige Minuten in Gedanken versunken. Dann schüttelte sie den Kopf und sah Lily an.

»Die beiden müssen miteinander verbunden sein, aber das ist ein Rätsel für ein anderes Mal. Im Moment haben wir andere dringende Angelegenheiten. Lassen Sie uns nach oben gehen und uns das Kleid für heute Abend ansehen. Ich habe das Gefühl, dass es großartig aussehen wird.«

Emily widmete sich wieder den Dingen, mit denen sie umgehen konnte, dem Ball und der Aufgabe, für Lily einen

Ehemann zu finden. Trotz Lilys Unruhe gelang es ihr, sich ebenfalls auf den Ball zu konzentrieren. Schließlich würde sie ihn heute Abend dort sehen.

Ihr Herz flatterte wie wild. Und was dann? Würde sie die Möglichkeit haben, Charles noch einmal zu küssen? Das erste Mal war so wild und schnell gewesen, dass sie sich nicht sicher war, ob sie es nicht geträumt hatte.

Für den Moment würde sie versuchen, nicht an Hugo und seine Pläne zu denken. Sie würde nur an Charles denken und daran, wie er ihr das Gefühl gab, wieder ganz zu sein.

KAPITEL 11

»Wie geht es ihm?«, fragte Charles den Arzt.

Dr. Shreve schloss die Tür des Schlafzimmers, in dem Phillip untergebracht war, nahm seine Brille ab, faltete sie sorgfältig zusammen und verstaute sie in einem schmalen Lederetui, bevor er Charles' Blick begegnete.

»Er hat mehrere gebrochene Rippen, und sein linkes Bein ist an zwei Stellen gebrochen, aber am meisten Sorgen machen mir die Verletzungen an seinem Schädel. Ich habe das Bein gerichtet und geschient, aber der Rest?« Er schüttelte den Kopf. »Wenn er die nächste Woche überlebt, kann er sich vielleicht wieder erholen, aber das liegt jetzt in Gottes Hand.«

Charles stieß einen Atemzug aus, von dem er gar nicht gemerkt hatte, dass er ihn angehalten hatte. »Danke, Doctor. Ich bin sicher, Sie haben alles getan, was Sie konnten.« Er schüttelte Shreve die Hand, und dann begleitete Ramsey ihn zur Tür.

»Phillip ist ein harter Mann«, sagte Ashton und legte Charles eine Hand auf die Schulter. »Er könnte uns alle überraschen.«

»Ich hoffe, du hast Recht.« Charles lehnte sich gegen die Wand und schloss die Augen. Gott, würde dieser Albtraum jemals enden? Gab es keinen Spalt, den Hugos Tentakel nicht erreichen konnten? Seinetwegen wurden Menschen verletzt, und das alles nur, weil Charles ein dummes Kind gewesen war, das Spiele für Erwachsene gespielt und geglaubt hatte, ein Duell würde seine Probleme lösen. Stattdessen war dies die Ursache für all das Elend gewesen, das ihn seither verfolgte. Aufgrund dieses Fehlers würde er niemals Sicherheit für sich selbst oder für die Menschen, die er liebte, erfahren.

»Ich kann das nicht länger mitmachen«, sagte er leise.

Ashton sagte nichts, lehnte sich aber neben Charles gegen die Wand.

»Wenn Hugo mich will, sollte ich mich vielleicht ergeben. Wir können nicht zulassen, dass die Dinge so weitergehen. Was, wenn er als nächstes hinter Rosalind her ist? Oder das Neugeborene von Lucien? Er eskaliert seine Angriffe.«

»Vielleicht ist er verzweifelt«, sagte Ashton, obwohl er nicht überzeugt klang.

»Oder er will einfach die Schrauben weiter anziehen, bis ich um Gnade bettle.«

Ashton erwiderte zunächst nichts und starrte in die Ferne. Dann sah er zu Charles. »Ich denke, es ist an der Zeit.«

»Aufzugeben?«

»Nein. Wir haben immer gewusst, dass du eine Vergangenheit hast, als wir dich gerettet haben. Keiner von uns bereut diesen Tag. Aber wir haben dich nie dazu gedrängt, uns mehr zu sagen als das, zu dem du bereit warst. Aber jetzt denke ich, dass du, ob bereit oder nicht, der Liga alles erzählen solltest, was zwischen dir und Hugo passiert ist. Erst dann können wir mit Sicherheit wissen, wie wir weiter vorgehen müssen.«

Charles hatte oft Albträume von der Nacht, in der er fast ertrunken wäre, als Peter gestorben war, aber vielleicht gab es eine noch größere Angst als diese. Seine Sünden zu bekennen, zu erklären, warum Hugo wollte, dass er endlose Qualen erleiden musste? Obwohl er wusste, dass sie ihm beistehen würden, befürchtete ein Teil von ihm, dass sie sich auf irgendeine Weise auf Hugos Seite stellen und Charles die Schuld geben könnten. Genauso wie er sich selbst die Schuld gab.

Und doch war Charles es leid, seine Geheimnisse zu bewahren. Ein Feigling zu sein. Vielleicht war der einzige Weg, die Dämonen, die ihn noch immer verfolgten, zu vernichten, indem er sich ihnen stellte.

Charles nickte langsam. »Lass sie alle herkommen.«

Ashton lächelte. »Sie sind bereits auf dem Weg. Ich habe die Briefe vor einer halben Stunde abgeschickt.«

»Wieder einen Schritt voraus?«

Ashton schüttelte den Kopf. »Einfach vorbereitet. Wir haben auf jeden Fall viel zu besprechen.«

Charles seufzte. »Ich nehme an, das tun wir.« Er würde der Liga alles erzählen, aber er würde es nicht dabei belassen. Er würde sie von ihren Gelübden befreien. Er würde sie nicht bitten, ihm noch länger beizustehen. Die Gefahr war zu groß, und sie alle hatten zu viel zu verlieren. Sie waren lange genug sein Schutzschild gewesen. Es war an der Zeit, dass er zu ihrem Schutzschild wurde.

Charles und Ash gingen in den Billardraum. Er schenkte sich ein Glas Portwein ein und bot seinem Freund eines an. Ashton lehnte höflich ab und setzte sich auf einen Stuhl am Feuer. Es dauerte eine Viertelstunde, bis die anderen eintrafen. Godric kam als erster herein und gesellte sich zu Charles bei den Karaffen. Cedric und Jonathan kamen gemeinsam herein, bald gefolgt von Lucien.

»Wie geht es Phillip?«, fragte Lucien und brach das Schweigen.

»Am Leben ... vorerst«, sagte Ashton. »Es geht ihm

schlecht. Der Arzt sagt, wenn er die Woche überlebt, besteht Hoffnung, dass er am Leben bleiben wird.«

»Was zum Teufel ist passiert?«, fragte Cedric und sah zwischen Charles und Ashton hin und her.

»Er wurde von Hugos Stellvertreter in die Lewis Street gelockt«, erklärte Ashton. »Sheffield hat Phillip davon überzeugt, seine Schulden bei ihm im Ring zu begleichen. Es ging natürlich nicht um Geld.«

»Worum ging es dann?«, fragte Jonathan. »Warum Lord Kent?«

»Weil Charles' Bruder Graham bei ihm war. Er sendet eine Botschaft, ohne die Familie von Charles direkt anzugreifen«, erklärte Ashton.

Schließlich ergriff Charles das Wort. »Er will mich.« Er trank seinen Portwein aus und starrte seine engsten Freunde an. Er hatte das Gefühl, sie im Stich gelassen zu haben, sie zu nah an sich herangelassen zu haben, und deshalb waren sie alle Männer mit einer Zielscheibe im Rücken.

Es sei denn, er würde sich Hugo ergeben.

»Das wissen wir«, sagte Godric. »Aber warum habe ich den Eindruck, dass du uns aus einem anderen Grund herbestellt hast? Ich nehme an, das hat etwas mit deinen Plänen zu tun, Ash?«

Ashton hatte lange im Verborgenen gearbeitet, um alles über Hugo zu erfahren und herauszufinden, wie er ihn am besten bekämpfen konnte. Kürzlich hatte er sie alle mit einem Auftrag betraut, aber noch wusste keiner von ihnen so recht, was Ashton plante.

»Charles, es wird Zeit«, sagte Ashton. Sobald er ihnen von seiner Vergangenheit erzählte, hätten sie das Recht, sich ihm zu entsagen. Und wenn sie das nicht taten, musste er sie verlassen. Wenigstens wären sie dann in Sicherheit.

»Zeit für was?«, fragte Cedric.

»Dass ich euch die Wahrheit über mich und Hugo Waverly sage. Der Grund, warum er versucht hat, mich im Fluss Cam zu ertränken.«

Charles schenkte sich ein weiteres Glas ein, während alle Augen im Raum auf ihn gerichtet waren. Er nahm einen langen, brennenden Schluck und wich ihren Blicken aus. Er wollte ihnen nicht gegenübertreten, aber er musste es. Zumindest um seiner Seele willen. Würden sie es verstehen? Würden sie ihn wegen seiner Dummheit für immer aus ihrem Leben verbannen? Die Angst wurzelte in ihm wie eine geschwärzte Eiche, die an einer Krankheit litt, die sie in ihrem Innersten verfaulen ließ. Aber er musste es tun, musste sich seinen Freunden stellen und das Siegel brechen, das die Schrecken der Vergangenheit zurückhielt.

»Es war der Sommer 1807. Ich war siebzehn, und mein Vater war früh von der Bank nach Hause gekommen. Ich wusste sofort, dass etwas nicht stimmte ...«

❧

LONDON, APRIL 1807

Charles blickte von dem Aufsatz auf, den er für seine Aufnahmeprüfungen in Cambridge schrieb, und sah seinen Vater den Korridor entlang in sein Arbeitszimmer eilen. Er war früh zu Hause.

»Vater?« Charles ließ seine Bücher liegen und eilte zu seinem Vater. Guy Humphrey stand hinter seinem Schreibtisch und stopfte Pfundnoten in eine kleine Tasche. Als er Charles sah, runzelte er die Stirn.

»Vater, was ist los?«

»Nicht jetzt, lieber Junge.« Er öffnete eine Schublade in seinem Schreibtisch und nahm eine Pistole heraus. Er bereitete die Waffe eilig für einen Schuss vor und verstaute sie in seinem Mantel. Er hatte seinen Vater noch nie die Pistole in seinem Schreibtisch anfassen sehen.

»Vater, du machst mir Angst. Bitte sag mir, was los ist.«

Guy seufzte schwer. »Jemand, den ich kenne, steckt in Schwierigkeiten.« Sein Tonfall machte Charles nervös. Es war ein Ausdruck der Resignation und des Bedauerns.

»Schwierigkeiten? Lass mich mitkommen, Vater. Ich kann helfen.«

»Nein.« Sein Vater schob sich an ihm vorbei. »Du musst hier bleiben. Du musst dich um deine Mutter kümmern, ebenso wie um Graham und Ella.«

»Aber ...«

Guy drehte sich zu Charles um, als er die Eingangstür erreichte.

»Um Gottes willen, Junge, tu nur dieses eine Mal, was ich dir sage! Bleib hier. Ich werde so bald wie möglich zurückkehren.« Sein Vater eilte hinunter, um die Zügel eines Pferdes zu ergreifen, das von einem wartenden Stallknecht gehalten wurde.

Charles hätte auf seinen Vater hören sollen, aber er wusste, dass er Hilfe brauchte. Er konnte ihn nicht allein gehen lassen. Er winkte eine vorbeifahrende Droschke heran und zeigte auf seinen Vater in der Ferne.

»Folgen Sie diesem Mann.« Dann warf er dem Fahrer ein paar Münzen zu und kletterte hinein. Die Kutsche rumpelte eine halbe Stunde lang über die Kopfsteinpflasterstraßen, bevor sie endlich anhielt. Die Dämmerung war hereingebrochen, und Charles schlüpfte aus dem Fahrzeug und reichte dem Mann noch ein paar Schillinge.

»Er ist in das Haus zwei Türen weiter gegangen«, flüsterte der Fahrer.

»Danke.« Charles ging in aller Ruhe die Straße entlang und versuchte, nicht aufzufallen. Als er das Stadthaus erreichte, das ihm der Fahrer gezeigt hatte, hörte er Schreie aus dem

Inneren. Die Stimme seines Vaters drang deutlich durch eines der Fenster zur Straße hin. Charles eilte zur Tür und probierte die Klinke aus. Der Knauf drehte sich, und er stürzte hinein. Der Anblick, der sich ihm bot, war chaotisch.

Sein Vater stand am Fuße der Treppe. Eine Frau, die etwa so alt war wie seine Mutter, lehnte sich an ihn, ihr Gesicht war nass von Tränen. Sie hielt eine Hand an ihre gerötete Wange. Am oberen Ende der Treppe blickte ein großer, dunkelhaariger Mann im Alter seines Vaters auf sie herab.

»Baltus, du verdammter Mistkerl!«, schrie Guy.

Charles war verblüfft über das, was er da sah. In den Augen seines Vaters lag Wut, eine mörderische Wut, die sich im Blick des Mannes am oberen Ende der Treppe widerspiegelte.

»Du willst die Schlampe? Sie gehört dir. Ich will diese Hure nicht mehr unter meinem Dach haben!«

Charles wusste nicht, wer diese Frau war oder was sie für seinen Vater bedeutete, aber wer auch immer dieser Mann war, er hatte sie geschlagen. Wenn es eine Sache gab, die Charles wie ein Gesetz in seinem Herzen wusste, dann dass man niemals eine Frau schlagen durfte.

»Wie *können Sie es wagen*!«, rief Charles und trat neben seinem Vater an den Fuß der Treppe.

»Charles!« zischte Guy. »Geh nach Hause. Jetzt!«

Die Frau starrte Charles entsetzt an.

»Ah, du hast also den Jungen mitgebracht«, spottete Baltus, während er die Treppe herunterstapfte. »Wie passend.«

Charles blieb standhaft und zuckte unter der grausamen Inspektion des Mannes nicht zurück.

»Du solltest gar nicht hier sein, Junge. Hat dir dein Vater das jemals gesagt?« Baltus schnaufte. »Er hatte nie vor, deine Mutter zu heiraten. Er war der zweite Sohn, der Ersatzmann. Er wollte Jane haben, das Weib hier, aber er konnte sie nicht haben. Nicht, wenn er Earl werden wollte. Aber ich? Ich *war* gut genug, sie zu nehmen.« Er schlug sich mit der Faust auf die Brust, als er fortfuhr. »Und das hat ihn innerlich verbrannt. Er will sie immer noch. Sogar jetzt.«

»Sie lügen«, knurrte Charles.

»Dein Vater heiratete deine Mutter und gebar dich, den Sohn, den er nie wollte. Und doch ist *meine* Frau ...« Seine dunklen Augen fixierten Jane. »Sie schmachtet immer noch nach ihm wie ein Hund. *Mein* Sohn wird dich nie wieder sehen, hörst du mich, Jane? Von mir aus kannst du dich Lonsdales verdammtem Harem anschließen. Du bist für mich gestorben.«

Bevor Charles merkte, was er tat, schlug er mit einer geballten Faust nach Baltus. Als seine Faust traf, stolperte Baltus ein wenig zurück, erholte sich aber schnell.

»Oh, du kleiner Mistkerl. Das nennst du einen Schlag?«

»Das nenne ich eine Herausforderung«, spuckte Charles Baltus ins Gesicht. »Ich verlange Genugtuung.«

Janes Mann lachte düster. »Nun gut. Ich akzeptiere. Es wird mir ein Vergnügen sein, dich zu töten. Ich werde sogar deinen Vater zusehen lassen.«

»Nein!« Guy ließ Jane los und stellte sich zwischen Charles und Baltus. »Wenn du Blut willst, kannst du versuchen, meins zu nehmen. Es ist *meine* Ehre, die befriedigt werden muss, nicht seine.«

»Vater ...«, begann Charles, aber Guy blickte ihn an.

»Wie du willst. Ich werde dich töten«, warnte Baltus. »Und dann lasse ich mich von dem Jungen wieder herausfordern, und ich werde ihn auch töten.«

»Das wirst du nicht tun«, sagte Guy mit stahlharter Stimme. »Jane, geh mit Charles. Ich nehme an, dass draußen eine Kutsche wartet?«

Charles nickte. »Ja, Vater.«

»Gut. Bring Jane nach draußen, sofort.«

Charles begleitete die Frau nach draußen, aber er hatte immer noch Angst um seinen Vater.

»Danke«, flüsterte Jane, als sie sich draußen in der Kutsche niederließen.

»Natürlich. Ich wünschte nur, ich könnte mehr tun, Madame ...« Er wusste nicht, wie er sie nennen sollte.

»Waverly, Jane Waverly. Ich bin eine Freundin Ihrer Mutter. Violet und ich sind zusammen aufgewachsen.«

»Meine Mutter?« Erleichterung machte sich in ihm breit. Kein Wunder, dass sein Vater sie beschützen wollte. Sie war eine Freundin seiner Mutter. Er wollte nicht an den Unsinn denken, den Baltus gesagt hatte, dass sein Vater in diese Frau verliebt sei. Er hatte versucht, Charles zu verärgern, und leider hatte es funktioniert.

»Violet hat mich schon vor Jahren gewarnt, meinen Mann zu verlassen, aber wir wussten beide, dass das nicht möglich war. Ein Mann hat seine Rechte, und eine Frau hat keine.« Die Worte kamen in Bitterkeit und Trauer. Er hatte sich nie viele Gedanken über die Stellung der Frau in der Gesellschaft oder ihre fehlende Macht gemacht, vielleicht weil seine Eltern einander immer als Gleichberechtigte behandelt hatten.

»Mein Vater wird Sie beschützen«, versprach Charles ihr.

Sie schenkte ihm ein sanftes und melancholisches Lächeln. »Ich weiß, dass er es tun wird, aber ich kann ihn nicht darum bitten. Dieses Privileg habe ich vor langer Zeit verloren.« Sie berührte Charles' Hand auf eine Weise, die ihn an seine eigene Mutter erinnerte.

Einen Moment später kletterte sein Vater in die Kutsche, und sie ruckte vorwärts.

»Jane, geht es dir gut?« Guy öffnete seine Arme, und Jane ließ sich in seine Umarmung fallen.

Charles' Kinnlade fiel langsam herunter. Es stimmte also. Jane und sein Vater waren *tatsächlich* mehr als nur Freunde gewesen. Sein Vater hatte diese Frau heiraten wollen? Er betrachtete sie und die Art, wie sie sich aneinander klammerten. Ein plötzlicher Schmerz erfüllte sein Herz und brannte wie Feuer.

»Weiß ... Weiß Mutter davon?«, fragte Charles, als er endlich die Kraft zum Sprechen fand.

Guy starrte Jane an, nahm ihr Gesicht in seine Hände und sagte nichts.

»Sag es ihm, Guy. Er verdient die Wahrheit. Er ist kein Kind mehr.« Jane umklammerte seine Handgelenke und schloss ihre Augen.

Guy wandte sich an Charles. »Ich war der zweite Sohn in meiner Familie. Mein älterer Bruder Stephen starb bei einem Reitunfall, als ich fünfundzwanzig war. Du warst damals erst zwei Jahre alt.«

Charles nickte. Er erinnerte sich an Onkel Stephen, oder zumindest glaubte er das. Der Mann hatte die gleichen grauen Augen gehabt wie Guy und Charles. Er hätte schwören können, dass er sich durch den Schleier seiner schwachen Kindheitserinnerungen an das Lächeln von Onkel Stephen erinnern konnte.

»Jane und ich waren seit unserer Kindheit ein Paar. Ich liebte sie von ganzem Herzen, aber sie war die Tochter eines Herzogs und ich war der Ersatzerbe. Janes Eltern waren nicht damit einverstanden, dass ich sie heirate, und sie wurde stattdessen mit Baltus Waverly verlobt. Er hatte sich die Gunst der Krone erworben, und Janes Vater zog ihn mir vor.«

Auf Guys Gesicht zeichnete sich Kummer ab. »Jane hat also Baltus geheiratet, und ich habe deine Mutter geheiratet.«

»Liebst du meine Mutter überhaupt?« Charles wollte die Antwort nicht wissen, aber er musste einen Weg finden, das alles zu verstehen.

»Ja. Natürlich tue ich das. Ich habe nie bereut, dass ich sie geheiratet und mir ein Leben mit ihr aufgebaut habe, aber ...« Guy sah zu Jane. »Ich werde Jane auch immer lieben.«

Janes Augen sagten, was ihre Lippen nicht sagen konnten, dass sie Guy auch immer lieben würde.

»Wirst du dich mit ihm duellieren?«, fragte Charles seinen Vater.

»Bitte nicht«, sagte Jane. »Ich will nicht, dass du meinetwegen verletzt wirst.«

»Nein, Jane. Das hätte ich schon längst tun sollen. Er hat dir lange genug wehgetan.« Guy strich mit einer Hand über den blauen Fleck auf ihrer Wange, und sie beugte sich seiner Liebkosung.

»Vater, nein. *Ich* habe ihn herausgefordert. Ich werde mich ihm stellen.«

»*Das wirst du nicht.*« Die raue Stimme seines Vaters wurde leiser. »Du bist zu jung, Charles. Und ich schulde ihm viel für den Schmerz, den er Jane zugefügt hat. Uns beiden.«

Charles ließ sich gedankenverloren in die Polster der Kutsche zurückfallen.

Als sie zu Hause ankamen, begleitete Guy Jane ins Haus, und Charles versuchte, an der Tür zu lauschen, während Guy seiner Mutter alles erklärte. Alles, was er hörte, war Gemurmel. Seine Mutter begleitete Jane in das Gästezimmer, und Charles wurde aufgefordert, in sein eigenes Zimmer zu gehen.

Zur Strafe dafür, dass er seinem Vater nicht gehorcht hatte, erhielt er in dieser Nacht das Abendessen in seiner Kammer. Er starrte mürrisch auf die Schüssel mit der kalten Suppe. Die Schlafzimmertür öffnete sich, und Graham schlüpfte herein. Er schaute seinen kleinen Bruder grimmig an. Der erst zwölfjährige Graham war schlagfertig und in der Regel sehr amüsant, wenn man ihn um sich hatte. Aber Charles war heute Abend nicht gut gelaunt.

»Graham, zurück ins Bett mit dir.«

Sein kleiner Bruder ignorierte ihn. Er kletterte auf Charles' Bett und setzte sich neben ihn. »Vater ist verärgert.«

»Das ist er.« Charles hatte sich noch nie in seinem Leben so furchtbar gefühlt. Der Blick, den sein Vater ihm zugeworfen hatte, bevor er ins Bett geschickt worden war, verfolgte ihn. Guy war enttäuscht. Sein ganzes Leben lang wollte Charles immer nur so sein wie sein Vater, um ihn stolz zu machen. Und heute Abend hatte er versagt. Und nicht nur das, auch das Leben seines Vaters war nun wegen seines impulsiven Temperaments in Gefahr.

»Warum ist er verärgert?« Graham warf einen Blick auf Charles' Tablett und betrachtete eifrig die Kekse dort.

Charles nahm einen Keks und gab ihn Graham. »Weil ich etwas Dummes getan habe.«

»Was hast du getan?«, fragte sein kleiner Bruder kauend.

»Ich habe einen bösen Mann zu einem Duell herausgefordert.«

Die Augen seines Bruders weiteten sich. »Du wirst dich duellieren?«

»Nein. Ich wollte es tun, aber Vater lässt mich nicht. Er wird meinen Platz einnehmen.«

»Du bist kein sehr guter Schütze«, bemerkte Graham. »Du würdest wahrscheinlich getötet werden.«

»Ich bin ein hervorragender Schütze«, schnappte Charles, unglücklich über das mangelnde Vertrauen seines Bruders.

»Bist du eben nicht. Ich wette, deshalb ist er wütend. Du würdest wahrscheinlich getötet werden.«

»Hör auf, das zu sagen!«

»Glaubst du, dass Vater gewinnen wird?« Die Besorgnis in Grahams Stimme bereitete Charles Unbehagen. Er hatte den ganzen Abend versucht, diese Frage zu vermeiden.

»Das wird er. Das muss er.«

Charles ließ Graham bleiben. Gegen Mitternacht schlief er ein. Eine Stunde vor Sonnenaufgang schlich Charles aus seinem Zimmer und versteckte sich auf der Treppe, um auf seinen Vater zu warten. Als Guy in schwarzer Hose und weißem Hemd nach unten kam, schien er nicht überrascht zu sein, Charles dort vorzufinden.

»Dann komm«, sagte er, und sie gingen zur Tür.

»Kann ich mitkommen?«

»Ja. Weil du das verursacht hast, Charles, solltest du die Konsequenzen sehen.« Die Stimme seines Vaters war kalt und schwer. Charles sah mürrisch auf seine Stiefel hinunter, als er seinem Vater zu den Pferden folgte.

Sie ritten zu einem Feld am Rande der Stadt, wo Baltus auf sie wartete. Er war nicht allein. Ein junger Mann, vielleicht drei Jahre älter als Charles, war bei ihm.

»Mein Sohn Hugo möchte gern zusehen, wie ich dich töte, Lonsdale«, brüstete sich Baltus.

Charles starrte den jungen Mann an. Seine dunklen Augen waren fast schwarz, als er seinen Vater mit Stolz anschaute und lächelte. Die beiden waren wie ein dunkles Spiegelbild dessen, was Charles für seinen eigenen Vater empfand, aber wo sie voller Zuversicht waren, spürte Charles nur Angst und Zweifel.

Guy öffnete eine Kiste mit zwei Pistolen. »Wählen Sie Ihre Waffe.« Baltus nahm eine und lud sie.

»Zwanzig Schritte?«, knurrte Baltus.

»Einverstanden.« Die beiden Männer drehten sich mit dem Rücken zueinander und entfernten sich voneinander. Charles ging aus dem Weg. Der Sohn von Baltus tat dasselbe. Charles' Herz klopfte gegen seine Rippen, als er mit seinem Vater die Schritte zählte. Er ballte seine Hände zu Fäusten und betete, dass es bald vorbei sein würde.

Bitte lass Vater überleben.

Als sein Vater anhielt und sich umdrehte, blickte er Charles mit ruhiger Zuversicht in den Augen an.

»Sei stark, Charles.«

Baltus und Guy zielten mit ihren Waffen aufeinander. Zwei Schüsse zerrissen die Morgenluft. Charles blinzelte verwirrt und starrte seinen Vater an, als sich der Rauch lichtete.

»Nein!« Aber der Schrei kam nicht von Guy, sondern von Baltus' Sohn. »Vater!« Hugo eilte zu Baltus, der zu Boden sank und zusammenbrach.

Guy ließ seine Waffe sinken und sah zu, wie Baltus ein paar rasche Atemzüge tat, während sich seine Lungen mit Blut füllten und seine Lippen sich purpurn färbten. Charles konnte seinen Blick nicht von der Szene losreißen. Er hatte noch nie einen Mann sterben sehen, hatte noch nie so viel Blut gesehen. Seine Sicht verschwamm, aber er blieb wie angewurzelt stehen. Hugo zog seinen Vater in seine Arme, Tränen liefen ihm übers Gesicht. Charles hatte das Gefühl, etwas zu sehen, was er nicht sehen sollte.

Hugo hielt ihn, als er starb, und der junge Mann murmelte immer wieder leise, tröstende Worte, lange nachdem das Licht aus den Augen seines Vaters gewichen war. Guy näherte sich ihnen und kniete nieder. Er flüsterte Hugo etwas zu, und als der junge Mann heftig den Kopf schüttelte, drückte Guy ihm einen Beutel mit Münzen in die Hand.

Nach kurzem Zögern nahm der junge Mann die Münzen und packte den Beutel so fest, dass Charles glaubte, er würde die Münzen zu geschmolzenem Metall zerquetschen. Der junge Mann sah sie direkt an. Purer Hass zeichnete sich dort ab, so klar und schwarz, dass er sein Gesicht ausfüllte. Aber die Wut richtete sich nicht gegen Guy. Sondern gegen Charles.

Weil ich das hier angefangen habe. Ich habe seinen Vater herausgefordert. Hätte ich nichts gesagt, wäre das alles nicht passiert. Ich habe ihn getötet ...

Als Guy Charles erreichte, legte er ihm eine Hand auf die Schulter. »Komm jetzt nach Hause.«

Charles drehte sich nicht um. Er konnte es nicht ertragen, diesen jungen Mann zu sehen, wie er den Körper seines Vaters wog, und er konnte seinen eigenen Vater nicht ansehen. Ein Teil des Lichts in Guy starb in dem Moment, als er Baltus getötet hatte.

Nichts würde mehr so sein, wie es einmal gewesen war. Und es war alles seine Schuld.

KAPITEL 12

»Großer Gott«, murmelte jemand. Lucien, vielleicht. Charles hielt den Atem an, unfähig, sich zu konzentrieren, und wartete darauf, dass seine Freunde ihn verurteilten, denn er wusste, dass er es verdient hätte, wenn einer von ihnen diesen Raum verließ. Ein innerer Schmerz machte sich in ihm breit, denn ein Teil von ihm wollte, dass sie es taten. Dann wüsste er wenigstens, dass er die ganze Zeit Recht gehabt, dass er sie nicht verdient hatte.

»Ich habe diese Entscheidung jeden Tag meines Lebens bereut«, sagte er schließlich. »Und ich habe Verständnis dafür, wenn jemand von euch gehen möchte.«

»Gehen?« Jonathan meldete sich zu Wort. »Warum sollten wir gehen?«

Charles gelang es schließlich, in die Gesichter seiner Freunde zu schauen. Es gab keinen Spott, keinen Abscheu, keine Empörung. Nur Verständnis.

»Du hast einen Mann herausgefordert, der seine Frau geschlagen hat«, sagte Godric langsam. »Das ist nichts, wofür man sich schämen muss.«

»Es gibt andere Möglichkeiten, mit Männern wie ihm umzugehen«, konterte Charles.

»Manchmal frage ich mich das«, sagte Cedric. »Aber du hast ihn nicht getötet, das war dein Vater.«

»Nein, ich habe ihn getötet. Wenn ich mich beherrscht hätte, wäre das alles nicht passiert.« Charles erwartete von Cedric, dass er zumindest das Ausmaß seiner Sünde verstehen würde. Doch Cedric strich sich nur nachdenklich über das Kinn.

Als nächstes ergriff Ashton das Wort. »Also, an jenem Abend in Cambridge. Er hat dich gesehen, und diese Hassgefühle sind wieder aufgetaucht?«

Charles nickte. »Er folgte mir in mein Zimmer, und als ich einschlief, fesselte er meine Hände und Handgelenke und schleppte mich zum Fluss. Aber Peter hat uns eingeholt.«

Peter Maltby, der Junge, der sowohl mit ihm als auch mit Hugo befreundet war. Ein loyaler Mann mit einem Herzen aus Gold. Die Männer in diesem Raum wussten, was als Nächstes geschehen war. Sie waren alle da gewesen, angelockt von seinen Schreien. Und denen von Peter.

Lucien verschränkte die Finger. »Charles, niemand hier verlässt dich. Niemals. Wir sind Blutsbrüder.«

»Er hat Recht«, sagte Godric. »Wir haben diesen Weg mit dir begonnen und werden dir bis zum Ende folgen, egal wie dunkel es am Ziel auch sein mag.«

»Die Dinge liegen jetzt anders«, sagte Charles. »Ihr habt alle Familie ...« Er musste ihnen die Gefahr klarmachen, der sie alle ausgesetzt waren. Es ging nicht nur um ihr Leben - das Leben aller, die mit ihnen in Berührung kamen, war in Gefahr.

»Du vergisst, dass die Frauen, die wir geheiratet haben, alles andere als hilflos sind.«

»Sicherlich nicht meine«, kicherte Jonathan.

»Meine auch nicht«, lachte Godric.

Ashton legte Charles eine Hand auf die Schulter. »Charles, bleib ruhig. Wir werden dich in deiner Stunde der Not nicht im Stich lassen.«

In Charles' Kehle bildete sich ein Kloß. Wie konnte er diese Männer jemals als Freunde verdienen?

Ashton stand vor ihnen allen, wie ein General, der zu seinen Truppen spricht. »Und jetzt kommen wir zu dem anderen Grund, warum ich euch hierher gerufen habe. Ich habe euch allen Aufgaben gegeben. Was habt ihr herausfinden können?«

Lucien ergriff zuerst das Wort. »Ich habe mit Avery zusammengearbeitet. Seit Hugo versucht hat, ihn in Frankreich umbringen zu lassen, muss er sich im Außenministerium zurückhalten. Offiziell haben die beiden den Vorfall in Frankreich als Missverständnis bezeichnet. Inoffiziell wissen beide, worum es wirklich geht. Hugo hat ihn nach Schottland versetzen lassen, aber Avery ist nicht ohne Unterstützer. Er hat eine Liste von Männern zusammengestellt, von denen er glaubt, dass sie unter Hugos direkter Kontrolle stehen, und ich lasse sie beschatten, um zu sehen, ob einer von ihnen in die Nähe unserer Häuser oder unserer Familien kommt.«

»Ich habe mich über seine finanzielle Lage informiert«, sagte Ashton. »Der größte Teil seines Vermögens ist in Investitionen bei der Krone gebunden und leider sicher.« Das bedeutete, dass er nicht wie die meisten anderen Männer finanziell ruiniert werden konnte.

»Godric und ich haben uns bei Herren erkundigt, die in der Vergangenheit Hugo begegnet sind und unter ihm gelitten haben. Wir haben vielleicht eine rechtliche Handhabe, wenn wir die anderen Männer überzeugen können, sich uns anzuschließen«, bot Cedric hoffnungsvoll an, und Godric nickte.

»Das wäre ideal, aber ich fürchte, es wird nicht ausreichen«, seufzte Ashton. »Hugos Position schützt ihn in einer Weise, die wir rechtlich nicht angreifen können. Wie ich befürchtet habe, wird die Lösung, die uns zur Verfügung steht, nicht ehrenhaft sein.«

»Es ist ja nicht so, dass Hugo uns gegenüber auch nur einen Funken Ehre gezeigt hätte«, knurrte Cedric. »Warum sollten wir ihm gegenüber ehrenhaft sein? Schlag unter die Gürtellinie, sage ich.«

»Wir sollten eigentlich besser sein als das«, sagte Charles zu seiner eigenen Überraschung. Die anderen sahen ihn an, und er wusste plötzlich nicht mehr, was er sagen sollte. »Ich meine, wenn es nur um uns ginge, würde ich sagen, dass wir uns nicht auf sein Niveau herablassen sollten, koste es, was es wolle. Aber ... es ging nie nur um uns, nicht wahr? Hugo hat auf Schritt und Tritt gezeigt, dass jeder, der mit uns in Verbindung steht, ebenfalls gefährdet ist.«

»Du bist also ebenfalls der Meinung, dass wir tun müssen, was notwendig ist?«, fragte Ashton.

Zögernd nickte Charles, und auch die anderen nickten.

»Gut.« Ashton wandte sich dem Zimmer zu. »Ich weiß, dass ihr euch alle fragt, was ich vorhabe. Die Wahrheit ist, dass ich immer noch die Optionen abwäge. Mehr kann ich nicht sagen, aus Gründen, die in naher Zukunft deutlich werden. Für den Moment muss ich euch alle bitten, mir zu vertrauen.«

Godric schnaubte. »Natürlich vertrauen wir dir. Es ist verdammt beunruhigend, nicht zu wissen, *was* es ist, das wir dir anvertrauen.«

»Abgesehen von unserem Leben«, fügte Lucien hinzu.

»Aber wir vertrauen dir«, sagte Cedric. »Nimm dir alle Zeit, die du brauchst.«

Ashton nickte. »Ich danke euch. Nun, da das geklärt ist, Phillip sich ausruht und Graham auf ihn aufpasst, glaube ich, dass wir alle heute Abend zum Ball bei den Sandersons gehen sollten.«

Jonathan und Cedric stöhnten beide, und Lucien murmelte etwas von verdammten Debütantinnen.

»Ein Ball? Ash, du machst wohl Witze«, sagte Cedric. »Wir reden davon, einen der mächtigsten Männer Englands zu Fall zu bringen, und du redest vom Tanzen?«

Ashton lächelte finster. »Du kennst mich besser, Cedric. Ich gehe nie auf Bälle, nur um zu tanzen. Sie sind ein Bienenstock an Informationen. Ich habe Grund zu der Annahme, dass ein Mann, der bei Hugo angestellt ist, dort sein wird, ein Mann, von dem ich sicher bin, dass er Zweifel an seiner Anstellung hat. Ich will sehen, ob ich ihn überzeugen kann, auf unsere Seite zu wechseln oder uns zumindest etwas Nützliches zu liefern. Der Ball bietet eine perfekte Tarnung für ein Treffen mit ihm.«

»Und während du den Helden spielst, tanzen wir anderen.« Lucien verschränkte die Arme vor der Brust und blickte finster drein.

»Na nun aber, ich brauche euch alle zur Ablenkung, und ich glaube, Tanzen würde uns allen gut tun.« Ashton übertönte fröhlich die dramatischen Klänge der Männer, die ihr Schicksal als Tanzpartner beklagten. »Außerdem hat man mir gesagt, dass Godric Mrs. Wycliff dorthin begleiten wird, und ich würde sie gerne kennenlernen.«

Lucien setzte sich auf und war sehr interessiert. »Wie Aaron Wycliff? Ich kannte den Mann. Ich wusste nicht, dass er geheiratet hat. Ich frage mich, wer die Dame ist.« Obwohl er glücklich verheiratet war, rühmte er sich, jede Dame in London mit Namen oder zumindest vom Ansehen her zu kennen.

»Emilys angeheiratete Cousine«, erklärte Godric den anderen. »Aaron Wycliff war Emilys Cousin zweiten Grades, aber sie mochte ihn offenbar sehr. Er starb vor etwas mehr als einem Jahr und hinterließ seine Frau als Witwe und Mutter eines kleinen

Mädchens. Emily hat sie eingeladen, bei uns zu wohnen, jetzt, wo ihre Trauerzeit vorbei ist.« Godric starrte Charles an. »Das heißt, sie ist *nicht* für dich. Sie ist ein liebes Geschöpf, das einen anständigen Ehemann braucht, der für sie und ihre Tochter sorgt.«

Charles schnaubte. »Wenn sie auf der Suche nach einem zweiten Ehemann ist, werde ich auf jeden Fall Abstand halten. Eine Frau ist das Letzte, was ich brauche.«

»Ash, woher weißt du von Mrs. Wycliff?«, wollte Godric wissen. »Sie ist erst vor ein paar Stunden angekommen, und ich habe es niemandem gesagt.«

»Hugo hat seine Spione, und ich habe meine. Ich hielt es für das Beste, an allen Fronten sozusagen die Ohren offen zu halten.«

»Du hast Spione in unseren Haushalten?«, fragte Cedric.

Ashton lächelte. »Ich habe dir gesagt, du sollst mir vertrauen. Betrachte sie eher als willige Komplizen, die anonym bleiben wollen. Es ist wichtig, Hugo einen Schritt voraus zu sein und sicherzustellen, dass er niemanden verletzen kann, der uns etwas bedeutet. Nach dem Vorfall mit Gordon letztes Jahr zu Weihnachten war mir klar, dass ich auch dafür sorgen muss, dass es so ist.«

Ein paar Leute murrten, aber Ash fing erneut vom Ball an. »Dann tanzen wir eben. Gibt es keine Einwände?«

Lucien schnaubte. »Ich habe immer etwas dagegen, zu tanzen, es sei denn, es ist mit meiner Frau, und die erholt sich noch von Evans Geburt.« Jonathan und Cedric kicherten beide über seine düstere Reaktion.

»Ein oder zwei Quadrillen werden dich nicht umbringen«, erinnerte Ashton Lucien.

Charles begleitete seine Freunde zur Tür. Nachdem sie gegangen waren, ging er nach oben, um nach Phillip und seinem Bruder zu sehen. Phillip lag schlafend im Bett. Graham saß auf einem Stuhl und schlief ebenfalls, zumindest glaubte er das. Aber als er die Tür schließen wollte, meldete sich Graham zu Wort.

»Charles?«

»Ja?« Er schlüpfte in das dunkle Schlafgemach.

»Danke, dass du ihn gerettet hast. Er ist mein engster Freund, und ich ...« Graham schluckte hörbar. Charles wünschte, er hätte seinem Bruder diesen Schmerz ersparen können, der in seinem Kopf herumschwirrte. Denselben Schmerz, den er in der Vergangenheit selbst so oft gespürt hatte.

»Ich wünschte, wir hätten ihn früher gefunden.« Charles befürchtete, dass die Verletzungen zu schwer für Phillip sein würden, aber es bestand noch Hoffnung, dass er durchkommen würde. Phillip war schon immer ein harter Kerl gewesen. Er hatte seine Eltern in jungen Jahren durch Scharlach verloren und war immer allein gewesen. Es hatte ihn zu einem verdammt starken Mann gemacht.

Graham unterdrückte ein Gähnen. »Gehst du aus? Ich dachte, ich hätte vorhin einen Lakaien im Flur etwas sagen hören.«

»Das hatte ich vor, ja, aber ich bleibe gerne, wenn du mich hier brauchst.«

»Nein, du solltest gehen. Ich werde auf Phillip aufpassen.« Er hob ein Buch von seinem Schoß auf. »Ich habe genug zu lesen, um meine Stunden zu füllen.«

Charles atmete tief durch. Graham hielt sich anscheinend immer noch zurück, aber er war erleichtert, dass sein Bruder wieder mit ihm sprach. »Nun gut. Wenn du mich brauchst, ich bin bei Lord Sanderson.«

Graham nickte und widmete sich wieder seinem Buch.

Charles schlich sich aus dem Zimmer und ging nach oben, um sich umzuziehen. Er würde Ashton bei Laune halten und den Ball besuchen, aber danach musste er einen ruhigen Ort zum Sitzen und Nachdenken finden.

Zwei Stunden später betrat Charles das Haus der Sandersons. Er richtete seinen Mantel und blickte auf das palladianische Haus vor ihm. Es war ein freistehendes Haus, das nicht wie die meisten modernen Häuser Wand an Wand mit den Nachbarn gebaut war. Lichter erhellten die Fenster zur Straße hin, und aus den Türen drang laute Musik. Ein Lakai empfing ihn am oberen Ende der Treppe und nahm ihm Hut und Mantel ab.

Charles verweilte einen Moment in der Tür und lauschte den Liedern und Klängen der Fröhlichkeit. Es war eine seltsame Melancholie, die er in solchen Momenten empfand. Es war, als wäre er der längst vergessene Herrscher eines Schattenreichs, dazu verdammt, niemals das Sonnenlicht auf seiner Haut zu spüren oder wie die Brise sein Haar zerzauste. Vielleicht war es töricht, so etwas zu denken, aber er spürte es in diesem Moment so stark, dass ihm der Atem in der Lunge stockte und ihm schwindelig wurde.

Er holte tief Luft, malte ein Lächeln auf sein Gesicht und betrat den Ballsaal. Licht durchflutete den Raum, und Tänzer wirbelten in flatternden Farben an ihm vorbei wie die Flügel von Papageien aus einem tropischen Paradies. Er hatte einmal ein Dutzend Papageien im Gewächshausgarten eines Gentlemans gesehen, und die Erfahrung hier war nicht unähnlich. Das alles hatte etwas Lebensbejahendes an sich.

Charles fühlte sich jetzt ein wenig besser. Vielleicht würde ein Tanz oder zwei mit einem hübschen Mädchen seine Laune heben. Sein Blick schweifte durch den Raum auf der Suche nach bekannten Gesichtern. Er erkannte Miss Breckton, eine reizende junge Dame, die eine ausgezeichnete Gesellschaft war, solange man nicht über Politik sprach. Ihr Vater war ein stimmgewaltiger Lord im Oberhaus. Da gab es die attraktiven, aber schüchternen Zwillinge Amelia und Augusta Pepperidge, die beide Mauerblümchen waren. Er hatte die Vorstellung, in der Gesellschaft von Zwillingen zu sein, immer geliebt, aber im Moment dachte er nur an eine Frau, von der er überzeugt war, dass er sie nie wieder sehen würde.

Charles erhaschte jetzt einen Blick auf seine Freunde. Ashton stand am Rande des Zuschauerrings, Rosalind an seiner Seite, und lächelte breit. Ash wartete zweifellos auf den richtigen Moment, um sich mit Hugos Mann zu treffen. Tiefer im Raum tanzten bereits Cedric und Anne sowie Jonathan und Audrey, wobei die beiden anscheinend darüber stritten, wer wen führen sollte. Godric stand in der Nähe der Erfrischungen mit Emily, die eine Hand auf ihren Bauch gelegt hatte.

Es war ungewöhnlich, eine Frau so kurz vor dem Geburtstermin in der Öffentlichkeit zu sehen, aber Emily war schon immer unkonventionell gewesen, und die Sandersons bewunderten sie. Hier konnte sie gegen jede Etikette verstoßen, die sie wollte. Lucien war bei ihnen, ebenso wie Horatia, die sich an seine Seite lehnte. Das bedeutete, dass ihr neugeborener Sohn den Abend über von einem Kindermädchen betreut wurde. Sie schien im Moment eher damit zufrieden zu sein, sich mit Freunden zu unterhalten, als zu tanzen. Charles lächelte und freute sich, dass Horatia so gut aussah. Er hatte ihr geholfen, ihren Sohn Evan auf die Welt zu bringen. Das Baby hatte es fast nicht geschafft, weil es einen Monat zu früh gekommen war. Zum Glück war er stark wie seine Eltern und passte sich gut an, und er war jetzt ein gesunder kleiner Junge.

Alle, die ihm etwas bedeuteten, waren heute Abend in diesem Raum, alle lachten und lächelten. Dies war ein Moment, in dem er für immer hätte verweilen können. Wenn er alles in einem Glas hätte einschließen und jahrhundertelang aufbewahren können, hätte er es getan. Die Dunkelheit und die Sorgen um die Zukunft waren heute Abend nirgends zu finden. Einfach nur ein Abend mit Musik und Tanz in der Gesellschaft von Freunden.

Wenn Hugo weg wäre, würde es vielleicht *immer so sein*. Tage in der Sonne und Nächte unter den Kronleuchtern, um wild und frei zu tanzen. Kein besorgter Blick mehr über die Schultern. Plötzlich stieg Verzweiflung in ihm auf.

Ashton war vielleicht zuversichtlich, dass er Hugo überlisten konnte, aber Charles war sich da nicht so sicher. Und wenn der heutige Abend nicht wie geplant verlaufen würde, was dann? Wenn Ashtons Pläne scheiterten, wusste Charles, was er zu tun hatte. Er würde alles tun, was er tun musste, um sie alle zu schützen. Wenn das bedeutete, dass er sich Hugo allein stellen musste, wie ein Lamm auf der Schlachtbank, dann war das eben so. Er würde sein Leben für sie alle geben. Er konnte von ihnen nicht verlangen, dass sie dasselbe für ihn taten.

»Charles! Schön, dich zu sehen, alter Junge!« Er drehte sich um, um zu sehen, welcher Mann seinen Namen gerufen hatte, aber sein Herz blieb stotternd stehen.

An der hohen Verandatür stand eine Frau in einem blauen Kleid von der Farbe der Mitternacht, mit einem silbernen Netz über den Röcken wie eine Sternendecke. Ihr langes blondes Haar war in weichen Wellen nach hinten gezogen und mit Bändern in griechischer Manier zusammengebunden. Er hatte Mühe zu atmen.

Das war sie. Sein Engel aus der Lewis Street, die ihn geküsst hatte, als wäre es ihr letzter Wunsch gewesen, und dann wie ein Geist verschwunden war. Von allen Orten, an denen er sie zu finden gehofft hatte, hätte er nie gedacht, dass es ausgerechnet hier sein würde.

KAPITEL 13

Charles' Herz begann zu rasen, als er auf die Frau in dem mitternachtsblauen Kleid zuging, wie ein Mann, der sich in einem wunderbaren Traum verloren hat.

Sie hatte ihm gesagt, ihr Name sei Lily, aber war das die Wahrheit? Er versuchte, an all die Damen zu denken, die mit Lord Sanderson bekannt sein könnten, und doch kannte er unter ihnen keine Frau wie sie. Eine eindringliche Vision, eine Frau, die von Gott nur für ihn geschaffen worden war. Die Menge lichtete sich, als er sich durch sie hindurch bewegte, und er ignorierte jeden Ruf seines Namens, während er versuchte, die Frau wieder zu erblicken. Als er die Veranda erreichte, war sie nicht mehr da.

Wieder verschwunden, als wäre sie auf einem Mondstrahl in ein anderes Reich geglitten. Charles öffnete die Verandatür und trat fröstelnd auf die Terrasse mit Blick auf die Gärten hinaus. Die hohen Hecken, die ein Labyrinth bildeten, waren mit Frost bedeckt, und der Mond stand hoch über ihm, als er auf den Gartenweg trat. War sie hierher gekommen? Mit leichten Schritten lief er über den gewundenen Pfad.

Knacks! Er erstarrte beim Geräusch eines brechenden Zweiges und drehte sich um, um hinter sich zu schauen. Sie stand da und starrte ihn an, die blauen Augen weit und dunkel wie das Nordmeer.

»Sie ...«, flüsterte er, wohl wissend, dass er sich dumm anhörte. »Sie sind es wirklich.«

Ihre Hände krallten sich in ihre Röcke, und sie begann, sich zurückzuziehen. Das silberne Netz schimmerte wie Wolken, die von kondensiertem Mondlicht durchdrungen waren.

»Nein! Bitte, gehen Sie nicht. Ich wollte Sie nicht erschrecken.« Es klang, als würde er betteln, aber das war ihm egal. Wenn sie wieder verschwand, wer wusste, ob er sie ein drittes Mal finden würde?

Er hob die Hände in die Luft, um zu zeigen, dass er sie nicht verletzen wollte. »Bitte. Ich bin einfach froh, zu sehen, dass es Ihnen gut geht.«

Sie schaute sich um und ließ langsam ihre Röcke los, ihre Augen wurden weicher.

»Mein Name ist Charles. Charles Humphrey. Erinnern Sie sich an mich, von neulich Abend in der Lewis Street? Sie sind Lily, nicht wahr?«

Sie nickte. »Ja. Wie könnte ich meinen Retter vergessen?« Ihre gehauchte Stimme war genau so, wie er sie in Erinnerung hatte.

»Ich war so besorgt, nachdem Sie verschwunden sind. Ich wollte Sie einfach nur sicher nach Hause bringen.«

»Ich weiß.« Sie hielt inne. »Aber ich habe mich geschämt, weil ...«

»Weil Sie mich geküsst haben?«, beendete Charles den Satz und lächelte ein wenig. Es war einer der besten Küsse seines Lebens gewesen, die Art, die einen Mann bis auf die Knochen verändert, die Art, die sich in seine Seele einbrennt.

»Ja.« Lily lächelte ein wenig. Der Ausdruck rührte etwas

tief in ihm, den Schatten einer Erinnerung, aber er konnte sie nicht ganz ans Licht bringen. Er wusste nur, dass ein Lächeln von ihr eine Belohnung war, die es sonst nirgendwo gab.

»Schämen Sie sich nie für einen Kuss, nicht für einen wie diesen.« Er ließ ein Grinsen aufblitzen, das schon so manche Frau mit weichen Knien und leuchtenden Augen in seine Arme hatte rennen lassen. Lily jedoch legte den Kopf schief und musterte ihn neugierig.

»Darf ich Sie wieder hineinbegleiten?« Er hatte gesehen, wie sie zitterte. Sie trug keinen Mantel und musste frieren.

»Ich nehme an, das dürfen Sie.«

»Ausgezeichnet.«

»Lily!« Eine Stimme schallte durch die Gärten, eine Stimme, die Charles wiedererkannte. Emily rief nach ihr? Wie um alles in der Welt konnte sie sie kennen, obwohl er selbst sie nicht kannte?

»Hier drüben!«, rief Lily. Einen Augenblick später gesellte sich Emily zu ihnen in das Labyrinth.

»Charles!« Emily strahlte ihn an. »Ich sehe, du hast meine Cousine kennengelernt. Ich bin so froh.«

»Cousine?« Er verschluckte sich fast an dem Wort. Nein, Feuer und Verdammnis, *das* konnte doch nicht die verwitwete Cousine sein, die einen Mann suchte, oder?

»Ja. Meine angeheiratete Cousine, Mrs. Wycliff.«

Er blinzelte, plötzlich benommen. Sein mysteriöser Engel war eine malerische kleine Witwe vom Lande?

»Es ist mir ein Vergnügen, Sie ... *offiziell* kennenzulernen, Mrs. Wycliff.« Charles machte eine höfliche Verbeugung.

»Es ist mir ein Vergnügen, auch Sie kennenzulernen, Lord Lonsdale«, antwortete Lily. Charles musterte sie neugierig. Wenn sie nicht gerade eine eifrige Leserin von Klatschspalten war, würde sie nicht unbedingt wissen, dass er der Earl of Lonsdale war. Lily lächelte. »Emily hat mir viel über Sie und Ihre Freunde erzählt.«

»Warum gehen wir nicht wieder rein?«, sagte Emily. »Ich fürchte, ich werde mich hier draußen erkälten.«

Charles nickte und wandte sich an Lily. »Natürlich. Mrs. Wycliff, haben Sie noch irgendwelche Tänze auf Ihrer Karte offen?«

Lily öffnete ihren Mund, aber es kam kein Wort heraus. Emily antwortete für sie. »Ich fürchte, ihre Karte ist ziemlich vollgestopft. Kein einziger Tanz ist mehr offen. Selbst wenn du pünktlich gekommen *wärest*.« Emily warf ihm einen missbilligenden Blick zu, auf den seine Mutter stolz gewesen wäre.

»Richtig. Nun ... Vielleicht habe ich später heute Abend noch ein bisschen Glück.« Er ergriff Lilys Hand und drehte das Kärtchen im Mondlicht nach oben, sah sich die Liste der Namen an und erkannte die meisten von ihnen. Er biss sich auf die Lippe, um ein Lächeln zu verbergen, als er sie zurück ins Haus begleitete. Emily steuerte Lily von ihm weg, zweifellos um ihre Cousine vor seinem schlechten Einfluss zu schützen.

Das sollte sie wohl auch. Sie braucht einen richtigen Ehemann. Und das bin nicht ich.

Dann erinnerte er sich an etwas, das Godric gesagt hatte. Lily war erst heute in London angekommen. Doch er hatte sie vor zwei Tagen gesehen. In dieser Frau steckte mehr, als vielleicht sogar Emily wusste. Vielleicht meinte Godric, dass sie die Familie erst heute aufgesucht hatte. Möglicherweise hatte sie sich vorher woanders aufgehalten.

Das Geheimnis, das sie umgab, blieb bestehen, genau wie der Kuss, den sie in der Lewis Street geteilt hatten. Er mochte zwar nicht das Zeug zum Ehemann haben, aber seine Neugierde auf sie war zu groß, um sie zu verleugnen. Heute Abend würde er die Geheimnisse von Lily Wycliff lüften.

Aber zuerst musste er ein paar Männer von ihrer Tanzkarte streichen.

»DAS LIEF ZIEMLICH GUT, MEINEN SIE NICHT AUCH?«, flüsterte Emily Lily zu, als sie von Charles weggingen.

Lilys Herz klopfte immer noch wie wild. So vor ihm zu stehen, so nahe an ihrem wahren Ich, wie sie es noch nie gewesen war, fühlte sie sich unglaublich verletzlich.

»Wenigstens hat er mich nicht erkannt«, sagte Lily. »Danke, dass Sie mich gerettet haben.«

»Ja, ich war besorgt, dass er den Trick durchschauen könnte, wenn er zu viel Zeit mit Ihnen verbringt. Ich habe bemerkt, dass Sie in seiner Gegenwart anders gesprochen haben.«

»Das ist ein Ton, den ich von Frauen des *Ton* im Umgang mit Männern gehört habe«, sagte Lily.

»Es ist so etwas wie eine Mode«, bemerkte Emily. »Das könnte Ihnen heute Abend gut nutzen.«

Sie strich mit den Händen über ihr Kleid und schaute sich unter den Gästen im Ballsaal um.

»Muss ich wirklich mit all diesen Fremden tanzen?«, flüsterte sie zu Emily zurück. Sie sollte einen Weg finden, mit Charles zu tanzen, doch als sie gesehen hatte, wie er sie im Ballsaal entdeckte, war sie in die Gärten geflüchtet, in der Hoffnung, er würde ihr nicht folgen.

»Nun, ich dachte, es wäre gut für Sie, ein paar geeignete Junggesellen kennen zu lernen. Die Sandersons laden nur die allerbesten Herren ein.«

»Gilt das auch für Lord Lonsdale?«, erkundigte sich Lily mit einem halben Lächeln. »Wir beide kennen *seinen* Ruf.«

Emily lachte. »Ja, nun, er ist immer noch ein Gentleman und sehr begehrt. Aber wir wissen beide, dass er sich wahrscheinlich nicht niederlassen wird. Ich meine, Sie haben als sein Diener gearbeitet. Sie haben zweifellos schon Seiten von ihm gesehen, die mich rot werden lassen würden. Außerdem bin ich mir sicher, dass Sie sich nie für einen Mann interessieren würden, dem Sie so lange gedient haben.«

Lily wollte widersprechen. Charles' Diener zu sein, hatte sich nie wie eine Knechtschaft angefühlt. Es ging mehr um Kameradschaft. Charles war einsam, trotz seiner schurkischen Art und der Frauen, mit denen er schlief. Und wenn sich die Gelegenheit ergab, würde sie das gegen ihn verwenden müssen.

»Lord Kerrigan ist Ihr erster Partner für den Walzer«, verkündete Emily mit einem Hauch von Aufregung. »Er ist ein bisschen frech, aber ich finde ihn ganz wunderbar.« Wie aufs Stichwort schritt ein großer blonder Mann auf sie zu, dessen himmelblaue Augen einen donnernden Ausdruck trugen. Seine gesamte Vorderseite war von Ratafia durchnässt. Seine Kleidung war ruiniert.

Emily lächelte. »Ah, Lord Kerrigan, ich wollte gerade ... Großer Gott, was ist passiert?«

»Euer Gnaden.« Kerrigan verbeugte sich vor Emily und wandte sich dann an Lily, wobei er sein Bestes tat, um seine Frustration zu verbergen. »Mrs. Wycliff, ich muss mich entschuldigen. Es gab einen Zwischenfall am Erfrischungstisch. Ich kann Sie nicht bitten, mit mir zu tanzen, nicht wenn die Gefahr besteht, dass ich ein so schönes Kleid beschädige. Ich fürchte, ich muss sofort nach Hause zurückkehren und mich dieser Kleider entledigen, bevor mich mein Kammerdiener für alle Ewigkeit verflucht.« Kerrigan beugte sich über Lilys Hand und drückte ihr einen Kuss auf die Knöchel.

»Wir werden den Walzer ein anderes Mal tanzen«, versicherte ihm Lily.

»Ich hoffe es. Verlieben Sie sich bitte bis dahin nicht in jemand anderen.« Er zwinkerte ihr zu und verabschiedete sich von seinen Gastgebern.

Lily seufzte, etwas enttäuscht. Es wäre ein Vergnügen

gewesen, mit einem großen, charmanten Mann wie Lord Kerrigan zu tanzen. Aber es öffnete einen Platz auf ihrer Karte und damit eine Chance.

»Verdammt!« Emily schlug ihren Seidenfächer zu. »Ich hatte so gehofft, dass Sie mit ihm tanzen könnten. Ich frage mich, was passiert ist?«

Ich habe einen Verdacht. Lily warf einen Blick zum Erfrischungstisch und sah, dass Charles sie von dort aus beobachtete. Er hielt einen fast leeren Kelch mit Ratafia an die Lippen, und dazu das verruchteste Lächeln, das sie je gesehen hatte. Er erhob sein Glas zu einem stummen Toast auf sie. Das war *genau das*, was sie von Charles erwartete, wenn es sein Ziel war, einen Platz auf ihrer Tanzkarte zu finden. Ohne es zu wollen, lächelte und kicherte sie.

»Dann also kein Lord Kerrigan.« Emily klopfte ihren Fächer in die Handfläche, wie ein Militärgeneral es mit einer Reitpeitsche tun würde.

Lily behielt Charles weiterhin im Blick. »Vielleicht kann ich einen anderen finden, der seinen Platz einnimmt?«

Emily schüttelte den Kopf. »Ich fürchte, das wäre nicht angemessen. Wenn ein Herr und eine Dame am Ende nicht tanzen, kann man den vorgesehenen Partner nicht einfach durch einen anderen ersetzen. Dumm, ich weiß. Außerdem haben sie bereits mit dem Tanz begonnen.«

»Der nächste ist eine Quadrille«, bemerkte Lily und studierte die Karte, die mit einer Schnur an ihrem Handgelenk befestigt war. Der Name *Mr. MacGuire* war unter ihre Tanznummer geschrieben worden.

»Oh, ausgezeichnet. Mr. MacGuire ist ein gut aussehender und wohlhabender Bankier aus Drummonds und ein enger Freund von Ashton. Da ist er - oh, um Himmels willen ...« Wieder wurde Emilys hoffnungsvoller Tonfall leiser. Ein gut aussehender rothaariger Mann durchquerte den Ballsaal und kam schwer humpelnd auf sie zu.

»Ich bitte vielmals um Entschuldigung, Euer Gnaden.« Mr. MacGuires schwerer Akzent war ebenso fesselnd wie seine grünen Augen, aber Lily konnte nur an Charles denken und fragte sich, was er dem armen Schotten angetan hatte.

»Oh je. Was ist passiert, Mr. MacGuire? Sind Sie verletzt?« Emily streckte ihm die Hand entgegen, aber er winkte ab.

»Mir geht es gut, nur ein kleiner Unfall. Ich stolperte und schlug gegen eine der Stufen der Terrasse. Ich fürchte, es wird heute Abend nicht viel Spaß machen, mit mir zu tanzen.« Er blickte entschuldigend zu Lily. »Das nächste Mal, Mrs. Wycliff?«

»Ja, natürlich. Ich wünsche Ihnen eine gute Besserung, Mr. MacGuire.« Lily ließ zu, dass er ihr ebenfalls einen Kuss auf die Hand drückte. Sie blickte zu den Flügeltüren, die zur Terrasse führten, und sah Charles mit verschränkten Armen und einem süffisanten Lächeln auf den Lippen an der Wand lehnen.

Natürlich.

Er hatte doch sicher nicht vor, heute Abend alle Ballbesucher zu verstümmeln? Was war sein Ziel hier? Wie Emily gesagt hatte, war es nicht angemessen, ein neues Angebot anzunehmen, auch wenn ein Partner aussteigen musste. Wollte er sie beschämen, indem er sie zwang, alle Tänze auszusitzen, oder wollte er ihr einfach nur sein Interesse an ihr bekunden? Zu diesem Zeitpunkt befürchtete sie, dass sie keine Partner und keine Tänze haben würde. Diese Befürchtung bewahrheitete sich einige Minuten später, als die übrigen Tanzpartner nacheinander zu ihr und Emily kamen, jeder mit einer Entschuldigung für das Verlassen des Tanzes. Charles, verdammt noch mal, stand immer noch am Erfrischungstisch und grinste.

»Ich denke, ich werde mich hinsetzen. Ich werde wohl eine Weile gar nicht tanzen.« Lily ging zu einer Gruppe von Stühlen an der Wand, wo einige verschüchterte Mauerblümchen das Geschehen ängstlich beobachteten. Lily ließ sich auf einen Stuhl in ihrer Mitte fallen. Diesen armen Mädchen fehlte anscheinend jegliches Selbstvertrauen, weshalb sie ohne Tanzpartner geblieben waren.

»Sie sind Mrs. Wycliff, nicht wahr?«, fragte eine der Damen.

Lily nickte mürrisch. Einerseits war die Einmischung von Charles eine gute Sache. Es zeigte, dass er sich für sie interessierte, was die Erfüllung ihrer Aufgabe um so leichter machen würde.

Und genau das war das Problem. Das wollte sie nicht.

Das war fast so schlimm wie jene Nacht, in der Charles darauf bestanden hatte, dass sie ihn als Tom in eine Spielhölle begleitete. Er hatte sich eine Frau für die Nacht gesucht, und als Lily ihn gefunden hatte, hatte Charles ihr einen Geldbeutel zugesteckt und ihr gesagt, sie solle auch mit einer Frau schlafen.

Er hatte es als Freundlichkeit gemeint, nahm sie an. Charles hatte oft Bemerkungen darüber gemacht, dass Tom noch einen langen Weg vor sich hatte, bevor er zum Mann wurde. Aber alles, was sie sehen konnte, war Charles mit einer anderen Frau, der versuchte, sich etwas Privatsphäre zu kaufen.

Ich habe ihn wohl schon damals geliebt.

So hatte es nicht angefangen. Zunächst sollte sie nur die Bewegungen von Charles und seinen Freunden in dem von ihnen besuchten Herrenclub beobachten. Dann hatte er sich ihrer erbarmt und sie zu seinem Kammerdiener gemacht, genau wie Hugo es gehofft hatte. Die meisten Spione in den Haushalten der Liga hatten ihre Positionen erhalten, weil Hugo wusste, wie jeder von ihnen dachte, welche Eigenschaften sie suchten und welche Schwächen sie hatten.

Schuldgefühle und Großzügigkeit waren Charles' Schwächen.

Anfangs hatte sie versucht, sich von Charles zu distanzieren, um ihre Beziehung professionell zu halten, aber bald wurde ihr klar, dass er keinen Diener brauchte, sondern einen Freund. Und das war sie für ihn gewesen, auch wenn es sie schmerzte. Es schmerzte sie, weil sie befürchtete, sie könnte Gefühle für ihn entwickeln. Und das hatte sie.

Wie könnte sie nicht? Er war perfekt. Vollkommen gut aussehend, vollkommen amüsant, vollkommen abenteuerlustig. Er war alles, was eine Frau sich wünschen konnte - er war alles, was *sie* wollte.

»Gehört Lord Lonsdale Ihnen?«, fragte das Mädchen zu ihrer Linken.

Lily starrte sie verwirrt an. »Wie bitte?«

Das Mädchen errötete. »Nun, wir haben ihn den ganzen Abend beobachtet, wie er Sie angestarrt hat, und es scheint ihm gelungen zu sein, einige der schönsten Männer hier davon abzuhalten, mit Ihnen zu tanzen. Haben Sie eine Vereinbarung mit ihm?«

»Nein, ich glaube nicht.« Bevor sie mehr sagen konnte, zuckten die Mädchen um sie herum zusammen, als Charles wie aus dem Nichts auftauchte, als wäre er herbeigerufen worden.

»Meine Damen.« Er lächelte, und jedes der schüchternen Mädchen war kurz davor, in Ohnmacht zu fallen, aber zum Glück saßen sie alle auf ihren Stühlen.

»Mylord«, murmelte der Garten aus Mauerblümchen im Chor zurück.

»Mrs. Wycliff, es scheint, als hätten Sie noch ein paar Tänze offen. Darf ich?« Er streckte eine Hand aus, und Lily wäre fast aufgesprungen, widerstand aber dem Drang. Sie durfte nicht zu eifrig wirken. Das war eine der ersten Lektionen von Fräulein Mirabeau gewesen. Die französische Kurtisane hatte einst für Hugo gearbeitet und Frauen in der Kunst der Verführung ausgebildet. »*Wenn man eine Flamme zu einem wütenden Feuer anfachen will, kann man ihr nicht alles Brennmaterial auf einmal geben, das sie braucht. Man muss sie es ein bisschen zum Laufen bringen, ja?«*

»Und?« Charles krümmte einladend die Finger, seine grauen Augen funkelten. Plötzlich hatte Lily einen genialen Einfall, der allerdings einen Hauch von Lüge erforderte.

»Ich fürchte, nur mein allerletzter Tanz ist frei, aber es scheint, dass keine dieser Damen einen Partner hat. Wenn Sie mit mir den letzten Walzer tanzen wollen, würden Sie mir dann den Gefallen und mit einer meiner neuen Freundinnen tanzen?«

Die Mauerblümchen zwitscherten wie ein Schwarm von cremefarbenen Singvögeln. Charles' Augen verengten sich, als ob er versuchte, ihr Spiel zu verstehen, und dann nickte er langsam.

»Es wäre mir eine Ehre. Meine Damen, wer soll die Erste sein?« Er kümmerte sich um die schüchternen Damen, wählte die ängstlichste aus und führte sie zu der Gruppe von Tänzern, die sich aufstellten. Charles schaute Lily nur ein einziges Mal an, bevor die Musik begann, und dann wurde er zu einem bezaubernden Tänzer, der sich in die Gesellschaft seiner jungen Partnerin vertiefte.

Das Mädchen neben Lily seufzte und stieß mit der Schulter gegen Lilys Schulter. »Er ist wirklich so in Sie verliebt. Ich glaube nicht, dass ein Wüstling mit so vielen nur für einen Walzer tanzen würde.«

»Er ist kein Wüstling, er ist ein Schurke.« Lily lachte in sich hinein, aber sie konnte die Wärme in ihrer Brust nicht verleugnen, als sie ihm dabei zusah, wie er einen Tanz nach dem anderen übernahm und jede junge Dame zum Strahlen brachte. Die anderen Herren im Raum konnten nicht umhin, sie jetzt zu bemerken. Beim letzten Tanz wurde jedes der Mauerblümchen von mehreren jungen Männern aufgefordert, ebenfalls mit ihnen auf die Tanzfläche zu gehen.

Charles gesellte sich zu ihr bei den nun leeren Stuhlreihen. »War das also die ganze Zeit Ihr böser Plan?«

Lily täuschte einen Schock vor. »Wie meinen Sie das?«

»Ich glaube, ich habe mehreren dieser Mauerblümchen heute Abend im Alleingang einen Heiratsantrag besorgt, dank Ihnen.« Charles grinste wie ein stolzer Pfau.

Lily lächelte in die Menge. »Sie waren hier alle so erbärmlich, aber sehen Sie sie jetzt an. Lächeln auf allen Gesichtern.« Sie blickte unter ihren Wimpern hervor zu ihm auf. »Das waren Sie.«

»Das habe ich.« Er verschränkte die Arme und beobachtete die Tänzer mit einer kleinen Genugtuung. »Habe ich jetzt meinen Walzer verdient?«

»In der Tat, das haben Sie.« Sie reichte ihm die Hand, und er begleitete sie auf das Parkett.

Ihr Atem stockte, als er sie an sich zog. Es war ein wunderbares Gefühl, in seinen Armen zu liegen. Sie war noch nie von ihm gehalten worden. Sie hatten gerungen, gekämpft und sogar in einem See geplanscht, aber er hatte sie nie im Arm gehalten, nie mit ihr getanzt. Ihre Mutter hatte ihr vor ihrem Tod oft gesagt, wenn ein Mann wie ein Engel tanzen könne, solle Lily ihn heiraten. *»Der Mann, der gut tanzt, liebt noch besser.«*

Lily starrte in Charles' Gesicht, als er einen Arm um ihre Taille schob und der Walzer begann.

»Ich kann spüren, wie angespannt Sie sind«, sagte er.

»Wie könnte ich nicht, wenn ich doch mit jemandem wie Ihnen tanze?«, antwortete sie schüchtern. Charles genoss es, mit verbalen Scherzen gespielt zu werden. Dadurch musste er sich noch mehr anstrengen. Aber er antwortete nicht mit einer witzigen Erwiderung, wie sie erwartet hatte.

»Welche Sorgen Sie auch immer haben mögen, lassen Sie sie los«, flüsterte Charles. »Tanzen Sie mit mir und lassen Sie alles andere verblassen.«

Wenn es nur so einfach wäre ...

Wie sehr sie sich danach sehnte, die Vergangenheit und ihre Angst vor der Zukunft wirklich loszulassen. Sie wollte nur ein Licht auf die Dunkelheit in ihrem Inneren werfen. Nur einen Tanz lang wollte sie nicht zulassen, dass irgendetwas ihren Moment zerstörte.

Sie tanzten in perfektem Rhythmus. Sie war größer als die meisten Frauen, und ihre Füße hielten problemlos mit Charles' längeren Beinen Schritt. Seine Finger an ihrer Taille glitten hinunter zu ihrem unteren Rücken. Seine Augen verließen die ihren nicht, außer wenn sie sich zu ihren Lippen senkten. Und schon träumte sie davon, dass er sie wieder küsste. Einen Moment lang ließ sie wirklich los.

Er hielt sie fest in seinen Armen. Ihre Röcke wirbelten in einem Hauch von Satin um ihre Knöchel, und das Licht der Kronleuchter schien die Welt auf unvorstellbare Weise zu erhellen, als hätten sich die Tore zu ihrem eigenen privaten Himmel geöffnet, und sie und Charles tanzten durch die Wolken.

Als das Orchester verstummte, brach die Menge im Ballsaal in Beifall aus. Warum musste es enden? Aber Charles hielt sie fest, seine Augen waren halb geschlossen, als er einen langsamen, zittrigen Atemzug ausstieß, der ihren eigenen widerspiegelte.

»Ich möchte Sie nicht gehen lassen«, gestand er.

»Ich fürchte, das müssen Sie«, sagte Lily. »Die Musik ist zu Ende.«

Seine grauen Augen blieben an den ihren hängen. »Ich fürchte, wenn ich das tue, werden Sie wieder verschwinden.«

All die Jahre hatte sie andere Frauen von der Liebe flüstern hören und davon, wie sie die Seele verzehrt. Erst jetzt konnte sie diese Worte wirklich verstehen.

»Ich werde nirgendwo hingehen«, versprach sie ihm. »Ich wohne bei Emily, schon vergessen?«

»Wenn ich morgen Godric besuche, werden Sie dann dort sein? Sind Sie einverstanden, mich zu sehen?« Sein Gesicht senkte sich, als wolle er sie küssen. Sie befanden sich mitten im Ballsaal und durften nicht, aber er schien diese Tatsache nicht zu bemerken und hielt nur wenige Zentimeter vor ihren Lippen inne. Sie blickte zur Seite und sah bereits Gäste, die sie anstarrten und sich über ihr Verhalten unterhielten.

Sie zwang sich, sich zurückzuziehen, bevor der Skandal, den sie verursachten, noch größer wurde. »Ich werde da sein und Sie sehen.«

»Dann sehen wir uns morgen.« Er hob ihre Hand an seine Lippen und drückte ihr einen Kuss auf die Finger. In der Hitze des Gefechts wurde ihr ein wenig schwindlig. Wie konnte er etwas so Unschuldiges so unanständig erscheinen lassen?

Weil du in ihn verliebt bist, und er in dich.

Lily gesellte sich wieder zu Emily, als sich die Menge im Ballsaal zerstreute. Bald würden sich alle auf den Weg nach Hause machen, in warme Betten, zu heißem Feuer, Keksen und Tee. Zum ersten Mal würde sie es genießen können, selbst zu solchen Dingen nach Hause zu kommen, anstatt sie für andere zuzubereiten.

»Und, wie war es?«, fragte Emily mit einem neckischen Lächeln.

»Mein erster Ball?«, fragte Lily.

»Nein, der Tanz mit Charles.« Emilys Lächeln war viel zu hinterhältig, aber das war Lily egal. Sollte Emily doch kuppeln, wenn sie das wollte.

»Wunderbar«, gab sie zu.

»Ich habe gesehen, was Sie getan haben«, sagte Emily. »Zuerst dachte ich, Sie wollten Charles zurückweisen, indem Sie ihm diese anderen Mädchen aufdrängten. Dann aber wurde mir klar, dass Sie nicht nur diesen Mädchen helfen wollten, Aufmerksamkeit zu erregen, sondern auch Charles testen. Habe ich Recht?«

Lily lächelte. »In gewisser Weise.«

»Es scheint funktioniert zu haben. Er ist mit Sicherheit in Sie vernarrt. Vielleicht habe ich mich in ihm getäuscht. Vielleicht ist Charles bereit für die Ehe. Ich habe versprochen, bis ans Ende der Welt zu segeln, um die Frau zu finden, die das Schicksal für ihn vorgesehen hat.« Emily umarmte sie und flüsterte ihr ins Ohr: »Vielleicht war das Schicksal die ganze Zeit über direkt vor ihm.«

Lily versuchte, den schneidenden Schmerz in ihrem Herzen hinunterzuschlucken. Sie fürchtete mehr als alles andere, dass es so war, aber es war nicht das Schicksal, das sich jeder von ihnen erhofft hatte.

KAPITEL 14

»Was für eine Nacht, was?« Cedric klopfte Charles auf die Schulter, als sie das Haus der Sandersons verließen. »Weit weniger schmerzhaft als ich befürchtet hatte.«

»Das war in der Tat eine tolle Nacht«, stimmte Charles zu. Er hatte nicht geglaubt, dass seine Laune nach den Angriffen auf Phillip und Graham so gut sein könnte. Aber heute Abend hierher zu kommen und Lily vorzufinden ... Schon ihr Name ließ sein Blut rasen und seinen Kopf schwindlig werden, als hätte er zu viel Whisky getrunken. Sie hatte ihm wieder einen kleinen Hoffnungsschimmer gegeben.

»Er scheint dich zumindest für eine Weile aus deiner düsteren Stimmung gerissen zu haben. Ich habe gesehen, dass du mit einer ganzen Reihe von schönen Damen getanzt hast. Ich nehme an, dass dir keine von ihnen besonders gut gefällt?«

»Eine Blume«, gab er zu. »Lily Wycliff.«

»Emilys Cousine vom Lande?« Cedric gluckste. »Nun, Godric hat dir verboten, ihr den Hof zu machen, also war es wohl nur natürlich, dass du genau das tust. Das muss die blonde Schönheit gewesen sein, mit der du beim letzten Walzer zusammen warst.«

Charles lächelte vor sich hin. »Das war sie.« Er hatte schon früher atemberaubende Frauen gesehen, das war nichts Neues. Aber da war noch etwas anderes an Lily, das ihn zu ihr hinzog, etwas, das ihn ansprach. Als ob er in ihr einen verwandten Geist spürte, vielleicht sogar jemanden, der so verwundet war wie er selbst. Wenn das der Fall war, gab es vielleicht eine Chance, dass sie sich gegenseitig heilen konnten.

Er nahm sich vor, sie gleich morgen früh aufzusuchen, doch da fiel ihm ein Problem ein. Wie zum Teufel machte ein Mann einer Lady richtig den Hof? In einer Stube sitzen und unter den wachsamen Augen einer Anstandsdame Tee trinken? Dann wurde ihm klar, dass Emily Lilys Anstandsdame sein würde. Diese Demütigung würde er nie verwinden.

»Weißt du, dass sie ein Kind hat?«, fragte Cedric, wobei sein Tonfall von Vorsicht geprägt war.

Charles nickte. »Ich habe es gehört. Aber ich bin außergewöhnlich gut mit Kindern. Frag doch einfach Tom. Ich bin bekannt dafür, dass ich mich ab und zu um seine kleine Schwester kümmere.«

»Apropos Tom, wo ist er? Es ist nicht deine Art, ohne deinen Kammerdiener irgendwo aufzutauchen.«

Charles' Herz sank, als er sich an Toms nicht gerade glückliche Umstände erinnerte. »Toms Lieblingstante liegt im Sterben. Ich habe dem Jungen erlaubt, bei ihr zu bleiben. Er hat die kleine Kat mitgenommen.«

»Oh, das ist aber schade.«

»Das ist es. Und ich habe ein schlechtes Gewissen, weil ich ihn hier haben will.«

Cedric zuckte mit den Schultern. »Ein guter Diener ist sein Gewicht in Gold wert.«

Das stimmte, aber der Junge war auch ein Teil seines

Lebens geworden, eher wie ein Schützling. Seine Vertrauensperson. Sein Freund. Und außerhalb der Liga hatte er nicht viele, die er als solche betrachtete.

»Ah, da bist du ja.« Anne kam zu ihnen nach draußen und unterdrückte ein Gähnen, während sie sich an ihren Mann lehnte.

»Oh je, ich bringe dich wohl besser nach Hause, liebste Gemahlin.« Cedric gluckste und zwinkerte Charles zu.

»Ja, das solltest du. Gute Nacht, Charles.« Anne lächelte ihn an, und die beiden gingen zu ihrer wartenden Kutsche.

Charles seufzte und beobachtete, wie sein Atem eine kurze Wolke bildete, bevor er seine Handschuhe anzog. Wieder allein. Er winkte einen Pferdepfleger herbei, der sein Pferd bis zur untersten Stufe des Hauses führte.

Er ritt durch die dunklen Straßen nach Hause und summte die Melodie des letzten Walzers. Er wollte keinen Moment seiner Zeit mit Lily Wycliff vergessen.

Verdammt, er hatte sich in diese Frau verliebt, und er kannte sie nicht einmal. Sie war eine Fremde für ihn, wenn auch eine schöne, und doch hätte er schwören wollen, dass er sie *kannte*. Aber das war unmöglich. Zwar hatte er im Laufe der Jahre viele Frauen umworben, aber wie sollte er jemanden wie sie vergessen? Und sie hätte ihn vergessen müssen, was einfach undenkbar war. Es schien, als würde sie für eine weitere Nacht sein geheimnisvoller blonder Engel bleiben.

Aber morgen würde er alles über sie erfahren, was er konnte.

Zu Hause angekommen, sorgte er dafür, dass sein Pferd versorgt wurde, und stahl dann ein paar Kekse aus der Küche, bevor er sich ins Bett legte. Davis hatte ihm seine Nachtwäsche hingelegt, und er zog seine Abendgarderobe aus und warf sie über die Stuhllehne. Das Feuer im Kamin war angezündet, aber der Stuhl daneben war leer. Der Stuhl, auf dem er Tom in den Nächten, in denen er Charles nicht begleitete, oft schlafend fand.

Charles zog sein Nachthemd an und kletterte ins Bett. Trotz seiner Erschöpfung wälzte er sich unruhig hin und her, streckte seine Beine und Arme aus, um es sich bequem zu machen, doch der Schlaf blieb ihm verwehrt. Seine Augen glitten immer wieder auf, während er die Ereignisse auf dem Ball Revue passieren ließ.

Er setzte sich auf und beobachtete, wie der Feuerschein Schatten auf den Baldachinvorhängen über seinem Bett warf. Ein schrecklicher Gedanke schlich sich in sein Glück. Wenn Hugo von seinem Interesse an Lily erfahren sollte, könnte sie in Gefahr geraten, genau wie alle anderen.

Unter Godrics Dach war sie vorerst sicher genug, aber man konnte nicht wissen, was in den nächsten Tagen geschehen würde. Er wusste nur, dass Hugo bald wieder etwas versuchen würde Wenn er das tat, musste Charles bereit sein, ihn aufzuhalten ... oder bei dem Versuch zu sterben.

❦

HUGO WAVERLY SASS IN SEINEM ARBEITSZIMMER UND LAS die neuesten Nachrichten aus Paris, als die Tür geöffnet wurde. Daniel Sheffield schlüpfte herein, ohne anzuklopfen oder ein Wort der Begrüßung zu sagen. Daniel war ein verlängerter Arm Hugos und eine Waffe, die bei Bedarf eingesetzt werden konnte.

Er schob den Stapel Nachrichten beiseite und lehnte sich in seinem Stuhl zurück. »Gibt es etwas zu berichten?«

»Kilkenny, der Mann, von dem Sie befürchteten, dass er mit der Liga sympathisiert, wurde heute Abend auf dem Weg zum Sanderson-Ball von einer Kutsche überfahren. Er hat nicht überlebt.«

»Was für ein Jammer. Kutschen sind nachts eine gefährliche Sache«, überlegte Hugo mit einem kalten Lächeln. Kilkenny würde man nicht vermissen. »Was noch?«

»Lord Kent lebt noch. Lonsdale und Lennox sind in die Tunnel gegangen und haben ihn gefunden, und unsere Quelle sagt, dass er sich ans Leben klammert. Ich könnte das von unserem Mann korrigieren lassen.«

Hugo dachte darüber nach. Kent unter Charles' Dach sterben zu lassen, wäre schrecklich, aber er wollte nicht, dass sein Agent das Risiko eingehen musste, enttarnt zu werden.

»Unnötig. Die Nachricht wurde wie geplant gesendet und empfangen. Das ist alles, was zählt. Was noch?«

Daniel lächelte jetzt. »Lonsdale wurde beim Tanzen mit einer Frau namens Mrs. Wycliff gesehen.«

Er hielt einen Moment inne, da er wusste, dass Hugo diesen Namen nicht kannte. »Mrs. *Lily* Wycliff. Sie soll eine entfernte Cousine der Herzogin von Essex sein, die auf dem Land lebt.«

Hugo tippte mit den Fingern auf den Schreibtisch. »Der Plan hat also funktioniert. Das hatte ich gehofft.« Ihr Vorschlag, sich als Cousin von Lady Essex auszugeben, war ziemlich genial. Und die Herzogin die Hälfte der Arbeit für ihn erledigen zu lassen, war einfach köstlich. Die so genannte Liga der Schurken würde Lily bald mit offenen Armen empfangen. Und dann …

»Ich glaube, diese Nachricht verdient einen Drink.« Hugo stand auf und holte ein paar Gläser und eine Karaffe mit Scotch. Er schenkte zwei Gläser ein und reichte eines an Daniel.

»Auf Mrs. Lily Wycliff.« Hugo gluckste. »Möge sie ein verführerisches Netz um Lonsdales abscheuliches Herz weben.«

Und sobald ihr das gelungen war, dann wäre Hugo die Spinne in der Mitte des Netzes, bereit zuzuschlagen.

KAPITEL 15

Charles starrte sich im Spiegel seines Schlafzimmers an, seine Nerven waren zum Zerreißen gespannt. Er war früh aufgewacht, *viel* zu früh, und hatte stundenlang im Bett gelegen und bis ins Detail geplant, wie er den Tag mit Lily verbringen wollte. Er hatte Emilys übliche Spielchen einkalkuliert. Zweifellos würde die Frau versuchen, die Kupplerin zu spielen und ihre eigenen Pläne zu verfolgen, aber Charles war entschlossen, die Dinge auf seine Weise zu regeln.

Er betrachtete seine flaschengrüne Weste, die mit goldenen Hirschen bestickt war, seine Beinkleider und seinen dunkelblauen Mantel. Würde es Lily gefallen? Bisher hatte er sein Aussehen nie für fragwürdig gehalten, aber jetzt zweifelte er an jeder seiner Entscheidungen.

»Mylord?« Davis stand stirnrunzelnd an seiner rechten Seite. »Habe ich etwas Falsches gewählt?«

Charles runzelte nun ebenfalls die Stirn. »Nein. Ich bin mir einfach unsicher. Finden Sie, dass ich beeindruckend aussehe? Wenn Sie eine Dame wären, meine ich.«

Davis schenkte ihm ein halbes Lächeln. »Ich finde Sie sehr gutaussehend, Mylord. Wenn ich eine Lady wäre, meine ich.«

»Ich bin so verdammt nervös nach all den Jahren.«

»Nervös, Sir? Ich habe noch nie erlebt, dass Sie vor der Begegnung mit einer Lady nervös waren.«

»Das ist anders. Keine meiner üblichen Spielchen, geheimen Rendezvous oder Schleichen durch Fenster. Ich möchte das hier richtig machen.«

»Ich verstehe, Mylord. Nun, das *wäre* eine Abwechslung für Sie.«

Charles drehte sich langsam zu Davis um, und das Lächeln des Mannes verschwand.

»Es tut mir leid, Mylord, ich wollte nicht ...«

»Nein, Sie haben natürlich recht. Gütiger Himmel, ich weiß nicht einmal, was der richtige Zeitpunkt ist, um eine Dame aufzusuchen. Wissen Sie das?«

»Ich glaube, der späte Vormittag bis zum frühen Nachmittag wird als akzeptabel angesehen.« Davis benutzte eine kleine Bürste, um den Mantel von Staub zu befreien, nicht dass Charles etwas gesehen hätte.

»Später Morgen. Früher Nachmittag.« Charles holte seine Taschenuhr heraus und schaute sie an. Es war erst halb zehn. Verdammt noch mal, wie sollte er die nächsten zwei Stunden verbringen?

Sein Butler erschien in der Tür. »Mylord?«

»Ja?«

»Da ist eine Mrs. Ellis an der Tür, die Sie gern sprechen möchte«, sagte Ramsey. »Sie sagt, es geht um die Anzeige für eine Gouvernante und ein Kindermädchen für Katherine und den kleinen Oliver.«

»Richtig!« Nach allem, was passiert war, hatte er die Suche nach einem Kindermädchen ganz vergessen.

»Ich bringe sie in den Salon, und ein Dienstmädchen wird Tee bringen.«

»Danke, Ramsey.« Charles zog seine Weste nach unten, um die Falten zu glätten, und steckte seine Uhr zurück in die Tasche. Dann begab er sich in den Salon.

Er fand eine Frau mittleren Alters vor, die geduldig auf einem Stuhl wartete. Als er eintrat, wollte sie aufstehen, aber er winkte ihr, sitzen zu bleiben.

»Mrs. Ellis?«, fragte er.

»Ja, es ist mir eine Freude, Sie kennenzulernen, Mylord.« Die blauen Augen der Frau waren sanft und ihr Lächeln offen. Das gefiel ihm. Kindermädchen, die nicht lächelten, waren nicht immer die besten für Kinder. Er nahm ihr gegenüber Platz und betrachtete sie genauer. Schlichte Kleidung, gutes Haar, aber zu einem einfachen Dutt frisiert, und ein angenehmes Gesicht und ebensolche Stimme. Alles gut, aber er hatte noch Fragen, die wichtiger waren als ihr Aussehen.

»Wie lange sind Sie denn schon Kindermädchen und Erzieherin?«

»Zehn Jahre«, sagte sie. »Ich wurde von Viscount Richmond und seiner Frau für ihre Kinder angestellt, aber sie sind jetzt erwachsen genug, um Eton zu besuchen.«

»Ich verstehe. Und haben Sie mit jüngeren Kindern gearbeitet? Sagen wir zwei oder drei Jahre alt?«

Sie nickte. »Ich habe mit einem der Jungen gearbeitet, seit er drei war, und mit dem anderen, seit er fünf war. Ich fühle mich mit kleinen Kindern ganz wohl.«

»Gut, gut. Und ...«

»Verzeihen Sie, Mylord, aber ich möchte die Kleinen kennenlernen.«

»Ah ... Nun, eines der Kinder ist nicht hier. Das Kind ist nämlich die kleine Schwester meines Kammerdieners. Ihre Mutter ist gestorben, und der junge Mann kümmert sich um das Kind, und ich sorge für meine Leute. Ich habe Katherine sehr gern und wollte, dass sie die beste Betreuung erhält.«

Mrs. Ellis' Augenbrauen hoben sich vor Überraschung.

»Sie wünschen, dass ich mich um das Kind eines Dieners kümmere?«

Charles runzelte ein wenig die Stirn.

»Ah, ich verstehe ...« Mrs. Ellis' Blick wurde scharfsinnig. »Sie ist das Kind einer Liaison?«

Die Frage war dreist und unangebracht, aber er konnte der Frau die Vermutung nicht verübeln.

»Verzeihen Sie mir«, fügte sie schnell hinzu. »Aber es ist wichtig, diese Dinge im Voraus zu wissen, zum Wohle des Kindes.«

Es war sicherlich kein unwahrscheinliches Szenario. Er kannte Männer in genau dieser Situation. Aber er schlief nicht mit Bediensteten. Es war keine Frage der Klasse, sondern der Macht und der Entscheidung, diese nicht über diejenigen auszuüben, die keine hatten. Und Toms Mutter war Dienstmädchen einer Gräfin gewesen.

»Sie ist nicht von mir, aber Sie werden feststellen, Mrs. Ellis, dass ich ein offenes Herz habe, wenn es um Kinder geht. Einer meiner besten Lakaien hat letztes Jahr seine Frau verloren und zieht nun allein einen Sohn auf. Er wird Ihr anderer junger Schützling sein.«

»Es ist an der Zeit, dass sich die Herren um die Kinder kümmern. Ich denke, das ist in der Tat eine gute Sache, Mylord.«

Er spürte, dass sie ihn necken wollte, obwohl er nicht wusste, warum.

»Sie werden also die Stelle annehmen?«

Mrs. Ellis antwortete nicht sofort. Sie sah ihn einen Moment lang an und nickte schließlich.

»Ausgezeichnet. Auch wenn der Junge und seine Schwester nicht hier sind, möchte ich, dass Sie umgehend mit der Betreuung von Davis' Sohn beginnen, damit Sie sich bereits eingewöhnt haben, wenn Tom und seine Schwester zurückkommen.«

»Danke, Mylord.« Sie hielt einen kleinen Beutel hoch. »Ich hatte gehofft, dass diese Stelle zu mir passen würde, und ich bin vorbereitet hergekommen.«

»Gut. Lassen Sie sich von der Haushälterin Ihr Zimmer zeigen, dann haben Sie Gelegenheit, das Personal und den kleinen Oliver kennenzulernen.«

Er ließ sie vor sich her in Richtung des Dienstbotentrakts gehen. Als er sicher war, dass man sich um sie kümmern würde, schaute er noch einmal auf seine Taschenuhr. Das hatte nicht annähernd genug Zeit gekostet.

»Sir?« Davis sprach ihn an, als er das Treppenhaus der Dienstboten verließ. »Ich habe gerade Mrs. Ellis kennengelernt. Sie und Oliver haben sich sofort gut verstanden. Ich weiß nicht, wie ich Ihnen jemals danken kann.« Charles' Gesicht erhitzte sich ein wenig. Es war immer ein bisschen peinlich, wenn sie ihm für seine Großzügigkeit dankten. Seiner Meinung nach sollten seine Handlungen als normal und nicht als etwas Außergewöhnliches angesehen werden.

»Gern geschehen, Davis. Ich glaube, sie wird sehr gut zu den Kindern passen. Aber wenn Sie sich für den Gefallen revanchieren wollen, könnte ich einen Rat gebrauchen, wie ich meine Zeit verbringen soll, bevor ich meiner Angebeteten einen Besuch abstatte.«

»Vielleicht könnten Sie der jungen Dame Blumen kaufen?«, schlug der Lakai hoffnungsvoll vor. »Das dauert mindestens eine halbe Stunde, und es würde ihr ein Lächeln ins Gesicht zaubern.«

»Davis, Sie sind ein kluger Mann.« Er zwinkerte dem Diener zu, griff nach seinem Mantel und ging, um seine Kutsche zu rufen. Die besten Blumen gab es in der Bond Street.

Im Blumenladen traf er auf eine junge Frau mit rehbraunen Augen und honigblondem Haar, die an einem der blumenübersäten Fenster kunstvoll Stiele in einer Vase arrangierte. Er bemerkte die Qualität des Stoffes ihres Kleides, auch wenn es schon ein oder zwei Jahre alt war. Möglicherweise war die junge Frau in eine schwierige Lage geraten und hatte hier eine Beschäftigung gesucht. Nun, er würde sie sicher für jede Hilfe belohnen, die sie ihm heute geben könnte.

»Entschuldigen Sie, Miss?« Er räusperte sich, woraufhin die junge Frau nach Luft schnappte und fast die Blumenvase umstieß. Charles hielt die Vase fest und stellte sie wieder auf den Tisch. Die Frau wandte sich ihm zu, und ihre Wangen erröteten.

Charles grinste. »Es tut mir schrecklich leid.« Wenigstens hatte er noch eine gewisse Fähigkeit, die Damenwelt zu blenden. Bei Lily fühlte er sich unerprobt und unbeholfen, aber es schien, dass sie die einzige Frau war, die nicht völlig von ihm geblendet war.

»Womit kann ich Ihnen helfen?« Das Mädchen winkte zu den Blumen, die jede Oberfläche des Ladens bedeckten.

»Ich brauche einen Blumenstrauß«, begann er unsicher. Es war länger her, als er sich erinnern konnte, dass er sich um eine Frau hatte bemühen müssen. Allzu oft verliebten sie sich Hals über Kopf in ihn, ohne dass er sich anstrengen musste, aber bei Lily war das anders. Er wollte ein strahlender Ritter für sie sein, ein Mann, der ihr die Welt schenken oder bei dem Versuch untergehen würde.

»Für eine Dame, die Sie bewundern? Oder soll der Strauß Teil eines Heiratsantrags sein?« Die Frau wartete geduldig, bis Charles sich entschieden hatte.

»Das wäre ein ... Strauß, um den Hof zu machen?« Er betete, dass es so etwas auch wirklich gab.

Die Frau versuchte, sich ein kleines Lächeln zu verkneifen. »Ah ... Das erste Mal, dass Sie die Lady aufsuchen?«

Er nickte und spürte einen kleinen Schock der Nervosität.

Die Frau beobachtete ihn, ihre Hände schwebten neben einem Topf mit Gardenien. »Erzählen Sie mir von ihr.«

»Sie ist wunderschön. Sie hat goldenes Haar, als hätte die Sonne es geküsst, und ihre Augen sind so blau wie Kornblumen. Sie ist hochgewachsen und anmutig ...« Er bemerkte, dass die Frau ihn anstarrte, und ihm wurde klar, dass es nicht das war, was sie im Sinn hatte, Lilys körperliche Schönheit zu loben. »Sie ist witzig, intelligent und auf jeden Fall gerissen. Sie bringt mich um den Verstand. Aber sie hat viel durchgemacht. Ihr verstorbener Mann starb nach einer Krankheit und ließ sie mit ihrer kleinen Tochter allein zurück. Sie tanzt wie ein Traum, aber sie ist auch freundlich und aufmerksam und geheimnisvoll ...« Er konnte sich ein Lächeln nicht verkneifen. »Wenn sie lacht, scheint das Kerzenlicht heller, und wenn ich ihre Stimme höre, verschwindet der Rest der Welt.«

»Sie hat den Poeten in Ihnen geweckt, wie ich sehe.« Sie bewegte sich bereits im Laden, pflückte eine bunte Blume nach der anderen und steckte sie in eine Vase. »Das sagt mir alles, was ich wissen muss.« Dann kehrte sie zurück und wies auf jede Auswahl hin.

»Gladiolen für Stärke und Treue. Calla-Lilien für Unschuld und Reinheit, Amaryllis für prachtvolle Schönheit und Narzissen für unerwiderte Liebe.«

»Unerwidert?«, fragte Charles.

»Betrachten Sie es als eine Bitte, dass sie *erwidert wird*«, antwortete sie mit einem Augenzwinkern.

Charles bemerkte, dass sie eine Blume vergessen hatte, eine Blume, die er erkannte. »Und die Gardenien? Was bedeuten sie?«

Die junge Floristin lächelte und berührte seine behandschuhte Hand. »Heimliche Liebe ... und der Absender der Gardenien ist einsam.« Der Blick der Frau wanderte zu den

Blumen, und er erkannte, dass auch sie einsam sein musste. Einsamkeit war so tragisch in einem Geschäft wie diesem.

»Ist es so offensichtlich, dass ich einsam bin?«, fragte Charles.

»Man erkennt es in ihren Augen und daran, wie Sie über Ihre Liebe reden.«

Charles kicherte ironisch. »Vielleicht nicht mehr lange. Wie viel für den Strauß?«

»Fünf Schilling.« Die Floristin band den Strauß sorgfältig mit einem blauen Satinband zusammen, nahm ihn aus der Vase und reichte ihn ihm.

Charles gab ihr zehn Pfund.

»Von einem Gardenienverschenker zum anderen.« Er schenkte ihr ein dankbares Lächeln, bevor er den Laden verließ und zu seiner Kutsche zurückkehrte.

Er kam sich wie ein Narr vor, als er mit einem riesigen Blumenstrauß in der Hand in seiner Kutsche saß, aber er konnte sich keinen anderen Weg vorstellen, um Lily zu zeigen, dass er ihr gegenüber ein richtiger Gentleman sein wollte. Dank Emily eilte ihm sein Ruf zweifellos voraus.

Als die Kutsche vor Godrics Stadthaus anhielt, flatterte ein Schwarm Schmetterlinge wie wild in seinem Magen. Er überprüfte noch einmal seine Taschenuhr und seufzte erleichtert. Fast elf. Endlich. Wenn er hinaufging und klopfte, würde Godric ihn sicher hineinlassen, auch wenn er ein bisschen zu früh dran war.

Seine Hand zitterte, als er den Türklopfer anhob und wieder fallen ließ. Als Godrics Butler, Simpkins, öffnete, grinste Charles.

»Simpkins, Sie alter Teufel! Immer noch am Leben, was?« Er klopfte dem Mann auf die Schulter.

Simpkins lächelte nachsichtig. »Nicht dank Ihnen. Sie werden erwartet. Ich sollte Sie warnen, dass alle Getränke für Sie unerreichbar geworden sind. Sollten Sie durstig sein, so werde ich Ihnen bringen, wonach Ihnen der Sinn steht - in einem *sehr* kleinen Glas.«

»Dann müssen Sie einfach viele von ihnen mitbringen.«

Der Blick des Butlers fiel auf den riesigen Blumenstrauß. »Blumen? Na, dann scheinen Sie es ja dieses Mal ernst zu meinen«, stichelte Simpkins.

»Ja, das tue ich«, gab Charles zu.

»Gott sei ihr gnädig. Die Damen sind im Morgenraum. Lassen Sie mich Ihre Ankunft ankündigen.« Simpkins ließ ihn im Foyer stehen.

»Charles?« Godrics dröhnendes Lachen ließ ihn zusammenzucken. »Großer Gott, sind das *Blumen*?« Er kam die Treppe herunter, seine grünen Augen leuchteten vor Humor.

»Kein einziges verdammtes Wort mehr«, warnte Charles. »Davon habe ich gerade schon von deinem Butler genug gehört. Warum hat er sich noch nicht zur Ruhe gesetzt?«

»Er fürchtet den Tag, an dem meine Teppiche bei einem deiner Besuche unverteidigt bleiben. Das ist es, was ihn am Laufen hält.«

»Lord Lonsdale, die Damen werden Sie jetzt empfangen«, verkündete Simpkins, als er in die Halle zurückkehrte.

Charles straffte die Schultern und machte sich auf den Weg in den Morgenraum. Godric stand stramm und salutierte, als er vorbeiging, dann folgte er ihm. Charles warf ihm einen fragenden Blick zu.

»Oh, das möchte ich um *nichts* in der Welt verpassen«, sagte Godric.

Charles fluchte leise vor sich hin und öffnete die Tür, bereit, Emily als Anstandsdame und Lily, der Frau, die ihm im Handumdrehen das Herz gestohlen hatte, gegenüberzutreten.

KAPITEL 16

Die pfirsichfarbenen Wände des Morgenzimmers leuchteten im hellen Wintersonnenlicht, das den Raum von den hohen Fenstern her durchflutete. Emily saß auf einem Stuhl vor einem knisternden Feuer, ein Buch in der Hand. Sie strahlte ihn an, als er eintrat, und nickte dann Lily zu, die auf einer Couch am Fenster saß und ebenfalls las. Zweifellos hatte Emily gewollt, dass er sie bei seinem Eintreten genau so sehen würde.

Charles räusperte sich, und Lily blickte auf, der Blick ihrer blauen Augen streichelte ihn. Er wollte sie in seine Arme ziehen und sie hinter den Vorhängen wie von Sinnen küssen. Aber nein, der Charles, der den kurzen, sinnlosen Leidenschaften frönte, das war der andere Charles. Er musste mehr als das für sie sein.

Lilys Augen weiteten sich, als sie sah, was er in der Hand hielt. Er fühlte sich wie ein verdammter Narr und hielt ihr den Strauß unbeholfen hin.

»Hier.« Das war das einzige Wort, das er anfangs herausbrachte. Sein Herz hämmerte so laut, dass er kaum denken konnte.

Lily blinzelte. »Wie bitte?«

Charles hörte Godric hinter sich schnauben. Emily hielt sich eine Hand vors Gesicht und versuchte, ihr Lächeln zu verbergen.

Oh Gott, er würde das immer wieder zu hören bekommen, nicht wahr?

»Die sind für Sie«, sagte er richtig.

Lily legte das Buch beiseite und nahm den Blumenstrauß. Sie vergrub ihr Gesicht in den farbenfrohen Blumen. Charles' Atem stockte, als das Sonnenlicht sie anstrahlte. Sie war einfach die schönste Frau, die er je getroffen hatte. Die Schönheit in ihr leuchtete in dem fröhlichen Funkeln ihrer Augen, als sie langsam ihren Blick zu ihm hob und sich in dem reinen weiblichen Vergnügen sonnte, ihr Gesicht durch die Blütenblätter zu streichen. Er konnte nicht wegsehen, wollte es nicht. Er war verloren in Lily, dieser schönen Fremden, die ihm doch so vertraut vorkam. Konnte ein Mann eine Frau auf den ersten Blick lieben? Er hatte das Gefühl, dass es möglich war, wenn sie ihn so ansah, als ob er ein stilles, geheimes Gebet erhört hätte, das sie tief in ihrem Herzen trug.

Mir geht es genauso. Sie ist die Antwort auf meine Einsamkeit.

»Die sind schön.« Lily blickte Emily an, und ihre Wangen nahmen Farbe an, als sie ihrer Cousine mit verlegenem Stolz die Blumen zeigte.

»Das sind sie in der Tat.« Emily lächelte ihnen zu und stand dann auf, um zu gehen. Sie warf Charles einen langsamen, vielsagenden Blick zu, aber er war sich nicht ganz sicher, was sie ihm sagen wollte. Dass er sein bestes Verhalten an den Tag legen sollte? Konnte sie nicht erkennen, dass er sich Mühe gab?

»Entschuldigen Sie. Ich werde gleich mit einer Vase zurückkommen.« Emily ging mit Godric in den Flur und schloss die Tür.

Sie hatte ihn mit Lily allein gelassen. Das war unerwartet. Entweder vertraute sie darauf, dass er ein Gentleman war, was unwahrscheinlich war, oder sie erwartete, dass er er selbst war und Lily verführte, was er sehr wohl tun konnte, wenn er die Gelegenheit dazu bekäme.

Er setzte sich auf das andere Ende der Couch, sein Herz raste noch immer, seine Handflächen schwitzten. Noch nie hatte er sich in der Nähe einer Frau so nervös gefühlt wie jetzt. Aber er war auch von einer Ruhe erfüllt, die er nie für möglich gehalten hatte. Irgendwie fühlte sich das alles, so beängstigend und fremd es auch für ihn war, richtig an.

Lily seufzte verträumt. »Gardenien. Meine Lieblingsblumen.« Sie rieb ihre Wange an den Blütenblättern und sah zu ihm auf. Ihre dunkelgoldenen Wimpern schimmerten, und das zarte Rosa ihrer Lippen war leicht geschwungen, und er konnte nur daran denken, diese Lippen mit seinen zu bedecken.

»Gardenien sind Ihre Lieblingsblumen?« Er kämpfte gegen die Lust seiner Gedanken an und konzentrierte sich auf ihr Gespräch. Er wollte sie ebenso sehr kennenlernen, wie er sie küssen wollte.

»Ja, und die Calla-Lilien auch, wahrscheinlich wegen meines Namens.« Sie lachte. »Meine Mutter steckte sich vor Bällen immer kleine Gardenien ins Haar. Sie sahen so umwerfend aus, und der Duft ... Sie hatte überall Vasen mit ihnen und Freesien. Meine Mutter liebte Blumen. Das tue ich auch, aber ich habe seit Jahren nicht mehr darüber nachgedacht.«

Der Kummer, den er zuvor bemerkt hatte, stand wieder in ihren Augen. Er griff langsam nach ihrer freien Hand und schlang seine Finger um ihre. Er war erstaunt, wie beruhigend es war, ihre Hand zu halten, ohne dass er mehr erwartete. Er drehte ihre Hand um und untersuchte die feinen Linien. Entlang der Oberseite ihrer Handfläche, direkt unter den Fingerkuppen, befanden sich mehrere kleine Schwielen. Er untersuchte die Schwielen und fragte sich, welche Ereignisse im Leben sie dazu gebracht hatten, mit ihren Händen zu arbeiten.

»Es tut mir leid.« Lily versuchte peinlich berührt, ihre Hand wegzuziehen, aber er ließ sie nicht gewähren. Er hob die Finger langsam an seine Lippen und strich mit seinem Mund sanft und ehrfürchtig über ihre Knöchel. Ihr Atem stockte, und sein Blut summte als Antwort.

»Es gibt keinen Grund, sich zu entschuldigen«, sagte Charles. »Hände, die Arbeit gesehen haben, sind keine Schande. Ganz im Gegenteil. Ich möchte alles über Sie wissen. Würden Sie es mir sagen?«

»Ich kann Ihnen einige Dinge sagen«, sagte sie. »Aber nicht alles.«

Charles grinste. »Eine Frau mit Geheimnissen, was?«

»Eine Frau mit Vorsicht.«

Charles zögerte und überlegte, ob er die Frage stellen sollte, die ihm durch den Kopf ging, da er wusste, dass sie wahrscheinlich nicht antworten würde. »Nun gut. Was haben Sie allein in Vauxhall gemacht und wie wurden Sie entführt und in die Lewis Street gebracht?«

»Ich hatte beschlossen, früher in London einzutreffen, als meine Cousine erwartet hatte. Ich wollte Emilys Freundlichkeit nicht mehr als nötig ausnutzen, also erkundete ich die Stadt auf eigene Faust. Sie hatte mir zuvor von den Gärten geschrieben, und ich hatte gehofft, sie selbst zu sehen. Sie hatte mich aber nicht vor den Gefahren gewarnt.«

Charles nickte. »Ich nehme an, dass kein Ort in London wirklich sicher ist, weshalb keine Frau allein durch die Straßen gehen sollte, besonders nicht am Abend.«

Ihr Blick wurde einen Moment lang distanziert. »Das ist ein Fehler, den ich nicht noch einmal machen werde.« Dann blickte sie auf ihr Buch hinunter. »Nächste Frage, Mylord.«

Nun, er hatte es versucht. Vielleicht war ein größerer

Umweg nötig, um ihr Vertrauen zu gewinnen. »Welches Buch lesen Sie?« Er nickte zu dem Buch, das sie beiseite gelegt hatte.

»Adam Smiths *Wohlstand der Nationen*.«

»Wahrhaftig?« Er blinzelte sie an. Die meisten Männer, die er kannte, konnten das Buch nicht zu Ende lesen, und er hatte sich nie Gedanken darüber gemacht, ob eine Frau es lesen würde. Nicht, dass er nicht glaubte, dass eine Frau es verstehen könnte, aber es war so verdammt *langweilig* ...

»Ja, es ist ein bisschen langatmig bei einigen spezifischen wirtschaftlichen Punkten, aber die allgemeine Diskussion ist ziemlich faszinierend, finden Sie nicht?«

Charles lachte. »Ich weiß es nicht. Ich habe versucht, es für einen meiner Kurse in Cambridge zu lesen, und jedes Mal, wenn ich das Buch aufschlug, wachte ich Stunden später mit dem Gesicht auf die Seiten gepresst wieder auf. Es war so schlimm, dass ich anfing, es als Kopfkissen zu benutzen.«

»Das haben Sie nicht!« Lily kicherte.

»Das habe ich nicht«, gab er zu. »Aber gibt das nicht eine gute Geschichte ab?«

»Ja«, stimmte sie zu. »Warum erzählen Sie mir nicht eine wahre Geschichte?«

»Über mich?« Er wollte mehr über sie erfahren, aber wenn sie ihn reden hören wollte, würde er alles tun, was sie verlangte. »Nun, mal sehen ...«

»Würden Sie mir von den Schwänen in Vauxhall erzählen?«

Er warf einen wütenden Blick in Richtung Tür. »Emily! Großer Gott, diese Frau. Jetzt zieht sie Verwandte hinzu, um diese Geschichte erzählen zu können?« Er entspannte sich ein wenig und verdrehte die Augen. Diesmal war er derjenige, der einer Antwort auswich. »Keine Schwäne. Nächste Frage.«

Sie biss sich auf die Unterlippe. »Dann erzählen Sie mir von Ihren Eltern«, schlug sie vor. »Von Ihrer Familie.«

»Meine Familie ...« Er fuhr mit den Fingerspitzen über ihre Handfläche und zeichnete die feinen Linien auf ihrer Haut nach. »Wo soll ich anfangen? Meine Mutter, Violet, ist eine wunderbare Frau, und das meine ich ernst. Innen und außen. Sie und mein Vater waren schon lange vor ihrer Hochzeit befreundet. Sie hat mir immer gesagt, dass Ehen, die auf Freundschaft beruhen, länger halten als solche, die aus Lust geboren werden.«

Lily nickte, ihre Augen suchten sein Gesicht ab. »Und Ihr Vater?«

»Guy Humphrey war ein wunderbarer Vater, ein liebevoller und warmherziger Mensch. Es war immer mein einziger Wunsch, ein so guter Mensch zu sein wie er.«

»Und sind Sie es?«, fragte Lily.

Charles wollte lächeln, aber es gelang ihm nicht. »Ich scheine dieses Ziel traurigerweise nicht erreichen zu können. Aber ich versuche es weiter.«

Lily streckte ihre Hand aus, um seine Wange zu streicheln. »Ich glaube, das sagt mehr aus, als Ihnen klar ist.« Sie sprach mit einer solchen Überzeugung, dass er ihr fast glaubte.

»Lily ... Darf ich Sie Lily nennen?« Sie nickte und presste die Lippen aufeinander, als ob sie dieser Schritt nach vorn erregt hätte. »Ich habe das Gefühl, Sie zu kennen, obwohl wir uns gerade erst kennengelernt haben. Klingt das nicht seltsam für Sie?«

»Überhaupt nicht«, versicherte sie ihm.

Er lächelte verschämt und fühlte sich wieder wie ein Junge. »Sie gehen mir einfach nicht aus dem Kopf, und doch habe ich das Gefühl, niemanden zu haben, mit dem ich darüber reden kann, was ich jetzt fühle.«

»Niemand? Was ist mit Ihren Freunden?«

Charles gluckste. »Ich fürchte, das ist nicht möglich. Ich war ihnen gegenüber immer etwas ... spöttisch, wenn sie über

Liebe und Romantik sprachen. Wenn ich sie jetzt um ihren Rat bitten würde, würden sie sich zweifellos an mir rächen.«

»Oh je«, sagte Lily und tat so, als sei sie schockiert.

»Ich versichere Ihnen, dass das alles nur im Scherz geschieht«, fügte Charles hinzu. »Dennoch muss ich sagen, dass ich im letzten Jahr viele Brücken abgebrochen habe.«

»Das ist eine Schande«, sagte Lily. »Männer behalten ihre Gefühle oft für sich, und das kann einfach nicht gesund sein. Haben Sie wirklich niemanden, mit dem Sie reden können?«

Charles dachte darüber nach. »Nun, vielleicht mein Diener.«

»Ihr Diener?«

»Ja, ich vertraue meinem Kammerdiener genauso sehr wie jedem meiner Freunde.«

»Er muss ein toller Diener sein. Würden Sie *ihm* von den Schwänen in Vauxhall erzählen?«, stichelte Lily und stupste ihn mit einem Finger sanft in die Rippen.

»Herr, warum will jede Dame, die ich treffe, etwas über die verdammten Schwäne wissen?« Er stöhnte auf und ließ sich zurück auf die Couch fallen, wobei er sie näher an sich heran zog, aber nur knapp. Sie wich nicht zurück, und er freute sich innerlich über seinen kleinen Sieg. Ihre Finger tanzten immer noch über seine Haut. Er verlor sich in ihr, in der Schwellung ihrer Brüste beim Atmen, dem Pulsschlag in ihrer Kehle und dem schwachen Blumenduft, der an ihrer Haut haftete, seit sie ihr Gesicht in dem Strauß vergraben hatte. Er wollte sie so sehr küssen, dass sein ganzer Körper von dem Urbedürfnis, sie zu schmecken, geschwächt wurde. Er wusste, wenn er sie in seine Arme nahm, ihren Mund mit seinem verschloss, würde er ihren Herzschlag an seinen Lippen spüren und für immer verloren sein.

»Weil die Geschichte von den Schwänen legendär ist«, antwortete sie. »Genau wie *Sie* legendär sind, Mylord.«

Bei ihrem amüsierten Grinsen hätte er am liebsten laut

aufgelacht. Es war ihm so vertraut, als würde er diese Frau schon seit Jahren kennen. Das war natürlich unmöglich.

»Sie sollten mich Charles nennen. Das ist nur gerecht.«

Ihre blauen Augen verdunkelten sich feierlich, als sie auf seine Lippen blickte. »Charles.« Die Art, wie sie seinen Namen aussprach, versetzte ihm einen seltsamen Schauer, und sein Blut summte vor Erregung.

»Lily, darf ich Sie küssen?« Er erwartete fast, dass sie erröten und ihn für seine Anmaßung ohrfeigen würde. Bestenfalls, so vermutete er, würde sie einfach nein sagen, es sei zu früh oder nicht angemessen bei ihrem ersten offiziellen Treffen. Stattdessen nickte sie eifrig.

»Ja, das dürfen Sie.« Lilys Wimpern flatterten nach unten, und ihre Lippen öffneten sich einen Spalt. Charles fühlte sich, als stünde er an der Pforte des Himmels, als er sich zu ihr neigte. Ihre Lippen berührten sich in einem sanften, brennenden Vorspiel. Er grub seine Fingernägel in die Handflächen, der scharfe Schmerz hielt ihn im Zaum, während er ihre Nase mit seiner stupste. Ihre Lippen öffneten sich, ein Hauch von Atem auf seiner Unterlippe ging einem kleinen Stöhnen voraus, das aus ihrer Kehle direkt in seine Knochen segelte. Ein Schauer durchfuhr ihn, selbst als der Schmerz in seinen Handflächen nachließ und durch Lust ersetzt wurde. Das Feuer loderte zwischen ihren Körpern, obwohl er sie nicht so in seinen Armen hielt, wie er es sich wünschte. Lichter blitzten hinter seinen geschlossenen Augen auf, als er sich an dem süßen Geschmack ihres Mundes berauschte.

Die Tür des Morgenzimmers sprang auf.

»Ich habe eine Vase gefunden!«, verkündete Emily. Ihre violetten Augen funkelten, als sie hinzufügte: »Wie ich soeben *mehrmals* vom Korridor aus lautstark bemerkt habe.«

Charles und Lily lösten sich ruckartig voneinander. Er warf Emily einen frustrierten Blick zu, als sich die süße Lust in seinen Adern in heiße Verlegenheit verwandelte.

Emily kam herüber und nahm den Strauß von Lily entgegen. Die Blumen waren ihr in den Schoß gefallen und drohten auf den Boden zu rutschen. Emily schob die Blumenstängel in das mit Wasser gefüllte Glas.

»So.« Sie stellte die Vase auf dem Tisch ab. »Sehen sie nicht wunderschön aus? Was für ein perfektes Bouquet, Charles. Gut gemacht.« Dann neigte sie den Kopf zur Seite und tat so, als höre sie Godric nach ihr rufen. »Oh, ich schaue besser nach, was mein Mann braucht!« Sie trat in den Korridor. »Liebling? Was brauchst du?«

»Brauchen? Und weshalb rufst du nach mir? Ich habe nichts gesagt.« Godrics Stimme, die eindeutig erschrocken war, brachte Charles zum Lachen.

Emily brachte ihn zum Schweigen, und als Nächstes hörte er ein männliches Grunzen, das zweifellos darauf zurückzuführen war, dass Godric von der zierlichen Herzogin in die Rippen gestoßen wurde. Dann schloss sich die Tür zum Zimmer.

Charles wartete, bis sie weg war, bevor er sich wieder Lily zuwandte. Ihr Gesicht war errötet, ihre Lippen geschwollen, und in ihren Augen schimmerte immer noch ein gieriger Hunger. Er kämpfte immer noch damit, den Gentleman zu spielen, von dem er wusste, dass er es sein musste. Der alte Charles hätte sie unter sich auf die Couch gezerrt, und diese Frau hatte etwas Besseres verdient.

»Sie ist eine schreckliche Anstandsdame, aber ich nehme an, sie versteht, dass Sie kein unschuldiges junges Mädchen sind, dem es an Wissen über die Welt fehlt.«

Lilys Gesicht verdunkelte sich vor Sorge. »Stört Sie das?«

»Was sollte mich stören?«, fragte er, noch immer in Tagträumen versunken, in denen er ihre Lippen mit seinen in Besitz nahm.

»Dass ich schon einmal ... verheiratet war?«

Ihre Angst vor seiner Antwort war ihr deutlich ins

Gesicht geschrieben. Er zuckte zusammen. Er hatte die Sache so sehr vermasselt.

»Nein, ganz und gar nicht. Ich mache mir eher Sorgen, dass ich Ihrem Mann nicht das Wasser reichen könnte. Er muss Ihre erste Liebe gewesen sein.« Er wollte nicht daran denken, dass sie einen anderen liebte. Er war zwar nicht von Haus aus eifersüchtig, aber das Wissen, dass er nicht der Erste im Herzen einer Frau sein würde, dass es vor ihm schon einen anderen gegeben hatte, war nervenaufreibend. Was, wenn er ihren Erwartungen niemals entsprechen konnte?

Lily sah weg. Er verfluchte sich dafür, dass er sie an ihren Schmerz erinnert hatte. Warum konnte er nicht einfach den Mund halten?

»Er war nicht meine erste Liebe. Ich mochte ihn natürlich sehr, aber in Wahrheit war ich nie in ihn verliebt.«

»Aber dennoch haben Sie sich entschieden, ihn zu heiraten?«, fragte Charles neugierig. Er versuchte, sich nicht über den Gedanken zu freuen, dass er immer noch der erste Mann sein könnte, der das Herz dieser faszinierenden, schönen und intelligenten Frau gewann.

Ihre Lippen verzogen sich zu einem schiefen Lächeln. »Nicht jeder heiratet aus Liebe, wissen Sie. Das ist sogar ziemlich selten.«

»Ich weiß. Aber ich glaube, ich habe immer *gehofft,* dass die Heirat aus Liebe zu einer üblicheren Praxis wird.« Er meinte es ernst. Eine Ehe ohne Liebe klang für alle Beteiligten wie eine Folter. Ein verbindliches Leben sollte auf einer positiven Kraft wie der Liebe beruhen und nicht nur auf einem rechtlichen Vertrag.

Lily lachte, und er schwor sich, dass er Glocken läuten hörte. »Sie sind ein Romantiker.«

»Ich nehme an, das bin ich.« Er warf wieder einen Blick zur Tür, halb in der Erwartung, dass Emily mit einer weiteren Ablenkung hereinplatzen würde. Er musste Lily in die Arme nehmen, und obwohl er fest damit rechnete, dass sie ihn nicht lassen würde, war es einen Versuch wert.

»Bleiben Sie so.« Er stand auf und schob einen Sessel vor die Tür, wobei er darauf achtete, dass er ihn unter die Klinke klemmte. Nachdem er sich vergewissert hatte, dass das Möbelstück verhindern würden, dass sie unterbrochen wurden, kehrte er zum Sofa zurück. Auch ihr Blick war eifrig. Er sah deutliche Erregung in ihren Augen, als sie ihn ansah.

»Meine Güte, Sie können ja richtig unanständig sein?« Lily kicherte, und das Geräusch ging direkt in seine Leistengegend. Charles konnte keine Sekunde länger warten.

Er nahm ihr Gesicht in seine Handflächen und umschloss ihre Lippen mit seinen. Er versuchte, sanft zu sein, *war* anfangs auch sanft, aber ihr süßer Geschmack stieg ihm sofort zu Kopf wie Brandy. Er ließ seine Lippen federleicht auf ihren ruhen, öffnete ihren Mund und ließ seine Zunge hinein gleiten, nur um festzustellen, dass ihre bereits nach der seinen suchte. Seine Hände umrahmten ihr Gesicht und glitten an ihrem Körper hinunter, was ihm ein Zittern und Stöhnen entlockte, als er seine Handflächen über ihre Brüste und hinunter zu ihrer Taille und dann zu ihren Hüften führte, während er sie näher an sich heranzog. Dann hob er sie mit einer fließenden Bewegung hoch, so dass sie auf seinem Schoß saß, was sie näher an ihn heranbrachte, um ihn zu küssen.

Er küsste sich über die nackte Fläche ihres köstlichen Schlüsselbeins und hinunter zu den Hügeln ihrer Brüste. Seine Hände gruben sich in ihre Hüften, ohne Rücksicht darauf, ob er ihr Kleid zerknitterte. Sie schaukelte gegen ihn, dann setzte sie sich so, dass sie mit gespreizten Beinen auf seinem Schoß saß. Er machte keine Anstalten, die Dinge zu weit zu treiben. Nicht um des Anstands willen. Der Anstand war ihm noch nie so gleichgültig gewesen. Er wollte einfach nur, dass sie, das Objekt seiner Begierde, die erste Frau, die er je umworben hatte, ihn so wild und leidenschaftlich küsste, wie sie es sich wünschte, ohne sich Gedanken darüber zu machen, ob sie noch mehr zu erwarten hatte.

Lily fuhr mit ihrer Zunge über seine Unterlippe, als sein Mund zu ihr zurückkehrte, und er knurrte leise und knabberte an ihrer Unterlippe. Sie schlang ihre Arme fester um seinen Hals und drückte sich näher an ihn. Ein Wimmern entwich ihr, als sie ihre Lippen weiter öffnete und seine Zunge so tief eindringen ließ, wie er es wagte. Er wollte, dass sie ihn *fühlte*, dass sie spürte, wie es sein würde, wenn er sie eines Tages mit ins Bett nahm und sie beanspruchte.

Schließlich trennten sich ihre Münder, und er versuchte, zu Atem zu kommen. Sein Herz raste wie wild, und er war sich nicht sicher, ob es jemals wieder zur Ruhe kommen würde. Er zitterte. Sie lachte atemlos, als sie langsame, neckische Küsse auf sein Kinn, seinen Hals und sein Ohr gab. Die Frau war eine Göttin, eine, die er für den Rest seines Lebens verehren wollte.

»War das in Ordnung?«, fragte er, während er versuchte, seine Gedanken zu ordnen. Die Frau hatte ihn völlig aus den Angeln gehoben.

Sie drückte ihre Stirn an seine und atmete genauso schwer. »Du weißt, dass es mehr als in Ordnung war. Es war wunderbar.«

Der Knoten in seiner Brust löste sich, und eine Wärme breitete sich in seinem Körper aus, als ihre Fingerspitzen über sein Gesicht glitten, seinen Kiefer und seine Lippen nachzeichneten, bevor sie zu seinem Hals und seinen Schultern hinunterglitten. Er bewegte seine Hände über ihren unteren Rücken und erkundete die sanften Kurven, bevor er ihren Po umfasste, wobei sein Atem immer noch schwer war. In diesem Moment fühlte er, dass diese Frau ihm gehörte, genauso wie er ihr gehörte, und diese süße, sanfte Besitzergreifung machte ihn mutig genug, wieder zu sprechen.

»Darf ich dich heute Abend ausführen?«

Sie legte ihren Kopf auf seine Schulter, ihre Lippen kitzelten sein Ohr. »Was würden wir tun?«

Seine Hände legten sich fester um sie. »Alles, was du willst.«

»Eine Oper?«

»Ja, eine Oper«, stimmte er zu. »Und vielleicht können wir bis dahin den ganzen Tag in diesem Raum verbringen.« Er wackelte anzüglich mit den Augenbrauen.

Ihr Lachen verursachte in seinem Kopf ein angenehmes Schwindelgefühl. »Ich glaube, Emily und Godric könnten dagegen sein.«

»Wenn sie nicht reinkommen, werden wir ihre Einwände nicht hören.«

Lily gluckste und küsste seine Wange, während sie sich an ihn schmiegte.

Die Spannung, die sich in dieser schönen Frau aufgestaut zu haben schien, begann sich zu lösen. Alles, was Charles wollte, war, sie in den Arm zu nehmen, sie wissen zu lassen, dass sie nicht mehr allein war, dass er für sie da war, so lange sie ihn wollte.

»Ich möchte nichts von diesem Moment vergessen«, sagte er und drückte ihr einen weiteren Kuss auf die Lippen.

»Mylord, das ist Ihre Lust, die da spricht.« Der Tonfall ihrer Stimme verletzte ihn, obwohl es angesichts seiner Vergangenheit nur richtig war, so etwas zu sagen. Wie konnte er ihr erklären, was er fühlte? Dass dies anders war als alles, was er je erlebt hatte?

»Lily, ich werde der Erste sein, der zugibt, dass ich nichts von Liebe verstehe, aber was ich jetzt fühle, ist nicht einfach nur Lust.« Er nahm ihr Gesicht in seine Hände und vergewisserte sich, dass er ihre volle Aufmerksamkeit hatte. »Ich habe eine Vergangenheit mit Frauen, wie du wohl von Emily erfahren haben dürftest.«

»Das habe ich. Aber die Vergangenheit ist die Vergangenheit.« Sie legte ihren Kopf auf seine Schulter und stieß einen leisen Seufzer aus.

»Wenn es keine Rolle spielt, warum vertraust du mir dann nicht, wenn ich sage, dass ich Gefühle für dich habe?«

Sie antwortete nicht sofort. Ihre schlanken Finger tanzten an den Knöpfen seiner Weste entlang und zeichneten die elfenbeinfarbenen Stücke nach.

»Es ist nicht so, dass ich dir nicht vertraue. Ich traue dem Glück, das ich in deinen Armen fühle, nicht. Das kann nicht von Dauer sein.« Plötzlich richtete sie sich auf und zog sich von seinem Schoß zurück. Er wollte nach ihr greifen, aber sie winkte ihm, er solle zurückbleiben.

»Ich bin schon zu lange allein hier. Ich muss gehen, bevor die Dienerschaft anfängt zu klatschen und Emilys und Godrics guten Namen ruiniert.« Sie ging auf die Tür zu und hielt dann inne. »Aber ... ich würde trotzdem gerne heute Abend mit dir in die Oper gehen.«

»Auch wenn du dem Glück, das du mit mir empfindest, nicht traust?« Er konnte nicht anders, als sie mit ihren eigenen Worten herauszufordern.

Ihre Augen brannten sich in seine. »Ich traue dem Glück nicht, aber das heißt nicht, dass ich es nicht *will*.« Sie zog den Stuhl von der Tür weg und verschwand im Korridor.

Der Raum fühlte sich leer an, als ob sie nie dort gewesen wäre. Wieder verschwunden. Der Blumenstrauß, den sie zurückgelassen hatte, war der einzige Beweis für ihre Existenz, und die Gardenien schienen ihn in seinem erneuten Zustand der Einsamkeit zu verhöhnen.

Charles saß allein auf der Couch. Er fuhr sich mit der Hand über den Kiefer und seufzte, als ob ihm die ganze Last der Welt auf die Schultern gelegt worden wäre. Es hatte keinen Sinn, hier zu bleiben, wenn er bis heute Abend nicht bei Lily sein konnte.

Simpkins wartete in der Halle mit Hut und Mantel auf ihn. Charles nahm sie schweigend entgegen und war schon halb zur Tür hinaus, als der Butler sprach.

»Liebe, die Geduld, Verständnis und Vergebung erfordert, ist eine Liebe, die noch lange nach dem Ende der Lust anhält.«

Charles starrte den Butler einen langen Moment lang an, dann antwortete er Simpkins mit einem Nicken. »Danke.«

Simpkins starrte Charles an seiner langen Nase entlang an. »Die Getränke sind immer noch tabu für Sie, Mylord, aber viel Glück.«

Charles lächelte und klopfte ihm auf die Schulter. »Ihnen ebenfalls. Ich fürchte, ich habe die Dielen beim Umstellen von Möbeln aufgescheuert.«

Er spürte Simpkins' harten Blick, als er ging. Wenn Blicke töten könnten, wäre Hugos Rache von einem wütenden Butler längst unterbunden worden.

KAPITEL 17

Ashton Lennox saß auf einem Stuhl in Berkleys Club, ein leeres Brandyglas hing gefährlich schaukelnd in seiner Hand. Seine Gedanken waren meilenweit entfernt. Er hatte sein Bestes getan, um den Mann ausfindig zu machen, den er als Kilkenny kannte und von dem Ashton überzeugt war, dass er einer von Hugos Spionen war, aber der Mann war nicht aufgetaucht.

Ashton hatte sich in den letzten Monaten an den Mann herangepirscht wie ein Meisterjäger an einen preisgekrönten Bock, um ihn dazu zu bringen, wenigstens zu reden. Aber es hatte alles zu nichts geführt. Dann kam die Nachricht von einem Kutschenunfall nur einen Block vom Ball jenes Abends entfernt, und er hatte schnell herausgefunden, was passiert war. Man hatte wieder einmal mit ihm gespielt, er jagte Phantome in der Dunkelheit, so wie Hugo es sich zweifellos gewünscht hatte.

»Es gibt etwas, das ich nicht sehe. Ein Teil eines Puzzles, ein Zug auf dem Schachbrett, den ich übersehen habe.«

Er hatte seine eigenen Agenten, die Hugo und seinen Agenten folgten. Spione spionierten gegen Spione. Er hatte viel über Hugo und seine Machenschaften gelernt, aber es gab Dinge, die nicht zusammenpassten. Endlich verstand er Hugos Hass auf Charles, aber es steckte mehr dahinter, er spürte es. Etwas, das nicht direkt mit Hugo oder Charles zu tun hatte ...

Er schloss die Augen und erinnerte sich an seinen eigenen Anteil an den Ereignissen jener Nacht.

Er und Lucien waren auf dem Rückweg von einem nächtlichen Besuch in einer örtlichen Kneipe gewesen, dem Pickerel, als sie zwei Personen sahen, die am Ufer des Flusses neben dem Magdalene College miteinander rangen. Er und Lucien waren über den Rasen dorthin gerannt und hatten gebrüllt, als sie merkten, dass der eine Mann versuchte, den anderen zu ertränken.

Dann hatte er gesehen, wie Peter Maltby aus dem Nichts auftauchte und sich in den Fluss stürzte. Ashton und Lucien schrien noch mehr, als die drei im Wasser rangen, aber sie konnten nicht verstehen, was sie da sahen. Dann durchbrach der gurgelnde Schrei eines jungen Mannes die Nacht, und Hugo kroch keuchend und mit einem kalten Lächeln aus dem Fluss. Von Peter und dem dritten Mann war nichts mehr zu sehen. Ashton hatte das Blut in den Ohren gedröhnt, während er befürchtete, was mit Peter geschehen war. Sein Freund war nicht wieder aufgetaucht. Warum kam er nicht wieder nach oben?

»Was hast du getan?«, hatte Ashton von Hugo verlangt, aber die Frage war unbeantwortet geblieben. Zu diesem Zeitpunkt war es bereits zu spät gewesen.

Godric und Cedric, zwei junge Lords, die er in den letzten Monaten nur flüchtig kennengelernt hatte, wateten vom anderen Ufer aus in den Fluss.

»Zwei Männer sind im Wasser!«, rief Lucien. »Peter und ein zweiter Kerl.«

»Es ist der junge Lonsdale«, sagte Godric, als er ins Wasser tauchte.

Auch Ashton und Lucien stürzten sich schnell in die Fluten. Hugo würde warten müssen.

Ashton schwamm in die Tiefe und fand Lonsdale in den trüben Tiefen mit Seilen und einem schweren Gewicht an seinen Füßen. Peter hatte ein Messer und schnitt die Seile durch. Als er es geschafft hatte, versuchte Charles, an die Oberfläche zu kommen, aber sie war zu weit weg. Peter brauchte Luft. Ashton sah, wie Peters Körper sich verkrampfte, als er Wasser einatmete, und wie sein Körper im dunklen Wasser davongetragen wurde, zu weit außerhalb seiner Reichweite.

Ashton war sein ganzes Leben lang ein Schwimmer gewesen und konnte die Luft anhalten. Er half Charles nach oben, aber als sie die Oberfläche erreichten, war Ashton erschöpft und konnte ihn nicht länger halten. Godric und Cedric erreichten sie schließlich und brachten Charles an das gegenüberliegende Ufer. Er spuckte Wasser und blieb keuchend neben den beiden liegen.

Ashton blickte zurück auf den Fluss. Im Mondlicht starrte Hugo sie an, wütend und hasserfüllt, und verfluchte sie alle. Peter war weg. Er war gestorben, als er versuchte, den jungen Lonsdale zu retten. Ein schwerer Mantel aus Verzweiflung legte sich über Ashton und die anderen, als sie alle wieder zu Atem kamen.

Sie alle, auch Hugo, hatten sich in jener Nacht verändert. Und doch konnte das noch nicht die ganze Geschichte sein. Charles' Vater hatte Hugos Vater in einem Duell getötet. Hugo hatte Charles danach nie wieder aufgesucht. Es war eine zufällige Begegnung, die zu seinem Mordversuch geführt hatte. Aber warum so lange warten? Seit jenem Tag waren Jahre vergangen. Hatte er einfach nur seine Zeit abgewartet?

Nein. Hinter all dem steckte noch etwas anderes. Etwas,

das vor Hugos erneuten Racheversuchen geschehen war. Das musste so sein.

Ashton stellte sein Brandyglas auf den Tisch, als er sich von seinem Stuhl erhob. Es gab einen Menschen, der Antworten haben könnte, aber würde derjenige überhaupt zustimmen, ihn zu treffen?

Er verließ Berkley's und mietete eine Kutsche, die ihn in eine ruhige, respektable kleine Straße in Mayfair brachte. Er wusste schon seit Jahren, wer in diesem Haus wohnte, aber bisher hatte er davon abgesehen, es aufzusuchen. Es gab noch immer Grenzen, die er nicht überschreiten wollte, aber je näher Hugo ihnen kam, desto verzweifelter wurde er.

Er schaute sich um, als er die Stufen des Stadthauses hinaufging. Die feinen Härchen in seinem Nacken stellten sich auf. Die Straße war voller Menschen und Kutschen, und ein paar mutige Menschen ritten trotz der Winterkälte noch auf Pferden. Wenn er beobachtet wurde, so konnte er es nicht erkennen. Ashton klopfte mit den Fingerknöcheln gegen die Tür und wartete. Nach einer Minute ließ der Butler ihn eintreten, und er nahm seinen Hut ab.

»Ashton Lennox für Mrs. Waverly.«

Der Butler nickte und betrat einen Raum neben dem Eingang. Einige Minuten später kehrte er zurück.

»Hier entlang, Mylord.«

Ashton wurde in einen Salon geführt. Eine dunkelhaarige Frau in den Fünfzigern saß an einem Schreibtisch und schrieb einen Brief. Sie blickte auf, als Ashton eintrat, und er war beeindruckt von Jane Waverlys Schönheit.

Sie legte ihre Schreibfeder ab und stand auf. »Lord Lennox, wie kann ich Ihnen helfen?«

»Ich fürchte, ich muss mit Ihnen über eine heikle Angelegenheit sprechen.« Er hätte nie gedacht, dass er einmal mit der Mutter ihres Peinigers in einem Salon sitzen würde.

Janes Brauen zogen sich zusammen. »Ich bin mir nicht sicher, ob ich das verstehe ...«

»Es geht um Hugo.«

Daraufhin versteifte sie sich. »Ich habe seit vielen Jahren nicht mehr mit meinem Sohn gesprochen.«

Das hatte Ashton nicht erwartet. »Oh?«

»Ja.« Sie ging zu einem der Wohnzimmerfenster und blickte hinaus in die gefrorene Welt ihres Gartens. »Nach dem Tod seines Vaters habe ich getrauert, und er ging wieder zur Schule. Ich schrieb ihm wöchentlich, aber er antwortete nie und kehrte nie nach Hause zurück. Schließlich verließ ich mein früheres Zuhause und zog hierher.«

»Ich verstehe.« Ashton räusperte sich. »Ich nehme an, Sie kennen Lord Lonsdale. Charles, meine ich.«

Jane nickte. »In der Tat. Ich nehme an, Sie wissen, dass ich seinen Vater, Guy, kannte.«

»Ja. Das ist ein Teil der Angelegenheit, über die ich mit Ihnen sprechen möchte.«

»Oh?«

»War Ihnen bewusst, dass Hugo versucht hat, Charles zu ermorden, als sie zusammen an der Universität waren?«

Die Farbe wich aus ihrem Gesicht. »Mord?«

»Glücklicherweise war er nicht erfolgreich. Wir hatten schon lange nichts mehr von Hugo gehört, weil wir annahmen, er sei ins Ausland gezogen. Doch im vergangenen Jahr begann er, gegen Charles und alle, die mit ihm in Verbindung stehen, vorzugehen. Ich würde Ihnen die Einzelheiten gern ersparen, aber die Angelegenheit ist sehr ernst geworden.«

Auch ohne die Einzelheiten zu kennen, erschütterte diese Nachricht Jane sichtlich bis ins Mark. »Oh, mein armer lieber Hugo. Was haben Sie getan?«

»Charles hat mir von dem Duell zwischen den Vätern erzählt, aber diese erneuten Angriffe nach so langer Zeit sagen mir, dass er neue Gründe hat, Charles zu suchen und zu bestrafen. Ich kann nicht umhin, mich zu fragen, ob an der Geschichte noch mehr dran ist.

Jane nickte zu den Stühlen im Raum. »Vielleicht sollten Sie sich lieber setzen.«

Ashton nahm auf dem gold- und cremefarbenen Brokatsessel Platz. Jane fuhr sich mit den Händen über die Röcke und wusste nicht, wie sie anfangen sollte.

»Ich weiß, warum der Hass meines Sohnes auf Charles so stark geworden ist.« Sie hielt inne, und Ashton musste sie mit einem Nicken auffordern, fortzufahren. »Ich bin auf dem Land aufgewachsen, nicht weit vom Lonsdale-Anwesen entfernt. Ich kannte Guy Humphrey gut, und mit der Zeit wuchs eine Zuneigung zwischen uns. Aber meine Eltern waren mit der Verbindung nicht einverstanden. Da half es auch nicht, dass er nur der zweite Sohn des Grafen war. Sie verheirateten mich stattdessen mit Baltus Waverly, der gerade zum Ritter geschlagen worden und ein Liebling der Krone war. Das wurde als wertvoller angesehen als alles, was Guy anbieten konnte. Guy heiratete Violet, die Mutter von Charles. Sie war und ist immer noch eine gute Freundin von mir.«

»Ich folge Ihnen, Madame.«

»Wie auch immer, ich ...« Jane räusperte sich. »Ich ging meine Ehe ein, nachdem ich bereits ...«

Plötzlich schien alle Luft aus dem Raum zu weichen. Keiner von ihnen sprach ein Wort, während Ashton diese Nachricht verarbeitete.

»Sie wollen damit sagen, Hugo und Charles sind ...«

»Brüder«, sagte Jane leise. »Halbbrüder.«

»Charles weiß es nicht?« Die Frage von Ashton war eher eine Feststellung.

»Nein. Nach dem Duell sagte Guy mir, dass Charles niemals die Wahrheit erfahren dürfe, dass die Bitterkeit und der Groll zwischen Charles und meinem Sohn den Keil zwischen ihnen beiden nur noch tiefer treiben würde.«

Ashton fühlte sich, als hätte er einen Schlag gegen die Brust bekommen. Es war verdammt schwer, zu atmen. Er fügte dies zu dem hinzu, was er über Hugo wusste, und wie sich dieses Wissen auf ihn auswirken würde. Vieles machte jetzt Sinn. Nur, wie hatte Hugo das herausgefunden?

»Wann hat Hugo es herausgefunden?«

Jane hielt inne und schluckte schwer, als sie Ashtons Blick begegnete.

»Würden Sie mir sagen, was passiert ist? Wie hat er das entdeckt?«

Jane nickte. »Es war vor etwas mehr als drei Jahren ...«

LONDON, SEPTEMBER 1819

Jane stand nervös im Salon und beobachtete die Uhr auf dem Kaminsims. Ein Diener hatte Tee gebracht, und sie wollte sich die ganze Zeit selbst eine Tasse einschenken, um ihre Nerven zu beruhigen. Es war so lange her, dass sie ihren Sohn gesehen hatte. Endlich hatte sie auf ihre Briefe an ihn eine Antwort erhalten. Er würde kommen, um mit ihr zu sprechen, um sich nach dem Tod seines Vaters vor all den Jahren zu versöhnen.

Die Tür zum Salon öffnete sich, und ihr Butler führte ihren Sohn herein. Ihr Herz machte bei diesem Anblick einen Sprung. Er war groß und stattlich geworden, wie sein Vater. Aber im Gegensatz zu Guy hatte er ihre dunklen Augen und ihr dunkles Haar, was ihrem Mann Baltus gefallen hatte, da er ebenfalls dunkel war. Dennoch hatte es den Schmerz in ihrer Ehe nicht ausgelöscht, zu wissen, dass sie bereits das Kind ihrer ersten Liebe in sich trug, als sie Baltus geheiratet hatte.

»Hugo«, hauchte Jane, und ihre Lippen zitterten, als sie

ihre Hände ausstreckte. Er ging etwas steif auf sie zu, nahm aber ihre Hände in seine, als sie sich nebeneinander auf das Sofa setzten.

»Tee?«, bot sie hoffnungsvoll an.

»Nein, danke. Ich ...« Hugo räusperte sich.

»Oh ...«, schniefte sie und kämpfte gegen den Stich der Tränen an. Doch Hugo drückte sanft ihre Hände.

»Ich bin froh, hier zu sein, Mutter. Es ist zu lange her, und ich habe kaum eine Entschuldigung für meine Abwesenheit.« Er seufzte, begegnete ihrem Blick und erlaubte sich ein Lächeln. »Melanie und ich hoffen, dir schon bald einen Enkel schenken zu können.«

»Ein Enkel?« Jane lächelte breit. »Was für wunderbare Neuigkeiten.«

»Mutter ... es tut mir leid. Ich wollte dich nach Vaters Tod nicht so schlecht behandeln. Ich habe dich dafür verantwortlich gemacht, und das war nicht richtig. Jetzt, wo ich selbst Vater werde, bereue ich mein Verhalten. Ich war so lange wütend, nachdem ich Vater verloren hatte, und ... ich habe Dinge getan, die ich bereue und die ich wiedergutmachen möchte.«

Jane schüttelte den Kopf, einfach erleichtert, ihren Sohn nach so langer Abwesenheit wieder zu sehen und zu berühren. Aber die Schuldgefühle schwärten tief in ihr. Sie musste ihm die Wahrheit sagen, die sie ihm so lange verheimlicht hatte.

»Bitte sag mir, dass du damit anfangen wirst, Guy Humphreys Sohn zu verzeihen.« Das musste er. Wenn er es nicht täte, könnte Jane es nicht ertragen.

Hugo versteifte sich. »Lonsdale verzeihen? Mutter, du weißt, dass ich ...«

»Du musst«, sagte sie entschlossen, und die Augen ihres Sohnes verengten sich leicht.

»Warum?«

Sie hielt inne und stählte sich für das, was gesagt werden musste. »Weil er dein Blut teilt.«

Einen langen Moment lang starrte Hugo sie an. Seine dunklen Augen, die den ihren so ähnlich waren, schienen über ihre Worte zu grübeln.

»Teilt mein Blut?« In seinem Tonfall schwang eine Warnung mit, auf die sie hätte hören sollen. Aber es war zu spät, sie musste den Rest des Geheimnisses gestehen.

»Lange bevor ich deinen Vater kennenlernte, liebte ich Guy Humphrey. Er war der Mann, den ich heiraten wollte, was mir aber verboten wurde. Als ich deinen Vater heiratete, war ich bereits schwanger. Mit dir. Du warst mein letztes Geschenk von Guy, bevor wir uns als Liebende trennten und andere Leute heiraten mussten. Aber Baltus hat dich geliebt, als wärst du sein eigenes Kind, vor allem als er erfuhr, dass er selbst kein Kind zeugen konnte. Er hat dich geliebt ...«

Hugo riss seine Hände von den ihren los, als ob er sich an ihr verbrannt hätte.

»Nein.« Er sprach das Wort teils verzweifelt, teils ungläubig aus.

»Ja. Du und Charles Humphrey, ihr seid Halbbrüder. Verstehst du denn nicht? Du musst die Vergangenheit begraben und ihm verzeihen. Er ist dein Blut.«

Hugo sprang von der Couch auf. »Nein!« Diesmal schrie er das Wort, als würde es die letzten Minuten wie einen Albtraum aus seinem Gedächtnis vertreiben.

»Hugo, bitte ...«, Jane stand auf, aber es war zu spät. Ihr Sohn warf ihr einen letzten dunklen, kalten und wütenden Blick zu, bevor er ging und die Tür hinter sich zuschlug, so dass sie gegen den Rahmen klapperte.

Jane ließ sich auf das Sofa zurücksinken und starrte auf ihre Hände im Schoß, während der Tee in der Kanne kalt wurde.

❧

JANE WAVERLY RÄUSPERTE SICH, ALS ASHTON HÖFLICH wegschaute, während sie sich die Augen wischte.

»Hugo kam danach nie wieder zurück. Nicht einmal, als Peter geboren wurde. Ich habe meinen Enkel noch nie im Arm gehalten. Mein Sohn hat mir nie verziehen. Es spielte keine Rolle, dass Hugo in einem Moment des Glücks, der Liebe, mit dem Mann, der immer mein Herz haben wird, gezeugt wurde. Hugo mag zwar Guys Blut in sich haben, aber er wurde von meinem Mann so erzogen, dass sein Herz von Hass erfüllt ist. Ich hätte ihm nie die Wahrheit sagen dürfen. Das ist eine Entscheidung, die mich für immer verfolgen wird.« Janes Stimme brach ein wenig, und Ashton zog ein Taschentuch aus seiner Tasche und reichte es ihr. Sie akzeptierte mit einem wässrigen Lächeln.

»Wie ich Violet beneide, einen edlen Sohn mit so guten Freunden zu haben. Sie werden doch Erbarmen mit ihm haben, nicht wahr? Tun Sie, was Sie müssen, um Charles zu schützen, aber bitte, bitte tun Sie meinem Sohn nichts.« Ihr herzzerreißender Appell zerschmetterte Ashtons Herz. Er war sich nicht sicher, ob er dieses Versprechen geben konnte.

»Es ist meine Schuld. Meine«, flüsterte sie. »Sein Kummer hat sich in Wahnsinn verwandelt, und ich hätte es verhindern können.«

Ashtons Kehle schnürte sich zu, als er Mitgefühl für diese gebrochene, einsame Frau empfand. »Wir haben alle geschworen, das Richtige zu tun, Mrs. Waverly. Das kann ich Ihnen versprechen.« Er konnte es nicht wagen, dieser lieben Frau zu sagen, dass es bedeuten könnte, Hugo zu töten, aber der Mann musste aufgehalten werden.

»Danke«, sagte Jane, aber er konnte in ihren Augen sehen, dass sie die Wahrheit kannte. Jemand würde diesen Kampf nicht überleben.

»Ich fürchte, ich muss gehen. Ich danke Ihnen für alles, was Sie mit mir geteilt haben.« Ashton stand auf, und Jane folgte seinem Beispiel und hielt ihn am Ärmel fest, bevor er gehen konnte. Ihre Augen waren dunkel vor Rührung.

»Violet weiß von Hugo. Wenn jemand Charles die Wahrheit sagen muss, dann sollte sie es tun.«

Mit einem Nicken verließ Ashton den Salon von Jane Waverly. Er war nicht auf die eisige Kälte vorbereitet, die ihn traf, als er ihr Haus verließ; seine Gedanken waren weit weg, an einem noch kälteren Ort.

Brüder. Wie Kain und Abel. Dies war das letzte Teil des Puzzles. Das erklärte, warum Hugo nach Cambridge nicht versucht hatte, ihnen etwas anzutun. Er hatte sich auf seine Weise geheilt. Er hatte versucht, die Vergangenheit hinter sich zu lassen. Aber die Erkenntnis, dass er und Charles Brüder waren, hatte ihn wieder auf den Weg der Dunkelheit gebracht. Er musste sich wie ein Bauer in einem großen kosmischen Witz von einem Schachspiel gefühlt haben, und Hugo war kein Mann, der es jemals zulassen würde, ein Bauer in etwas zu sein. Er sah sich als Herr seines eigenen Schicksals. Jetzt ergab alles einen Sinn. Damit begann Ashton zu verstehen, was Hugos Endspiel war. Und das bedeutete, dass er endlich seinen Konter vorbereiten konnte.

Aber was war mit Charles? Sollten sie es ihm sagen?

Nein. Ashton wollte nicht, dass Charles die Wahrheit erfuhr, es sei denn, er musste es. Das wäre ein viel zu großer Kummer für Charles, der ihn in noch größere Gefahr bringen könnte.

KAPITEL 18

»Sag mir jetzt die Wahrheit.« Violet Humphrey starrte Charles mit einem scharfen Blick an, der durch die jahrelange Erziehung von dickköpfigen Kindern geschärft worden war.

»Die Wahrheit? Ich habe keine Ahnung, wovon du sprichst.« Charles wehrte sich so gut er konnte, aber er wusste, dass er keinen Streit mit seiner Mutter gewinnen würde.

»Es gibt eine Frau.« Violet saß auf einem Sofa, neben ihr Charles' kleine Schwester Ella. Ella hatte ein Buch auf ihrem Schoß aufgeschlagen, aber seit Beginn dieser elterlichen Inquisition keine Seite mehr umgeblättert. Ihr blondes Haar, das dem seinen so ähnlich war, umrahmte ihr Gesicht, während sie mit leerem Blick auf ihre Seiten starrte. Natürlich war sie hübsch, mit Augen, die eher blau als grau waren, wie die ihrer Mutter, aber ihre Gesichtszüge waren eine weiblichere Version derjenigen ihres Vaters. Sie war klein und zart, aber äußerst intelligent und gutherzig.

»Es gibt viele Frauen. Du ... Ella ... die Köchin ...« Seine Mutter zu necken war eines seiner liebsten Hobbys. Manche

Männer sammelten Schmetterlinge und Insekten, Charles suchte nach neuen Möglichkeiten, seine Mutter zu provozieren.

»Viele Frauen? Oh!« Sie klappte ihren Fächer zu, so wie ein Mann eine Pistole spannen würde, und richtete ihn bedrohlich auf ihn.

»Ich glaube, London ist voller Frauen, oder hast du das noch nicht bemerkt?«, fragte er unschuldig.

»Ella, hol mein Riechsalz. Dein Bruder will mich umbringen.«

Ella legte ihr Buch zur Seite und holte eine winzige Flasche aus ihrem Täschchen. Violet wischte es von sich wie eine lästige Fliege.

»Nicht *jetzt*. Warte, bis ich tatsächlich in Ohnmacht falle.«

Charles konnte sich ein Grinsen nicht verkneifen, was seine Mutter die Augen nur noch mehr zusammenkneifen ließ.

»Das Mädchen auf dem Sanderson-Ball. Wer ist sie?«

»Jetzt ein Mädchen? Nicht mehr eine Frau? Ich dachte, wir sprachen von Frauen? Welches Interesse sollte ich denn an Mädchen haben?«

Violet knurrte und schleuderte ihm den Fächer an den Kopf, den er mit Leichtigkeit auffing.

»Du weißt genau, was ich meine, Charles Michael Edward Humphrey. Und jetzt rede.«

»*Oh,*«, sagte er dramatisch. »Das Mädchen vom Sanderson-Ball. Du musst Lily Wycliff meinen.«

»Ja. Dieses Wycliff-Mädchen. Wer ist sie?« Die blauen Augen seiner Mutter musterten ihn, als würde sie über Hochzeitspläne nachdenken. Zum ersten Mal in seinem Leben wünschte er sich, seine Mutter würde genau das tun.

»Nun, sie ist Witwe«, begann er.

»Eine Witwe?«

»Ihr Mann, Aaron Wycliff, war ein Lieblingscousin der Herzogin von Essex.«

»Ein Gentleman vom Lande also?« Sie hielt inne und suchte in ihrem Gedächtnis nach einem Hinweis darauf, dass sie wusste, von wem er sprach.

»Ich glaube schon.«

»Und die Witwe? Woher kommt sie ursprünglich?«

Charles öffnete den Mund, aber er merkte, dass er keine Antwort hatte. »Ich habe wirklich keine Ahnung.«

»Du verliebst dich in eine Frau und weißt nicht einmal, wer sie ist?«

Charles runzelte die Stirn. »Ich habe nicht gesagt, dass ich mich in sie verliebt habe. Wir haben uns gerade erst kennengelernt.« In Wahrheit tat er genau das, sich verlieben, wenn es nicht ohnehin schon zu spät war, aber er wollte nicht, dass seine Mutter es erfuhr. Erst wenn er sicher war, dass Lily zustimmen würde, die Gräfin von Lonsdale zu werden.

»Du bist verliebt, mein lieber Junge«, seufzte seine Mutter. »Ich habe von mehr als einer Freundin auf dem Ball gehört, wie du sie angesehen hast und wie sie dich angesehen hat.«

»*Strahlend*, glaube ich, sagte jemand«, ergänzte Ella. Er hatte schon lange gewusst, dass sie es genoss, ihn genauso zu verunsichern wie ihre Mutter. »Strahlend. Charmant. Begeisterungsfähig. Obwohl eine Person sagte *wie ein paar liebeskranke Narren*.«

Charles' Gesicht wurde heiß, und er zupfte an seinem Halstuch. Wie konnte es in diesem Raum so schnell so unerträglich heiß werden?

»Ja, das habe ich auch gehört«, stimmte seine Mutter zu.

»Ich habe gehört, sie hat ein Kind«, fügte Ella hinzu.

»Ein Kind?« Die Miene seiner Mutter verhärtete sich leicht. »Das könnte ein Problem sein.«

Charles hatte nicht vergessen, dass sie ein Kind hatte. Er hatte nicht gewollt, dass seine Mutter davon erführe, falls sie von der Idee nicht begeistert war. Dank Ella war es jetzt natürlich zu spät, das Thema zu vermeiden.

»Ich sehe das nicht so. Ich würde ihr Kind wie mein eigenes willkommen heißen. Wenn sie mich haben will.«

»Nun, wenn du das Kind willkommen heißen willst, dann will ich es auch. Es scheint also, dass du dich bereits entschieden hast? Nach all den Jahren hast du nun eine Frau gefunden, die deiner Zuneigung würdig ist?«

Er antwortete ohne zu zögern. »Ja.«

»Wann werden wir sie kennenlernen?«

So weit hatte er gar nicht vorausgedacht. »Äh ... ich gehe heute Abend mit ihr in die Oper.«

Seine Mutter klatschte in die Hände. »Wunderbar! Ella und ich werden dich und Mrs. Wycliff in deine Loge begleiten. Ihr werdet uns dort treffen.«

»Sehr gut«, sagte Charles und räusperte sich dann. »Mutter, hat Graham dir geschrieben?«

»Graham? Nicht seit letzter Woche, warum?« Die scheinbare Freude seiner Mutter über die bevorstehende Hochzeit von Charles verflog.

»Ich muss dich bitten, nicht überzureagieren, Mutter, aber Graham wurde verletzt. Ich habe mich um ihn gekümmert.« Er beeilte sich, sie zu beruhigen, bevor sie in Panik geriet.

»Verletzt?« Das Wort kam ihr über die Lippen.

»Er erholt sich und ist in Sicherheit.«

Violet sprang auf die Füße. »In Sicherheit? Was willst du damit andeuten? Ist er in Gefahr?«

»Mutter, du solltest dich wirklich setzen. Ich werde dir alles erklären, wenn du mich lässt.«

»Riechsalz, sofort!« Violet hielt Ella die Hand hin, die ihr das Fläschchen mit dem Riechsalz reichte. Violet zerschmetterte es sofort an der Wand und verschränkte die Arme mit finsterem Blick vor der Brust.

»Du wirst reden, *jetzt*, lieber Junge.«

Charles blickte Ella an und schluckte schwer. Gott, manchmal vergaß er, dass seine Mutter ein furchterregendes Wesen sein konnte.

»Graham und Lord Kent haben gespielt. Kent hatte eine ungewöhnlich schlechte Phase.« Charles hielt inne, unsicher, wie viel er ihnen sagen konnte.

»Was ist passiert?«, fragte Ella.

»Kent bekam die Gelegenheit, in einem Boxring zu kämpfen, um seine Schulden zu begleichen, aber dabei wurde er schwer verletzt. Graham versuchte, ihm zu helfen, aber sie schlugen auch ihn. Aber Graham kommt wieder in Ordnung.«

»Gott sei Dank«, sagte seine Mutter, deren Augen vor Tränen glänzten.

»Und Lord Kent?«, verlangte Ella zu wissen.

»Auch er wird wieder auf die Beine kommen ... hoffe ich. Der Arzt sagte, wenn er ein paar Wochen überleben kann, sollte er durchkommen.«

Die Nachricht schien Ella zu erschüttern. »Darf ich ihn besuchen?«, fragte sie. »Ich meine, Graham, natürlich. Aber auch Lord Kent.«

Charles hob eine Augenbraue. Er hatte nicht gewusst, dass Ella Phillip nahe stand. »Ich denke schon, wenn Mutter nichts dagegen hat.«

Ella warf ihrer Mutter einen verzweifelten Blick zu.

»Solange du nicht im Weg stehst, während Charles Mrs. Wycliff. Gott weiß, dass dein Bruder jeden Vorteil braucht, um diese geheimnisvolle Frau zu gewinnen.«

»Das werde ich nicht«, antwortete Ella, und Charles sagte: »Sie wird es nicht.«

»Dann darfst du.« Violet sah zu Charles. »Geht es Graham wirklich gut?«

»Ja, ein paar Prellungen, aber er wird wieder gesund.« Das war zwar übertrieben, aber er wollte nicht, dass sie sich mehr Sorgen machte, als sie musste.

Die Bedeutung dieses Augenblicks schien seiner Mutter erst jetzt zu dämmern. »Aber er kam zu dir? Ausgerechnet zu dir? Heißt das …?« Ihre Augen leuchteten voller Hoffnung.

Charles streichelte sanft die Schultern seiner Mutter. »Ich glaube schon, ja. Er ist immer noch vorsichtig, aber das ist unter den gegebenen Umständen nur natürlich. Ich für meinen Teil werde alles tun, was ich kann, um das wiedergutzumachen, solange er unter meinem Dach ist.«

»Das ist wunderbar. Du weißt, wie sehr es mir das Herz gebrochen hat, dass ihr beide nicht miteinander sprecht.«

»Ich weiß. Aber es wird noch Zeit brauchen.«

Violet wischte sich über die Augen. »Nun, dann sollten wir uns auf den heutigen Abend konzentrieren. Die Oper und das Treffen von Mrs. Wycliff.«

Charles' Magen flatterte vor plötzlicher Nervosität. Heute Abend würde seine Mutter Lily zum ersten Mal treffen. Das war eine ziemlich beängstigende Aussicht. Aber seine Mutter würde sie sicher mögen. Sie war wunderbar. Wie könnte sie nicht?

»Dann sehen wir uns heute Abend, lieber Junge.« Seine Mutter küsste ihn auf die Wange und scheuchte ihn dann weg.

Charles verließ das Haus seiner Mutter mit einem Grinsen auf dem Gesicht, doch als er in seine Kutsche stieg, hatte er das Gefühl, dass er beobachtet wurde. Er schaute sich auf der Straße um, sah aber keine offensichtlichen Anzeichen dafür, dass ihn jemand im Auge hatte.

Tatsächlich sah er überhaupt niemanden.

Lily hielt den Atem an, als sie ihr Spiegelbild betrachtete. Sie befand sich in ihrem Gästezimmer im Haus des Herzogs von Essex und konnte nicht leugnen, dass sie sich wie eine Prinzessin aus einem der Märchen fühlte, die sie Katherine vorlas. Das dunkelrosa Kleid, das sie angezogen hatte, war, mit einem Wort, umwerfend. Es versuchte weder, ihre Größe zu verbergen, noch verschönerte es ihre sanften Kurven übermäßig. Vielmehr brachte es die Schönheit ihrer schlanken Figur zur Geltung.

Das Kleid war mit goldenen Bändern mit gestickten Mustern an den Ärmeln und am Saum versehen. Der Ausschnitt war tief und eckig, und Lily wurde rot, als sie ihr Schlüsselbein berührte.

Wie lange war es her, dass sie eine Lady gespielt hatte? Zu lange. Es gab Nächte, in denen sie ihrer Rolle als Tom entkommen war und sich nach Vauxhall wagen konnte, sogar zu Gunter's für aromatisiertes Eis, oder in die Bond Street zum Einkaufen. Und dann waren da noch die Momente, in denen Hugo ihre Fähigkeiten in einer weiblicheren Form gebraucht hatte. Aber heute Abend sollte sie in Gesellschaft sein und eine echte Chance haben, sich zu amüsieren.

»Du siehst reizend aus«, sagte Emily in der Tür. Sie balancierte Katherine auf ihrer Hüfte. Lilys Tochter hielt eine winzige Puppe in der Hand, lächelte und redete mit sich selbst, wobei die kleinen Worte zu schnell waren, als dass Lily sie hätte verstehen können.

»Wollen sie heute Abend wirklich selbst auf sie aufpassen? Das könnte doch das Kindermädchen tun.« Lily konnte nicht glauben, dass die Herzogin angeboten hatte, auf das Baby aufzupassen und die Oper zu verpassen.

»Natürlich, aber ich würde lieber zu Hause bleiben. Ich bin zu weit fortgeschritten, um heute Abend auf vereisten Straßen unterwegs zu sein. Außerdem braucht Godric ein wenig Übung in der Vaterrolle.«

Lily hätte fast gelacht. Man konnte so viel üben, wie man wollte, aber es gab keine wirkliche Vorbereitung auf die Elternschaft.

»Vergiss nicht, deinen Mantel mitzunehmen.« Emily nickte zu einem der Pakete, die immer noch ungeöffnet auf dem Bett lagen. Lily entfernte das braune Papier und entfaltete einen tiefgelb-goldenen Landhausmantel mit einer dicken großen Kapuze. Sie wickelte den Mantel um ihren Körper und befestigte ihn unter ihrem Kinn. Sie ließ die Kapuze vorerst unten und stand Emily mit dem Täschchen in der Hand gegenüber.

»Und vergiss nicht, zu lächeln!« Emily jubelte. »Das soll doch Spaß machen. Du freust dich darauf, Charles zu sehen, nicht wahr?«

»Ja, ich bin nur nervös.« Heute Morgen, als er sie aufgesucht hatte, war sie in der Lage gewesen, das zu tun, was von ihr erwartet wurde, aber zu wissen, dass er ihre Zukunft als etwas Reales ansah, eine Zukunft, die sie sich insgeheim mehr als alles andere wünschte, erdrückte sie. Sie wollte glauben, dass sie mit ihm ein glückliches Leben führen könnte, aber das war unmöglich. Nicht, solange Hugo das Leben ihrer Tochter in seinen Händen hielt.

»Du hast keinen Grund, nervös zu sein. Charles ist ein guter Mann, und ich glaube, er meint es sehr ernst mit dir. Godric sagte, er habe noch nie einer Frau Blumen gebracht.«

Lily konnte sich ein Lächeln nicht verkneifen. Das wollte sie gern glauben. Wenn sie als Tom arbeitete, erlebte sie seine Gewohnheiten im Umgang mit Frauen sehr gut. Er zog es vor, sich auf diskretere und skandalösere Weise die Zuneigung einer Frau zu erschleichen, was seine Geste heute Morgen umso aufrichtiger erscheinen ließ, was sie noch mehr in einen Konflikt brachte. Ihr Lächeln wurde schwächer.

»Mama!« Katherine hielt ihre Puppe hin.

»Für mich?« Lily drückte die Puppe an ihre Brust und küsste sie, bevor sie sie an Katherine zurückgab. »Warum passt du nicht auf sie auf, während ich weg bin? Du kommst doch mit Tante Emily zurecht, oder?«

Katherine nickte und vergrub ihr Gesicht schüchtern in Emilys Nacken. Lily sehnte sich danach, sie in den Arm zu nehmen, aber wenn sie das tat, würde sie nie den Mut finden, sie zu verlassen.

»Wir kommen schon klar.« Emily drückte Katherine an sich. »Sag deiner Mama, sie soll sich heute Abend richtig amüsieren.«

»Gute Nacht, Mama«, sagte Katherine. Lily lachte und schaute ihre Tochter voller Liebe an. Wann immer sie an sich selbst zweifelte, brauchte sie nur an sie zu denken, und der Weg war frei.

Simpkins kam ihr am Fuß der Treppe entgegen und schenkte ihr ein warmes Lächeln.

»Die Kutsche von Lord Lonsdale ist gerade angekommen. Möchten Sie warten, bis er hereinkommt?«

»Oh! Nein, ich gehe runter zu ihm.« Lily bedankte sich bei Simpkins und zog die Kapuze ihres Umhangs hoch, als sie ging. Der bittere Wind roch nach Schnee, und sie sah schwere Wolken, weich und grau am dunklen Nachthimmel. An der Kutsche öffnete Charles die Tür und erstarrte, als er sie sah.

»Lily, ich wollte gerade ...« Er hielt inne und rang dann nach Worten. »Du siehst ...«

»Ja?«

Charles schaute sich um, als ob er gegen einen Teil von sich selbst ankämpfte, der sie wie von Sinnen küssen wollte, um ein besserer Mensch für sie zu sein. »Die ganze Oper wird mich um dich beneiden.«

Lily schenkte ihm ein Lächeln. »Würde es dir sehr viel ausmachen, wenn ich mich neben dich setze?«

»A... Ausmachen?«, stotterte er. »Natürlich nicht.«

»Ist Ihnen kalt, Mylord?« Sie kletterte hinein und setzte sich neben ihn. Nach einem Moment legte er vorsichtig seinen linken Arm um ihre Schultern. »Seltsam, du kommst mir sehr warm vor.«

»T... Tue ich das?«, fragte er.

Sie neigte den Kopf, um verlegen zu wirken. »Ich bin nicht zu dreist zu dir, oder? Ich dachte, wir hätten das alles hinter uns, nachdem wir ...«

»... einander geküsst haben?«, schlug er vor.

»Ja. Würdest du mich jetzt küssen?«

»Hier?«, fragte er, wobei seine Stimme vor Aufregung ein wenig rau wurde.

»Ja, hier«, bemerkte sie und näherte sich seinen Lippen.

Mit gebrochener Entschlossenheit zog er sie auf seinen Schoß. Hitze traf auf Hitze, als sich ihre Lippen trafen. Seine Hände erforschten ihren Rücken, dann ihre Röcke. Ein winterlicher Schauer kroch über ihr Bein nach oben, als seine Finger einen ihrer Knöchel streichelten. Sie kicherte vor Vergnügen über seine sanften Berührungen. Sie hätte nie gedacht, dass sie mit einem Mann zusammen sein könnte, nicht nach dem, was Hugo getan hatte, aber mit Charles war alles anders.

Sie fühlte keine Gefahr bei ihm, keinen Schmerz, keine Angst, nur eine starke Freude, die von einer Traurigkeit durchzogen war, die sie zu unterdrücken versuchte. Sie hatte dieses Glück nicht verdient, nicht einmal für eine kurze Zeit, aber sie konnte sich nicht dagegen wehren, es zu fühlen.

Während er sie küsste, fuhr sie mit den Fingern über seine Weste und wünschte sich, sie wären irgendwo anders, wo sie ihm das Ding ausziehen könnte. In so vielen Nächten hatte sie ihm beim Baden zugesehen und seinen herrlichen goldenen Körper gesehen, und sie hatte von Momenten wie diesem geträumt, davon, ihre Ängste aufzugeben und mit diesem Mann nur Freude zu empfinden. Er war wie ein betörendes Elixier, das ihr Herz von den Toten zurückholen und sie wieder ganz machen konnte. Er küsste sie gemächlich, als hätte er alle Zeit der Welt, was sie nur noch verzweifelter machte.

Sie knabberte an seinem Ohrläppchen. »Willst du mich nicht heftiger küssen?«

Charles schauderte an ihrem Körper. »Heftiger?« Seine Hände krallten sich ein wenig in ihr Haar, und sie spürte, wie seine Erektion gegen sie drückte.

»Küss mich, als würdest du erwarten, dafür geohrfeigt zu werden.«

Er zog sich zurück, und eine gewisse Sorge trübte sein makelloses Gesicht. »Ist es das, was du wirklich willst?« Sie nickte heftig und schlang ihre Arme um seinen Hals.

»Küss mich, als gäbe es kein Morgen. *Bitte.*«

»Du überraschst mich immer wieder.« Er senkte seinen Kopf erneut, und diesmal sah und schmeckte sie den vollen Hunger des Schurken, in den sie sich verliebt hatte.

Sein Mund beherrschte ihren, seine Zunge schnalzte an ihrem Ohr, und seine Hände bewegten sich überall. Er war eine unaufhaltsame Kraft der Lust und des Vergnügens. Lily stöhnte auf, als er sie in den Nacken biss. Sie wusste, dass es einen Abdruck hinterlassen würde, aber das war ihr egal. Er wusste genau, wie er saugen und lecken musste, wie er mit seinen Lippen an unerwarteten Stellen über ihre Haut flüsterte und ihren Schoß zum Pochen brachte.

Die Leidenschaft, die er in ihr entfachte, verwandelte sich in einen brennenden Feuersturm. So etwas hatte sie noch nie gefühlt. Endlich bekam sie, was sie wollte, und es war genau so, wie sie es sich erhofft hatte. Seine rauen Hände wurden durch die verführerische Anziehungskraft seines Kusses gemildert, wie ein Strudel, der sich in einem schnell fließenden Fluss windet. Sie wirbelte hilflos herum und freute sich wahnsinnig darüber, von diesem Strudel mitgerissen zu werden.

Dann dachte sie daran, wie sehr sie sich bei Hugo geschämt hatte. Wie er sie gegen ihren Willen genommen hatte. Wie er sie danach weiter benutzt hatte.

Aber diese Scham hatte hier in Charles' Armen keinen Platz. Es gab nur ein Gefühl der Freude und des Staunens darüber, wie gut es sich anfühlte, mit ihm zusammen zu sein.

Seine Hand kroch ihren Oberschenkel hinauf, glitt zwischen ihre Beine und drang in ihre Unterwäsche ein. Sie zischte erschrocken auf, als er ihre Mitte fand und einen Finger in sie schob.

»Willst du, dass ich aufhöre?«, fragte er.

Sie schüttelte den Kopf und versuchte, näher an ihn heranzukommen, um seinen Finger tiefer zu drücken. Ihr Schoß krampfte sich zusammen, als er sie mit dem Finger erforschte, während sie sich küssten. Ihre Zungen lieferten sich einen stillen Kampf der Lust, der nur durch ihre keuchenden Atemzüge unterbrochen wurde, während er das Feuer in ihr weiter schürte. Bald war es zu viel, und ein Ausbruch von verheerender Lust durchfuhr sie. Er brachte ihren Schrei mit einem langsamen, tiefen Kuss zum Schweigen, und sie sackte gegen ihn.

Er zog seine Hand zurück und half ihr, ihre Röcke wieder zu richten. Sie zitterte immer noch, als er sie auf seinem Schoß festhielt und ihr zärtliche Küsse auf das ganze Gesicht gab.

»Ich möchte diesen Moment für immer in mein Gedächtnis einbrennen«, flüsterte er.

Ihr Herz blutete, und sie vergrub ihr Gesicht in seinem Nacken und hielt ihn fest. Sie schwiegen einen langen Moment lang.

»Charles, könnten wir ... die Oper vergessen?« Sie wollte, dass er die Kutsche umdrehen und sie in sein Haus, in sein Bett bringen würde. Sie wusste nicht, wie viel Zeit sie zusammen haben würden, aber zumindest für eine Nacht wollte sie glauben, dass ein Leben mit ihm möglich war.

»Er seufzte schwer. »Ich würde nichts lieber tun, aber ich

fürchte, meine Mutter ist sehr daran interessiert, dich kennenzulernen.«

Sie zuckte zurück. »*Mutter?*«

In diesem Moment hielt die Kutsche vor dem Covent Garden. Sie konnte seine Mutter nicht treffen, nicht heute Abend. Nein, niemals. Sie schlug einen Arm vor ihre Brust und brauchte einen Moment, um sich zu beruhigen.

»Ja.« Charles räusperte sich und zupfte an seinem Halstuch. »Es gibt nichts zu befürchten, meine Liebe. Meine Mutter hat von unserem Walzer auf dem Ball der Sandersons gehört und wird heute Abend in der Oper sein, um uns in der Loge zu treffen.«

»Oh!« Lily musste sich eine Ausrede einfallen lassen und versuchte krampfhaft, ihr Haar und ihr Kleid in Ordnung zu bringen. »Ich kann sie nicht treffen, nicht wenn ich ganz ...«

»... herrlich zerzaust bin?«

»Ja. Deine Mutter ... *Jeder* wird wissen, was wir gemacht haben.«

»Spielt das eine Rolle?«, fragte Charles.

»Natürlich tut es das!«

»Ich hätte nie erwartet, dass eine Cousine von Emily sich so sehr um die öffentliche Meinung sorgt.« Er schob seine Finger in ihr Haar und zog an den Strähnen. »Wäre es besser, wenn ich dir einen Antrag mache?«

Lily runzelte die Stirn. »Sei ernsthaft, Charles.«

»Ich meine es völlig ernst, Liebling. Du bist mein geheimnisvoller Engel. Wenn ich mit dir spreche, wenn ich dich küsse, wenn ich an dich denke, dann ...« Er hielt inne und dachte über seine Worte nach. »Es ist eine Stille in mir und eine Ruhe, die ich noch nie zuvor gespürt habe.«

Lily starrte ihn an, ihre Lippen geöffnet. »Aber wir sind uns nur ein paar Mal begegnet.«

»Das ist wahr. Du bist für mich ein Rätsel. Und ich liebe gute Rätsel.«

»Du kennst mein *wahres* Ich nicht«, sagte sie. Auf sein verwundertes Stirnrunzeln hin fügte sie schnell hinzu: »Bitte, nicht so schnell. Wir alle zeigen uns von unserer besten Seite, wenn wir beeindrucken wollen, nicht wahr?«

»Stimmt. Aber ich möchte den Rest meines Lebens damit verbringen, dich zu enträtseln.« Dann seufzte er. »Ich habe noch keinen Ring. Ich wollte mir bei der Auswahl Zeit lassen.«

Er meinte es ernst. Lily sah weg. »Nein. Das können wir nicht.«

Er schien durch ihre Zurückweisung nicht im Geringsten beunruhigt zu sein. »Emily hat versprochen, eine Braut für mich zu finden, und siehe da, das hat sie getan.« Er küsste sie auf die Nasenspitze und stellte sie sanft auf die Füße, damit sie die Kutsche verlassen konnte. »Ich kann geduldig sein.«

Ihn heiraten? Lily betrat das Theater in Covent Garden, als wäre sie in einem verschwommenen Traum gefangen. Sie konnte nicht ja sagen, nicht mit Hugos Gespenst, das überall auftauchte. Aber wenn sie die Freiheit gehabt hätte, hätte sie sich ihm zu Füßen geworfen und geweint, weil sie die Möglichkeit gehabt hätte, Ja zu sagen.

»Zu meiner Loge geht es hier entlang.« Er führte sie die Treppe hinauf zu einem exklusiven Balkon. Lily spürte die kollektiven neugierigen Blicke der Menschenmenge, die sie beobachtete.

Sie lehnte sich gegen seinen Arm. »Alle schauen uns an.«

»Alle schauen *dich* an, mein Schatz.«

Lily lächelte und erinnerte sich an Charles' Ruf. »Ich glaube eher, dass sie mich *deinetwegen* angucken.«

Charles starrte sie mit offensichtlicher Bewunderung an. »Unsinn. Du leuchtest wie ein Stern, der vom Nachthimmel gefallen ist. Aber es ist so, wie du mir gesagt hast – sie kennen dein wahres Ich nicht. In dir steckt noch so viel mehr, nicht wahr?«

Lily biss sich auf die Lippe. »Ich bin ein Niemand, Charles. Niemand ist so besonders, wie du dir mich vorstellst. Ich fürchte, ich bin nur ein Traum, den du hast, und wenn du aufwachst, wirst du mich nicht mehr sehen, nur eine gewöhnliche Frau, und dann wirst du dich fragen, warum du so enttäuscht bist.«

»Du bist unendlich viel mehr als ein Traum, Lily. Und du könntest mich nie enttäuschen.« Er hielt sie kurz vor seiner Loge an. Hinter ihm war ein Fresko zu sehen, auf dem Romeo an einem efeubewachsenen Spalier eines Balkons hochkletterte, um Julia zu erreichen. Es war ein Stück, das sie gleichermaßen bewunderte und verachtete. Sie liebte die Leidenschaft der jungen Liebenden, aber sie hasste es, dass sie so gewaltsam mit deren Tod endete.

Und doch konnte sie es nachempfinden, denn beide waren durch das Schicksal und die Umstände gefangen, und die Hoffnung, die sie fühlten, war nur eine Illusion. Ihr Schicksal war besiegelt, noch bevor sich der Vorhang hob.

Charles sah, was sie anschaute, und kniete sich vor ihr hin. »Eine, die schöner ist als meine Liebe? Die allsehende Sonne sah nie ihr Gleiches, seit es die Welt gibt.«

Er schenkte ihr ein schiefes und doch so charmantes Lächeln, ein so jungenhaft süßes, dass ihr Herz keine Chance hatte. Er war so ein schöner Mann.

Charles stand auf, umfasste ihr Gesicht und lehnte sich dicht an sie heran. »*Bitte* heirate mich«, sagte er, seine Lippen nahe an den ihren, bevor er sie sanft küsste.

»Ich ...« Sie musste sich wehren, aber seine süßen Küsse zermürbten sie. Alles, was sie wollte, war, sich in ihm zu vergraben, die Augen zu schließen, die Vergangenheit zu vergessen, ihren Schmerz, ihren Kummer zu vergessen und nur noch die Freude zu finden, die seine Liebe bringen würde.

Ich liebte dich auf den ersten Blick, ohne Scham, ohne Reue. Aber es kommt uns beide so teuer zu stehen ...

»Mein Herz wird für keine andere schlagen«, schwor er.

Lily schüttelte den Kopf. »Hör auf damit. Jeder Mann kann ein Buch voller schöner Worte mit sich herumtragen, besonders ein Mann wie du.«

Sie erwartete, dass er sich über ihre Worte ärgern würde, aber er kicherte nur. »Schöne Worte, ja, aber meine Mutter einladen? Das, mein Schatz, kommt von dem echten Wunsch, sich an dich zu binden. Ich würde dich auf keinen Fall den Blicken meiner Mutter aussetzen, wenn es mir nicht ernst mit dir wäre. Und sie wird dich unter die Lupe nehmen.«

Lily schluckte schwer, ein Schauer voller böser Vorahnungen durchlief sie. Sie hatte Lady Lonsdale bisher nur ein- oder zweimal kurz gesehen, und auch dann nur aus der Ferne.

»Wenn du heute Abend nicht ja sagst, so sollst du wissen, dass ich dich jeden Tag fragen werde, bis wir beide alt und grau sind. Bis dahin werde ich zu alt sein, um auf die Knie zu fallen, aber ich werde trotzdem bis zu meinem letzten Atemzug fragen.« Seine sanften, ernsten Worte überraschten sie. Er meinte es ernst. Lieber Gott, sie wollte so gerne Ja sagen. Aber sie konnte Hugo nicht vergessen, konnte die Sicherheit ihrer Tochter nicht vergessen. Ihre Tochter musste an erster Stelle stehen.

»Jetzt möchte ich dir meine Mutter und meine Schwester vorstellen.« Er öffnete die Tür der Loge und führte sie hinein.

Die Gräfin von Lonsdale und Lady Ella Humphrey erhoben sich von ihren Plätzen, als Lily und Charles eintraten.

»Mutter, darf ich dir vorstellen: Mrs. Wycliff. Lily, das ist meine Mutter, die Gräfin von Lonsdale.«

Die Gräfin war eine atemberaubende Frau in ihren Fünfzigern. Lily tat ihr Bestes, um trotz ihrer Nervosität zu lächeln.

»Sie können mich Violet nennen, Mrs. Wycliff. Es ist mir eine Freude, Sie kennenzulernen.«

»Und bitte, nennen Sie mich Lily.« Lilys Tonfall verriet nichts von ihrem inneren Aufruhr.

Violet lächelte warmherzig. »Lily. Ein schöner Name für eine schöne Frau.« Violet wandte sich an ihre Tochter. »Das ist Ella.«

Lily nickte. »Ella.« Die Schwester von Charles strahlte sie an.

»Nun zum Geschäftlichen. Mein Sohn hat mir erzählt, Sie seien Witwe?«, überlegte Violet und ließ ihren Blick kritisch über Lily schweifen. »Ist Ihre Trauerzeit vorbei?«

»Mutter!«, zischte Charles warnend.

Lily legte eine Hand auf seinen Arm. »Es ist alles in Ordnung.« Ihr erster Ehemann war schließlich nichts weiter als eine Erfindung. »Ja. Er ist vor fast eineinhalb Jahren gestorben.«

»Und Sie sind auch eine Mutter?«, fragte Violet.

»Ja. Ich habe eine Tochter, Sophia. Sie ist drei Jahre alt«, antwortete Lily.

»Das ist schön.« In Violets Tonfall war keine Spur von Sarkasmus zu erkennen. »Charles kann sehr gut mit Kindern umgehen, nicht wahr, Charles?«

»Vielleicht, weil er selbst noch eines ist«, sagte Ella halb zu sich selbst und lachte.

Charles' Gesicht wurde so rot wie eine reife Erdbeere. »Mutter«, stöhnte er, starrte auf seine Stiefel und schämte sich. Lily hätte fast gelacht. Wie sehr sie ihn bewunderte, selbst wenn er völlig aus dem Häuschen war.

»Aber es ist wahr«, fügte Ella hinzu. »Er kann wunderbar mit Kindern umgehen.«

»Ich weiß.« Lily lachte und erinnerte sich an die vielen Male, die Charles und Kat zusammen gespielt hatten, und daran, wie Kat immer zu strahlen schien, wenn er mit ihr zu tun hatte.

»Sie wissen das? Charles, hast du ihre Tochter kennengelernt?«

»Nein, das hat er noch nicht.« Lily erkannte ihren Fehler. »Ich meine, Emily hat mir erzählt, wie gut er mit Kindern umgehen kann.«

»Oh, ich verstehe.« Bevor noch etwas gesagt werden konnte, begann das Orchester unten zu spielen und signalisierte damit, dass die Oper bald beginnen würde. Charles führte sie zu einem Stuhl am Rande der Loge und setzte sich neben sie.

Die Menge wurde still. Lily nahm eine der kleinen Karten an, die Charles ihr reichte, und betrachtete den Titel im Kerzenlicht: *The Devil to Pay*.

Der Titel ließ sie erschaudern. Charles streckte seine Hand aus und verschränkte seine Finger mit ihren. Sie konnte die Wärme seiner Handfläche durch ihre Seidenhandschuhe spüren.

Als die Ouvertüre begann, drückte sie seine Hand zurück und schenkte ihm ein Lächeln. Alles würde in Ordnung sein. Es war nur eine Oper. Sie musste versuchen, es zu genießen, sonst würde Charles merken, dass etwas nicht stimmte.

<h1 style="text-align:center">KAPITEL 19</h1>

Hugo saß in seiner Privatloge, seine Frau Melanie neben ihm. Doch als die Oper begann, war sein Blick nicht auf die Bühne gerichtet. Vielmehr starrte er auf den Balkon ihnen gegenüber. Charles, seine Mutter und seine Schwester saßen alle in der Lonsdale-Box, aber als Hugo die vierte unter ihnen erkannte, lächelte er. Seine kleine Spionin war zur Stelle und spielte ihre Rolle als schöne Witwe. Im *ton* hatte es sich bereits herumgesprochen, dass Charles ihr bald einen Antrag machen würde. Niemand hatte ihn jemals zuvor so besessen gesehen. Perfekt.

Er erhob sich von seinem Platz.

»Hugo? Wohin gehst du?«, fragte Melanie in einem rauen Flüsterton.

»Entschuldigung. Ich muss mich um Geschäfte kümmern. Ich werde bald zurückkehren.« Er schlüpfte aus seinem Sitz in den Korridor und winkte einen Diener heran.

»Ja, Sir?«, fragte der Junge.

»Haben Sie Stift und Papier?« Manchmal kamen die Jungen mit solchen Gegenständen, um den Opernbesuchern zu helfen, sich gegenseitig Notizen zuzustecken.

»Ja, Sir.« Der Junge versorgte ihn mit Stift, Papier und einer kleinen polierten Tafel als Unterlage. Hugo kritzelte einen Zettel an Lily, faltete ihn und reichte ihn dem Jungen.

»Bringen Sie das bitte Mrs. Wycliff. Sie ist in der Loge von Lord Lonsdale. Niemand sonst darf das lesen. Kümmern Sie sich darum, und ich werde Ihnen das Doppelte zahlen.« Er gab dem Jungen zehn Schilling. Der Junge eilte los, um die Nachricht zu überbringen. Hugo kehrte in seine Loge zurück und nahm Platz. Melanie schaute ihn an, als er sich setzte.

»Tut mir leid, mein Schatz.« Er beugte sich vor, um sie auf die Wange zu küssen, aber das war nur eine Formalität. Seine Ehe war schon vor der Geburt des gemeinsamen Sohnes erkaltet. Nach seinem gescheiterten Versuch, sich mit seiner Mutter zu versöhnen.

Nachdem er die Wahrheit erfahren hatte.

Anfangs hatte er diesen Trost von ihr vermisst, aber je mehr die Arbeit und der Wunsch nach Rache ihn verzehrten, desto mehr wurde ihm klar, dass es in London viele Frauen gab, die diese Bedürfnisse befriedigen konnten. Er war ein Diener des Empires, und als solcher sah er diese Dinge als seine Pflicht an.

Mit Lily war er jedoch unvorsichtig gewesen. Er hatte ihre freundlichen und mitfühlenden Annäherungsversuche für einen emotionalen Trick gehalten und angenommen, dass einer seiner Rivalen sie in sein Haus eingeschleust hatte. Als er die Wahrheit erkannte, dass sie es ernst gemeint hatte, hatte ihn die Wut übermannt und er hatte die Kontrolle verloren.

Obwohl er niemals behauptet hätte, dass er sich für die Tat schämte oder sie bedauerte, erkannte er sie als das, was sie war - ein Fehler. Sie hatte in sein Herz gesehen, während er sein Leben damit verbracht hatte, die Mittel zu perfektionieren, um es zu verschleiern. Das war keine leichte Aufgabe. Und sie war bei Verstand geblieben, selbst nachdem er sie so brutal behandelt hatte, was ebenso beeindruckend war.

Anstatt sich also sofort um sie zu kümmern, hatte er sie beschatten lassen, um zu sehen, wie sie ohne Geld und Beziehungen zurechtkommen würde. Zu seiner Überraschung machte sie ihre Sache gut, obwohl sie schwanger gewesen war. Sie hatte natürlich damit begonnen, dass sie gebettelt hatte, aber sich damit schon bald nicht mehr zufrieden gegeben. Sie knüpfte Kontakte, unterhielt sich mit den Leuten und fand schließlich eine Anstellung als Bardame in der Spielhölle, die ihr Zuhause wurde.

Es wäre besser gewesen, wenn sie einen Sohn zur Welt gebracht hätte, den er als seinen Nachfolger im Innenministerium hätte großziehen können, während Peter den Familiennamen und den Titel übernommen hätte, aber das hatte nicht sollen sein. Doch die Frau selbst hatte ihren Wert bewiesen, und er verschwendete keine Dinge von Wert.

Allein erfüllte das Mädchen, Katherine, kaum einen Zweck, außer dass sie ihn möglicherweise in einen Skandal verwickeln könnte. Aber ihre Existenz ermöglichte es ihm, ihre Mutter zum Gehorsam zu zwingen. Wenn er das nicht getan hätte, hätte sie vielleicht versucht, den Bankert eines Tages gegen ihn einzusetzen. Er hatte schlicht als erster seinen Zug gemacht.

Hugos Lippen verzogen sich, als er Charles und Lily in ihrer Box beobachtete. Sie befanden sich jetzt im Endspiel. Bald würde er Charles' Herz treffen, und dann würde es kein Halten mehr geben.

IN DER ERSTEN PAUSE KAM EIN JUNGE AUF LILY ZU UND drückte ihr vorsichtig einen Zettel in die Hand, ohne dass Charles oder seine Familie es bemerkten. Nur ein paar Worte waren hastig darauf gekritzelt, eine Schrift, die sie mit Schrecken erkannte.

Wenn er dich bittet, seine Frau zu werden, sag Ja.

Lily zerriss das Papier und entsorgte die Stücke hinter einer Topfpflanze in der Nähe des Eingangs zur Loge.

»Alles in Ordnung?«, fragte Charles, als sie zu ihrem Platz zurückkehrte. Sie warf einen Blick quer durch das Theater, und ihr Herz blieb stotternd stehen. Hugo war hier. Er hatte sie beobachtet, aber von wo? Sie suchte die Privatlogen ab und entdeckte bald Mrs. Waverly auf der anderen Seite des Theaters. Aber kein Hugo.

»Ich ... ich fürchte, ich fühle mich nicht gut. Könnten Sie mich nach Hause begleiten?« Es war immer noch Pause, und es wäre nicht allzu störend, wenn sie sich jetzt davonschleichen würden.

»Natürlich.« Charles betrachtete sie mit Sorge. »Mutter, Lily geht es nicht gut. Ich begleite sie nach Hause.«

Violet und Ella standen beide auf. »Geht es Ihnen gut, meine Liebe? Können wir irgendetwas tun?«

Lily schüttelte den Kopf. »Nein, nein, danke. Wenn ich mich ausruhen kann, geht es mir wieder gut.«

Violet nahm Lilys Hände zwischen ihre eigenen und drückte sie. »Sagen Sie uns bitte Bescheid, wenn wir helfen können. Es war schön, Sie kennenzulernen.«

»Und Sie, Lady Lonsdale. Ich danke Ihnen.«

Lily nahm Charles' Arm, und sie verließen die Loge. Sie gingen durch die Menschenmenge und hatten das obere Ende der Treppe erreicht, als Lily stehen blieb. Hugo stand am Fuß der Treppe. Er hob ein Glas Champagner in ihre Richtung. Charles stand mit dem Rücken zu Hugo und hatte ihn noch nicht gesehen.

»Charles ...«

»Ja?« fragte er.

Es gab kein Zurück mehr. »Ja«, wiederholte sie entschieden.

Er hob eine Augenbraue, immer noch verwirrt. »Ja?«

»*Ja*«, antwortete sie mit mehr Nachdruck. »*Ja* zu deiner Frage in der Kutsche.«

Plötzlich verschwanden die Angst und die Besorgnis in seinen Augen. »Ja?«

Bevor sie zu Ende nicken konnte, packte er sie an der Taille und wirbelte sie lachend in der Luft herum. Die gewagte Aktion zog Blicke und Starren auf sie beide, aber Lily war das egal. Für einen kurzen Moment erlaubte sie sich zu glauben, dass sie für sich selbst und nicht für Hugo ja gesagt hatte. Sie vergrub ihr Gesicht in seinem Nacken, als er sie langsam absetzte und sie festhielt.

»Ich bin so glücklich, dass ich kaum atmen kann.« Er gluckste ihr ins Ohr. »Bringen wir dich zurück zu Emily, damit du dich ausruhen kannst. Wir haben viel vorzubereiten. Ist eine Hochzeit in ein paar Tagen akzeptabel? Ich kann eine Sondergenehmigung besorgen.«

»So bald?«, keuchte sie.

»Ja. Ich bin in dieser Angelegenheit fest entschlossen und sehe keinen Grund zu warten, es sei denn, du wünschst dir eine lange Verlobungszeit. Willst du warten?«

»Nun ...« Sie würde ihm die Wahrheit sagen müssen, zumindest so viel, dass er wusste, dass er Lily Linley und nicht Lily Wycliff heiratete. Aber das war eine Sorge für morgen. Charles streichelte ihre Wange und lächelte so strahlend, dass ihr die Brust wehtat.

»Ein paar Tage«, sagte sie schließlich.

Er nahm ihren Arm in den seinen, als sie die Treppe hinuntergingen. Sie konnte spüren, wie glücklich er war. Wie gerne wäre sie mit ihm an diesem Ort der Freude gewesen, aber sie konnte nicht; sie konnte nur so tun, als würde sie seine Freude teilen.

Charles erstarrte, als er Hugo am Fuße der Treppe entdeckte. Ihre Blicke trafen sich, aber keiner machte den ersten Schritt auf den anderen zu oder von ihm weg. Was hatte er dort noch zu suchen? Lily hatte gehofft, er würde wieder in den Schatten verschwinden, wo er hingehörte.

Langsam setzte sich Charles wieder in Bewegung, aber er hielt Lily so weit wie möglich von Hugo entfernt. Als sie ihn erreichten, lächelte Hugo breit.

»Nun, das ist ein sehr schönes Bild, Lord Lonsdale.« Hugo grinste so kalt wie der Winterwind. »Und wer sind Sie, gnädige Frau?«

Charles trat zwischen sie. »Sprechen Sie nicht mit ihr.«

Hugo ignorierte diese Bemerkung. »Ich habe von Lord Kent gehört. Schreckliche Nachrichten. War er nicht ein Freund Ihres Bruders?«

Lily spürte, wie sich Charles' Arm anspannte. »Sie wissen, dass er es ist. Genauso wie ich weiß, dass Sie hinter dieser Sache stecken. Und wenn ich die Freiheit dazu hätte, würde ich dafür sorgen, dass Sie dafür bezahlen.«

»Wollen Sie mir drohen? Meine Güte, Lonsdale, man könnte meinen, Sie wollen sich mit mir duellieren.«

»Würde das der Sache ein Ende setzen?«, knurrte Charles.

Hugos breites Lächeln drehte Lily den Magen um. »Nein. Ich fürchte, nein.«

»Weil Sie wissen, dass ich ein guter Schütze bin. Und Sie sind es nicht.«

»Glauben Sie, was Sie wollen.« Hugos Blick glitt zu Lily und verweilte ein wenig zu lange, bevor er wieder zu Charles sah.

Lily konnte es nicht fassen, dass sie diese beiden Männer endlich gegeneinander antreten sah. Hinter dem höflichen Lächeln und der förmlichen Haltung verbargen sich so viel Gift und Wut zwischen ihnen, dass sie sich wunderte, dass sie sich nicht hier an Ort und Stelle geprügelt hatten.

»Was ist denn mit Ihrem Diener passiert? Wie hieß er gleich, Tom? Ich habe gehört, dass er London verlassen hat. Ich frage mich, ob er jemals sein Ziel erreicht hat? Es wäre eine Schande, wenn der Junge und seine Schwester verschwinden würden.«

Lily schluckte schwer. Sie hatte den Brief an Charles nicht abgeschickt, wie sie es versprochen hatte, um ihm mitzuteilen, dass sie das Haus ihrer Tante sicher erreicht hatte.

Wut, wie Lily sie noch nie gesehen hatte, färbte Charles' Augen schwarz. Er machte einen Schritt auf Hugo zu, und einen Moment lang schien Hugo unsicher, ob er sich zurückziehen sollte.

»Wenn der Junge oder jemand anderes verschwinden sollte, *werde* ich bei Ihnen auftauchen. Ich habe keine Angst davor, einen Prozess wegen Mordes zu riskieren, nicht wenn dadurch ein schwarzer Fleck wie Sie aus dieser Welt verschwindet.« Charles erhob nicht einmal seine Stimme. Das brauchte er nicht.

Hugo verzog die Lippen zu einem Fletschen, aber Lily ging dazwischen und zerrte an Charles' Arm.

»*Bitte*, bring mich nach Hause.« Lily spürte, wie der gegenseitige Hass von allen Seiten auf sie eindrang und sie erdrückte. Wenn sie Charles nicht dazu bringen konnte, zu gehen, könnte er etwas Unüberlegtes tun.

»Charles, bitte!« Sie ruckte fester an seinem Arm, bis er sich wieder auf sie konzentrierte.

Charles gab widerstrebend nach. Sie ließen das Theater und die Gefahr hinter sich, aber als Lily zurückblickte, sah sie immer noch Hugos Gesicht.

Als Hugo sie rekrutiert hatte, hatte er ihr versprochen, dass sie sich eines Tages mit Kat auf dem Land zur Ruhe setzen könne. Mit ihrem Dienst für ihn erkaufte sie sich ihre Ruhe. In seinem verdrehten Denken sah er sich selbst als großzügig gegenüber ihr. Vielleicht war das seine kranke Art, sich die Gewalt zu verzeihen, die er ihr angetan hatte.

Aber als sie Hugos Gesicht sah, als sie gingen, war sie nicht mehr davon überzeugt, dass er dieses Versprechen halten würde. Sein Hass auf Lonsdale war alles verzehrend, und am Ende wusste sie, dass es ihm egal war, wer zusammen mit ihm verbrannte. Und Hugo hatte lose Enden immer beseitigt. Wenn Hugo also mit Charles fertig war, würden dann nicht sie und Kat für ihn das Gleiche sein? Lose Enden?

Ich muss Charles alles erzählen. Wenn er es weiß und mich nicht dafür verachtet, dann kann ich vielleicht wenigstens mein Kind noch retten.

Sie stiegen in eine Kutsche, aber Charles hatte immer noch kein Wort gesagt. »Charles?«

Er sah sie nicht an, seine Gedanken waren weit weg. »Es tut mir leid, Lily. Du musst meinen Ausbruch von vorhin für höchst unangemessen halten. Diese Nacht ist sehr unglücklich verlaufen. Ich muss dich sofort nach Hause bringen, und ich fürchte, dann muss ich gehen.«

»Charles, warte. Bitte, hör mir erst zu.«

Er fuhr fort, immer noch in seiner eigenen schwarzen Stimmung versunken. »Dieser Mann, Sir Hugo, ist kein guter Mensch. Du weißt nicht, was er mir und meinen Freunden angetan hat ... Er ist ...«

»Das Böse. Ich weiß.«

Charles starrte sie an. »Was meinst du damit? Hat Emily von ihm gesprochen?«

Lily griff über den Abstand zwischen ihnen hinweg und bedeckte eine seiner Hände, die auf seinem Knie ruhte.

»Charles, bitte. Ich muss ein Geständnis ablegen.«

»Liebling, es gibt nichts zu ...«

»Doch, das gibt es. Du wirst mich wahrscheinlich aus deiner Kutsche werfen, sobald ich es dir gesagt habe. Aber bevor du das tust, solltest du Folgendes wissen. Alles, was wir miteinander geteilt haben, ist für mich real gewesen. Bitte vergiss das nicht.«

Charles beugte sich vor und musterte sie im schummrigen Licht. »Lily, Liebes, du machst mir langsam Angst.«

»Charles.« Ihre Zunge fühlte sich dick an. Die Worte lasteten schwer auf ihr. »Ich bin nicht die, für die du mich hältst.«

Er sagte nichts, aber seine Augen verengten sich. Sie fuhr fort.

»Ich bin keine Witwe. Ich bin nicht Mrs. Wycliff.«

»Du bist nicht Emilys Cousine?«

»Emily hat mir geholfen, einen Ehemann zu finden. Mein richtiger Name ist Lily. Lily ... Linley.« Sie wartete und hielt den Atem an.

»Linley?« Er flüsterte den Namen. »Du bist aber doch in keiner Weise mit Tom Linley verwandt ...«

»Charles«, stöhnte sie fast. »Ich *bin* Tom.«

Er starrte sie ausdruckslos an. »Was?«

»Tom ist nicht real.«

»Aber ...« Er brach ab, und seine grauen Augen weiteten sich vor schierer Verblüffung.

»Ich bin Tom, aber ich bin nie *Tom gewesen*. Lily ist diejenige, die ich wirklich bin.« Sie unterdrückte ihre übertrieben weibliche Stimme, um besser zu demonstrieren, wie sie die Rolle eines jungen Mannes gespielt hatte. Es war vielleicht das erste Mal, dass Charles ihre wahre Stimme hörte, weder die von Tom, dem Diener, noch die der geheimnisvollen Mrs. Wycliff.

Er musterte sie erneut, diesmal in offener Sorge. »Tom?«

»Tom war nur eine Verkleidung.« Sie atmete tief ein und bereitete sich auf das vor, was nun kommen musste. Was er bereits herauszufinden begann, so sehr er sich auch bemühte, es nicht zu tun.

»Die ganze Zeit warst du ...«, Charles fuhr sich mit der Hand durchs Haar.

»Charles, bitte, du musst mir zuhören.«

»Lily, bitte sag mir nicht, dass du ... Nicht er.«

»Ja. Ich arbeite für Hugo.« Sie wollte weinen, als ihr die Worte entglitten.

Sein Gesicht wurde gespenstisch weiß. »Nein ... Nein ...«

»Es tut mir leid. Es tut mir so leid.« Sie streckte die Hand aus, aber er starrte sie an, als hätte sie eine giftige Viper zwischen den Fingern, also ließ sie die Hand fallen.

»Das ist ein Traum ... ein Albtraum«, stammelte er. »Warum ... *Warum* kann ich nicht aufwachen?« Er beugte sich wieder vor und bedeckte sein Gesicht mit den Händen.

Lily biss sich auf die Lippe, der Schmerz saß tief in ihr. »Charles, hör mir zu. Ich wollte das nie. Ich wollte dich nie verletzen. Von Anfang an bist du mir wichtig gewesen.«

Charles wandte sich ruckartig von ihr ab, ein Aufflackern von Wut in seinen Augen. »Wie *kannst du es wagen*, so etwas zu sagen? Du gibst zu, für einen Mann zu arbeiten, der meinen Tod wünscht, und sprichst dennoch davon, dass ich dir etwas bedeute? Während du tatenlos zugesehen hast, wie er meine Freunde und ihre Familien immer wieder angriff?«

»Du verstehst nicht. Er wird mir meine Tochter wegnehmen, wenn ich nicht tue, was er sagt.«

Der Zorn in Charles' Augen ließ ein wenig nach. »Katherine? Warum sollte sich Hugo für ein Kleinkind interessieren? Er hat Attentäter, die bereit sind, hinzugezogen zu werden. Spione in jeder Nation. Was nützen ihm eine Frau und ihr Kind?«

Lily schloss ihre Augen. »Weil das Kind von ihm ist. Hugo ist Katherines Vater.«

Charles stieß ein bitteres, kaltes Lachen aus. »Natürlich ist er das. Und jetzt benutzt er seine ehemalige Geliebte, um mich zu ködern, damit er mir den letzten Rest an Freude nehmen kann. Ist es das?« Sein Tonfall war so kalt, dass Lily erwartete, das Innere der Kutsche würde zufrieren.

»Wir waren *nie* ein Liebespaar!« Sie spuckte die Worte mit solcher Heftigkeit aus, dass er zurückwich. Sie brauchte eine Sekunde, um sich zu beruhigen, bevor sie fortfahren konnte. »Ich war ein Dienstmädchen in seinem Haus, und er ... er *nahm* mich.« Sie konnte sich nicht dazu durchringen, näher darauf einzugehen. Der harte Winter in seinen grauen Augen ließ ein wenig nach. Sie wandte ihr Gesicht ab und wischte sich die zornigen Tränen weg, die ihr über die Wangen liefen.

Charles' Stimme wurde leiser. »Er hat sich dir aufgedrängt?«

Sie nickte. »Ich bin vor ihm weggelaufen. Ich bettelte auf der Straße, um zu überleben, bis ich Arbeit finden konnte. Viele Monate später fand er mich ... und mein Baby. Er kann sie mir jederzeit wegnehmen, wenn er will, Charles. Er kann Katherine für sich beanspruchen und sie mitnehmen, weil sie seine Tochter ist.«

Charles runzelte die Stirn. »Er hat dich also in sein krankes und verdrehtes Spiel gezwungen? Warum?«

Lily schluckte. »Er sah den Wert in mir. Meine Größe und mein Körperbau sowie die Art und Weise, wie ich eine Krise bewältigte, sagten ihm, dass ich in seinem Dienst nützlich sein könnte. Und so hat er mir beigebracht, zu kämpfen, mein Aussehen zu verschleiern, Geheimnisse aufzudecken. Und wegen Katherine konnte ich nicht ablehnen. Seit fast drei Jahren kann ich mich nicht weigern. Und ich habe schreckliche Dinge getan, sowohl denen, die es verdient haben, als auch denen, die es nicht verdient haben. Aber als ich dich kennenlernte, habe ich ...« Sie schluckte erneut. »Du bist so ein wunderbarer Mann. Ein liebevoller, gütiger Mann mit einem edlen Herzen, und ich bin jeden Tag innerlich gestorben, als ich sah, welche Qualen Hugo dir zugefügt hat.«

»Und doch hast du nichts gesagt«, sagte Charles. »Warum

sprichst du dann jetzt? Warum hast du deine Meinung geändert?«

Lily blickte auf den Boden der Kutsche. »Nachdem du Hugo zur Rede gestellt hast, wusste ich, dass ich nie von ihm loskommen würde, egal, was passiert. Mir wurde klar, dass ich ihm half, einen guten Menschen zu vernichten, dass ich meine Seele an den Teufel selbst verkaufte, ohne im Gegenzug die Sicherheit meiner Tochter zu erhalten, die er mir damals, als er mich fand, versprochen hatte. Ich weiß, dass du nichts mehr für mich empfindest, aber bitte hilf mir, meine Tochter zu schützen. Ich flehe dich an. Sie ist das Einzige, was ich in dieser Welt noch habe. Ich kann sie nicht verlieren.«

Obwohl sie alle Gefühle, die er einst für sie empfunden hatte, getötet hatte, betete sie, dass sein edler Geist noch immer vorherrschte, dass er ihr helfen würde, ihr Kind zu retten, wenn sie ihm im Gegenzug etwas über Hugos Pläne erzählen könnte.

Charles war einen langen Moment still. Dann öffnete er das Kutschenfenster und forderte den Fahrer auf, den Kurs zu ändern.

Angst machte sich in ihr breit. »Wohin fahren wir?«

»Zu jemandem, dem Ashton vertraut. Wir brauchen absolute Geheimhaltung, wenn wir einen Kriegsrat abhalten wollen.«

KAPITEL 20

Charles konnte Lily nicht ansehen, nachdem er ihr aus der Kutsche geholfen hatte, also konzentrierte er sich auf ihr Ziel. Sie standen vor einem schönen Stadthaus, an dessen Wänden abgestorbener Efeu emporkroch. Er klopfte an, und ein großer, muskulöser Butler mittleren Alters empfing sie an der Tür.

»Lord Lonsdale möchte Lord Darlington sprechen.«

»Gibt es eine Nachricht für Lord Darlington?«, fragte der Butler.

»Sagen Sie ihm, *Cam*.«

Sie wurden hineingelassen und warteten im Foyer, während der Butler nach oben ging. Charles blieb aufmerksam und versuchte immer noch, Lily nicht anzuschauen. Einige Minuten später kam der Butler zurück.

»Ich soll Sie in die Bibliothek geleiten. Seine Lordschaft wird herunterkommen, sobald er angezogen ist. Er hat mir auch gesagt, dass ich diese hier ausliefern lassen soll.« Er hielt eine Handvoll Briefe in der Hand, die an alle Mitglieder der Liga gerichtet waren.

»Ja, das ist richtig.«

»Ich werde meine schnellsten Jungs beauftragen, sie sofort auszuliefern.«

Charles und Lily wurden in die Bibliothek geführt. Charles war hin- und hergerissen zwischen dem Wunsch, mit ihr zu sprechen, und dem Wunsch, so weit wie möglich weg zu sein.

»Charles«, flüsterte Lily und blickte in seine Richtung. Sie sah irgendwie *noch* schöner aus. »Bitte, sag etwas. Irgendetwas.«

Gott steh mir bei, ich glaube, ich liebe sie immer noch, die Frau, die mich vernichten wollte.

»War irgendetwas davon echt?«, fragte er mit heiserer Stimme.

Sie wischte sich eine Träne ab und schniefte. »Jede Minute.«

»Ich habe dich gebeten, *mich zu heiraten*.« Er glaubte ihr immer noch nicht, auch wenn er es wollte. Sie hatte ihre Täuschung zugegeben, also was bedeutete das, was zwischen ihnen gewesen war, nun wirklich?

»Und das wollte ich. Das tue ich immer noch, aber ich weiß, dass das unmöglich ist.« Sie wandte sich ab und blickte aus dem Fenster auf den vereisten Garten, der vom Mondlicht erhellt wurde. »Dennoch kann ich es nicht bereuen, dir die Wahrheit gesagt zu haben. So schmerzlich das auch ist, trotz allem, was ich dadurch verloren habe, dass ich es dir erzähle, hat es mich auch sehr erleichtert.«

Er dachte an die lange Fahrt mit der Kutsche zu diesem Haus und daran, wie sie während der Fahrt zusammengerollt in der Ecke saß und so wenig Platz beanspruchte hatte, als ob sie dachte, sie hätte keinen Zentimeter davon verdient. Das Elend in ihren Augen hatte ihn zutiefst getroffen. Er war verletzt, das war wahr. Er war kompromittiert und verraten worden. Aber er musste auch versuchen, die Welt mit ihren

Augen zu sehen. Es war ja nicht so, dass sie freiwillig hier gelandet war.

Hugo hatte sie genommen, ihr wehgetan, ihr ein Kind aufgezwungen und dann gedroht, ihr dieses Kind wegzunehmen. Sie hatte bei all dem nie eine Wahl gehabt, nicht von dem Moment an, als Hugo sich an ihr vergriffen hatte. Es war ungerecht, sie für seine Handlungen verantwortlich zu machen. Sie hatte sich entschlossen, ihm alles zu gestehen. Würde das nicht auch ihre wahren Gefühle beinhalten?

Seine Hände ballten sich zu Fäusten, während er gegen widersprüchliche Gefühle ankämpfte.

Charles ging auf sie zu. Bevor er darüber nachdenken konnte, packte er sie an den Schultern und drehte sie zu sich herum. Er wusste nicht, was er sagen sollte, also schwieg er. Er riss sie an sich und presste seinen Mund auf den ihren.

Ein Teil von ihm wollte sie für ihren Verrat bestrafen, ihr zeigen, wie wütend er war, aber ein tierischer Hunger übernahm die Oberhand, und alles, was er jetzt wollte, war *sie*. Lily in seinen Armen, in seinem Bett, unter ihm, mit ihm, ein Teil von ihm. Das Leben war eine grausame Geliebte, die ihm keine Gnade zeigte.

»Charles.« Lily keuchte seinen Namen.

»Sag mir, ich soll aufhören, und ich werde es tun.« Er schob ihre Körper zurück, so dass sie an das nächstgelegene Bücherregal gepresst wurden. Er griff mit einer Hand in ihr Haar und bewegte seine Lippen die glatte Säule ihres Halses hinunter, er wollte sie mehr denn je erforschen.

»Bitte, *hör nicht auf*. Niemals«, wimmerte Lily, als er ihr ins Schlüsselbein biss. Charles zerriss die Bänder ihres Umhangs, der zu ihren Füßen auf den Boden fiel. Die Schwellung ihrer perfekten Brüste machte ihn hungrig. Sie hatte diese Schönheiten ein ganzes Jahr lang gefesselt? Es war ein Verbrechen gegen die Natur, für das er sie bezahlen lassen würde, indem er sie stundenlang mit seinem Mund und seinen Händen erforschte.

»Ich sollte dich hassen«, sagte er, als seine Lippen zu einem weiteren heftigen Kuss auf ihre zurückkehrten. Ihre Münder trennten sich, und sie schaute ihn mit ihren blauen Augen an, die unendlich bezaubernd waren.

»Du hast jedes Recht, mich zu hassen«, antwortete sie. Tränen benetzten ihre Wimpern, während sie schnell blinzelte.

»Ich hasse es, wie schwach ich mich bei dir fühle«, sagte er, und jedes Wort schmeckte bitter auf seinen Lippen. »Ich hasse alles, wozu Hugo dich gezwungen hat. Aber ich hasse *dich nicht*.«

Lily krallte ihre Finger in die Aufschläge seines Mantels und lehnte sich an ihn. »Es gab so viele Nächte, in denen ich in dein Bett kriechen und mich an dich schmiegen wollte. Ich habe mich bei dir immer so sicher gefühlt. Ich vertraue darauf, dass du heute Abend nicht nur mich, sondern auch mein Kind beschützen wirst. Bitte, Charles, ich weiß, dass mein Verrat unverzeihlich ist, aber Katherine ist unschuldig an all dem.«

Die Wut, die sich mit seiner Lust vermischt hatte, verblasste und hinterließ nur ein weicheres, tieferes Verlangen, das ihm Angst machte. Er schlang seine Arme um Lily.

»Ich werde euch beide beschützen.«

Sie schwiegen einen Moment und hielten sich in stiller Verzweiflung einfach nur aneinander fest. Die Tür der Bibliothek öffnete sich, und ein blonder Mann trat ein. Er trug etwas schäbige Kleidung, aber Charles wusste, dass Stoff und Schnitt einmal gut gewesen waren. Darlington hatte in letzter Zeit ein paar schwere Momente durchgemacht.

»Lord Darlington.« Charles begrüßte den Viscount mit einem Nicken. »Danke, dass wir uns Ihnen aufdrängen durften.«

Darlington schenkte ihnen ein verschmitztes Grinsen, während er Lily ansah. »Natürlich. Kein Problem. Ich nehme an, Ihre Freunde werden in Kürze eintreffen. Der Tee wird auch gleich gebracht.« Darlington gluckste. Charles konnte die zerknitterte Kleidung und das zerzauste Haar nicht übersehen. Er war offensichtlich aus dem Schlaf gerissen worden, und Charles und Lily hatten ihn unterbrochen.

»Lord Darlington, ich möchte Ihnen Lily vorstellen, Lily Linley.« Er nickte seiner Frau zu.

Darlington kam zu ihr und küsste ihre Hand. »*Enchantée.*«

Lilly wurde rot und lächelte. Charles versuchte, seine Eifersucht zu unterdrücken. Darlington war ein Schurke mit einem verruchten Ruf, der seinem eigenen fast ebenbürtig war.

»Linley, sagten Sie? Die Gerüchte besagen, dass Sie sich Hals über Kopf in eine Witwe namens Wycliff verliebt hätten«, bemerkte Darlington.

»Ja, ziemlich Hals über Kopf, wenn man bedenkt, dass sie dieselbe Frau ist«, murmelte Charles und blickte zu Lily. Sie wurde blass, und er fragte sich, was sie wohl gerade dachte.

Darlingtons Blick schweifte einen Moment zwischen ihnen hin und her. »Nun, machen Sie es sich bequem. Mein Butler wird die anderen hereinführen, wenn sie eintreffen.«

»Danke.« Charles wartete, bis Darlington gegangen war, bevor er Lily wieder in seine Arme nahm. »Du musst mir alles erzählen. Den anderen auch. Kannst du das tun?«

Lily nickte. »Ich fürchte, es wird dich nur wütend machen, wenn du alles weißt.«

»Beantworte mir nur eines.« Charles rüstete sich für die Antwort, die sie ihm vermutlich geben würde. »Hat Hugo dich als Lily zu mir geschickt? Wollte er, dass ich mich in dich verliebe? War das alles im Voraus geplant, auch unsere Begegnung in den Tunneln?«

Sie hielt inne, und ihr Zögern stieß ihm einen Dolch ins Herz.

»Du hast mich nicht in der Lewis Street gerettet. Ich war im Rahmen einer anderen Mission für Hugo dort. Manchmal ruft er mich an meinen freien Tagen als Tom zu sich. Aber als Hugo erfuhr, dass du mich als Lily kennengelernt hattest und von mir fasziniert warst ...«

Charles runzelte die Stirn. »Er wusste, dass er dich gegen mich benutzen konnte.«

»Seine ursprüngliche Idee war, dass ich mich als *sein* Cousin ausgeben sollte, in der Hoffnung, dass du mich benutzen würdest, um Informationen über ihn zu erhalten. Aber als Emily mit ihrem eigenen Plan zu mir kam, beschloss Hugo, diesen stattdessen zu verwirklichen. Er wusste, dass du Emily mehr vertrauen würdest als jedem anderen.«

Charles seufzte, eine unerträgliche Last legte sich auf seine Brust. »Er hat nicht Unrecht. Ich würde Emily alles anvertrauen.«

»Aber ich wollte nie, dass du mich in jener Nacht in den Tunneln der Lewis Street triffst«, fügte sie schnell hinzu. »Nicht als mich selbst.«

Das Elend, das er zu unterdrücken versucht hatte, brach durch. »Hugo hat es immer verstanden, mich zu verletzen, mich bluten zu lassen.« Er bewegte sich auf wackeligen Beinen zu einem Stuhl und ließ sich darauf fallen. Plötzlich lag Lily zu seinen Füßen, ihre Wange an sein Knie gelehnt, während sie sich an seine Beine klammerte.

»Nochmal, ich weiß, dass du mir nicht glauben oder gar vertrauen kannst.« Ihre Stimme war so gebrochen, dass sie ihn fast umbrachte. »Aber ich *liebe dich*. Ich habe diese Tatsache nie verheimlicht. Ich habe nie über das hinaus gehandelt, was ich fühlte. Wenn überhaupt, dann habe ich mich so weit wie möglich zurückgehalten.«

Ich kann dir verzeihen, aber wie kann ich dir vertrauen?

Er streckte die Hand aus, um ihr Haar zu berühren, um sich zu erden, indem er diese goldenen Strähnen berührte. Doch bevor er das tun konnte, war Lily aufgestanden und ging zurück zum Fenster.

Er würde für Lilys und Kats Sicherheit sorgen, so viel wusste er. Sie waren genauso Opfer dieser Tragödie wie alle anderen, und er würde nicht zulassen, dass Hugo ihr oder Katherine auch nur ein Haar krümmte. Aber darüber hinaus? Er wusste, dass er sie für den Rest seines Lebens vermissen würde, sobald sie und ihre Tochter London sicher verlassen konnten. So würde er sich nie wieder mit einer anderen Frau fühlen, nie wieder.

Er starrte auf seine Stiefelspitzen und sie auf den Garten, beide ignorierten die Stille, die sich zu einem dichten Nebel zwischen ihnen entwickelt hatte.

Ashton war der erste, der ankam. Er schritt in die Bibliothek und nickte Charles zu.

»Freut mich, dass mein Plan für das Rendezvous richtig ausgeführt wurde ...« Er erstarrte, als er Lily sah. »Aber«, begann er wieder, »normalerweise lädt man seine Geliebte nicht zu einem Kriegsrat ein, ganz gleich, wie attraktiv sie ist.«

»Glaube mir, Ash, sie hat mehr damit zu tun, als dir klar ist.«

Ashton verschränkte die Arme vor der Brust. »Ich nehme an, du wirst uns das erklären?«

»Das werde ich, sobald die anderen hier sind«, versprach Charles.

»Sehr gut.«

Bald darauf trafen Godric und Lucien ein, und ihnen dicht auf den Fersen waren Jonathan und Cedric. Keiner aus der Liga lächelte, aber das war verständlich. Es handelte sich um eine Einberufung, einen Kriegsrat, den Ashton vor langer Zeit arrangiert hatte. Sie sollten sich alle bei Lord Darlington treffen, sollten sie eine Nachricht von Darlington erhalten, in der das Wort *Cam* vorkäme – der Fluss, aus dem sie Charles vor all den Jahren gerettet hatten. Jeder, der ihre Briefe oder ihre Kommunikation abfing, würde wahrscheinlich die Bedeutung eines Briefes von Darlington nicht erkennen, da er nicht zu ihrem unmittelbaren Umfeld gehörte.

»Was hat Mrs. Wycliff hier verloren?«, fragte Godric, als er Lily sah. »Emily erwartet Sie jeden Moment zu Hause, um Sophia ins Bett zu bringen.«

Charles sah, wie Lily sich versteifte.

»Geht es ihr gut?«, fragte Lily Godric.

»Sophia geht es gut«, versicherte Godric ihr. »Aber ich verstehe immer noch nicht, warum Sie hier sind?«

»Ich verspreche euch, dass Lilys Anwesenheit hier notwendig ist«, sagte Charles zu seinen Freunden.

»Setzt euch alle hin«, sagte Ashton. »Charles, so glaube ich, hat uns einige Informationen mitzuteilen.«

Charles stand auf. Seine Handflächen waren schweißnass, aber er musste seinen Freunden die Wahrheit sagen.

Er räusperte sich. »Ich weiß, dass ihr euch fragt, warum Lily hier ist.«

Er wartete darauf, dass sie sich zu ihm gesellte, und sie tat es mit niedergeschlagenem Gesicht. Er verstand ihre Sorge. Er würde gleich erklären, wie sie ihn verraten hatte, wie sie alle verraten hatte und wie sie nun um ihre Hilfe bettelte.

»Lilys richtiger Name ist Lily Linley.« Er machte eine kurze Pause. »Seit einem Jahr lebt sie unter meinem Dach als mein Diener Tom Linley.«

Dies löste in der Liga ein besorgtes Gemurmel aus. Zu einer anderen Zeit oder an einem anderen Ort hätte es in dieser Angelegenheit eine Menge gutmütigen Spottes auf Kosten von Charles gegeben. Aber wenn man bedachte, warum sie hier waren, wussten sie, dass die Bedeutung dieser

Enthüllung weit über eine amüsante soziale Farce hinausgehen musste.

»Ich wusste bis heute Abend nichts von ihrem Betrug«, sagte Charles. »Sie wurde von Hugo als Spionin in den Berkley's Club geschickt, und auf seinen Befehl hin hat sie sich schließlich als Diener in mein Haus eingeschlichen.«

Die Stille, die den Raum erfüllte, war ohrenbetäubend. Nur das langsame, schwere Ticken der Standuhr in der Halle war zu hören.

»Hugo hat Sie angeheuert?« Ashtons Tonfall war eisig. Charles streckte seine Hand aus, nahm eine von Lilys Händen in seine und drückte sie sanft.

»Sie wurde nicht angeheuert«, sagte Charles. »Ich möchte, dass jeder Mann in diesem Raum dies versteht. Lily war ein Dienstmädchen in Hugos Haus, als er …«

»Hugo Waverly hat mich vergewaltigt.« Lily hob ihren Blick und sah alle Anwesenden an. Ihre Stimme war stark und furchtlos in einem Moment, in dem sie allen Grund gehabt hätte, Angst zu haben. »Ich bin vor ihm geflohen und habe sein Kind im Geheimen zur Welt gebracht, aber er hat mich wieder gefunden. Er zwang mich, ihm zu dienen, und drohte, mir mein Kind wegzunehmen, wenn ich nicht täte, was er befahl.«

Charles drückte erneut ihre Hand. Er war stolz auf ihren Mut.

»Hugo hat mich ausgebildet, um ihm nützlich zu sein. Zu einem Werkzeug, einer Waffe im Dienste der Krone zu werden. Doch schon bald beschloss er, mich für seine persönlichen Ziele zu benutzen, um mich gegen euch alle einzusetzen.«

»Es ist vielleicht unchristlich von mir, aber ich würde Hugo gerne in die Themse werfen«, knurrte Lucien. »Eine Frau zu vergewaltigen?«

Godric schlug mit der geballten Faust auf den Lesetisch, an dem er saß. »Und dann ihr Kind bedrohen?«

»Und sie dann zwingen, für ihn zu arbeiten?«, begehrte Cedric auf. »Schurke!«

»Und warum hast du aufgehört, Tom zu sein?«, fragte Ashton, der ruhigste von allen. »Ich nehme an, Hugo hat seine Befehle geändert?«

»Ja. Er wollte, dass ich mir die Zuneigung von Charles sichere, mit der Absicht, dass ich ihn verrate, kurz bevor ...«

»Kurz vor dem letzten Zug in diesem Spiel«, beendete Ashton für sie.

»Dieser Mann ist der Teufel persönlich«, murmelte Jonathan.

»Ja, aber der Teufel ist schlau und darf nicht unterschätzt werden. Wenn ein solcher Verrat zu einem von Hugo gewählten Zeitpunkt aufgedeckt worden wäre, hätte das Charles gebrochen und ihn unfähig gemacht, sich zu verteidigen.« Ashton starrte Lily immer noch mit einer Kälte an, die Charles nicht gefiel.

Er war der Einzige, der das Recht hatte, wütend auf Lily zu sein. Er war der Narr, der sich in sie verliebt hatte, der ihr nach nur wenigen kurzen Begegnungen einen Heiratsantrag gemacht hatte. Wenn er sie jetzt ansah, sah er eine Vertrautheit, die Augen, in die er im letzten Jahr oft genug geschaut hatte, die Augen eines guten Freundes. Und jetzt liebte er sie, liebte sie wahnsinnig. Aber woher sollte er Lilys wahre Gefühle kennen? Er konnte ihr nie ganz vertrauen, bis zu dem Tag, an dem Hugo aufhörte zu atmen.

»Jetzt wissen wir also etwas über Hugos Plan und dass sein letzter Schlag bald kommen muss. Wie sollen wir reagieren?«, fragte Cedric. Er spielte mit seinem Stock.

Ashton starrte immer noch auf Lily. »Das hängt von Miss Linley ab.«

Lily nickte verständnisvoll. »Was brauchen Sie von mir?«

Charles hielt ihre Hand fest und hoffte, dass er sie beruhigen konnte, aber die Nervosität, die sie zuvor gezeigt hatte, war verschwunden.

»Wie weit wollte Hugo, dass du mit deiner Verführung gehst?«

Ihre Hand verkrampfte sich in Charles' Griff, als sie ihn mit Schmerz in den blauen Augen ansah. »Er wollte, dass ich Charles' Heiratsantrag annehme.«

Eine Welle der Verzweiflung überschwemmte ihn, obwohl er mit wachsender Angst geahnt hatte, dass sie dieses Geständnis machen würde.

Sie drückte erneut seine Hand. »Die Wahrheit ist, dass ich Ja sagen wollte, noch bevor Hugo es mir befahl. Aber ich hatte gehofft, so lange wie möglich abzulehnen, um dich zu schützen«, flüsterte sie. »Bitte, das musst du mir glauben.«

Charles' Augen brannten, als er zu Ashton blickte. »Dann sollten wir Hugo vielleicht geben, was er will. Eine verdammte Hochzeit. Der einzige Weg, dies zu beenden, besteht darin, ihn glauben zu lassen, dass alles nach Plan läuft.«

»Ganz recht«, stimmte Ashton zu. »Aber das bedeutet, dass jeder in diesem Raum in großer Gefahr ist. Es ist sehr wahrscheinlich, dass unsere Ehefrauen, Kinder, Schwestern, Brüder und Mütter alle gefährdet sein werden. Niemand wird verurteilt, wenn er sich entscheidet, mit seiner Familie London zu verlassen.«

Charles trat auf seine Freunde zu. »Ihr habt mir einmal das Leben gerettet, und diese Schuld wird jeden Tag größer. Aber diese Last habe ich allein zu tragen. Ihr habt mir lange genug geholfen, das zu tragen. Ich möchte euch darum alle bitten, zu gehen.«

Es herrschte eine lange, schwere Stille, die nur durch das Ticken der Uhr im Flur unterbrochen wurde.

»In jener Nacht sind wir alle in den Fluss gegangen«, sagte

Lucien. »*Alle von uns.* Ich bleibe hier, bis die Angelegenheit ein für alle Mal geklärt ist.«

»Ich auch«, fügte Cedric mit einem Nicken hinzu.

Godric schmunzelte. »Ich habe diesen Bastard nie gemocht und wollte die Rechnung begleichen, wenn sich mir die Gelegenheit bietet.«

»Ich war zwar bis vor kurzem noch nicht Teil eurer Liga, aber jetzt bin ich hier, und ich werde auch nicht gehen«, sagte Jonathan.

Ashton lächelte grimmig. »Dann glaube ich, dass es jetzt darum geht, für die Sicherheit unserer Familien zu sorgen. Wir sollten in Betracht ziehen, sie wegzuschicken.«

»Aber ihr solltet vorsichtig sein«, unterbrach Lily. »Hugo hat in jedem eurer Häuser Diener.«

»Mehr Männer wie Gordon?«, wollte Lucien wissen.

Lily nickte. »Ja. Ich weiß nicht, wer sie sind, nur dass er mindestens einen in jedem Stadthaus in London hat.«

»Was ist mit den Landhäusern?«, fragte Cedric.

Sie hielt inne, unsicher. »Das glaube ich nicht. Aber es ist unmöglich, sicher zu sein.«

»Und ihre Aufgabe ist es, ihm Bericht zu erstatten?«, fragte Ashton.

»Ja, alles, was sie mitbekommen, was sie über Ihre Bewegungen erfahren.«

»Könnten sie uns angreifen, wie Gordon es getan hat?«

»Sie werden alles tun, was Hugo von ihnen verlangt, entweder aus Loyalität oder aus Angst.«

»Wunderbar«, sagte Godric. »Attentäter in unserer Mitte.«

»Wenn ihr alle eure Familien wegschickt, wird Hugo Verdacht schöpfen«, sagte Lily. »Sie müssen ihre Reisen staffeln. Lasst euch banale Gründe einfallen und spielt die Enttäuschten, wenn sie sich entscheiden zu gehen. Wenn Hugo merkt, dass ihr versucht, eure Familien zu schützen, wird er aufmerksam.«

»Es sei denn, wir lenken ihn mit der Hochzeit ab«, fügte Charles hinzu. Er wusste, dass Hugo begeistert sein würde, wenn seine Spionin seinen verhassten Feind heiraten würde. Sobald Hugo dieses Ziel erreicht hatte, würde alles andere unwichtig sein, denn dann hatte er Charles genau da, wo er ihn haben wollte.

»Charles, du musst nicht ...«, begann Lily, aber Ashton unterbrach sie.

»Nein, Charles hat recht. Wir werden ihn gut beschäftigen, sodass er glaubt, dass sein Plan funktioniert. Lily, Sie müssen ihm weiterhin Berichte schicken, sein Spiel mitspielen, natürlich nur widerwillig. Ändern Sie nichts an Ihrem Verhalten, aber ich werde Sie beraten, was Sie über unsere Pläne offenbaren sollten.«

Charles sträubte sich. »Ich möchte nicht, dass Lily abgesehen von der Hochzeit etwas damit zu tun hat. Sie war lange genug ein Spielball in dieser Sache. Sie muss in Sicherheit sein.« Wenigstens das war er ihr schuldig. Sie war genauso ein Opfer von Hugo wie er. Vielleicht auf eine Art und Weise, die bedeutete, dass es Unentschieden zwischen ihnen stand. Ihr Leben zerstört, sein Leben verraten.

Die Tragödie hätte sie perfekt zusammengeführt.

»Nein, Charles. Lord Lennox hat Recht. Ich muss meine Rolle spielen. Kat ist das Einzige, was jetzt zählt. Sie muss in Sicherheit gebracht werden.« Sie ergriff seine beiden Hände, und als er einen Moment lang in diese kornblumenblauen Augen blickte, sah er Lily und Tom, die ihn beide anflehten, ihnen zu vertrauen. Es war unheimlich, einen Freund in den Augen einer Fremden zu sehen. Alles um sie herum verblasste, als er sich für einen Moment in ihrem Gesicht verlor und sich mehr als alles andere wünschte, er hätte sie in einer Welt getroffen, in der Hugo nicht existierte.

»Es ist zu gefährlich. Ich werde nicht zulassen, dass du dein Leben für mich riskierst ...«

Plötzlich stürzte sie zum Kamin, nahm einen Schürhaken in die Hand und schwang ihn so, dass er nur wenige Zentimeter vor seinem Gesicht stehen blieb. Sie atmete nicht schwer, und irgendetwas an ihrer gekonnten Beherrschung des Schürhakens ließ sein Blut vor Verlangen singen. Wer hätte gedacht, dass er eine so gefährliche Frau lieben könnte?

»Vergiss nicht, dass du dich mehr als einmal mit mir angelegt hast, als ich Tom war. Ich wurde zum Kämpfen ausgebildet, lange bevor ich dich getroffen habe. Ich bin nicht schwach.«

»Ich weiß, aber das sollte nicht dein Kampf sein, Lily. Du verdienst es, in Sicherheit zu sein ... nach allem, was du durchgemacht hast.«

Ihre Lider senkten sich, bis er nur noch ihre dunkelgoldenen Wimpern sehen konnte. »Darüber weiß ich nichts. Ich habe schon einiges für Hugo getan. Dinge, auf die ich nicht stolz bin.«

»Ich werfe dir diese Dinge nicht vor«, sagte Charles. »Alles, was du getan hast, hast du getan, um deine Tochter vor seinen Klauen zu schützen. Wie könnte ich das nicht verstehen?« Wenn er mit ihr allein gewesen wäre und keiner seiner Freunde sie beobachtet hätte, als wäre es eine Art Theaterstück, hätte er sie in seine Arme gezogen, ihren süßen Duft eingeatmet und ihr mit einem Kuss versichert, dass er ihr Handeln verstand.

»Ich nehme an, eine Hochzeit würde passen, da ihr beide weder Augen noch Hände voneinander lassen könnt«, sagte Lucien mit einem schiefen Lachen.

»Sehe ich genauso«, sagte Ashton. »Du und Lily, ihr verkauft eure Anziehungskraft wirklich sehr gut.«

»Dann werdet ihr jemanden brauchen, der euch bei dieser List hilft«, sagte Lily. »Ein Priester, der die Trauung vollziehen könnte, aber eingeweiht ist, dass er die Zeremonie nicht bis zu Ende führen soll. Ich weiß nicht, wie die Kirche auf einen solchen Betrug reagieren wird.«

»Ich kenne vielleicht jemanden«, sagte Ashton. »Seine Gemeinde befindet sich auf dem Land, aber ich bin mir sicher, dass er hierher kommen wird, wenn ich ihn darum bitte.«

»Das wirst du nicht brauchen«, sagte Charles plötzlich und überraschte damit sogar sich selbst. »Ich habe vor, diese Eheschließung ohne Täuschung durchzuziehen.«

Die anderen Männer im Raum schienen von Charles' kühner Aussage ein wenig verwirrt zu sein.

»Du kannst nicht wirklich wünschen, mich zu heiraten«, sagte Lily.

»Das tue ich.« Nicht, dass er hätte sagen können, warum das so war. Er wusste, dass es dafür Gründe gab, aber im Moment hatte er zu viel Angst, sich diesen Gründen zu stellen.

»Aber eine Hochzeit wäre verbindlich. Es würde uns wirklich ...«

»... zu Mann und Frau machen. Ja, ich weiß sehr wohl, wie Hochzeiten funktionieren.«

»Deshalb ist er sein ganzes Leben lang vor ihnen weggelaufen.« Cedric kicherte.

»Du bist keine Hilfe«, sagte Godric. Charles hörte Cedric fluchen, als der Herzog ihm gegen das Schienbein trat.

»Also planen wir die Hochzeit«, sagte Ashton. »Wir werden Darlingtons Haus als Treffpunkt behalten, falls wir wieder zusammenkommen müssen. Das neue Codewort wird ...«

»... *Gardenien* sein«, sagte Charles und dachte an die Bedeutung, die die Ladenbesitzerin der Blume gegeben hatte. Der Ruf der Einsamkeit. Und nun war er bereit, eine Spionin zu heiraten, die ihn hätte verraten sollen, um diese Einsamkeit zu überwinden.

»Nun gut. *Gardenien*. Aber denkt daran, dass ihr euch weiterhin ganz normal verhalten müsst. Geht immer davon aus, dass *alles*, was ihr außerhalb dieses Hauses sagt, Hugos Ohren erreichen wird. Nicht einmal Berkley's ist sicher. Keine Änderungen beim Dienstpersonal. Es würde ihn nur auf unsere Aktionen aufmerksam machen, und es gäbe keine Möglichkeit, sicher zu sein, dass ihr den Spion im Haushalt auch wirklich eliminiert hättet.«

Sie waren sich bald einig, was zu tun war. Charles schüttelte jedem der Männer die Hand, als sie gingen. Godric hielt inne, als sie ihn erreichten.

»Lily, kehren Sie dennoch in meine Wohnung zurück?«

Lily schaute Charles an. »Ja, ich glaube, das muss ich.«

»Das wird sie«, stimmte Charles zu. »Und ich werde mit ihr kommen.«

»Aber ...«, begann sie.

»Angesichts der öffentlichen Verkündung unserer Verlobung wird das nicht unangemessen erscheinen. Ich werde dich und Kat auf keinen Fall allein lassen.«

Godric nickte. »Ich werde ein separates Zimmer für dich vorbereiten lassen. Ich sehe euch beide dann zu Hause.«

Jetzt war nur noch Ashton da, der Charles aufmerksam beobachtete. Dann wandte er sich an Lily. »Ich brauche eine Minute mit Charles. Würde es Ihnen etwas ausmachen?«

»Nein, natürlich nicht.« Sie nickte und verließ die Bibliothek. Charles spürte sofort ihre Abwesenheit. Er befürchtete, dass sie wieder verschwinden würde.

»Charles, ich muss wissen, wie du wirklich zu dieser Sache stehst.« Ashton legte ihm eine feste, aber sanfte Handfläche auf die Schulter und gab ihm auf eine Weise Halt, von der er gar nicht wusste, dass er sie brauchte. Die Enthüllungen des heutigen Abends hatten bei ihm ein merkwürdiges Gefühl des Schwebens hinterlassen.

»Wo ich in dieser Sache stehe?«, echote er.

»Ja. Diese Ehe wird echt sein. Sie wird deine Frau sein. Ich verstehe, warum du sie vor Hugo schützen willst, aber bist du sicher, dass du dich an eine Frau binden willst, die dich vielleicht nicht liebt?« Ashtons Stimme wurde leiser. »Ich kenne dein Herz, Charles. Du tust so, als ob du sorglos wärst, aber du hast immer daran gezweifelt, ob du die Liebe verdienst. Ich sage dir, du *verdienst* Liebe und Glück, wie wir alle. Ich kann nicht tatenlos danebenstehen und zulassen, dass du jemanden heiratest, nur weil du ein schlechtes Gewissen hast oder weil es den Kampf mit Hugo ein wenig leichter macht.«

Ashtons Augen schienen im Widerschein des Feuerscheins im Kamin von Darlingtons Bibliothek zu leuchten. Charles' Kehle schnürte sich zu, als er sprach.

»Mach dir keine Sorgen um mich. Ich mache mir mehr Sorgen darüber, dass ihr alle mit mir dieser Gefahr begegnen werdet. Ich wollte nie, dass so etwas passiert. Es ist meine Schuld.«

»Der Fehler liegt nicht bei dir, sondern bei Hugo. Jede Sünde fällt auf ihn zurück. Also, wegen Lily ...«

»Ich weiß, ich klinge wie ein Narr oder vielleicht wie ein Verrückter, aber ich glaube, ich liebe sie. Und ich nehme an, dass sie mich besser kennt, als jede andere Frau es je getan hat. Als Tom war sie ein Freund, ein Vertrauter. Ich habe mich nie vor ihr versteckt. Jetzt, wo ich sie so kennengelernt habe, wie sie wirklich ist, als Lily, finde ich das seltsam befreiend.« Er lächelte reumütig. »Weißt du, mit wie vielen Frauen ich im Laufe der Jahre zusammen war, mit den berühmten Kurtisanen, den verruchten Witwen, den leidenschaftlichen Jungfern? Keine von ihnen kannte mehr von mir als das Lächeln, das ich zu zeigen wünschte. Lily hat mich in meinen dunkelsten Stimmungen gesehen, hat mich in meinen Albträumen begleitet und mich nicht ein einziges Mal im Stich gelassen. Ich bin mir nach wie vor sicher, dass ich ihr am Herzen liege. Das muss doch etwas wert sein, oder?«

Wie sollte er in Worte fassen, wie Lily strahlte, wenn sie einen Raum betrat, wie ihm der Atem stockte und er sich kaum noch an seinen eigenen Namen erinnern konnte? Es war nicht nur so, dass er sich wünschte, es könnte mehr sein. Es *war* mehr. War *immer* mehr gewesen.

»Du bist dir also ganz sicher?«, fragte Ashton.

»Das bin ich.«

»Gut, dann werden wir Vorbereitungen für eine Hochzeit treffen, und du wirst die Rolle des verliebten Verlobten spielen.«

Zum ersten Mal seit gefühlten Stunden brachte er ein Lächeln zustande. »Das wird nicht schwer sein«, sagte Charles. Er würde Zeit mit Lily und Kat verbringen. Er würde dafür sorgen, dass sie in Sicherheit waren. Seine zukünftige Frau und sein zukünftiges Kind. Zu wissen, wie Katherine gezeugt worden war, machte das Kind nur noch wichtiger für ihn. Sie brauchte Liebe, Sicherheit und einen Vater, der ihr beides geben würde.

Und dieser Mann bin ich.

KAPITEL 21

Während der gesamten Kutschfahrt zurück zu Godrics Stadthaus zappelte Lily herum. Sie hatte gelernt, in den gefährlichsten Situationen die Nerven zu bewahren, und doch flatterten diese Nerven wild, sobald Charles in ihre Richtung blickte.

Hatte er wirklich vor, sie zu heiraten? Nach dem, was sie getan hatte? Es war Wahnsinn. Er würde doch nicht ... oder doch?

Als die Kutsche anhielt, half er ihr beim Aussteigen, seine Hände umfassten ihre Taille, so wie er es getan hatte, als sie in der Oper gewesen waren. Als ob alles normal wäre. Wie sehr sie sich wünschte, dass das wahr wäre. Sie kämpfte gegen einen Schauder an und sehnte sich danach, sich in seiner Wärme zu vergraben.

Godric wartete im Salon auf sie, ebenso wie Emily. Als sie Emilys Gesicht sah, wusste sie, dass Godric einen sicheren Weg gefunden hatte, ihr die Täuschung zu erklären. Lily erwartete eine Reihe von wütenden Reaktionen. Stattdessen kam Emily auf sie zu, umarmte sie fest und flüsterte ihr ins Ohr.

»Du bist viel mutiger, als ich dachte. Godric und ich werden dich und Kat mit unserem Leben beschützen.«

Lily begann zu protestieren, aber Emily legte einen Finger auf ihre Lippen, um sie zum Schweigen zu bringen.

»Es ist schon spät. Vielleicht sollten wir uns zurückziehen? Ich werde euch etwas zu essen aufs Zimmer schicken lassen. Charles, ich habe ein Schlafzimmer vorbereiten lassen, und ein Diener steht bereit, um dir bei Bedarf zu helfen.«

Charles nickte dankend, wünschte allen eine gute Nacht und ging nach oben.

Lily blieb noch eine Weile im Salon, auch nachdem Emily und Godric sich ins Bett zurückgezogen hatten, schaute aus dem Fenster und fragte sich, was wohl als nächstes kommen würde. Jedes Gefühl der Sicherheit, das sie in den letzten drei Jahren gehabt hatte, war eine Lüge gewesen. Sie hatte immer auf Messers Schneide gestanden, um Hugos Anweisungen zu befolgen und eine Entdeckung zu vermeiden. Sie befand sich in der gefährlichsten Situation, in der sie je gewesen war, und doch fühlte sie sich dabei seltsam ruhig. Komme, was wolle, der Weg, auf dem sie sich jetzt befand, versprach ein Ende.

Sie ging hinauf ins Kinderzimmer. Katherine schlief in dem großen Kinderbett, eingekuschelt zwischen mehreren dicken, weichen Decken, eine neue Puppe unter einem Arm. Liebe blühte in Lilys Brust auf, als sie sich vorbeugte und die Locken aus dem Gesicht ihrer Tochter strich. Sie hörte Schritte hinter sich und erkannte die Schuhe, die sie machten. Sie hatte sie oft genug poliert.

»Ich verstehe jetzt«, sagte Charles.

Sie stand auf und sah immer noch auf Kats schlafendes Gesicht hinunter. »Was verstehst du?«

Er setzte sich zu ihr an den Rand des Kinderbettes. »Eine Zeit lang dachte ich, dass sie vielleicht meine Tochter sein könnte. Dass ich vielleicht mit deiner - ich meine, Toms - Mutter geschlafen haben könnte?«

Lily lächelte und widerstand dem Drang, einen Witz über die Wahrscheinlichkeit eines solchen Ereignisses zu machen.

»Sie kam mir so bekannt vor, aber jetzt sehe ich, dass es Hugo ist, den ich in ihren Gesichtszügen wiedererkannt habe.«

Lily versteifte sich. »Stört dich das?«, fragte sie und schob sich ein wenig zwischen ihn und Katherine.

Er seufzte und beugte sich hinunter, um mit den Fingerrücken über Kats Wangen zu streichen. Das Baby rührte sich, wachte aber nicht auf.

»Sie mag seine Gesichtszüge teilen, aber im Inneren sehe ich nur das Herz ihrer Mutter.« Charles‘ Blick wanderte zu Lily. Seine Augen wanderten sinnlich über sie. Ihr Puls beschleunigte sich. Sie hätte ihre Reaktion auf ihn zügeln müssen. Dies war nicht der richtige Zeitpunkt für solche Dinge, aber die berauschende, schwere Wärme dieses Verlangens durchströmte sie dennoch und betäubte ihre Gedanken und Sinne.

Er griff nach oben und umfasste ihren Nacken, seine warmen Finger legten sich auf ihre Haut. »Wenn ich der einzige bin, der hier Liebe im Herzen trägt, musst du es mir sagen, Lily. Das ändert nichts an dem Schwur, den ich dir und deinem Kind gegeben habe.«

Sie schluckte und fühlte sich schwindlig, als die Welt aus der Achse zu kippen schien.

»Du bist nicht der Einzige«, sagte Lily. »Ich bin mir ganz sicher, dass ich dich vom ersten Augenblick an geliebt habe, so töricht und gefährlich es auch war, das zu tun.« Sie legte eine Hand auf seine Brust und spürte die Seide seiner Weste unter ihren Fingerspitzen. Er hob ihre andere Hand an seine Lippen und küsste die Schwielen auf ihrer Handfläche unter dem Ansatz jedes Fingers. Wie konnte er ihr mit einer so einfachen Handlung das Gefühl geben, geschätzt zu sein?

»Du hast so hart gearbeitet, nicht wahr?«, murmelte er mit Mitleid und Mitgefühl in seiner Stimme.

Sie zog ihre Hand weg. »Ich habe getan, was ich tun musste. Ich will dein Mitleid nicht.«

»Was willst du dann?«, fragte er, und seine grauen Augen funkelten silbern.

Was wollte sie? Sie wollte schlafen, ohne ein Messer unter ihrem Kopfkissen zu haben. Sie wollte, dass Katherine aufwachsen und ein Glück erfahren durfte, von dem sie befürchtete, dass sie es selbst nie haben würde. Sie wollte, dass das alles vorbei war. Doch als Charles' Hände auf ihre Schultern wanderten, wünschte sie sich eines mehr als all das zusammen.

»Dich.« Sie warf sich gegen ihn und küsste ihn, und er erwiderte ihren Kuss. Trotz des gefährlichen Funkelns in seinen Augen wusste sie, dass er ihr niemals wehtun würde, nicht so wie Hugo. Es war nur Vergnügen, rein und stark, so zeitlos und unendlich wie der Mond, der die Gezeiten anzieht. Die maskuline Energie, die von ihm ausging, war ein Trost, eine Verlockung, keine Bedrohung. In ihrem Unterleib kribbelte es, als sie sich tiefer in den Kuss hineinlehnte. Plötzlich beugte er sich vor und hob sie in seine Arme, um sie zu tragen.

»Welches ist dein Zimmer?«

»Das links vom Kinderzimmer.«

Er trug sie in ihr Schlafgemach und setzte sie mit unendlicher Sanftheit ab, bevor er die Tür schloss. Im Kamin brannte ein Feuer, und auf einem Teller stand ein Tablett mit Käse und Obst, aber Lily war nicht hungrig. Charles kam zurück und stellte sich vor sie, um ihr Gesicht in seine Hände zu nehmen. Ihre Blicke trafen sich, stürmisches Grau traf auf stürmisches Blau.

»Eins musst du wissen. Ich werde aufhören, wenn du es mir sagst«, sagte Charles. »Ich will nicht ... ich will nicht, dass du dich vor irgendetwas fürchtest, was in diesem Bett zwischen uns passiert.«

Sie ergriff seine Handgelenke und drückte sie leicht zusammen. »Es ist alles in Ordnung. Ich vertraue dir. Das habe ich immer getan.«

»Wir werden es langsam angehen«, schwor er, während er zu ihren Füßen kniete.

Sie konnte sich ein Lachen nicht verkneifen. »Du, langsam? Warum fällt es mir schwer, das zu glauben?« Sie hatte genug von seinem romantischen Lebensstil gesehen und gehört, um zu wissen, dass er schnelle und wilde Liebesspiele bevorzugte.

Er sah zu ihr auf, als er ihr einen ihrer dunkelroten Pantoffeln vom Fuß schob. Sein selbstsicheres Grinsen ließ ihren Magen noch heftiger flattern.

»Ich kann mit *unendlicher* Langsamkeit Liebe machen, wenn ich es will«, versicherte er ihr. »Ich genieße jeden Zentimeter Haut, den ich freilege.« Er nahm ihren anderen Pantoffel in die Hand und begann, ihre Füße zu massieren - die Fußgewölbe, die Knöchel, sogar die Ballen ihrer mit Strümpfen bedeckten Füße - und es fühlte sich himmlisch an. Sie stöhnte vor Vergnügen, als sie sich auf das Bett zurückfallen ließ und sich auf ihre Ellbogen stützte. Er löste die Bänder über ihren Knien und rollte langsam ihre Strümpfe herunter, wobei er die schlichte Seide betrachtete.

»Wenn wir verheiratet sind, werde ich alle deine Strümpfe mit Lilien besticken lassen.«

Sie versuchte, nicht an die Zukunft zu denken, die sie miteinander teilen könnten. Es würde zu sehr wehtun, wenn es erst Wirklichkeit und ihr dann entrissen würde.

»Würdest du Lilien auf deiner Weste tragen?« Sie versuchte halb zu necken, halb sich abzulenken, als er ihre Haut entblößte und ihre Strümpfe zu Boden fallen ließ.

»Ich würde sie mir wie ein Seemann auf den Körper tätowieren, wenn du willst.« Er war so ernst, als er dies sagte, dass es ihr die Kehle zuschnürte, als eine Flut widersprüchlicher Gefühle in ihr um die Kontrolle kämpfte.

Charles ließ seine Handflächen über ihre Waden gleiten und spielte leise Melodien auf ihrer Haut, während er sie erforschte, dann schob er ihre Röcke über ihre Oberschenkel, während er aufstand. Er nahm ihr Gesicht in seine Hände und beugte sich vor, um sie zu küssen. Feuer strömte von seinem Körper zu ihrem, und sie seufzte angesichts der exquisiten Perfektion seines Kusses - hart, dann weich, dann spielerisch, dann forschend. Es war, als wolle er ein Leben voller verpasster Gelegenheiten nachholen. Seine Leidenschaften machten sie zum einzigen Mittelpunkt seiner Aufmerksamkeit, und sie wusste, dass sie in diesem Leben nie genug davon haben würde.

Sie versuchte, ihre Beine um seine Hüften zu schlingen, aber er wich zurück, zog sie auf die Füße und versuchte, sie so zu drehen, dass sie mit dem Rücken zu ihm stand. Da verstand sie, was er vorhatte, wie er sie nehmen wollte, und wandte sich von ihm ab. Ihr Herz begann zu rasen, und Angst und Verlangen trafen aufeinander. Sie war schon einmal auf diese Weise verletzt worden, aber wenn er es wollte, würde sie es versuchen. Sie würde alles versuchen.

Sie begann, ihre Röcke hochzuheben. »Du willst ...?«

»Was? Nein, Liebes, bitte.« Er schob ihre Röcke wieder hinunter und schlang seine Arme um ihre Taille, hielt sich an ihr fest, sein Körper strahlte Wärme aus wie ihre eigene private Sonne. Er küsste ihren Hals, bis sich ihr Puls beruhigte und ihre Atmung sich wieder stabilisierte. Er ließ sie langsam los, und seine Hände begannen, den Rücken ihres Kleides aufzuschnüren.

Ein Anflug von Verlegenheit erfüllte sie. Es war dumm von ihr gewesen, anzunehmen, dass er sie auf diese Weise nehmen wollte. Er wollte ihr lediglich das Kleid ausziehen. Als er die Schnürung des Kleides gelöst hatte, sank es in einer Stofflache zu ihren Füßen zusammen.

»Immer noch bei mir?«, flüsterte er, bevor er sie auf die Wange küsste.

»J-ja.« Sie legte ihre Handflächen auf das Bett, um sich zu beruhigen, als er ihre Strümpfe löste und sie ebenfalls abstreifte. Sie trug nur noch ein Unterhemd, und irgendwie fühlte sie sich verletzlicher als je zuvor in ihrem Leben. Sie drehte sich in seinen Armen, um ihn anzusehen, und konnte nicht aufhören zu zittern.

»Du hast Angst.«

Wie könnte sie die auch nicht haben? Was sie in der Kutsche auf dem Weg zur Oper geteilt hatten, war wunderbar gewesen, aber es war nur sein Finger gewesen, nicht ... der Rest von ihm. Sie wollte nicht, dass diese Nacht eine Nacht des Schmerzes sein würde, nicht mit ihm.

»Die habe ich«, gab sie zu, »aber nicht vor dir. Es ist nur so, dass ich immer nur ...« Ihr Gesicht erhitzte sich. »Es tat damals weh. Der Schmerz hat mich tagelang begleitet.«

Charles schlang seine Arme um sie und drückte sie in einer heftigen Umarmung fest an sich.

»Ich wünschte ...« Seine geflüsterte Stimme war rau vor Emotionen. »Ich wünschte, er hätte dir nie wehgetan, dich nie angefasst. Ich kann nur versprechen, dass es mit mir nicht so sein wird.«

Lily konnte an seiner Berührung spüren und an seiner Stimme hören, dass es hier nicht um Besitz ging. Er sprach aus dem Wunsch heraus, ihre Sorgen zu lindern, sie zu beschützen, für sie zu sorgen. Ein wahrer Liebhaber würde einer Frau niemals wehtun, und Charles, so vermutete sie, war vielleicht der beste Liebhaber, den eine Frau je haben konnte.

»Ich *will* dich, und dieser Wunsch ist stärker als jede

Angst.« Sie knabberte an seinem Hals, gab ihm einen sanften Kuss auf die Krawatte und begann, das Halstuch zu lösen. Sie hatte das schon viele Male für ihn getan, und jedes Mal hatte es ihren Körper erglühen lassen. Er ließ sie das Halstuch abstreifen und hielt still, ein Lächeln auf den Lippen.

»Ich vergaß. Du hast mich oft ausgezogen.«

»Das habe ich.« Sie wusste, dass sie rot wurde, aber sie konnte es nicht verhindern. »Und all die Male, die du gebadet hast und ...«

Diesmal war er es, der errötete. »Lieber Gott, ich habe dich erst vor ein paar Nächten meine Schultern massieren lassen.«

»Das hat mir nichts ausgemacht. Aber es hat mich immer so nervös gemacht. Ich war mir sicher, du würdest das Verlangen in meinen Augen sehen, es in meiner Berührung spüren«, gab sie zu. Charles ließ sie seine Weste aufknöpfen, und ihre Finger zitterten ein wenig an den perlmuttfarbenen Silberknöpfen.

Er griff nach oben und grub seine Finger in ihr Haar. »Wie hast du all diese goldenen Locken vor mir versteckt? Ich habe dich oft genug mit kurz geschnittenem Haar gesehen.«

Sie biss sich auf die Lippe, um ein Lächeln zu verbergen. »Willst du wirklich darüber diskutieren, wie ich mich vor dir als Junge ausgegeben habe? Jetzt?«

Charles gluckste. »Ich fürchte, meine Neugierde hat mich übermannt.«

»Perücken und hundert Haarnadeln«, gestand Lily. »Ich hatte Kopfschmerzen. Ich hatte überlegt, mir die Haare abzuschneiden, aber Hugo wollte, dass ich meine Haare für andere Anlässe lang behalte.«

Charles fuhr mit den Fingern durch ihr Haar und entfernte vorsichtig die Nadeln, während sie seine Weste aufknöpfte. »Das freut mich. Dein Haar ist einzigartig.« Er entledigte sich seiner Weste und hob dann sein weißes Leinenhemd über seinen Kopf.

»Ich muss dich noch einmal küssen«, warnte er mit einem neckischen Funkeln in den Augen.

Sie lächelte zu ihm hoch. »Ich werde nichts dagegen haben.«

Charles küsste alle Zweifel und Ängste weg und hinterließ nur Zärtlichkeit, Wärme und Licht in seinem Gefolge. Er unterbrach den Kuss, um an ihrer Unterlippe zu knabbern, und das leichte Stechen seines Bisses durchflutete sie mit Wärme zwischen ihren Schenkeln. Sie klammerte sich an seine nackten Schultern und spürte, wie sich seine straffen Muskeln unter ihren Händen bewegten, als er sie näher heranzog.

Er strich mit seinen Händen über ihren Rücken, dann über ihren Hintern, umfasste ihren Po durch das Hemd hindurch, hob sie hoch und setzte sie wieder auf das Bett. Als er den Kuss dieses Mal unterbrach, zog er seine Stiefel und Strümpfe aus. Seine Hände hielten an seiner Hose inne, und er sah sie an.

»Mach schon«, neckte sie und lächelte, als er sie abstreifte. Sie hatte ihn als Tom mehr als einmal nackt gesehen und wusste, wie gut ausgestattet er war. Wie oft hatte sie früher ihre Gefühle zurückhalten müssen, und jetzt musste sie das nicht mehr. Sie brannte bereits vor Sehnsucht.

»Leg dich zurück«, flüsterte er. Sie rutschte zurück auf das Bett und kroch unter die Laken. Er gesellte sich zu ihr, und sie begann, ihr Unterhemd auszuziehen. Er half ihr, es über ihren Kopf zu streifen, und zog sie dann in seine Arme. Ihre nackten Körper pressten sich zum ersten Mal aneinander, Haut an Haut, und nichts, nicht einmal Geheimnisse, standen zwischen ihnen.

Die feinen Haare auf seiner Brust kitzelten ihre Brüste, und sie schmiegte sich enger an ihn. Ihre Beine verschränkten sich, und er strich mit einer Hand langsam von ihrer Schulter hinunter zu ihrer Wade, bevor er ihr Bein um seine Hüfte zog. Er lag in der Wiege ihrer Schenkel, während er ihren Körper mit seinem bedeckte.

»Ich möchte jeden Zentimeter von dir erforschen.« Sein Mund wanderte zu ihrer Kehle hinunter. Er hielt inne und küsste ihr Schlüsselbein, dann bewegte er sich zu ihren Brüsten. Hitze durchströmte sie, als er eine Brustwarze zwischen seinen Lippen saugte. Sie konnte das Stöhnen nicht unterdrücken, das ihren Lippen entwich, als er sanft daran zupfte. Ihr Kopf flog zurück, als er ihre andere Brust umfasste und knetete. Licht blitzte hinter ihren geschlossenen Augenlidern auf, als sich die Lust langsam und köstlich in ihr aufbaute. Sein Mund und seine Hände wanderten aggressiver über sie, aber nur gerade so viel, dass sie sich zu winden begann und keuchte. Sie hatte sich immer nach größeren Brüsten gesehnt, als ob diese irgendwie ihre Körpergröße ausgleichen würden, aber Charles schien von den Brüsten, die sie besaß, hingerissen zu sein, und ausnahmsweise schämte sie sich nicht für ihre Figur.

»Du bist exquisit«, sagte er, während er ihre empfindlichen Brüste liebkoste. »Als ob du nur für mich gemacht wärst.« Sein Daumen ruhte auf einer verhärteten Spitze, bevor er mit der Zunge darüber schnippte.

Lily wimmerte. »Bitte, hör auf, mich zu necken.« Sie krallte ihre Hände in sein Haar und zog daran. Mit einem letzten spielerischen Lecken glitt er ihren Körper hinunter zu ihren Schenkeln. Sie versuchte, ihre Beine zu schließen, weil es ihr peinlich war, dass er die Spuren auf ihrer Haut sehen würde, die die Geburt eines Kindes hinterlassen hatte.

»Bitte, ich weiß, ich bin nicht ...« Sie brach ab, Scham erstickte die Worte.

»Jedes Zeichen an deinem Körper definiert dich, Lily«, flüsterte er. »Es spricht von deinem Mut, deiner Stärke und deiner Liebe. Die Mutterschaft hat dich nur noch schöner gemacht. Ich habe mich immer nach jemandem gesehnt, der mich genauso akzeptiert wie ich sie.«

Charles' süße Worte brachten sie fast um. »Aber du hast keine Narben.« Er hatte nur eine Narbe entlang seines Kinns, aber die war alt und kaum sichtbar. Sie hatte die maskuline, muskulöse Perfektion seines Körpers schon so oft gesehen, dass sie sich daran erinnert hätte, wenn er noch andere gehabt hätte.

»Sie sind im Inneren«, sagte er, und seine grauen Augen zeigten einen Hauch von Trauer. Er knabberte an der Innenseite ihres Oberschenkels, und sie verkrampfte sich, als sein Mund sich ihrer Mitte näherte.

»Was machst du ...?«

»Beruhige dich, Liebes«, sagte er sanft, als sich sein Mund auf ihrer Mitte niederließ. Die sanfte Hitze seines Mundes und seiner Zunge, die sie erforschten, verzehrten sie in einer Flut von flüssigem Feuer. Seine Zunge liebkoste ihre Falten, suchte und eroberte sie. Sie fühlte sich wie im Himmel und konnte doch nicht still liegen. Sie zappelte und keuchte bei jeder zarten Bewegung seiner Zunge. Noch nie war ein Mann so zwischen ihren Schenkeln gewesen, und sie verherrlichte schamlos die Ekstase dieses Augenblicks. Er hielt sie in der süßen Folter seines Mundes gefangen, und die kühnen Schläge seiner Zunge brachten sie in Wallung. Ihr Bedürfnis nach ihm war dringender denn je.

»Charles ... Ich brauche dich ... in mir, bitte.«

Seine Antwort bestand darin, dass er seinen Mund an der kleinen Perle festsaugte, die zwischen ihren Falten hervorlugte, während er zwei Finger sanft in ihren Kanal schob.

Sie schrie auf bei den Empfindungen, die sie überwältigten. Es passierte so viel zu schnell. Das war zu viel. Zu gut.

Er bewegte sich an ihrem Körper hinauf, und sie spreizte ihre Schenkel, spürte sein Gewicht auf ihr, während sein

Schaft an ihren Eingang stieß. Ermutigt durch ihr eigenes rücksichtsloses Verlangen, hob sie ihre Hüften, als er seinen Schaft in sie einführte. Er reizte ihre Falten, benetzte sich mit ihrer Nässe, und sie errötete wild, ihr Schoß pochte in Erwartung. Dann drückte er langsam hinein, seine Länge war hart, als er in den erhitzten Kern ihres Körpers eindrang. Sie spürte einen leichten Schmerz, als sein dicker und langer Schaft tiefer in sie eindrang. Ihre Beine zitterten, als sie versuchte, sich zu entspannen, aber es war, als würde er sie aufspießen.

»Du fühlst dich himmlisch an.«

Der Anblick seines Gesichts voller Zuneigung und Verlangen steigerte ihre eigene Erregung, und sie entspannte sich und ließ ihn ganz in sich einsinken. »Du auch.« Sie hatte solche Angst davor gehabt, dass es wehtun würde, dass es so sein würde wie damals, aber es war nichts dergleichen. Sie fühlte sich mit Charles auf die intimste Art und Weise verbunden.

»Sag mir, wenn ich dir wehtu.« Er beugte sich herunter und legte seine Arme auf beide Seiten ihres Kopfes.

Ausnahmsweise gefiel ihr, dass sie größer war als die meisten Frauen. Ihre Lippen waren auf gleicher Höhe mit seinen, und sie konnte ihn küssen, während er sie sanft ritt. Als sich ihre Blicke trafen, wurde sie von der Vitalität und der sinnlichen Dominanz seines Blicks verschlungen, als er seinen Mund auf den ihren senkte.

Als er sie dieses Mal küsste, fühlte es sich anders an. Tiefer, vereinigender, als wolle er sich mit ihr zu einem Wesen verschmelzen. Liebe, Hoffnung und Sehnsucht summten in ihr wie ein Akkord, der auf einer Harfe gezupft wurde, und dessen harmonische Töne noch lange nachklangen, nachdem sie angeschlagen worden waren. Sie hatte sich noch nie so im Einklang mit einer anderen Seele gefühlt, als ob sie ihren Atem und den Schlag ihres Herzens mit dem seinen in Einklang bringen könnte.

Sie erwiderte den Kuss und versuchte, ihm mit ihren Lippen zu sagen, wovor sie zu viel Angst hatte, um es in Worte zu fassen.

Ich liebe dich. Ich liebe dich so sehr, dass ich mir ein Leben ohne dich nicht vorstellen kann.

Sie teilten einen Seufzer des Vergnügens, als sie die starken Sehnen in seinem Nacken streichelte und in süßer Agonie keuchte, als er wieder und wieder in sie eindrang. Die Reibung ihrer Verbindung durchdrang jeden Nerv, und sie verstand endlich, was sie verpasst hatte, als sie ihre Unschuld verloren hatte. *So* sollte das Liebesspiel wirklich sein. Der exquisite Rausch der körperlichen Freude, der sie durchströmte, war magisch. Und er trieb sie immer höher und höher, wie der Turm von Babel, bis er schließlich in den Himmel ragte ...

Als sie zum Höhepunkt kam, stürzte sie in eine unvorstellbare Lust. Ihre Seele zerbrach und formte sich neu. Er beschleunigte seine Stöße und flüsterte ihren Namen wie ein Gebet. Und dann brach er über ihr zusammen. Sie genoss den Anblick seiner Augen, die Art, wie er nichts vor ihr verbarg. Es war so schön - *er* war so schön -, dass es sie überwältigte. Ein Schluchzen entwich ihren Lippen.

»Lily. Das tut mir sehr leid. Was habe ich getan?« Er strich mit den Daumenkuppen über ihre tränennassen Wangen. »Bitte nicht weinen«, flüsterte er. »Ich kann alles ertragen, außer deinen Tränen.«

Sie schniefte, konnte nicht aufhören, vergrub ihr Gesicht in seinem Nacken und klammerte sich an ihn. Er verstand nicht. Zum ersten Mal seit Jahren fühlte sie sich frei. Sie beruhigte sich, und ihr Atem stockte nur leicht, als sie ihren festen Griff um seine Schultern losließ.

Er küsste ihre Schläfe. »Es tut mir so leid.«

»Nein!« Sie umfasste sein Gesicht und schenkte ihm ein wässriges Lächeln. »Ich wollte dich nicht verärgern. Ich bin glücklich. Ich fühle mich ... Ich fühle mich *frei*.« Vielleicht nicht frei von Hugos Umklammerung, aber frei von dem Schmerz und der Angst, die er ihr mitgegeben hatte. Charles hatte ihr einen Weg aus der Dunkelheit in das Licht gezeigt.

»Ich habe dir nicht wehgetan?«

»Nein«, versprach sie. »Du hast mir gezeigt, wie es beim ersten Mal hätte sein sollen.«

Sein Kiefer verkrampfte sich, und sie sah ein Aufblitzen von Wut in seinen Augen. »Sein Verbrechen wird nicht ungestraft bleiben.« Seine geknurrte Drohung war trotz ihrer Gewalttätigkeit auf seltsame Weise liebenswert. Doch die Worte beunruhigten sie auch.

»Du darfst dich nicht von deiner Wut beherrschen lassen«, warnte sie.

Lily strich ihm eine Haarsträhne aus den Augen. Er drehte sein Gesicht zu ihrer Hand, damit er ihre Handfläche küssen konnte.

»Es tut mir leid. Du hast Recht. Zorn hat hier keinen Platz. Ich verspreche dir, dass ich dich von nun an nur noch verwöhnen werde.« Er streichelte ihre Nase, bevor er ihr einen Kuss gab. Er bewegte sich, als wolle er sich von ihr herunterrollen, und sie schlang ihre Beine fester um seine Taille.

»Bitte nicht bewegen. Ich mag das Gefühl, wenn du auf mir liegst.«

»Ich bin nicht zu schwer?«, fragte er.

»Nein, du bist perfekt. Ich möchte einfach so bleiben ...« Sie gähnte. »... wie jetzt.« Trotz ihrer besten Absichten, wach zu bleiben, sank sie in einen seligen Schlaf, ihr Körper noch immer um ihren zarten Schurken gewickelt.

Charles war ein toter Mann.

Eine Nacht im Bett mit Lily hatte ihn an die Himmelspforte geschickt, denn es konnte auf der ganzen Erde keinen Ort geben, der so perfekt war. Er sah zu, wie sie einschlief, und zählte die Tränen, die noch an ihren Wimpern hingen. Tränen der Freude. Das hatte er getan. Bei allem Vergnügen, das er den Frauen im Laufe der Jahre bereitet hatte, so war es nie gewesen.

Aber er hatte sie nicht befreit, wie sie behauptete - sie war diejenige, die ihn befreit hatte. Sie hatte ihn von der schweren Last eines gebrochenen und einsamen Herzens befreit. Jetzt fühlte er sich, als hätte man ihm Flügel zum Fliegen gegeben. Er hatte nie geglaubt, dass es möglich war, sich so zu fühlen.

Er sah auf Lily hinab, seinen schönen, tapferen Engel. Sie würde nie erfahren, was für ein Geschenk sie für ihn war. Jeder Atemzug, jeder Blick, jedes Lächeln wurde ihm zum Verhängnis. Sie brach ihn auseinander und schmiedete ihn zu etwas, das unendlich viel mehr war als zuvor. Alles war möglich. Alles, solange er sie in seinen Armen hatte.

Er rollte ihre Körper auf die Seite und drückte sie dicht an seine Brust, um ihren weichen, weiblichen Duft einzuatmen. Es war ein Geruch, von dem ihm jetzt klar wurde, dass er ihn hätte erkennen müssen, denn es war ihrer, es war immer ihrer gewesen, auch als sie als Tom verkleidet durch sein Haus gehuscht war.

»Liebst du mich so, wie ich dich liebe?«, flüsterte er und strich ihr das Haar aus dem schlafenden Gesicht. Er wusste, dass sie ihn im Land der Träume unmöglich hören konnte, doch ihre Lippen verzogen sich zu einem Lächeln, das seinen Puls in die Höhe trieb und eine wilde Freude durch ihn hindurchflattern ließ.

»Ich hoffe es, denn du bist jetzt mein Herz. Ich lebe und atme nur für dich.« Er küsste sie auf die Lippen und schloss die Augen. Er fühlte sich, als wäre er sein ganzes Leben lang ein Träumer im Halbschlaf gewesen, und jetzt war er wirklich lebendig, denn er hatte endlich seine andere Hälfte gefunden. Endlich verstand er, welche Macht die Liebe im Herzen eines Menschen ausübte.

Sein Vater hatte Recht gehabt. Die Liebe war stärker als der Hass. Die Liebe war alles.

KAPITEL 22

Charles schlüpfte am frühen Morgen aus dem Bett. Nachdem er sich angezogen hatte, schlich er zum Kinderzimmer. Katherine war wach und wurde von Emilys Kindermädchen versorgt.

Ds Kindermädchen machte einen Knicks. »Guten Morgen, Mylord.«

Kat rannte auf ihn zu, und er nahm sie in die Arme. »Unca Charles!«

»Ich werde bald dein Papa sein. Würde dir das gefallen?«

Sie musterte ihn, legte dann eine kleine Hand auf sein Kinn und nickte. »Papa Charles?«

»Das stimmt.« Er drückte ihr einen Kuss auf die Stirn und presste sie an sich. Sein Herz drohte zu zerspringen, als sie ihre Arme um seinen Hals schlang und sich an ihn schmiegte.

»Ich muss jetzt nach unten gehen, aber du bleibst hier und spielst mit deinem Kindermädchen, ja?«

Die Augen des Kindermädchens leuchteten auf, und sie lächelte. »Was für ein glückliches Kind du bist, Katherine, dass du bald einen so wunderbaren Papa hast.« Sie führte

Katherine zurück zu ihrem Spielzeugstapel am Feuer, während Charles sich verabschiedete.

Er hielt in der Tür inne und beobachtete seine zukünftige Tochter. Es spielte keine Rolle, dass sie von Geburt her Hugos Tochter war; sie würde in jeder Hinsicht zu Charles gehören.

Als er die Haupttreppe hinunterkam, erwartete er, das Haus größtenteils leer vorzufinden, da alle nach ihrem späten und stressigen Abend noch schliefen. Dies war nicht der Fall.

»Ich hätte nicht erwartet, dich so früh auf den Beinen zu sehen«, sagte Godric, als er sein Arbeitszimmer verließ. »Frühstück?«

»Nun gut, aber dann muss ich gehen. Heute gibt es viel zu tun.« Charles folgte Godric in den Speisesaal. Auf der Anrichte standen die Wärmeplatten, die nach und nach aus der Küche gebracht wurden. Während sie schweigend aßen, beobachtete Godric ihn.

»Keine Albträume letzte Nacht?«, fragte er schließlich. Die Frage war beiläufig formuliert, aber sie wussten beide, was sie bedeutete. Albträume von jener Nacht im Fluss Cam suchten ihn viel zu oft heim. Letzte Nacht war er eingeschlafen und hatte sich nicht ein einziges Mal gerührt.

»Nein, es war friedlich.«

»Gut. Ich habe mir Sorgen gemacht.«

»Sie gibt mir Frieden, Godric. Ich verstehe es nicht ganz, aber ich werde es ganz sicher nicht in Frage stellen.«

Godrics grüne Augen funkelten amüsiert. »Du warst immer davon überzeugt, dass die Liebe die Liga zerstören würde, dass sie uns schwächen würde. Ich hoffe, du siehst jetzt ein, dass das nicht stimmt?«

Charles nippte an seinem Tee und nickte, ein reumütiges Lächeln auf den Lippen. »Und ich bin sicher, dass ihr mir das auch ewig vorhalten werdet. Aber was wäre, wenn ich nie jemanden gefunden hätte, der für mich das ist, was Emily für dich ist? Wenn ich allein sie nie gefunden hätte, ihrer nicht würdig gewesen wäre. Ich glaube nicht, dass ich das hätte ertragen können.«

»Aber jetzt hast du sie, und alles wird gut werden.«

»Das ist meine Hoffnung.« Sie warfen sich einen wissenden Blick zu, als Charles vom Tisch aufstand. »Ich muss nach Hause zurückkehren und Vorbereitungen für die Hochzeit treffen.« Er blickte zur Decke und spürte, wie sich ein Gefühl der Angst in den Ecken seines Geistes breitmachte. »Und du wirst meine Damen beschützen?«

»Mit meinem Leben«, schwor Godric.

»Danke.« Seine Kehle fühlte sich immer eng an, wenn seine Freunde ihm gegenüber solche Loyalität und Freundschaft zeigten. Er konnte die Sicherheit von Lily und Kat niemandem besser anvertrauen.

Ein Lakai brachte ihm seinen Hut und seinen Mantel, als er das Haus verließ. Es war schwer, den Lakaien nicht zu beobachten und sich zu fragen, ob dieser Mann in Hugos Diensten stand. Woher sollte er wissen, welchen Dienern er vertrauen konnte? Wie sah es in seinem eigenen Haushalt aus? Könnte ein anderer für Hugo arbeiten, von dem Lily nichts wusste? Davis hatte beim Militär gedient. Was wäre, wenn ...? Er unterdrückte ein Schaudern, als er zu seiner Kutsche eilte.

Zu Hause angekommen, fand er Graham beim Frühstück vor. Seine blauen Flecken hatten sich hässlich schwarz verfärbt, und seine Arme bewegten sich steif, während er Butter auf ein Stück Toast strich.

»Wie geht es dir heute?«, fragte Charles. »Wie geht es Phillip?«

»Er lebt noch, Gott sei Dank, aber er ist so ... gebrochen. Nicht nur sein Körper, sondern auch sein Geist. Er ist noch nicht einmal aufgewacht, außer ein- oder zweimal, um ein wenig Wasser und Brühe zu trinken. Ich mache mir Sorgen,

Charles. Phillip und ich sind Freunde, seit wir Jungs waren. Was, wenn er nicht ...« Graham ließ seinen Toast auf den Teller fallen und schob ihn beiseite, da ihm der Appetit eindeutig vergangen war.

Charles ging hinüber und legte eine Hand auf Grahams Schulter. »Er wird sich erholen. Er ist ein starker Mann, genau wie du.«

»Stark? Ich wage zu behaupten, dass ich es nicht bin. Wäre ich das gewesen, läge er jetzt nicht bettlägerig im Obergeschoss.«

»Mach dir keine Vorwürfe«, sagte Charles. »Ich weiß, gegen welche Art von Männern er gekämpft hat. Sie sind stark, aber sie haben keine Ehre. Ihr beide wart in dem Moment verdammt, als Phillip das Kartenspiel verlor. Ich vermute, Sheffield hat ihnen gesagt, sie sollen ihn brechen. Und dich.«

»Vielleicht, aber das erleichtert meine Schuld nicht.« Graham bedeckte sein Gesicht mit den Händen.

Charles wandte den Blick ab, da er nicht in den Kummer seines Bruders eindringen wollte. Als der Moment vorüber war, fasste er Graham fest an die Schulter und beugte sich dann hinunter, um ihm leise ins Ohr zu flüstern. »Du musst jetzt stark sein, Bruder. Der verantwortliche Mann wird mich bald holen kommen. Du musst eine Ausrede finden, um Ella und Mutter nach Schottland zu bringen, und zwar so weit wie möglich in einer Woche. Die Schwager von Ashton sind dort. Sie werden euch aufnehmen. Hoffentlich werden die Straßen befahrbar sein. Aber ihr müsst euch ruhig verhalten, so tun, als wäre es ein Ausflug, um die Sehenswürdigkeiten zu besichtigen. Verstehst du mich?«

»Aber ...«, begann Graham, doch Charles hielt ihm einen Finger an die Lippen.

»Pssst. Die Wände haben Ohren.« Er tat so, als würde er nach einem Teller mit Essen neben Graham greifen.

»Schottland?«, flüsterte Graham zurück.

»Ja. Es wird bald eine Hochzeit geben. Danach müsst ihr bald aufbrechen.«

Graham griff nach seiner Tasse Tee. »Eine Hochzeit? Wessen?«

Charles wartete, bis er einen tiefen Schluck genommen hatte. »Meine natürlich.«

Der Tee schoss über den ganzen Tisch. »*Deine?*«

»Ja. Gratuliere mir, Bruder.« Charles sprach jetzt mit normaler Stimme.

»Großer Gott, die Welt muss untergehen. Ist das die Frau, die Mutter gestern Abend in der Oper kennenlernen wollte?«

»Ja, Mrs. Lily Wycliff. Sie ist eine Witwe, die früher mit einem Cousin der Herzogin von Essex verheiratet war. Wie hast du überhaupt von der Oper erfahren?«

»Ella kam gestern Abend vorbei. Sie sagte, Mrs. Wycliff sah umwerfend aus und sei sehr gutmütig.«

Charles grinste. »Sie ist sicherlich die schönste Frau, die die Welt je gesehen hat. Sie stellt Helena von Troja in den Schatten.« Sie hatte sogar die sprichwörtlichen tausend Schiffe in den Krieg geschickt, so wie Helen es einst getan hatte.

Graham stand auf und reichte seinem Bruder die Hand. »Ich hätte nie gedacht, dass ich diesen Tag erleben würde, aber ich freue mich wirklich für dich.«

»Würdest du ...«, Charles schluckte schwer. »Würdest du mein Trauzeuge sein?«

Graham war verblüfft, seine Lippen öffneten sich, und er zögerte. »Willst du mich neben dir haben?«

»Du bist mein Bruder«, sagte Charles. »Es gibt keinen würdigeren Platz für dich als an meiner Seite.«

Grahams Lächeln wurde schwächer, als er den Blick abwandte. »Es tut mir leid, ich kann nicht.«

Charles' Herz setzte aus. »Warum nicht?«

»Ich war dir kein richtiger Bruder. Es ist zu viel Zeit vergangen, als dass ich diesen Platz so einfach einnehmen könnte. Ich wünsche mir, dass sich die Dinge zwischen uns bessern, aber ich muss darauf bestehen, dass stattdessen einer deiner Freunde dabei ist. Sie waren für dich da, als ich es nicht war.«

Charles klopfte seinem Bruder auf die Schulter. »Ich wette, es gibt genug Platz für euch alle. Betrachte es nicht als Spiegelbild der Vergangenheit zwischen uns, sondern als Versprechen für die Zukunft. Bitte sag, dass du an meiner Seite stehen wirst.«

Graham umarmte Charles. »Ich nehme die Ehre gerne an.« Charles lächelte und spürte wieder diese Quelle der Hoffnung in sich. Die Begegnung mit Lily hatte alles in seinem Leben zum Besseren verändert. Nun, fast alles. »Vergiss nicht, nach der Hochzeit musst du Mutter und Ella nach Norden bringen.«

Graham nickte, als er Charles losließ. »Verstanden.«

»Jetzt muss ich mich mit Ashton treffen, um eine Sondergenehmigung von der Doctors' Commons zu erhalten. Wir sehen uns später am Abend.«

Charles kehrte in sein Zimmer zurück und ließ Davis einen Satz frischer Kleider bereitlegen. Nachdem er sich gebadet und angezogen hatte, ging er zu Ashtons Haus. Ashs Wohnsitz befand sich in der Half Moon Street, nur einen Block von Charles' Haus entfernt.

Ashton kam gerade die Treppe herunter, als Charles eingelassen wurde. »Charles!« Er lächelte, als wäre er wirklich überrascht, ihn dort zu sehen, denn er war schon immer ein Schauspieler gewesen, wenn es darauf ankam. Es gab einen Grund, warum niemand in der Liga mit diesem Mann Karten oder Schach spielte.

»Ich dachte, du könntest mich vielleicht zu den Doctors' Commons begleiten, um eine Sondergenehmigung zu erhalten.«

»Es wäre mir eine Ehre. Ich habe die Nachricht erst heute Morgen erfahren. Rosalind ist natürlich begeistert.« Er nahm einen Hut und einen Mantel von seinem Lakaien und folgte Charles nach draußen, um auf Ashtons Kutsche zu warten. Sie standen beide draußen, die kalte Morgenluft schnitt durch sie hindurch, aber wenigstens waren sie einigermaßen sicher, dass sie allein waren.

»Graham wird bei der Hochzeit neben mir stehen, wie ihr alle, hoffe ich. Er wird meine Mutter und Ella zu den Verwandten deiner Frau in den Norden bringen. Kannst du Rosalind bitten, deine Brüder zu benachrichtigen?«

»Ja. Ich halte das für eine großartige Idee.«

»Was ist mit Kent?«, fragte Charles. »Es wird ihm nicht leicht fallen, von meinem Haus wegzuziehen.«

»Wir müssen vielleicht riskieren, ihn unter deinem Dach bleiben zu lassen. Ich bin mir nicht sicher, ob es eine andere Möglichkeit gibt.« Ashton zog seine Handschuhe an, als sein Wagen am Fuß der Treppe anhielt. Charles folgte ihm ins Innere und wartete, bis sich das Fahrzeug wieder in Bewegung setzte, damit das Hufgeklapper den Fahrer daran hindern würde, ihnen zuzuhören.

»Was ist unser nächster Schritt?«

»Es ist nur noch einer zu machen. Lily muss zu Hugo zurückkehren.«

Der Schrecken drückte auf Charles' Herz. »Was? Das kann sie nicht. Das ist zu gefährlich. Was, wenn ihre Täuschung bemerkt wurde?«

»Sie muss, sonst *wird* ihre Täuschung bemerkt. Er wird von ihr erwarten, dass sie ihm über die Hochzeitspläne berichtet, damit er seine eigenen Pläne machen kann. Mit etwas Glück verrät er ihr, was er als Nächstes vorhat, und das sind Informationen, die wir dringend brauchen.«

Charles wollte sich dagegen wehren, aber Ashton hatte Recht. »Das gefällt mir nicht.«

»Ich weiß, dass das schwer für dich sein wird, Charles. Du fühlst endlich, was wir alle fühlen: den wilden, verzweifelten Wunsch, die Frau zu schützen, die du liebst. Das macht uns manchmal irrational und unberechenbar, aber wenn du nicht lernst, diese Gefühle zu kontrollieren, machst du das alles für sie nur noch gefährlicher. Du solltest ihr vertrauen. Sie ist gut ausgebildet worden. Das kann gar nicht anders sein, da sie fast ein Jahr lang meiner Entdeckung entgangen ist.«

»Ich nehme an, das ist wahr.« Das Letzte, was er wollte, war, Lily noch mehr in Gefahr zu bringen, weil er sich nicht beherrschen konnte.

»Jetzt solltest *du* dich auf die Hochzeit konzentrieren. Es gibt noch viel zu tun. Überlass das Schachspiel mir und deiner zukünftigen Frau.« Das grimmige Lächeln von Ashton machte Charles nur noch nervöser. Ashton konnte so viele Spielchen spielen, wie er wollte, aber nicht auf Kosten von Lilys Sicherheit.

Sie kommt zuerst. Immer.

KAPITEL 23

Lilys Hände zitterten leicht, als sie eine Buchhandlung in der Bond Street betrat. In ihrem dunkelrosa Kleid und dem goldgelben Umhang fühlte sie sich inmitten der klapprigen Regale und staubigen Bücher fehl am Platz. Staubflocken tanzten und wirbelten in den Lichtstrahlen, die durch die Fenster fielen und die vergoldeten Buchrücken der hinter ihr gestapelten Bücher beleuchteten.

Ein alter Mann saß hinter dem Tresen und schlief. Das leise, sich wiederholende Geräusch seines Schnarchens war ein Trost in der dichten Stille des muffigen kleinen Ladens. Im letzten Jahr hatte sie sich daran gewöhnt, Hugo an geheimen, oft gefährlichen Orten zu treffen. Es war schon seltsam, ihn jetzt in einem so malerischen kleinen Laden zu treffen, nur eine Straße entfernt von dem Ort, an dem die meisten Mitglieder des *ton* ihre Weihnachtseinkäufe tätigten. Aber genau hier sollte sie sich laut seiner Nachricht auf ihn warten.

Sie lehnte sich an das nächstgelegene Regal und blickte auf die Straße hinaus. Lily schloss für einen Moment die Augen und erinnerte sich daran, wie Charles ausgesehen hatte, kurz bevor sie Emilys Haus verließ, um hierher zu kommen. Er hatte sie in eine Nische gezogen und in seine Arme genommen. Er hatte nicht gewollt, dass sie ging, aber Ashton hatte Recht – sie musste es tun. In dem Moment, in dem sie sich Charles geöffnet hatte, war dies ebenso ihr Kampf geworden wie seiner. Sie hatte sich an ihn gepresst und den Schlag ihres Herzens dem seinen angepasst.

Die Erinnerung an ihren Liebesakt hatte einen wunderbaren Zauber hinterlassen, der ihr unter die Haut zu gehen schien, wann immer Charles in der Nähe war. Es war, als könnte sie das Gefühl ihrer Vereinigung in ihrem Geist und Körper immer wieder heraufbeschwören. Sie würde sich immer an das Glück erinnern, in seine Augen zu schauen und die Welt neu geboren zu sehen. Es war *seine* Erinnerung, die sie wie ein Schutzschild gegen Hugo in dieses Treffen tragen würde.

Mit einem gestohlenen Kuss hatte sie geschworen, sicher zu ihm zurückzukehren. Er hatte versprochen, den Nachmittag mit Kat und seiner Mutter zu verbringen und ihre Hochzeitspläne zu schmieden.

Lily spannte sich an, als sich die Ladentür öffnete, und ihr Herz blieb stotternd stehen. Hugo war angekommen. Er nahm seinen Hut ab und schaute sich in aller Ruhe im Raum um. Dann schlenderte er auf sie zu und hielt alle paar Sekunden inne, um die baufälligen Regale zu betrachten, als würde er die Titel prüfen. Lily warf einen Blick auf den alten Mann hinter dem Tresen, der immer noch rhythmisch schnarchte.

Als er sie endlich erreichte, erstarrte Lily. Jeder Muskel spannte sich an. Sie verdrängte die schwarzen Erinnerungen an das, was er ihr angetan hatte, tief in die Tiefen ihres Geistes und hüllte sich stattdessen in Erinnerungen an Charles. Wie er mit ihr in der Nische verweilt hatte, seine

Hände die ihren umklammert hatten, bevor er sie schließlich losließ.

»Ich höre, die Hochzeitsglocken werden endlich läuten?«, sagte Hugo beiläufig.

»Ja. Die Hochzeit findet in ein paar Tagen statt.«

»So bald? Ich hätte mir mehr Zeit für die Vorbereitung gewünscht. Ist das dein eigenes Werk?«

Sie schüttelte den Kopf. »In Anbetracht der Jahreszeit möchte er hier in London mit seinen Freunden die Flitterwochen verbringen, bevor ihre Familien in die Ferien fahren.«

Hugo lächelte kalt. »Ich werde es schaffen.« Lily wünschte sich, sie hätte einen von Emilys Muffs mitgebracht, anstatt nur Handschuhe zu tragen.

»Was muss ich als nächstes tun?«, fragte sie, wobei sie darauf achtete, ihren Tonfall ruhig zu halten. Er durfte keine Veränderung in ihrem Verhalten vermuten, sonst würde sie sich selbst verdammen und jeden Vorteil, den die Liga hatte, zunichte machen.

Seine Augen verengten sich. »Begierig auf Befehle?«

»Begierig darauf, dass das endlich ein Ende findet.« Sie ließ sich ihre Müdigkeit anmerken. Es war nicht geschauspielert. »Ich will frei von dir und diesem Leben sein. Ich möchte mein Kind aus London wegbringen und nie wieder zurückblicken.«

Er betrachtete sie einen langen Moment und prüfte sie auf jede Andeutung einer Täuschung. Aber jedes Wort war die Wahrheit gewesen, nur nicht so, wie er dachte.

»Das war die Vereinbarung. Aber keine Angst, es werden bereits Pläne geschmiedet. Ich werde ihm seine kostbaren Flitterwochen schenken. Dann werde ich ihm vielleicht etwas wegnehmen, das er liebt, um ihn daran zu erinnern, dass er nie sicher sein wird.«

»Immer noch bei den Spielen?«, sagte Lily, obwohl sie wusste, dass sie damit Gefahr lief, Hugo zu verärgern. »Ich dachte, Sie wären bereit, gegen ihn vorzugehen? Um dies ein für alle Mal zu beenden?«

»Ich *bin* bereit«, sagte Hugo. »Ich habe mich bereits für einen geeigneten Veranstaltungsort entschieden. Irgendwo, wo Charles denkt, dass er eine Chance hat ... zu kämpfen. Aber ich habe keine Lust, die Dinge zu schnell zu beenden.«

Lily seufzte innerlich. War er immer noch nicht fertig mit seinen quälenden Spielen? »Was soll ich als nächstes tun?«, drängte sie vorsichtig, denn sie wollte nicht, dass er erfuhr, dass sie versuchte, weitere Hinweise auf seine Pläne zu erhalten.

Hugo packte ihren Oberarm und drückte fest zu. Er zog sie dicht an sich heran, und der vertraute Duft seiner Seife ließ ihr die Galle hochkommen. Nach der Nacht mit ihm hatte sie den Duft nicht schnell genug von ihrer Haut entfernen können.

»Du wirst Lonsdale eine *sehr* befriedigende Hochzeitsreise bereiten. Ich möchte, dass er einen Vorgeschmack auf das eheliche Glück bekommt. Das wird seinen Untergang umso süßer machen.« Er ließ ihren Arm los, und sein Blick wanderte zum Schaufenster des Ladens und dann zurück zu ihr.

»Bald wird das alles vorbei sein«, sagte er, und seine Augen blickten abwesend. »Und du wirst dir deine Freiheit verdient haben.«

Dann ließ er sie stehen und verließ den Laden, bevor Lily noch etwas sagen konnte. Sie ließ sich gegen das Bücherregal sinken und umklammerte ihren Arm, der immer noch pochte. Es würde blaue Flecken geben, und Charles würde wütend sein, aber wenigstens war sie in Sicherheit.

Sie wartete mehrere Minuten, um Hugo Zeit zu geben, die unmittelbare Umgebung zu verlassen. Ihr Blick richtete sich auf die vergoldeten Buchrücken, die im Sonnenlicht schimmerten, das durch das Fenster fiel. Sie wünschte sich mehr denn je, sie könnte zwischen die Seiten eines Buches schlüpfen und in einer Geschichte verschwinden. Aber es gab kein Entrinnen. Sie konnte es nur bis zum Ende durchziehen.

Sie atmete tief durch, um einen klaren Kopf zu bekommen, zog die Kapuze ihres Umhangs hoch, verließ den Laden und winkte eine Droschke heran, die sie zurück zu Emilys Haus brachte. Drinnen hörte sie Stimmen, die aus dem Salon kamen.

Katherine kreischte.

Das Geräusch ließ einen tiefen Schreck durch Lily fahren. Sie stürmte in den Salon und erstarrte. Charles hielt Kat in der Luft und drehte sie im Kreis. Sie schrie vor Freude, nicht vor Angst.

»Nochmal, Unca Charles! Nochmal!« Kat wedelte mit ihren pummeligen Armen, als er sie vorsichtig auf seine Brust hinunterließ. Der Ausdruck der Erleichterung auf seinem Gesicht, als er Lily in der Tür sah, rührte ihr Herz.

»Du bist wieder da!«, rief er aus und eilte herbei.

»Mama!« Kat winkte, und Charles legte ihr das zappelnde Kind in die Arme.

»Schatz.« Sie vergrub ihr Gesicht in Kats Haar, sog den süßen Duft ihres Kindes ein und ließ ihn die Erinnerung an Hugo verdrängen.

Charles legte einen Arm um ihre Schultern und zog sie und Kat in eine lockere, aber beruhigende Umarmung. »Wie ist es gelaufen?«

Sie sah sich im Raum um und den Flur hinunter. Es gab keinen Ort, der nahe genug war, dass jemand sie hätte belauschen können. Sie legte ihren Kopf auf seine Schulter und seufzte. »Er möchte, dass die Hochzeit stattfindet. Was auch immer er vorhat, es wird nach den Flitterwochen sein.« Sie schloss ihre Augen, müde. »Er wollte mir nicht sagen, was er als nächstes tun will. Er hält sich bedeckt, mehr als sonst. Das macht mir Angst, Charles. Ich habe so viel Angst.«

»Ich weiß.« Er küsste sie auf die Stirn. »Emily hat sich bereit erklärt, für dich einzuspringen, wenn du dich ausruhen musst. Sie vergöttert Kat.«

Sie verlagerte Kat von ihrer rechten Hüfte auf die linke. »Das würde ich gerne, aber ich möchte sie nicht aus den Augen lassen.«

»Warum gehen wir nicht in dein Zimmer? Ich werde auf sie aufpassen, während du schläfst.«

»Das macht dir nichts aus?« Sie hasste es, dass sie sich auf diese Weise auf ihn verlassen wollte. Es war ihre Aufgabe, sich um Kat zu kümmern.

»In ein paar Tagen wird sie meine Tochter sein. Es ist meine Pflicht und Ehre, mich um sie zu kümmern«, sagte Charles. Sie verließen den Salon, und Lily blieb am Fuß der Treppe stehen.

»Es macht dir wirklich nichts aus, dass sie ...?« Sie brachte es nicht über sich, die Worte auszusprechen.

Charles schüttelte den Kopf. »Sie gehört nicht ihm. Sie gehört dir und wird dir immer gehören. Das ist das Einzige, was für mich jemals wichtig sein wird.« Sein Schwur, so sanfte Worte, wurde mit einer solchen Intensität vorgetragen, dass es ihr den Atem raubte.

»Du bist ...« Sie verschluckte sich an den Worten. »Du bist der wunderbarste Mann. Ich verdiene dich nicht.«

»Unsinn. *Ich* verdiene dich nicht.«

Er nahm ihr Kat ab, und sie gingen zu dritt nach oben in ihr Schlafzimmer. Lily legte sich dankbar auf das Bett und wollte zunächst nur Charles und ihrer Tochter beim Spielen zusehen, doch als ihr Kopf auf dem Kissen ruhte, fielen ihr die Augen zu und sie versank in einen Traumzustand.

.   .   .

SIE TANZTEN. DER BALLSAAL, EINST SO VOLLER MENSCHEN, hatte sich an den Rändern verdunkelt, als die Menschen verschwanden und die Wandlampen und Kerzen erloschen waren.

»Was liebst du am meisten?«, fragte Charles, wobei ein Lächeln über seine Lippen schwebte.

»Ich glaube, du weißt es ...«, sagte sie.

Plötzlich veränderte sich die Welt um sie herum, und sie stand in einer dunklen Halle vor einem vergoldeten Spiegel. Das Glas war beschlagen, aber es klärte sich, als sie ihre Handflächen darauf legte, und zeigte Charles mit Kat. Beide beobachteten sie lächelnd. Dann verwandelte sich das Gesicht von Charles für einen Moment in das von Hugo, bevor es sich wieder zurückverwandelte.

Die Welt um sie herum veränderte sich erneut. Charles rannte vor ihr weg, die Tunnel der Lewis Street hinunter, sein rauer und panischer Atem hallte durch den steinernen Korridor. Er verschwand vor ihren Augen, und Hugos Stimme folgte ihr in den tiefen Schlaf und murmelte Worte, die nie aufhören würden, sie zu verfolgen.

»Bald wird das alles vorbei sein.«

KAPITEL 24

Es war ein absolut perfekter Tag zum Heiraten. Der Himmel war klar, und der Boden war mit frisch gefallenem Schnee bedeckt. Es war ein Tag, von dem Charles nie gedacht hätte, dass er ihn erleben würde. Er stand vorne in der Kirche und trug seine beste blaue Weste und seine feinsten Hosen. Neben ihm stand Graham ruhig und aufmerksam. Die blauen Flecken in seinem Gesicht hatten sich im Laufe der Heilung gelblich verfärbt. Seine anderen Freunde hatten sich zunächst dazugestellt. Dies war ein bedeutsames Ereignis für sie alle, und es wäre nicht richtig gewesen, wenn sie nicht bei Charles gestanden hätten. Doch bevor die Zeremonie begann, hatten sie aufgrund des allgemeinen Gedränges und des bereits besorgten Pfarrers ihre Plätze in den vorderen Bänken mit ihren Frauen eingenommmen. Neben ihnen saßen seine Mutter und seine Schwester.

Charles überblickte die Menge, die sich in St. George's versammelt hatte, erstaunt über die Anzahl der Gäste, die so kurzfristig kommen konnten. Seine Mutter sah ihn an und lächelte aufmunternd. Er antwortete ihr mit einem Augenzwinkern, und dann wanderte sein Blick zur Vorderseite der Kirche.

Ich hätte nie gedacht, dass dieser Tag kommen würde. Ich hätte mir nie träumen lassen, dass ich einmal Liebe erfahren oder sie mit einem anderen Menschen teilen würde.

Und doch war er hier und wartete darauf, dass Lily den Gang herunterkam. Er war nicht nervös, nicht wie viele seiner Freunde an ihren Hochzeitstagen gewesen waren. Er hatte keine Zweifel, keine Ängste, keine Sorgen, nicht wenn es um Lily ging. Sie war sein Nordstern, ein Leuchtfeuer, an dem er sich für den Rest seines Lebens orientieren konnte. Sein Leben an ihres zu binden ... nun, in gewisser Weise war das schon lange vor heute geschehen. Trotz der Täuschungen, zu denen sie gezwungen worden war, gab es eine tiefere Verbindung zwischen ihnen, die sie letztendlich befreit hatte. Diese Zeremonie war nur eine Formalität. In seiner Vorstellung waren er und Lily seit dem Moment, als sie zugestimmt hatte, ihn zu heiraten, Mann und Frau gewesen. Obwohl bei der Zeremonie und den Dokumenten ihr angenommener Name als Emilys Cousine verwendet werden sollte, wurde ein zweiter Satz von Dokumenten mit Lilys wahrem Namen angefertigt, der beiseite gelegt und versteckt werden sollte, bis ihre Geschäfte mit Hugo abgeschlossen waren.

Graham lehnte sich nahe heran und flüsterte: »Du scheinst dir so verdammt sicher zu sein.«

Charles schenkte ihm ein Lächeln. »Warum sollte ich Zweifel haben? Sie ist mein Leben, mein Atem, meine ganze Hoffnung und mein Traum. Ein kluger Mann weiß es besser, als sein Schicksal in Frage zu stellen.«

»Das hat Vater einmal über Mutter gesagt.«

»Hat er das?« Charles hatte immer glauben wollen, die Ehe seiner Eltern sei eine Liebesheirat gewesen. Sie hatten darauf bestanden, aber er hatte immer seine Zweifel gehabt, nachdem sein Vater Jane Waverly gerettet hatte. Er hatte an jenem Tag so viel Liebe zwischen seinem Vater und Jane gesehen, so viel Schmerz über das Leben, das sie nie gemeinsam würden führen können. Das Wissen, dass sein Vater sich mit der Heirat mit seiner Mutter nur abgefunden hatte, hatte ihn immer tief verletzt.

Grahams Lippen verzogen sich zu einem Lächeln. »Er hat mir einmal gesagt, dass er wusste, dass Mutter sein Schicksal ist, wegen der Art, wie sie mit ihm tanzte. Er erzählte mir, dass er anfangs nicht wusste, dass Liebe mit der Zeit sanft wachsen kann, bis zu dem Tag, an dem er mit ihr tanzte und ihm klar wurde, dass sie perfekt aufeinander abgestimmt waren. Ich war besorgt, dass ich das nie finden würde, aber es scheint, dass es dir gelungen ist. Das gibt mir Hoffnung.«

»Die Liebe wächst sanft und lieblich.« Er dachte an all die Male, in denen Lily ihm als Tom nicht nur mit ihrer physischen Anwesenheit, sondern auch mit ihrer emotionalen Verbundenheit geholfen hatte. Sie hatte sich die ganze Zeit um ihn gekümmert und die Last ihrer Geheimnisse allein getragen. Das war nicht Teil von Hugos Plan gewesen, das wusste er. Ihre Unterstützung hatte ihn vor Verzweiflung und Wahnsinn bewahrt. Hätte Hugo von ihrer Verbindung gewusst, hätte er sie zweifellos genutzt, um ihre Zuneigung füreinander weiter zu vergiften.

Jetzt ist es an mir, ihre Last zu tragen und für sie zu sorgen.

Die Türen am anderen Ende der Kirche öffneten sich. Alle drehten sich um, als Lily die Kirche betrat, eine Hand in Godrics Ellenbeuge gelegt.

Die Welt erstarrte, als er in seine Zukunft blickte. Selbst die Staubflocken, die in den Sonnenstrahlen tanzten, die durch die Fenster herabdrangen, schienen stillzustehen.

Ich war so blind. Mein Herzenswunsch war die ganze Zeit bei mir.

Das Hochzeitskleid, das Lily trug, war aus zartester blassblauer Seide, wie Eis auf einem zugefrorenen Teich, in dem sich der Winterhimmel spiegelte. Belgische Spitze säumte ihr Mieder und die Ränder ihrer Röcke, die sich wellenförmig ausbreiteten, als sie auf ihn zuging. Seine Augen hoben sich zu ihrem Gesicht, nervös darüber, was er sehen würde, wenn sie ihn ansah. Lilys Gesicht leuchtete mit einem Eifer, der den seinen widerspiegelte. Man sollte meinen, dass Godric das Einzige war, was sie davon abhielt, ihm in die Arme zu laufen. Erleichterung und ein Schwindelgefühl durchströmten ihn, und er musste sich daran erinnern, dass er stehen bleiben und nicht zu ihr laufen sollte.

Godric legte Lilys Hand vorsichtig in die von Charles. Das Sonnenlicht beleuchtete ihr goldenes Haar wie ein Heiligenschein. Sie war zwar sein Engel, aber kein zerbrechliches Geschöpf mit zarten Flügeln. Seine Lilie war ein Erzengel, ein Krieger, der die Dunkelheit bekämpfte.

Sie starrte auf seine Brust und seine Weste, in deren blaue Seide strahlend weiße Lilien eingenäht waren. »Du trägst Lilien?«

»Natürlich. Ich habe das extra für dich anfertigen lassen.«

Der Geistliche hustete, um ihre Aufmerksamkeit zu erregen. Sie warfen sich einen verlegenen Blick zu, bevor sie sich ihm zuwandten.

»Nun, lasst uns weitermachen, bevor ich vom Blitz getroffen werde«, sagte Charles laut genug, dass der ganze Raum es hören konnte. »Ich habe auf dem Weg hierher das Weihwasser berührt und befürchte, dass es mich verbrannt hat.«

Lily kicherte und bedeckte ihren Mund mit einer behandschuhten Hand.

Mit einem gequälten Seufzer begann der Geistliche die Zeremonie, die Charles' Leben für immer verändern sollte.

EMILY ST. LAURENT SPÜRTE, WIE IHR DIE TRÄNEN ÜBER DIE Wangen liefen. Seit sie Charles kannte, hatte sie seinen Schmerz gesehen und die Art, wie er ihn mit Humor und schelmischer Verruchtheit überspielte. Aber jetzt gab es endlich Hoffnung. Nein, es war mehr als Hoffnung - es war Freude. Sie sah es in seinen Augen, als Lily vor dem Altar fast zu ihm stürzte.

Ich sagte, ich würde jemanden finden, der dich so liebt, wie du es verdienst, Charles. Aber die Wahrheit ist, dass sie dich gefunden hat.

Lily und Charles lachten gemeinsam, nachdem er einen Witz darüber gemacht hatte, vom Blitz getroffen zu werden, sehr zum Entsetzen des Pfarrers. Emily gluckste, als Godric einen Arm um ihre Schultern legte und sie sanft drückte.

»Du hast das getan, Liebling«, flüsterte er ihr ins Ohr. »Du warst der Anfang für uns alle.« Er drückte seine Lippen auf ihre Wange und nickte ihrer Reihe von Freunden zu.

Emily beugte sich vor und sah die Menschen an, die ihre Familie, ihre Welt geworden waren.

Der freche Lucien und seine süße Horatia, und ihr kleiner Sohn Evan.

Der abenteuerlustige Cedric mit seiner Frau Anne.

Der berechnende Ashton und seine feurige schottische Frau Rosalind.

Und natürlich Jonathan, Godrics Halbbruder, an der Seite von Lady Society selbst, Audrey.

Dank der Lady Society hatte sie schon lange, bevor sie Godric überhaupt kennengelernt hatte, gewusst, dass ihn und seine Freunde ein tiefes Band der Freundschaft verband. Die Spekulationen über diese Verbindung waren ein wiederkehrendes Thema in ihren frühen Artikeln gewesen.

Aber es war eine spontane Entscheidung von Godric gewesen, sie wegen der Schulden ihres Onkels zu entführen, die zur Rettung der Liga geführt hatte.

»Wenn ich dich in jener Nacht nicht entführt hätte ...«,

sagte Godric, während er seinen Arm um sie schlang. »Ich weiß nicht, wo jeder von uns ohne dich sein würde. Besonders Charles.«

Emily wischte sich die Tränen aus den Augen. »Ihr denkt, dass ihr teuflisch seid, aber in Wahrheit seid ihr alle jederzeit die edelsten und wunderbarsten Menschen gewesen. Auch wenn ihr euch bei unserer ersten Begegnung alle unglaublich dumm verhalten habt.« Sie lächelte zu ihm hoch. »Aber es hat zu den wunderbarsten Dingen geführt.«

»*Du* hast zu den wunderbarsten Dingen geführt«, korrigierte Godric sie. »Du und deine Freundinnen. Ich fürchte, ohne euch wären wir alle verloren gewesen.«

Godric legte eine Hand auf ihren geschwollenen Bauch und spürte, wie das winzige Leben in ihr vor Aufregung flatterte. Das Baby liebte den Klang von Godrics Stimme, da war sie sich sicher, und in den letzten Tagen hatte sie gespürt, wie es sich immer mehr regte.

»Alles wird jetzt anders sein«, sagte Godric.

Emily lächelte. »Natürlich wird es das. Charles ist verliebt. Nichts könnte mehr so sein wie früher.«

Emily betete, dass er in Sicherheit sein würde. Dass sie alle in Sicherheit sein würden. Aber solange Hugo in den Schatten lauerte, schienen diese glorreichen Momente nur allzu flüchtig. Bald würde die Liga ihrer bisher größten Gefahr gegenüberstehen.

❧

Lily war wie in einem Traum gefangen, wie ein glitzernder Tautropfen, der in der Morgendämmerung an einem schimmernden Spinnennetz hängt. Sie spürte, wie der Zauber dieses Tages sie mit Kraft und Hoffnung erfüllte. Um sie herum unterhielten sich die Hochzeitsgäste und lachten, und der Klang ihrer Fröhlichkeit erfüllte ihr Herz mit einer intensiven Wärme.

Und doch fühlte sich ein Teil von ihr wie ein Betrüger. Sie war nicht wirklich frei, sie selbst zu sein. Schließlich war sie nicht Lily Wycliff, sondern Lily Linley. Es stand ihr nicht frei, so zu tun, als würde sie alle Gäste mit Namen kennen, obwohl sie das tat. Als Tom hatte sie die meisten von ihnen kennengelernt, aber in der Welt von Charles sollte sie eine Fremde sein. Sie durfte nicht vergessen, die Rolle zu spielen.

Und dann war da natürlich noch das Gespenst von Hugo, das in ihrem Hinterkopf lauerte.

»Sie wirken etwas benommen, meine Liebe.« Violet, Charles' Mutter, gesellte sich zu ihr an einen der wenigen halbgeschlossenen Plätze im großen Esszimmer von Charles' Stadthaus.

»Ich glaube, Sie haben recht«, gestand Lily. Sie strich ihre blassblauen Röcke glatt, obwohl sie bereits vollkommen glatt waren. Das war ihr zur nervösen Gewohnheit geworden, seit sie sich an ihre Tom-Verkleidung gewöhnt hatte. In einem Kleid fühlte sie sich ziemlich entblößt.

»Hochzeitsfrühstücke können überwältigend sein«, stimmte Violet zu, legte ihren Arm um Lilys Schulter und drückte sie. »Sie machen das gut. Denken Sie einfach daran, zu atmen und zu lächeln. Sie werden bald genug wieder Privatsphäre haben.«

»Danke«, flüsterte Lily, doch als Violet sich zum Gehen wandte, ergriff Lily ihre Hand. »Darf ich fragen, ob Sie mit mir einverstanden sind, Lady Lonsdale?«

Violet zog verwirrt die Brauen zusammen. »Mit Ihnen einverstanden?«

»Glauben Sie, dass ich gut genug für Ihren Sohn bin?« Sie hatte immer noch das Gefühl, dass sie nicht gut genug war und auch nie gut genug sein würde. Charles hatte seiner Mutter einen Großteil der Wahrheit über sie erzählt, nur Hugos Rolle hatte er ausgelassen und stattdessen ihre Täuschung als Tom mit dem verzweifelten Versuch erklärt, für ihre Tochter zu sorgen.

Violet umfasste Lilys Gesicht auf mütterliche Weise und schaute ihr tief in die Augen. »Liebst du ihn?«

»Mehr als alles andere in meinem Leben, außer Katherine. Ich würde für ihn sterben«, versprach Lily.

Violet gluckste leise. »Ich bin sicher, das wird nicht nötig sein. Keiner von euch muss so albern sein oder so etwas Shakespeare-mäßiges tun. Aber ich sehe deine Liebe zu ihm. Als ob er deine Welt ist und du in seiner Schwerkraft gefangen bist.« Violet schaute zu Charles, der sich in einiger Entfernung mit ein paar Gästen unterhielt. »Und ihm geht es bei dir genauso. Ich wage zu behaupten, dass ihr beide des anderen würdig seid, und das ist gut so. Die Ehe sollte eine Verbindung zwischen Gleichen sein, in Herz, Körper, Geist und Seele.« Violet küsste sie auf die Wange. »Und ich bin stolz, dich Tochter nennen zu dürfen. Also, wo ist mein Enkelkind?« Sie sah sich im Zimmer um. Kat lag in Emilys Armen und spielte mit einer Locke von Emilys kastanienbraunem Haar.

Lily beobachtete mit Freude, wie Violet das Kind von Emily nahm, es festhielt und in Kats Ohr flüsterte. Das Baby quietschte vor Vergnügen und erregte die Aufmerksamkeit mehrerer Gäste, aber niemand schien sich besonders darüber aufzuregen, dass ein Kind an einer Veranstaltung für Erwachsene teilnahm. Charles hatte darauf bestanden, dass Katherine anwesend sein musste. Er hatte Kat bereits seinen Freunden gezeigt, was Lily mit größter Freude erfüllt hatte.

Nachdem sie einen langen Moment lang die Gäste um sich herum beobachtet hatte, brauchte sie eine Minute, um zu Atem zu kommen. Sie schlüpfte unbemerkt aus dem Zimmer, ging hinunter in die Bibliothek und setzte sich auf eines der Sofas. Sie holte tief Luft und versuchte, sich einzureden, dass dieser märchenhafte Moment tatsächlich passierte. Es war kein Traum. Sie war mit Charles verheiratet.

Sie hörte Schritte hinter sich und sah Charles in der Tür stehen, in der Hand zwei Teller mit Hochzeitstorte. Orangene Rosenblütenblätter bedeckten die Torte, und der Blumenduft, der von ihnen ausging, war berauschend. Er trat die Tür zur Bibliothek zu und legte den Riegel um, während er mit den Tellern jonglierte.

»Endlich, meine eigene verdammte Hochzeitstorte.« Er grinste und hielt ihr einen Teller hin. Sie nahm ihn und konnte sich ein Lächeln nicht verkneifen, als sie sich daran erinnerte, wie er ihr vor ein paar Monaten beim Hochzeitsfrühstück von Jonathan und Audrey ein Stück gebracht hatte. Das hatte er bei jeder Hochzeit gemacht, die sie im letzten Jahr mit ihm besucht hatte.

»Was amüsiert dich, Frau?«, fragte Charles. Die Art und Weise, wie er das Wort *Frau* mit seiner Stimme liebkoste, ließ ihr Herz vor aufgestauter Sehnsucht erzittern und beben.

»Du«, antwortete sie. »Es scheint, als ob du mir immer Kuchen bringst.« Sie tauchte ihre Gabel in den Kuchen und probierte einen Bissen. Himmlisch. Ein paar Bissen später wurde ihr der Teller sanft abgenommen und außer Reichweite gestellt.

Charles zog sie an sich und küsste sie. Seine Arme umschlangen ihren Körper, und sie verlor jegliches Zeitgefühl, als sie sich ihm hingab. Sie spürte sein Herz an ihrem Körper und eine Erregung, die von ihrem Kopf bis hinunter zu ihren Zehen kribbelte, als er ein Feuer in ihr entfachte. Er bewegte seine Lippen an ihr Ohr und flüsterte ihr leise süße Dinge zu. Sie weinte fast über die bittersüße Vollkommenheit, die sie in seinen Armen spürte, obwohl sie die Gefahren kannte, die der morgige Tag bringen könnte.

Ich würde alles dafür geben, dass der heutige Tag niemals endet.

Dann war sein Mund wieder auf ihrem, und er schickte

neue Spiralen der Leidenschaft durch sie, während er ihre Ängste vertrieb. Er erforschte sie mit einer hungrigen Begierde, die ihr eigener Körper mit gleicher Dringlichkeit erwiderte. Sie öffnete ihre Lippen, begierig auf einen tieferen Kuss. Ihre Zungen spielten miteinander, und beide schmeckten noch die zuckrige Süße ihrer Hochzeitstorte, die auf den Lippen des anderen lag.

Lily schlang ihre Arme um seinen Hals und zog ihn dicht an sich heran. Er legte sich zurück auf die Couch und zog sie über sich. Ihre müde Seele schien in ihm zu versinken. Sie entspannte sich und küsste sein Kinn, seine Wangen, seinen Hals. Sie wollte, dass er spürte, wie dankbar sie war, ihm zu gehören, wie gesegnet sie sich fühlte, ihn in diesem Moment ihr Eigen nennen zu dürfen. Sein maskuliner Duft, ein Hauch von Sandelholz und Leder, gehörte jetzt ihr. Die Art, wie seine grauen Augen funkelten, und das Zucken eines Beinahe-Lächelns - all das gehörte jetzt ihr. Charles gehörte in jeder Hinsicht zu ihr, und das zu wissen, erfüllte sie mit Freude. Sie drückte ihm einen Kuss in die Halsgrube, bevor sie zu seinen Lippen zurückkehrte. Er gluckste leise, und sie konnte sein Lächeln schmecken.

»Das ist doch ganz nett, zur Abwechslung mal derjenige zu sein, der verführt wird.« Sanft grub er seine Finger in ihr Haar und hielt sie still, während er ihr erschrockenes Gesicht betrachtete.

Sie spürte, wie sich ihr Gesicht erhitzte. Vielleicht war es schlecht für eine Ehefrau, ihren Mann verführen zu wollen. »Es macht dir nichts aus, dass ich ...?«

»Ausmachen? Gott, nein. Dies ist eine Fantasie, die alle Fantasien beendet, meine Liebe. Wenn du willst, kannst du das jeden Tag tun. Ich *bestehe sogar darauf*, dass du das tust.« Er strich mit der Daumenkuppe über ihre Unterlippe. »Die anderen wären wahnsinnig eifersüchtig, wenn sie wüssten, was für eine *aggressive* Frau ich habe.« Seine Augen glitzerten vergnügt, und sie konnte nicht umhin, zurückzulächeln.

»Du bist furchtbar frech«, erinnerte sie ihn.

»Ja, das bin ich.« Er schob seine Hände unter ihre Röcke, hob sie an und umfasste dann ihren Po. Ihr Puls beschleunigte sich, als das Verlangen begann, das rationale Denken zu überlagern.

»Könnten wir ... Hier?«, flüsterte sie, empört und doch hoffnungsvoll.

»Es ist unser Haus. Wir können *überall*.« Das Glitzern in Charles' grauen Augen versprach ihr verruchte, wunderbare Dinge. Und sie wusste, dass er abliefern würde.

KAPITEL 25

Es gab ein kurzes, reißendes Geräusch, und Lilys Unterwäsche war praktisch aus dem Weg geräumt. Sie wich ein Stück zurück und erlaubte ihm, seine Hose zu öffnen. Sie richtete sich gegen ihn auf und stöhnte leise, als er in sie eindrang. Das inzwischen vertraute Gefühl der Fülle war alles, was sie sich wünschte.

Charles keuchte an ihrem Hals, als sie begannen, sich gemeinsam zu bewegen. Sie gab das Tempo vor, ritt langsam auf ihm, genoss das Gefühl, wie sich ihre Körper aneinander rieben, und wie er sie fest an seine Brust drückte, als wäre sie für ihn ein Schatz. Sie waren ein einziges Wesen, bestehend aus Hunger, Gier und Liebe. Ohne Worte sprachen sie darüber, was sie sich gegenseitig bedeuteten. Sie befeuchtete ihre Lippen mit der Zunge und grub ihre Finger in seine Schultern, der Schmerz zwischen ihren Schenkeln wurde durch ihr Verlangen immer stärker.

Lily würde immer eine Sklavin dieses Verlangens nach ihm sein, würde alles tun, um mehr davon zu haben. Hitze kochte in ihr auf, als er begann, tiefer und härter zu stoßen, mit fast wilder Lust. Dennoch war sie diejenige, die die Kontrolle hatte. Sie war mit Charles zusammen, dem Mann, dem sie mehr vertraute als jedem anderen, sogar mehr als sich selbst, und mit ihm hatte sie vor nichts mehr Angst. Sein Schaft bohrte sich so tief in sie hinein, dass sie glaubte, an den überwältigenden Empfindungen dieser fast gewaltsamen Reibung an der Stelle, an der sie zusammenkamen, zugrunde zu gehen. Sie drückte fester und schneller zu und bewegte ihre Hüften, während sie beide röchelnd einatmeten.

Seine Besitzergreifung war unerbittlich, und sie stürzte sich kopfüber in die dunkle Leidenschaft ihrer eigenen animalischen Triebe. Wellen der Lust explodierten in ihr. Sie fühlte sich innerlich verbrannt, und doch wollte sie sich nicht anders fühlen.

Schließlich sackte sie auf ihm zusammen, und er stieß noch einmal tief zu, bevor er zischend ausatmete und zurück auf die Couch fiel. Charles streichelte ihr Haar und sah sie aus verhangenen Augen an. Sie beneidete ihn darum, wie gut er mit seiner eigenen Sinnlichkeit zurechtkam. Vielleicht würde sie sich eines Tages genauso wohl fühlen wie er.

»So sollte man seine Zeit bei einem Hochzeitsfrühstück verbringen.« Sein sanftes, sattes Lachen überflutete sie mit Schmetterlingen im Bauch, und sie seufzte, nur um sich plötzlich zu versteifen.

»Oh Gott, die Gäste!«

»Ruhig, meine Liebe. Ich habe die Bibliothekstür abgeschlossen, als ich hier reinkam. Keiner wird uns stören.«

»Aber wird von uns nicht erwartet, dass wir dort sind?«

»Ich war schon oft genug dabei, um zu wissen, dass sich mittlerweile alle damit begnügen, in ihren eigenen kleinen Gruppen miteinander zu kommunizieren. Wir werden kaum vermisst werden. Außerdem würde jeder, der mich auch nur ein bisschen kennt, schockiert sein, dass ich so lange bei den Gästen geblieben bin. Mutter wird dafür sorgen, dass die Gäste nach Hause gebracht werden.«

Sie kletterte von ihm herunter und nahm sich einen Moment Zeit, um über ihre ruinierte Unterwäsche zu seufzen, während er seine eigene Kleidung in Ordnung brachte. Dann öffnete er seine Arme, damit sie zu ihm zurückkehren konnte, und sie streckten sich beide auf der Couch aus. Sie legte sich an seine Seite, und ein leichter Frieden legte sich über sie. Sie hatte keine Angst, ihr war nicht kalt, sie wurde geliebt. Charles hatte ihr die Welt geschenkt, als er sie heute geheiratet hatte, und er würde nie erfahren, wie sehr sie ihn dafür liebte. Es gab einfach nicht genug Worte auf der Welt, um es ihm zu sagen.

»Lily, jetzt, wo wir verheiratet sind, solltest du mir vielleicht etwas über dich erzählen«, sagte Charles mit einem halben Grinsen, aber er meinte es auch ernst. »Es sollte keine Geheimnisse mehr zwischen uns geben.«

Sie stimmte zu. Jetzt gab es keinen Grund mehr, etwas vor ihm zu verbergen. »Was möchtest du denn wissen?«

»Wo bist du geboren? Wer sind deine Eltern? Wie war deine Kindheit? Erzähl mir alles.« Er streichelte ihr Haar, ein beruhigendes und zugleich hypnotisierendes Gefühl.

»Ich wurde in einer Stadt namens Rose Heath in Cornwall geboren. Der Name meines Vaters war Alan. Er war ein Gentleman und meine Mutter eine Lady.«

»Wirklich?« Charles war verblüfft. »Und wieso bist du dann ein Dienstverhältnis eingegangen?«

»Mein Vater starb, als ich zwölf war. Mutter und ich hatten keine Mittel, um uns selbst zu versorgen, und das Geld, das wir nach Papas Tod hatten, ging an einen entfernten Cousin, der nichts mit uns zu tun haben wollte. Meine Mutter konnte in London bei einer befreundeten Gräfin als Dienstmädchen Arbeit finden. Sie war wunderbar zu meiner Mutter und mir. Sie ließ mich sogar mit ihren Kindern zur Schule gehen, da sie etwa in meinem Alter waren. Doch die Gräfin erkrankte und starb, und meine

Mutter, die selbst krank war, verstarb nur einen Monat später. Ich war damals achtzehn Jahre alt und hatte, so dachte ich damals, das Glück, eine Anstellung bei der Frau von Sir Hugo Waverly zu bekommen.«

Sie hielt inne und stählte sich. »Ich glaube, ich war die Einzige, die er jemals ... verletzt hat. Keines der anderen Dienstmädchen schien in seiner Nähe unruhig oder ängstlich zu sein.« Sie biss die Zähne zusammen. »Aber an dem Tag, an dem es ... Passierte, verbarg er eine schwarze Stimmung, und ich schien die einzige zu sein, die das erkannte.«

»Was soll das heißen, du warst die Einzige?«

»Er war von einem Besuch bei seiner Mutter zurückgekommen. Er war kalt, aber auf eine förmliche Art, die kaum jemandem aufgefallen wäre. Aber darunter verbarg sich ein tieferer Schmerz, über den er nicht sprechen wollte. Er war so traurig und wütend ... Ich wollte ihm nur helfen, aber als ich ihm mein Mitgefühl zeigte, hat er ...« Sie schüttelte den Kopf und hielt ihre Tränen zurück. Sie konnte diesen Moment nicht noch einmal durchleben. Nicht jetzt.

»Ich wünschte, ich könnte etwas tun, *irgendetwas*, um diesen Moment für dich zurückzunehmen«, flüsterte Charles.

»Nein, sag das nicht. Ich habe Katherine. Sie ist mein Geschenk, mein Wunder. Ich werde nicht zulassen, dass die Vergangenheit mich definiert, Charles. Jetzt nicht mehr. Und wäre das alles nicht passiert, hätte ich dich nie kennengelernt.«

»Ich nehme an, damit hast du Recht.« Er legte seine Finger unter ihr Kinn und hob ihren Kopf an, damit er sie küssen konnte. »Wir sollten den ganzen Tag hier bleiben. Was meinst du?«

»Ich glaube, ich würde dein Bett vorziehen.«

»*Unser* Bett«, korrigierte er. »Ich werde in unserer Ehe nur wenige Bekanntmachungen machen, aber dies soll eine sein. Ich bestehe darauf, dass wir ein Bett teilen. Nichts von diesem Quatsch mit dem getrennten Schlafen. Das ist eines der Privilegien, wenn man verheiratet ist - ich kann dich verführen, wann immer ich will.« Seine Augen funkelten mit amourösem Schalk und einer tieferen Lust, die ihr die Röte ins Gesicht trieb.

»Natürlich darfst du das.« Lily kicherte und fühlte sich zum ersten Mal seit Jahren wieder mädchenhaft und herrlich albern. Sie hätte sich nie träumen lassen, dass sie einmal so viel Freude empfinden würde, und doch war sie hier.

»Ich dachte, Kat könnte noch ein oder zwei Nächte bei Godric bleiben, wenn du damit einverstanden bist.« Seine Augen funkelten hoffnungsvoll. »Wir könnten ein paar Tage zusammen verbringen, nur wir beide, wenn du möchtest. Emily glaubt, dass die Zeit mit Kat eine gute Übung für Godric sein wird. Er war schon immer furchtbar unbeholfen im Umgang mit Kindern.«

Lily dachte einen Moment darüber nach. Es wäre wirklich schön, Charles ein paar Tage für sich allein zu haben, und wenn Emily und Godric nichts dagegen hatten ...

»Ist es sicher? Sie bei ihnen zu lassen? Hugo könnte ...«

Charles' Augen verdunkelten sich. »Bei Godric ist sie wahrscheinlich sicherer als bei uns.«

Lily erkannte, dass dies wahr war. Godric war schließlich ein Herzog, der zu jeder Zeit mehr Personal zur Verfügung hatte als Charles.

»Ich wünschte, es gäbe einen ganz, ganz sicheren Ort, an den wir sie schicken könnten«, sagte Lily. »Aber so etwas gibt es nicht, oder?«

»Noch nicht«, sagte Charles. »Aber bald.«

Lily stützte ihr Kinn auf seine Brust und schloss die Augen. »Ich will nicht, dass der heutige Tag vorbei ist.«

Er strich mit dem Rücken seiner Finger über ihre Wange. »Ich auch nicht.« Es gab einen weiteren langen Moment des Schweigens. Schließlich blickte Charles auf die verschlossene

Tür. »Warum schauen wir nicht, ob wir uns unbemerkt von den Gästen nach oben schleichen können?«

»Ja, lass uns.«

Lily und Charles kletterten von der Couch und gingen zur Tür, wobei sie versuchten, nicht zu kichern, damit sie nicht erwischt wurden.

LUCIEN WIEGTE SEINEN SOHN IN DEN ARMEN UND kicherte, als Evan gurrte und gluckste, ein Grinsen auf den Pausbäckchen. Evans braune Augen hatte er von seiner Mutter, und das machte ihn noch unwiderstehlicher. Lucien suchte seine Frau in der Menge und fand sie bald im Gespräch mit den anderen Damen, die in einem engen Kreis zusammenstanden.

»Das bedeutet Ärger«, brummte Cedric neben Lucien.

Lucien sah das genauso. »Kannst du glauben, dass sie alle wussten, dass Lily Tom war und es vor uns geheim hielten?« Lucien flüsterte dies, nachdem er sich vergewissert hatte, dass keine Diener in der Nähe waren.

»Ja, nun, sie wussten nicht *alles* über sie«, sagte Cedric. »Sonst hätten sie uns vor ihren Verbindungen zu Hugo gewarnt.«

»Stimmt. Trotzdem frage ich mich, wie sie es herausgefunden haben? Wenn jemand Toms Verkleidung hätte durchschauen müssen, dann Ashton.«

Cedric lächelte und deutete auf Audrey in der Gruppe. »Ja, wir haben vielleicht Ashton, aber sie haben Lady Society selbst. Sie weiß mehr als Ash, wenn es um Frauen geht. Und zweifellos hat ihre rege Fantasie sie aus Gründen, die Ashton nie in Betracht gezogen hätte, auf diesen Weg geführt.«

Lucien nickte. »In der Tat.«

»Wir sollten wirklich nicht überrascht sein, oder? Da

Emily das Sagen hat, wissen die Damen bestimmt alles, bevor wir es wissen.«

»Und manchmal mehr.« Lucien setzte Evan auf seinen anderen Arm, als das Baby langsam einschlief.

Cedric kicherte. »Wenigstens haben wir etwas zu feiern. Es kommt nicht jeden Tag vor, dass ein Mann seinen Diener heiratet.«

»Nein, das tut es nicht.« Lucien wollte noch etwas sagen, aber der Anblick, den er durch die offene Tür auf der anderen Seite des Raumes erhaschte, hielt ihn davon ab. Charles trug Lily in seinen Armen und schlich die Treppe hinauf, wobei er sich umschaute, in der Hoffnung, nicht erwischt zu werden.

Lucien fing an zu grinsen. »Seinem eigenen Frühstück entkommen? Warum bin ich nicht überrascht?«

Cedric lachte »Ich wünschte, ich hätte das mit Anne gemacht. Aber nein, wir waren ein wohlerzogenes Paar.«

»Das war ich auch«, stimmte Lucien zu. »Aber das ist Charles. Wir sollten es inzwischen besser wissen.«

Ashton und Godric schlossen sich ihnen an, wobei Godric die kleine Kat auf dem Arm trug.

»Das ist eine gute Übung«, sagte Godric, während er das Kind auf seiner Hüfte balancierte.

»Das ist es auch, aber ich wage zu behaupten, dass nichts einen wirklich darauf vorbereitet.« Lucien lachte und blickte auf Evans Gesicht hinunter. Es gab nichts Schöneres auf dieser Welt als seinen neugeborenen Sohn, abgesehen von seiner Frau natürlich.

»Glaubst du, dass sich mit Kindern alles ändern wird?«, fragte Cedric mit einem leicht besorgten Ausdruck in den Augen.

»Natürlich wird es das.« Ashton lächelte, als er sich zu ihnen gesellte. »Aber Veränderung ist nichts, was man fürchten muss. Die Ehe hat uns schließlich alle zum Besseren verändert.«

Lucien nickte nachdenklich. »Ich möchte, dass London für sie sicher ist. Unsere Kinder brauchen ein Leben voller Abenteuer, nicht voller Angst. Und solange Hugo uns beschattet, werden sie nicht sicher sein.« Er hielt Evan enger an sich.

»Das Endspiel wird bald kommen«, warnte Ashton. »Wir müssen bereit sein. Wir alle.«

»Was weißt du?«, fragte Godric.

»Zu viel und nicht genug«, sagte Ashton kryptisch. »Aber eins ist sicher: Wenn Hugo zuschlägt, wird er nicht nur gegen Charles vorgehen.« Die Männer tauschten Blicke aus, und mehr als einem klappte die Kinnlade herunter, als Ashton fortfuhr.

»Obwohl sein Streit mit Charles begann, sieht Hugo uns jetzt alle als eine gemeinsame Gruppe. Wir stellen für ihn etwas Abscheuliches dar. Etwas, das ausgelöscht werden muss.« Ashton senkte seine Stimme noch mehr. »Aber wir haben einen Vorteil, den er nicht erkennt. Er wird uns wie die Bauern auf dem Schachbrett behandeln, und wir werden ihn weiter gewähren lassen. Aber denkt daran, wir sind Springer, und Springer können sich über alle anderen Figuren hinwegsetzen.«

❦

HUGO LEHNTE SICH IN SEINEM STUHL ZURÜCK, DEN BLICK auf das schwarz-weiße Marmorschachspiel vor ihm gerichtet. Neben ihm lag ein Blatt Papier, auf das Daniel Sheffield in eleganter Handschrift die Worte »Es ist vollbracht« gekritzelt hatte.

Charles war verheiratet.

Obwohl dies sein Plan gewesen war, spürte Hugo, wie die Wut in ihm hochkochte. Der Mann, den er mehr als jeden anderen hasste, genoss die Glückseligkeit in den Armen seiner frischgebackenen Braut. Eine Glückseligkeit, die er nicht verdient hatte.

Die Tür zu seinem Arbeitszimmer öffnete sich, und Melanie stand da, strahlend wie immer, aber mit einer gewissen Nervosität in den Augen.

»Ja, mein Täubchen?« Er sprach die Zärtlichkeit sanft aus und spielte die Rolle des vernarrten Ehemanns.

»Hugo, ich gehe jetzt.«

»Für wie lange?«, fragte er in der Annahme, sie wolle eine Woche auf dem Land verbringen.

Sie hielt eine Hand auf dem Türknauf, und er konnte hören, wie der Metallgriff zitterte. »Für immer.«

Sie hatte diese Drohung schon früher ausgesprochen, wenn sie nicht genug Aufmerksamkeit bekam. »Nein, das tust du nicht.«

»Du musst mir nicht glauben«, sagte sie.

Daraufhin legte er den Kopf schief und musterte sie genauer. Die hübsche Frau, die er mit seinem Ruf und seinem Vermögen erworben hatte, war gut gealtert und möglicherweise noch schöner als am Tag ihrer Hochzeit. Was hatte sich an ihr geändert? In den letzten Monaten schien Melanie glücklicher zu sein, als er sich je erinnern konnte, und sie war nicht mit ihm zusammen gewesen. Sie war allein auf Dinnerpartys und Bällen unterwegs gewesen.

Nein ... nicht allein. Ja, natürlich. Melanie hatte sich einen Liebhaber genommen.

»Wer ist er?«, fragte Hugo, der sich nicht von seinem Stuhl zu erheben wagte. Wenn er das täte, könnte er seine Frau zu erwürgen versuchen.

»Alles, was zählt, ist, dass ich glücklich bin. Ich habe gefunden, was du mir nie geben konntest.«

»Oh? Und was, bitte schön, ist das?« Er hatte seiner Frau alles gegeben - Juwelen, Macht, teure Kleidung, Reisen auf den Kontinent, unbezahlbare Kunst ...

»Hugo, du hast dein Herz schon lange verschlossen, noch bevor wir geheiratet haben.« Melanie sprach mit einer stillen Ehrlichkeit, die ihn verblüffte. In dieser letzten Stunde ihrer Ehe begann sie also, ihn herauszufordern. »Ich wollte, dass du mich liebst. Ich wollte, dass du es bist, aber du hast mich nie ... *Du hast mich nie reingelassen.*« Sie schaute jetzt zu Boden. Und zu seiner eigenen Überraschung tat Hugo das auch.

Es hatte einmal eine Zeit gegeben, in der er gehofft hatte, ihre Zuneigung zu erhalten, nur um dann von seiner Arbeit verschlungen zu werden. Im Dienste des Imperiums. Der Schutz der Krone. Er wusste, dass er sich verschlossen hatte, weil er es musste. Das war einfacher, als sich mit dem Schmerz auseinanderzusetzen.

Aber als er erfahren hatte, dass sie mit Peter schwanger war, hatte er gehofft, das alles wieder gutmachen zu können. Er war aufmerksamer geworden und hatte sich sogar zum ersten Mal seit Jahren wieder an seine Mutter gewandt, in der Hoffnung, sie alle einander näher zu bringen. Zu sein, was eine Familie sein sollte.

Doch Melanie und seine Mutter hatten diese Hoffnung zunichte gemacht.

»Ich fahre zum Anwesen meiner Mutter auf dem Land und nehme meinen Sohn mit.«

Hugos Fäuste zitterten. »Wenn du darauf bestehst, eine Närrin zu sein, dann geh, aber du wirst *nicht* meinen Sohn mitnehmen. Peter wird in London ein viel besseres Leben haben. Die beste Ausbildung, die besten Tutoren, die beste Einführung in die Gesellschaft. Er könnte zu einem Lord aufsteigen. Warum willst du ihm das alles wegnehmen?«

»Wenn er bleibt, fürchte ich, dass er so wird wie du.«

Einen langen Moment lang bewegte sich Hugo nicht, atmete nicht. Er hatte Zorn erwartet, er hatte Wut erwartet. Er hatte nicht erwartet, dass der Kummer ihm den Atem rauben würde.

Was würde er Peter anbieten? Geld, Macht, Position, ja - aber was noch? Welche Lektionen würde er erteilen? Rache? List? Verrat?

Was könnte er seinem Sohn mitgeben, das ihn zu einem besseren Menschen machen würde?

Er starrte seine Frau an und sagte nur ein Wort, denn mehr war er nicht in der Lage zu sagen.

»Geh.«

Melanie floh, und Hugo schloss die Augen und versuchte verzweifelt, den Schmerz zu verdrängen. Hatte sich sein Vater vor all den Jahren auch so gefühlt, als er erfahren hatte, dass seine Frau, Hugos Mutter, ihn nie geliebt hatte? Dass Hugo nicht einmal sein leiblicher Sohn gewesen war? Doch sein Vater hatte für ihn gekämpft, ihn unter seine Fittiche genommen und ihn wie sein eigenes Kind aufgezogen.

Doch als er seinen Vater verloren hatte, war er kurz davor gewesen, sein eigenes Leben zu beenden. Er hatte sich immer von ihm leiten lassen, und ohne ihn hatte er nichts. Er war zur Schule gegangen, hatte seine Pflicht getan, und doch hatte er Tag für Tag darüber nachgedacht, das alles zu beenden. Es wäre so viel einfacher gewesen.

Peter Maltby fand ihn an einem seiner dunkelsten Tage, freundete sich mit ihm an und zeigte ihm, dass das Leben etwas ist, das man selbst gestaltet. Es war alles eine Frage des Willens. Das war der Grund, warum er seinen Sohn nach ihm benannt hatte. Das war das Mindeste, was er hatte tun können, wenn man bedachte, wie es zwischen ihnen geendet hatte.

Vielleicht war es das Beste, wenn der junge Peter mit seiner Mutter ging. Vielleicht würde er einen schädlichen Einfluss auf ihn haben. Vielleicht könnte er später, wenn das alles vorbei sein würde, heilen. Vielleicht könnte er dann die richtige Art von Vater für ihn sein.

Das bedeutete aber nicht, dass er nichts beizutragen

hatte. Sein Leben hatte einen Wert. Das musste so sein. Etwas anderes zu behaupten, war eine Beleidigung. Er hatte seinem Land gedient. Er hatte für sein Land geblutet. Er hatte *alles* für sein Land geopfert. Hatte er keine Gegenleistung verdient?

Aber was wäre, wenn er anstelle von Peter jemand anderes aufziehen könnte? Er hatte Lily als Gegenleistung für ihre Dienste eine Rente versprochen, mit der sie Katherine aufziehen konnte, aber er konnte noch so viel mehr tun als das.

Sein Sohn würde seinen Namen tragen, aber seine Tochter könnte sein Vermächtnis sein. Vielleicht war es an der Zeit, dass er sie zurücknahm. Um Katherine ein besseres Leben zu ermöglichen als alles, was sie als Kind einer Dienerin erwarten konnte.

»Ist es das, was du wirklich willst? Einem Kind weh zu tun, indem du es seiner Mutter wegnimmst?« Peter Maltbys Stimme verfolgte ihn, so wie immer, wenn er kurz vor dem Zusammenbruch stand. Selbst als Geist konnte Peter noch mit ihm sprechen.

»Aber welches Leben kann Lily ihr geben? Sie ist über einer Spielhölle aufgewachsen, um Himmels willen.«

»Das ist das Leben, zu dem du sie gezwungen hast.«

»Wir alle leben mit unseren Fehlern«, murmelte Hugo. »Ich versuche, meine Schuld wiedergutzumachen. Ich kann ihr viel mehr bieten als sie. Die Mutter wird entschädigt. Ich werde alles richtig machen.«

»Wenn du die Dinge richtig stellen willst, dann lass sie gehen. Lass sie alle gehen.«

Hugos Lippen kräuselten sich. »Ich kann nicht.«

»Warum?«

»Du weißt genau, warum.«

Lieber Gott, er wünschte, Peter wäre wirklich hier und nicht nur eine Stimme in seinem Kopf. Peter hatte den Hass in ihm immer gemildert. Er hatte Hugo das Leben gerettet, als dieser schon bereit gewesen war, der Verzweiflung nachzugeben. Aber Peter war tot; er lebte nur noch in der Vergangenheit.

Hugo schloss die Augen, und die Erinnerungen an seine Zeit in Cambridge kamen hoch.

»Nun, das war ein merkwürdiger Zufall«, sagte Peter.

»Du konntest nicht wissen, dass er es war«, sagte Hugo.

»Warum hasst du ihn so sehr?«, fragte Peter.

Hugo wandte seinen Blick von Charles ab, der ein paar Tische weiter in der Kneipe saß. Nach ihrer kühlen Wiederbegegnung hatte Peter ihn zu einem Gespräch unter vier Augen beiseite genommen, um ihn zu beruhigen.

»Ich will nicht über ihn reden«, murmelte Hugo und blickte Peter an. »Warum bist du so nett zu ihm?«

Peter grinste, seine gute Laune war ansteckend. »Ich glaube, dass jeder Mensch im Grunde gut ist. Du hast doch John Locke gelesen, nicht wahr?« Peter klopfte auf den Einband eines dicken Buches, das er bei sich trug.

Hugo schnaubte. »Hobbes ist realistischer, weniger romantisch. Der Mensch ist zur Gewalttätigkeit bestimmt und wird von tierischen Trieben geleitet. Bestenfalls können wir diese Triebe kontrollieren.«

Peters Lachen war warm, und seine Augen leuchteten. »Weißt du, Hugo, wenn du mehr lächeln würdest, würdest du an einem Tisch mit mehr Freunden sitzen.«

Hugo starrte Peter an, aber Peter nahm seine finsteren Blicke nie persönlich. Er sah immer das Gute im Menschen, so wie er es gesagt hatte. Es war unmöglich, Peter nicht zu mögen. Als Hugo in Cambridge angekommen war, hatte er keine Zukunft für sich gesehen. Er hatte erwogen, seinen Kopf in eine Schlinge zu stecken oder vom Glockenturm zu springen. Aber Peter war da gewesen, hatte mit ihm geredet, war ihm ein Freund gewesen, als Hugo geglaubt hatte, er sei ganz allein. Peter hatte ihn gerettet.

»Sag mir, was hat Lonsdale dir angetan? Du hast mir immer noch nicht die ganze Geschichte erzählt.« Peter rutschte näher an ihn heran. Um sie herum schallte die Kakophonie der kräftigen Stimmen der jungen Männer, die sich in der Kneipe vergnügten und lachten, von den Steinmauern wider.

»Hugo, wir sind Freunde«, erinnerte Peter ihn.

Hugo wollte um sich schlagen, um Peter zu sagen, dass sie keine Freunde waren, aber das stimmte nicht.

»Er hat meinen Vater getötet.«

Peters Blick fiel unbeholfen auf den Tisch. »Ich dachte, du hättest gesagt, sein Vater hätte ihn getötet.«

»Charles hat meinen Vater herausgefordert. Aber er war ein Feigling. Sein Vater kämpfte an seiner Stelle und tötete meinen. Aber es wäre nie passiert, wenn er ihn nicht herausgefordert hätte.«

Peter blickte zu dem Tisch, an dem Lonsdale saß. Er war jetzt allein, aber er versuchte, die Gäste um ihn herum hoffnungsvoll anzulächeln. Einen Moment lang wurde Hugo klar, dass er Lonsdale hätte bemitleiden können, weil er keine Freunde hatte, genau wie er selbst, und weil er zu sehr nach Gesellschaft suchte. Aber Hugo verhärtete sein Herz.

»Jeder der beiden Männer hätte das Duell abbrechen können«, erinnerte Peter ihn. »Und wäre dein Vater in deinen Augen ein besserer Mensch gewesen, wenn er auf einen Jungen geschossen hätte?«

Hugo runzelte die Stirn, antwortete aber nicht.

»Vergebung ist eine der stärksten Kräfte, die es gibt«, sagte Peter, seinen Blick auf Hugos Gesicht gerichtet. »Gleich nach der Liebe. Du musst ihn nicht lieben, du musst ihm nur verzeihen.«

Hugo knurrte und warf seinen Teller mit dem Essen so heftig, dass er gegen die Wand schlug und zerbrach.

»ICH KANN NICHT!«

Hugo hatte die Worte laut ausgesprochen, ohne es zu merken. Er schaute sich um, um zu sehen, ob ihn jemand belauscht hatte, aber er war allein.

Allein.

Er ließ die Erinnerungen an die Vergangenheit verblassen, während er wieder auf das Schachbrett starrte. Seine Finger kippten den weißen König auf die Seite. Der König drehte sich träge in einem Halbkreis, bevor er still dalag. Dann schlang Hugo seine Finger um die weiße Königin.

Mit der anderen Hand holte er einen Satz von fünf Briefen hervor, die er vor Tagen geschrieben hatte, und läutete nach einem Lakaien. Er hatte vorgehabt, Charles ein paar Tage Zeit zu geben, um das Eheleben zu genießen, bevor Hugo ihm alles entriss, aber jetzt konnte er nicht mehr warten. Er wollte, dass dies ein Ende nahm. Er wollte einen Neuanfang.

Als der Diener, den er herbeigerufen hatte, erschien, gab er ihm die Briefe.

»Liefere diese sofort aus.«

Bis jetzt hatte Hugo mit Charles und seinen Freunden gespielt. Zweifellos dachten sie, sie hätten seine Pläne auf Schritt und Tritt vereitelt, aber was sie nicht sahen, war die Tatsache, dass er die ganze Zeit über seine Figuren in Position gebracht hatte. Jeder fehlgeschlagene Schachzug wurde von anderen, unbemerkten Zügen begleitet.

Fünf Briefe an fünf Agenten, die auf der Lauer lagen. Bis Mitternacht würde er jeden Schurken in der Liga unter seiner Kontrolle haben. Natürlich würden sie jetzt auf der Hut sein, aber das spielte keine Rolle. Diesmal würde es niemanden geben, der Charles retten könnte.

Er öffnete seine Hand und starrte auf die weiße Marmor-Schachfigur, die sich leuchtend blass von der Haut seiner Handfläche abhob.

»Schachmatt, Charles.«

KAPITEL 26

Die Nacht war still und kalt, kein Windhauch bewegte die Mähne von Cedric Sheridans Pferd, als er sein Haus erreichte. In seinem Mantel steckte ein sorgfältig verschnürtes Päckchen mit einem Satz Rubinohrringe für Anne. Ein verfrühtes Weihnachtsgeschenk, das er sich nicht entgehen lassen konnte, als er es an diesem Tag in einem kleinen Laden in der Bond Street gesehen hatte. Er grinste verschmitzt, als er daran dachte, wie sie sich bei ihm bedanken würde, hoffentlich mit ekstatischen Küssen, und er sie dann in seine Arme nehmen und ins Bett tragen könnte.

Er stieg gerade ab, als sich die Dunkelheit vertiefte und Wolken vor die Sterne zogen. An den Fenstern war kein Licht zu sehen, was bedeutete, dass Anne früh zu Bett gegangen war. In Anbetracht ihres Zustands war das auch gut so. Sie brauchte mehr Schlaf. Cedric sah sich um und erwartete, dass sein Stallknecht Joel sich um sein Pferd kümmerte, aber der Junge war nirgends zu sehen.

Mit einem Seufzer führte Cedric das Pferd selbst um das Haus herum zu dem kleinen Stall, den er für seine und Annes Pferde bereithielt. Er sorgte dafür, dass der Wallach Hafer und Wasser in zwei Eimern bekam, bevor er ihm den Sattel abnahm und ihn zudeckte.

Die Stalltür öffnete sich knarrend. Eine Gestalt stand am Eingang, aber er konnte das Gesicht des Mannes nicht erkennen, da gegen den dunkelvioletten Himmel nur eine Silhouette zu sehen war. Die Haare in Cedrics Nacken sträubten sich warnend. Er hielt sich mit dem Rücken zum Verschlag, um sicherzugehen, dass er nicht von hinten angegriffen werden konnte.

»Joel?«

»Es tut mir leid, Mylord. Ich habe mich gerade um meine Bedürfnisse gekümmert, als Sie angekommen sind.« Joels fröhliche Stimme beruhigte Cedric, und er entspannte sich.

»Oh, ja. Keine Sorge, Junge. Es ist ohnehin schon spät.« Er trat vom Verschlag weg und verfluchte Ashton und seine kryptischen, biblisch anmutenden Warnungen.

Joel gluckste, als er das Pferd übernahm. »Kalte Nacht heute.«

»In der Tat. Alles ruhig im Haus?«

»Aye. Ihre Ladyschaft hat sich vor fast zwei Stunden zurückgezogen.«

Cedric lächelte ein wenig und stellte sich vor, wie er sich ins Bett schlich, seinen Körper an Annes schmiegte und sie zärtlich küsste, bis sie aufwachte. Er würde sie nicht lange wach halten, aber er wollte ihr ein paar Küsse geben, bevor er selbst einschlief.

Er zitterte plötzlich, als ob jemand über sein Grab getreten wäre.

Ich reagiere über. Ash hat mich gegenüber allem misstrauisch gemacht, dieser verdammte Narr. Dennoch wurde er das Gefühl nicht los, dass etwas nicht stimmte.

Als er den Stall verließ, konnte er Joel bei der Arbeit summen hören. Dann verstummte das Summen und eine schwere Stille umhüllte den Stall. Cedric fuhr herum. Er sah

Joels schlaffen Körper auf dem mit Stroh bedeckten Boden liegen.

Eine dunkle Gestalt stürzte sich auf ihn und schlug ihm hart ins Gesicht. Cedric stöhnte, als er mit dem Rücken auf den Steinboden fiel. Die Dunkelheit saugte ihn in einen Abgrund hinab.

LUCIEN SANG EVAN LEISE ETWAS VOR, ALS ER IHN IN SEIN Bettchen legte. Das Baby blickte mit einem verträumten Lächeln zu ihm auf.

»Du verwöhnst ihn, weißt du.« Horatia kicherte, als sie sich an seine Seite lehnte.

»Und das missfällt dir?«

»Wohl kaum. Ich denke, wir sollten ihn mehr verwöhnen.«

Sie trug einen dunkelroten Morgenmantel, der in der Taille locker gegürtet war, und ihr Haar fiel in weichen Wellen über ihre Schultern. Lieber Gott, er hatte die schönste Frau. Lucien legte einen Arm um sie und zog sie an seine Seite, damit er sie küssen konnte.

»Ich liebe dich.«

»Und ich dich.« Sie runzelte besorgt die Stirn. Horatia legte eine Hand auf seine Brust. »Was ist los? Du scheinst besorgt zu sein.«

»Das bin ich. Ich habe Angst um dich und Evan. Ich werde das Gefühl nicht los, dass, was auch immer passieren muss, bald geschehen wird.

Horatia umarmte ihn fest. »Ich weiß. Es ist beängstigend. Aber wir werden in Sicherheit sein. Ashton wird ...« Die Tür zum Schlafgemach öffnete sich, und ein Diener trat ein. Er hielt eine Pistole in der Hand, die auf Luciens Brust gerichtet war.

»Matthew?« Horatia flüsterte den Namen des Mannes.

»Ich brauche nur Sie, Mylord. Kommen Sie einfach mit mir, dann wird weder der Dame noch dem Kind etwas passieren.«

Lucien stellte sich vor Horatia und den Stubenwagen.

»Denken Sie gar nicht daran, um Hilfe zu rufen, Mylord. Es gibt mehr als einen Mann draußen, und sie werden kommen, wenn es nötig ist. Wenn Sie jetzt mitkommen, sorge ich dafür, dass sie ebenfalls das Haus verlassen und Ihre Frau und das Kind in Ruhe lassen.«

»Lucien, *nein*«, hauchte Horatia, die seine Absichten bereits kannte.

»Wohin gehen wir?«, fragte Lucien.

Matthews ausdrucksloses Gesicht ließ Eis in Luciens Blut sickern. »Wir gehen zu *ihm*. Das ist alles, was Sie wissen müssen. Jetzt kommen Sie.« Er schnippte den Lauf seiner Waffe in Richtung Tür. Lucien drehte sich um, umfasste Horatias zitternden Körper und küsste sie.

»Mehr als mein eigenes Leben«, flüsterte er, als er sich von ihr löste. »Mehr als alles andere.« Er brachte es nicht über sich, noch etwas zu sagen, aus Angst, er würde zerbrechen.

»Lucien ...« Horatia stellte sich vor das Bettchen des Babys und streckte die Hand nach ihm aus, und sein Herz zerbrach, als er die Geste nicht erwidern konnte. Sie warfen sich noch einen letzten, langanhaltenden Blick zu, bevor er sich Hugos Mann zuwandte.

Es war schon so spät, dass die Bediensteten unten beim Abendessen sein würden. Niemandem würde etwas geschehen. Das war der einzige gute Gedanke, den er heute Abend haben konnte.

Matthew zeigte auf die Eingangstür. »Öffnen Sie und gehen Sie zu der wartenden Kutsche.«

Lucien tat, was ihm befohlen wurde. Er war schon fast bei der Kutsche, als ihn etwas von hinten hart traf. Er fiel gegen die Seite des Wagens und drehte sich halb um, als sich zwei

Männer auf ihn stürzten und mit ihren Fäusten immer wieder auf ihn einschlugen, bis er auf die Knie sackte. Dann wurde er an den Armen gepackt und in die Kutsche gehievt.

Lucien wurde kurz darauf ohnmächtig.

GODRIC SASS IN SEINEM ARBEITSZIMMER UND DACHTE IN aller Ruhe über die Ereignisse des Tages nach. Ashtons Warnung hatte ihn vor Sorge krank gemacht. Charles' Hochzeit war eine angenehme Abwechslung gewesen, aber sie hatte die Gefahr für Emily und ihr ungeborenes Kind nicht beseitigt. Er hatte Angst, dass er nichts tun konnte, und er konnte sie nicht wegschicken. Selbst wenn Emily in ihrem Zustand die rauen Winterstraßen befahren könnte, wusste er, dass er es nicht versuchen sollte, sie zur Abreise zu bewegen. Sie würde nur den Weg zurückfinden und sich vielleicht noch mehr Ärger einhandeln, wenn sie ihm helfen wollte. Dann war da noch die kleine Katherine, auf die sie für Lily und Charles aufpassten. Er konnte nicht zulassen, dass dem Kind etwas zustieße.

Ein leises Geräusch, wie Schritte auf einem Teppich, lenkte seine Aufmerksamkeit auf sich. Er blickte durch die offene Tür seines Arbeitszimmers auf und sah eine Gestalt im Flur vorbeischleichen. Godric warf einen Blick auf die Uhr auf dem Kaminsims. Es war fast Mitternacht. Seine Bediensteten wären jetzt normalerweise im Bett.

Normalerweise wäre dies wenig beunruhigend, aber sein Verstand verband das, was er sah, mit der Möglichkeit dessen, was er befürchtet hatte. Er stand von seinem Schreibtisch auf und folgte dem Mann lautlos die Treppe hinauf. Das Schimmern einer Pistole in seinen Händen ließ Godrics Blut gefrieren, als er erkannte, dass der Mann auf das Kinderzimmer zusteuerte. Er rannte die Treppe hinauf und stürzte sich auf den Mann. Sie stürzten die Treppe hinunter, ihre Körper knirschten auf dem Teppich und dem Holz. Ihre Gliedmaßen verhedderten sich im Kampf. Godric schlug dem Mann ins Gesicht und erkannte ihn bald als einen seiner Gärtner.

»Du ...«, stöhnte er. Der Mann trat ihm in den Magen, und Godric stürzte die Treppe hinunter und stöhnte, als er unten ankam. Er blinzelte und versuchte, seine Sicht von den schwarzen Flecken zu befreien, die abwechselnd schrumpften und wuchsen. Mit schmerzendem Körper kletterte er auf Hände und Knie, sein Blick huschte hektisch die Treppe hinauf.

»Emily! Simpkins!«, brüllte er. »Beschützt Katherine!« Er betete, dass seine Frau ihn hören konnte. Warum kam ihm niemand zu Hilfe? Wo waren Simpkins und die anderen? Konnten sie den Aufruhr nicht hören? Godric war auf halbem Weg die Treppe hinauf, als er sah, wie sich der Mann gegen die Tür zum Kinderzimmer warf, die jedoch nicht nachgab.

»Mach die Tür auf!«, rief der Mann. Schweigen antwortete ihm. Gut ... also hatte Emily seine Warnung gehört. Der Mann zischte und richtete die Pistole auf ihn.

»Ich bin zwar für Sie und das Kind gekommen, aber Sie allein müssen für heute reichen. Gehen Sie auf die Knie, damit ich Ihnen die Hände fesseln kann.«

Godric wollte sich nicht fügen, aber er wusste, dass Emily und Katherine in Sicherheit sein mussten, und dass sie am sichersten waren, wenn er ging. Er fiel schwer auf die Knie und hob langsam die Hände. Er hörte, wie der Mann hinter ihm schlurfte, Sekunden bevor ihn ein Schlag mit der Pistole traf. Godric stöhnte, als der Schmerz in ihm explodierte. Er sackte zu Boden, seine Sicht verschwamm.

»Emily ...« Er hob eine Hand in Richtung der geschlossenen Kinderzimmertür und tastete mit den Fingern nach den drei Leben, die hinter dieser undurchdringlichen Eiche sicher waren. Der Mann stand über ihm und schaute mit einem finsteren Blick auf ihn herab.

»Du bist ein harter Kerl, das muss ich dir lassen«, murmelte er. Dann hob er seinen Stiefel und trat kraftvoll in Godrics Gesicht, und alles wurde dunkel.

❧

EMILY HIELT KAT IN IHREN ARMEN UND ZITTERTE, ALS SIE Godric eine Warnung ausrufen hörte. Sie schob den Türriegel vor, um das Kinderzimmer zu verschließen. Sie zuckte zusammen, als sie das plötzliche Hämmern und die gedämpften Rufe desjenigen hörte, der draußen war. Das war nicht ihr Ehemann.

»Mama ... will Mama«, flüsterte Kat, und ihre kleinen Hände gruben sich in Emilys Arme.

»Ich weiß. Mama ist in Sicherheit, aber wir nicht. Psst. Du musst jetzt ganz leise sein. Verstehst du mich?« Kats Wangen waren tränennass, aber sie nickte.

Emily trug Kat quer durch den Raum zu der großen Kommode in einer Ecke. Sie öffnete die oberste Schublade, die weit außerhalb von Kats neugieriger Reichweite lag, und kramte in den Babydecken, bis ihre Finger kaltes Metall berührten.

Das Geräusch des schmerzerfüllten Schreis ihres Mannes von der anderen Seite der Kinderzimmertür ließ sie erstarren. Ihr Herz stotterte fast bis zum Stillstand. Sie zog eine Pistole aus den Falten der Decken hervor.

Godric...

Sie wagte nicht zu atmen. Sie hatten sich gegenseitig ein Gelübde abgelegt. Egal, was passierte, sie musste Katherine und ihr ungeborenes Kind um jeden Preis beschützen, auch wenn das bedeutete, ihn der Gefahr zu überlassen. Es war ein Gelübde, an das sie sich nie hatte halten wollen, aber sie musste es tun. Sie richtete die Pistole auf die Tür und wartete.

Draußen waren keine Geräusche mehr zu hören, aber sie konnte sich nicht überwinden, die Tür zu öffnen. Was, wenn der Eindringling darauf wartete, dass sie sich zeigte?

»Ich will Mama«, flüsterte Kat an Emilys Hals.

»Ich weiß, ich weiß«, summte Emily und schlang ihren Arm um Kats Körper, während sie sie auf den Boden setzte, um zu warten. Die einzigen Geräusche, die sie jetzt noch hörte, waren das eindringliche Ticken der Kaminuhr und das Geräusch ihres Herzens, das brach, als sie um Godrics Leben fürchtete.

⚜

Jonathan St. Laurent hielt Audrey in seinen Armen und küsste sie zärtlich auf die Lippen, als sie schließlich einschlief. Er schob sie zärtlich unter die Decke und blies die Kerzen aus. Sie ergriff seine Hand, als er begann, sich vom Bett zu erheben.

»Ich bin gleich wieder da, Schatz«, sagte er, und ihre Hand fiel auf das Laken.

Er verließ das Bett und zog sich im Dunkeln an, dann verließ er das Schlafgemach und ging die Treppe hinunter, in der Hoffnung, ein Glas Brandy zu finden. Seit Ashton ihnen allen gesagt hatte, dass sie sich in unmittelbarer Gefahr befanden, konnte er nicht mehr einschlafen. Er fürchtete nicht um sein eigenes Leben, aber er fürchtete um seinen Bruder und seine Freunde, und vor allem um Audrey. Hugo hatte es schon einmal auf sie abgesehen gehabt, nur um der Liga zu schaden, und das würde er nicht noch einmal zulassen.

Irgendetwas fühlte sich falsch an. Es war wie eine Veränderung in der Luft vor einem aufkommenden Sturm. Er schlich sich unbemerkt nach draußen, in der Hoffnung, dass die frische Luft seinen Kopf frei machen würde. Als ehemaliger Diener wusste er, wie man schnell und leise wie ein Mäuschen ist. Selbst seine eigenen Bediensteten konnten ihn oft nicht finden, wenn er nicht gesehen oder gehört werden wollte. Er duckte sich auf die Straße und sah die mondbeschienene Straße hinunter zu Godrics Haus, vor dem eine Kutsche stand. Zwei Männer trugen einen Körper. Sie hoben ihn in die Kutsche, die dann die Straße hinunter auf sein Haus zurollte.

»Nein ...«

Das Ende war gekommen, und zwar schneller, als jeder von ihnen erwartet hatte. Er nutzte die hohen Rhododendren, um sich an der Treppe zu seinem Haus abzuschirmen, aber die Kutsche rollte vorbei und fuhr weiter. Jonathan blickte die Straße hinunter zu Godrics Haus und dann zur Kutsche, hin- und hergerissen zwischen dem Wunsch, nachzusehen, ob es allen im Haus gut ging, und der Angst, dass Godric in der Kutsche war und ihn brauchte.

Er konnte Ashtons Stimme in seinem Kopf hören. *»Wenn Hugo ein Attentat auf uns verüben wollte, wären wir alle schon tot. Auch seine bisherigen Angriffe waren nur Finten. Er wird auch nicht versuchen, uns alle mit einem Trick an denselben Ort zu locken. Aber er wird uns alle gleichzeitig wollen, und er wird wollen, dass es gewalttätig ist. Ihr solltet euch von ihnen mitnehmen lassen. Es ist für alle sicherer, wenn wir uns ergeben. Denkt daran, das Spiel ist noch nicht vorbei.«*

»Dann muss ich ein Zug sein, den Hugo nicht in Betracht gezogen hat«, sagte Jonathan zu sich selbst. »Zu mir ist er nicht gekommen.«

Jonathan begann zu rennen und behielt dabei die langsam fahrende Kutsche im Auge. Solange sie nicht schneller wurde, könnte er ihr vielleicht folgen. Er betete nur, dass die Liga die

Nacht überleben würde. Das Böse durfte nicht die Oberhand gewinnen.

❧

DIE SCHACHFIGUREN AUF DEM VERSCHNÖRKELTEN Marmorbrett schimmerten im Feuerschein. Ashton starrte auf das Brett, sein Verstand war frei von allen Gedanken, und er konzentrierte sich auf die Züge. Der weiße König war exponiert und hatte keine Springer, die ihn hätten retten können.

Es war eine Metapher. Dieses Spiel symbolisierte seinen Kampf mit Hugo, aber er würde sich nicht anmaßen, das Spiel mit ihrer wahren Situation gleichzusetzen. Aber es gab ihm einen Anhaltspunkt. Er konnte sich vorstellen, dass Hugo ein ähnliches Spiel spielte, denn so sah er die Welt. Zu bewegende Objekte, zu spielende Strategien, zu opfernde Figuren.

Ashton dachte an ein privates Gespräch zurück, das er mit Lily geführt hatte, bevor das Hochzeitsfrühstück begonnen hatte.

»Du weißt, was er will.«

Lily nickte. »Den Tod von Charles. Wenn er glaubt, dass er genug gelitten hat.«

»Und er möchte es selbst tun.«

Sie nickte erneut. »Irgendwann.«

»Was glaubst du, wie er es machen wird? Was ist seine Vorstellung von Leiden?«

Lily zögerte. »Indem er euch alle vor seinen Augen tötet, ohne dass er es verhindern kann.«

Ashton nickte. »Richtig. Dies ist ein Krieg des Geistes. Die ganze Zeit schon.« Er hielt einen Moment inne. Lily hörte aufmerksam zu.

Sie gab sich nicht dem Gefühl der Verzweiflung hin, sondern beobachtete ihn nur, um eine Gelegenheit zu finden, etwas beizutragen. Er konnte verstehen, warum Hugo sie für nützlich befunden hatte.

»Die Spielzüge, die Strategien, sogar die Spieler müssen durch diese Linse gesehen werden. Jeder Zug, den Hugo in seinem Endspiel macht, ist darauf ausgelegt, Charles etwas wegzunehmen. Ihn zu verletzen und ihn machtlos zu machen, um sich zu rächen, aus Angst, noch mehr zu verlieren. Es wird immer gerade genug Hoffnung übrig bleiben, um zu glauben, dass die Dinge anders ausgehen werden, bis er nichts mehr hat und sich all die Male zuvor bewusst wird, dass er hätte handeln sollen, es aber nicht getan hat. Er wird sich für jede Tragödie, die ihm widerfährt, die Schuld geben. Erst dann wird Hugo ihn töten.«

Lilys Entschlossenheit geriet ins Wanken, und sie blickte zu Boden. Er konnte es ihr nicht verdenken. In Hugos Kopf zu sein, hatte ihn krank gemacht, aber es war notwendig gewesen. Hugos Vergangenheit war die ganze Zeit der Schlüssel gewesen. Nachdem Ashton Hugos Beweggründe verstanden hatte, hatte sich der Rest von selbst ergeben, und eine Schwäche hatte sich gezeigt.

Ashton hob ihr Kinn mit seinen Fingern an. »Aber ... Wenn er dich zuerst verliert ...«

Lily schluckte, sagte aber nichts.

»Verstehst du, was ich dir sage?«

Lily wandte ihren Blick dorthin, wo Charles stand und mit den Gästen sprach. Ihre Augen verengten sich in grimmigem Verständnis.

»Das tue ich.«

ASHTON WAR VON LILYS MUT BEEINDRUCKT GEWESEN. NUR wenige Männer würden ein solches Opfer leicht bringen, aber sie hatte nicht gezögert.

Die Tür zu seinem Arbeitszimmer öffnete sich, und ein hochgewachsener dunkelhaariger Mann stand dort, eine Pistole mit zwei nebeneinander liegenden Läufen schimmerte im Feuerschein. Ashton stand langsam auf und steckte die Schachfigur in seine Westentasche. Im Obergeschoss schlief Rosalind sicher und gesund. Er hatte ihre Tür von außen verriegelt und den Schlüssel vorsichtshalber unter die Tür geschoben, aber in Wahrheit hatte er erst in ein paar Tagen damit gerechnet, dass etwas passieren würde.

»Sie sind früh dran«, sagte Ashton ruhig zu dem Mann in der Tür. Er erkannte den Mann als einen seiner Stallknechte - oder besser gesagt, als einen von Hugos Spionen, der hier zwei Jahre als Stallknecht verbracht hatte. Hugo hatte also seine Leute in Stellung gebracht, lange bevor sie von seiner Rückkehr erfahren hatten.

»Du willst nicht kämpfen?«, fragte der Mann.

»Das möchte ich lieber nicht, Baxter, wenn es Ihnen nichts ausmacht. Außerdem brauchen Sie mich lebend.«

»Ja, das tue ich.« Der Mann schnippte mit der Pistole. »Ich sollte dich eigentlich ein bisschen aufmischen, aber ich denke, darauf können wir verzichten. Um der alten Zeiten willen. Los geht's. Er will dich bis Mitternacht in der Hand haben.«

»Sehr gut.« Ashton verließ den Salon.

Das Gewicht der weißen Königin in seiner Tasche schien mit jedem Schritt, den er machte, größer zu werden. »Baxter, wenn ich fragen darf, was ist Ihr Eindruck von Ihrer Mission?«

»Wie meinst du das?«

»Sie kennen mich seit zwei Jahren, haben als mein Stallknecht gearbeitet, manchmal auch als mein Lakai. Welchen Grund hat Hugo Ihrer Meinung nach, gegen uns zu handeln? Haben Sie mich jemals als eine Bedrohung für das Land gesehen?«

»Es steht mir nicht zu, das zu beurteilen, Sir. Aber bei all den geheimen Treffen und Abenteuern, die ihr in anderen Teilen der Welt erlebt habt, denke ich, dass ihr etwas Schlimmes im Schilde führt.«

Ashton hätte fast gekichert. Das bestätigte zumindest seine Annahme, dass Hugo seine Männer davon überzeugt hatte, dass die Liga in irgendeiner Weise gefährlich war. »Na, wenn Sie meinen.«

Heute Abend würde er sich der Dunkelheit in Hugo Waverlys Herzen stellen, und die Liga würde auf eine Probe gestellt werden, wie sie noch nie zuvor eine bestanden hatte. Er erinnerte sich an den Fluss, die Dunkelheit, den Sog der Tiefe und die Angst, dass sich das, was in jener Nacht geschehen war, wiederholen würde.

Ich habe mein Bestes getan, um alle Züge vorherzusagen. Das Spiel liegt jetzt nicht mehr in meinen Händen. Bitte lass mich Recht behalten. Die weiße Königin könnte der Schlüssel zu allem sein.

KAPITEL 27

Charles strich mit den Fingerspitzen über Lilys Wangen und stellte sich vor, wie er als alter Mann sie immer noch in seinen Armen hielt und sich darüber freute, dass ihm ein langes und glückliches Leben mit ihr vergönnt gewesen war. Sie sah ihn an, ihre Augen waren das reinste Blau, das er je gesehen hatte.

Er zog ihren Körper unter seinen und bedeckte sie mit langsamen, weichen Küssen. Sie legte den Kopf zurück und entblößte ihren Hals, und er fuhr mit den Fingerspitzen die zarte Spalte hinunter, bis er ihr Schlüsselbein erreichte. Sie seufzte verträumt und strich mit ihren Händen an seinen Armen auf und ab, während er an ihrem Hals knabberte. Jedes Mal, wenn er ihr kleine Liebesbisse verpasste, kicherte sie und stöhnte dann auf. Er ließ eine Hand hinunter zu ihren Brüsten gleiten und erkundete die Spitzen. Die blassrosa Brustwarzen waren perfekte Spitzen, und er rutschte an ihrem Körper hinunter, um sie in den Mund zu nehmen und an ihnen zu saugen, bis sie hart waren und Lilys Atem schneller ging.

Charles wollte auf jedem Zentimeter ihrer Haut verweilen, ihre geheimen Stellen kennenlernen, die sie stöhnen und seinen Namen rufen ließen. Die kitzeligen Stellen an ihrer unteren Taille, der Schwung ihrer Hüften und die weiche Haut hinter ihren Knien - all das war ein Geschenk für ihn, ein kostbares Gut, von dem er befürchtete, dass er zu wenig Zeit haben würde, es zu genießen.

»Willst du, dass ich mit dir Liebe mache, Frau?«, flüsterte er.

Sie hob ihren Kopf vom Kissen und nickte langsam. »Ja ... Ehemann.« Sie flüsterte das Wort zaghaft, wie ein Kind, das sich nicht traut, von Weihnachten zu sprechen, nur um dann zu erfahren, dass Weihnachten nicht kommen würde. Aber sie brauchte sich keine Sorgen zu machen. Er würde ihr Ehemann bleiben, solange er noch atmen konnte. Er setzte sich auf seine Fersen und zog sie an seinen Körper. Sie hatte jetzt weniger Angst und wurde im Bett mutiger, jetzt, da sie wusste, dass es zwischen ihnen nur noch Vergnügen geben würde.

Sie sah zu, wie er langsam in sie eindrang, und stöhnte dann so süß, dass sich sein Körper vor lauter Verlangen, diesen letzten Höhepunkt hinauszuzögern, versteifte. Er wollte sich in dem Glanz sonnen, der von ihr auszugehen schien, als sie sich ihrer Lust hingab und ihre Angst hinter sich ließ. Lily umklammerte das Kissen an beiden Seiten ihres Kopfes, ihr Rücken wölbte sich, ihre Brüste waren perfekt zur Schau gestellt, als er sie nahm und sie wiederum ihn auf eine Art und Weise beanspruchte, wie es keine andere Frau je getan hatte.

Ich gehöre dir, werde immer dir gehören.

Sein Körper zitterte, als sie unter ihm auseinanderbrach, und dann folgte er ihr über den Rand der Glückseligkeit. Seine Vision wurde für einen Augenblick weiß, als er sich ihrer gemeinsamen Leidenschaft hingab. Er hoffte tief in seiner Seele, dass sie in diesem Moment ein Leben zwischen ihnen geschaffen hatten, dass etwas von ihm bei ihr bleiben würde, wenn er nicht überlebte, was auch immer Hugo geplant hatte.

»Ich liebe dich.« Die Worte zitterten auf ihren Lippen, als ob sie weinen wollte, als ob sie befürchtete, dass sie nie wieder die Gelegenheit haben würde, sie zu sagen.

Er neigte seinen Kopf und bedeckte ihre Lippen mit den seinen, um den Schmerz, den er in ihrem Gesicht sah, zu lindern. Er spürte, dass Gefahr drohte, und doch fühlte er sich seltsam ruhig. Nicht anders als ein zum Tode Verurteilter, der sich an einem herrlichen Sonnenaufgang satt gesehen hat - die leuchtenden Farben, der strahlende Himmel, all das. Er würde die Herrlichkeit dieser letzten Blicke in sich aufsaugen. So ging es ihm auch mit Lily. Er würde sie jetzt verehren und diese Erinnerung wie einen Schild mit in die Schlacht nehmen.

Sie schlief ein, und er hielt sie noch eine ganze Weile im Arm, bevor er aus dem Bett schlüpfte und sich anzog. Trotz allem, was Ashton ihm gesagt hatte, spürte er in seinen Knochen, dass das, was kommen würde, heute Nacht kommen würde, und er wollte bereit sein.

Er hatte gerade seine Weste zugeknöpft, als sich der Türknauf zu seinem Schlafgemach zu drehen begann. Als sich die Tür öffnete, hob er die Fäuste und erwartete ... nun, er hatte keine Ahnung, was durch die Tür kommen würde.

Als sie sich öffnete, stand ein Mann vor ihm, den er erkannte.

»Sie sind es also«, sagte er zu Daniel Sheffield.

Daniels grimmiges Lächeln sah im Kerzenlicht düster aus. »Er hat niemandem sonst vertraut, dass er dich zu ihm bringt.« Er trug keine Waffen. Charles spannte sich an und fragte sich, ob er diesen Mann in einem Kampf aufhalten könnte, wenn es dazu käme. Keiner konnte es mit ihm aufnehmen, wenn es ums Boxen ging, aber gleichzeitig war er auch kein Mörder. Lily hatte ihn im Fechten besiegt, weil sie wusste, wann sie die Regeln brechen musste.

»Du wirst nicht mit mir kämpfen.« Daniel sagte dies ohne Arroganz, sondern eher mit einer ruhigen Zuversicht.

Charles senkte seine Fäuste nicht. »Werde ich nicht?«

»Du machst vielleicht eine Show daraus, aber wir wissen beide, dass du mitkommen wirst. Weil die anderen es getan haben. Und weil du weißt, dass ich nicht wirklich allein bin. Und weil er das Kind hat.«

Jeder Muskel in Charles' Körper versteifte sich, und er blickte auf das Bett hinter ihm. Zum Glück war Lily noch nicht aufgewacht. Er konnte nicht zulassen, dass dem Kind etwas zustoßen würde.

»Nun gut.« Charles ließ die Fäuste sinken, und er und Daniel verließen die Kammer, während Lily noch immer in das Land der Träume versunken war.

Draußen wartete eine Kutsche auf Daniel, und Charles folgte ihm hinein. Keiner der beiden Männer sprach, als die Kutsche vorwärts schlingerte. Daniel beobachtete die Straßen durch die Fenster, und Charles starrte auf seine vor ihm verschränkten Hände. Seine Finger zitterten leicht, aber er verbarg das, indem er sie fest zusammendrückte.

»Du sagst also, die anderen sind freiwillig mitgekommen?«, fragte Charles.

Daniel lächelte halb. »Das habe ich nie gesagt. Aber es war viel zu einfach, euch alle zu fangen. Das war natürlich zu erwarten.«

»Zu erwarten?«

»Sir Hugo ist schlauer, als du denkst, Lonsdale. Ich fürchte, er hat Ashtons Plan, euch alle einfach entführen zu lassen, schon lange vorhergesehen.«

Charles lehnte sich vor. »Was hat er gegen dich in der Hand, Sheffield? Oder hat er sich deine Loyalität erkauft?« Er fragte dies nicht aus Zorn, sondern aus Neugierde.

»Er hat weder Einfluss auf mich, noch hat er mich gekauft. Er hat mich zu einer Zeit gerettet, als ich dachte, ich könne nicht gerettet werden. Diese Art von Schulden ist viel stärker.«

»Ich verstehe.« Charles dachte an die Schulden, die er bei jedem Mann in der Liga und auch bei Peter hatte. Einige Schulden konnten nie zurückgezahlt werden.

»Wirklich?«, fragte Daniel, aber seine Frage war nicht sarkastisch, sondern eher nachdenklich.

Charles fiel es jetzt leichter, über die Vergangenheit zu sprechen. Im Angesicht des Todes scheinen solche Geheimnisse unwichtig zu sein.

»Ich habe als Junge einen dummen Fehler gemacht, der Hugos Vater das Leben kostete. Und dabei habe ich auch noch meinen eigenen Vater verloren - es hat nur länger gedauert, bis es passiert ist. Aber es war nicht genug für Hugo, dass wir beide unsere Väter verloren haben. Hat er dir jemals erzählt, dass er versucht hat, mich in Cambridge zu ertränken?«

Daniel schwieg einen Moment und sprach dann. »Das hat er, aber ich bin neugierig auf deine Sicht der Dinge, wenn du das mit mir teilen willst.«

»Es war eine Laune des Schicksals, die unsere Kreise wieder zusammenführte. Ich hatte einen Freund, Peter, einen meiner wenigen Freunde in der Schule. Und es stellte sich heraus, dass er auch ein Freund von Hugo war. Er ließ uns eines Tages zusammenkommen und dachte, wir würden uns gut verstehen, ohne zu wissen, dass wir eine gemeinsame Vergangenheit hatten. Irgendetwas an diesem Treffen hat ihn aufgeregt. In jener Nacht zerrte Hugo mich aus meinem Zimmer und fesselte meine Hände und Handgelenke.« Charles rieb sich die Handgelenke und spürte die Fesseln, als ob es nicht fünfzehn Jahre her wäre. »Er zerrte mich in die Untiefen des Flusses Cam und band mich an einen schweren

Stein. Ich hatte nie eine Chance.« Während er sprach, wurde er in die Vergangenheit zurückgetrieben, spürte, wie das Wasser ihn verschluckte, und fühlte, wie seine Kehle von seinen Hilferufen brannte.

»Peter Maltby kam zu meiner Rettung. Er war einer der besten Männer, die ich je gekannt habe. Er starb, als er mir das Leben rettete. Meine anderen Freunde kamen und zogen mich aus dem Wasser, aber Peter war verloren. Ich hatte Hugo ein weiteres Leben genommen.« Er hielt inne und atmete langsam und schmerzhaft ein. »Ich verdanke meinen Freunden alles, weil sie mich gerettet haben.«

Daniel schwieg einen langen Moment, als sein Blick den von Charles traf.

»Er wird dich heute Nacht umbringen.«

»Ich weiß.«

Daniel hielt inne, als würde es ihn körperlich schmerzen, einen Teil der Pläne seines Herrn preiszugeben. »Nein, das tust du nicht. Nicht wirklich.«

»Was ist mit meiner Frau?«, fragte Charles.

»Unverletzt. Sie und das Kind werden leben dürfen. Du hast also ihren Betrug entdeckt?«

»Ja«, log er. Er würde nicht zugeben, dass sie ihm Hugos Pläne gestanden hatte oder dass sie jetzt auf seiner Seite stand. Aber war es möglich, dass er es bereits wusste? Was, wenn Daniels Worte nur ein Trick waren, um ihn zur Zusammenarbeit zu zwingen?

Die Kutsche hielt an, und sie stiegen aus, aber seine Schultern sackten beim Anblick des Eingangs zu den Tunneln der Lewis Street zusammen. Daniel sah ihn an, mit einem zögernden Blick in den Augen. Charles ergriff seinen Arm, in der Hoffnung, er könne irgendwie an die Ehre dieses Mannes appellieren.

»Bitte, lass nicht zu, dass er dem Kind oder Lily etwas

antut. Sie sind unschuldig. Ich muss wissen, dass sie seinem Zorn entgehen werden, was immer auch geschieht.«

Daniels dunkelbraune Augen musterten ihn. »Ich habe mein Leben damit verbracht, meinem Land zu dienen und es dem Mann zurückzuzahlen, der mir das Leben gerettet hat. Aber im letzten Jahr habe ich beobachtet, wie er seinem eigenen Wahnsinn erlegen ist. Ich gebe dir mein Wort, dass ich für sie tun werde, was ich kann.« Seine Lippen verzogen sich, aber die Frustration schien nach innen gerichtet zu sein.

»Danke.« Charles ließ Daniels Arm los, und sie stiegen in die Tunnel hinab, die überraschenderweise leer waren, ähnlich wie bei der Rettung des Earl of Kent. Zweifellos hatten Hugos Männer sie leergeräumt. Vielleicht hielten sie sich auch jetzt noch in den Schatten auf, um sicherzustellen, dass niemand dieses private Treffen störte.

Als sie einen der offenen Bereiche erreichten, in denen sich die Ringe für die Kämpfe befanden, kam Charles ins Schleudern und blieb stehen. Hugo stand in der Hauptmanege.

»Willkommen, Charles«, sagte Hugo lachend. »Ich habe für heute Abend eine kleine Party arrangiert, und du bist der Ehrengast.« Er winkte Charles, an ihm vorbeizusehen.

Hinter ihm in den drei normalerweise leeren hohen Metallzellen saßen seine Freunde. Ashton stand in der mittleren Zelle, an die Gitterstäbe gepresst, stolz und furchtlos. Cedric saß hinter ihm auf dem Boden, hielt sich eine Hand an den Hinterkopf und stöhnte. In der zweiten Zelle lehnte Lucien, kaum bei Bewusstsein, mit zerschundenem Gesicht an der Wand. Neben ihm saß auch Godric, wütend, Schweiß und Blut tropften ihm über die Stirn. Ashton krümmte seine Finger um die Gitterstäbe, seine blauen Augen waren voller Sorge, als er und Charles sich gegenseitig ansahen.

»Es tut mir leid«, flüsterte Charles so laut, dass sie es hören konnten.

Hugo gluckste nur. »Ich habe nie gesagt, dass dies eine Überraschungsparty ist. Sie haben das genauso erwartet, wie ich mich darauf gefreut habe. Du wusstest, dass sie hier sein würden, denn sie tragen die Schuld für ihre Sünden genauso wie du.«

Charles stand am Rande des Boxrings. Verzweiflung umhüllte ihn wie ein Leichentuch. Was, wenn Hugo jeden Schritt von Ashton vorausgesehen hatte? Könnte seine ganze Planung umsonst gewesen sein?

»Wo ist sie? Das Kind?«, fragte Charles, der Katherine nicht unter ihnen sah.

»Sie ist in Sicherheit.« Godrics Stimme war heiser. »Emily hat sie.«

»Schweigen!«, brüllte Hugo. »Oder ich lasse dich sofort erschießen.«

Dem Himmel sei Dank, Kat war in Sicherheit. Nicht alle von Hugos Plänen waren also aufgegangen, wie sie sollten. Das freute ihn so ein kleines bisschen. Es bewies, dass Hugo fehlbar war, und das gab Charles wieder Vertrauen in Ashtons Plan.

»Die Zeit ist gekommen, Charles. Nach dem, was du meinem Vater und Peter angetan hast, ist es an der Zeit, dass du dafür bezahlst. Ein Pfund Fleisch von jedem von euch. Der Lohn der Sünde, mit Zinsen.« Hugo wandte sich der Liga in den Käfigen zu, und in seinen dunklen Augen glitzerte ein Hauch von Triumph. Ashton trat vor und schirmte Cedric und die anderen ab, so gut er konnte.

»Das wird nicht funktionieren, Hugo. Du versuchst, uns auseinander zu bringen, so wie du es immer getan hast. Hast du noch nicht gelernt, dass wir nur stärker werden?«

»Wirklich?«, fragte Hugo. »Oder habe ich dich so allmählich zermürbt, dass du nicht einmal siehst, wo du zerbrechen wirst?«

Charles' Seele zersplitterte, wie Eis auf einem reißenden

Fluss. Er würde nicht überleben, nicht wenn er sie verlieren würde. Er betrat den Ring mit weit ausgebreiteten Armen und entblößte sich.

»Nimm mich, töte mich.«

Hugo sah zu Ashton und lächelte. »Knack.«

Charles schaute zu jedem seiner Freunde. Er würde alles dafür tun, dass sie noch einen Tag mit ihren Frauen, ihren Familien verbringen können. Er würde ohne zu zögern sein Leben geben, um ihnen noch ein paar Sekunden des Glücks zu schenken. Das war er ihnen schuldig. Er verdankte ihnen alles.

»Du willst mich, Hugo. Es ging immer nur um uns beide. Töte mich und lass uns das beenden.«

»Laut und impulsiv. Leichtsinnig wie immer. Du verstehst die Lektion nicht, Charles.« Hugo ging vor ihm auf und ab, wie ein Löwe, der darauf wartet, aus seinem Käfig befreit zu werden. In seinen Augen lag eine erschreckende Zuversicht. »Und wie du gleich erleben wirst, ist das Leiden der größte Lehrmeister.«

Hugo wandte Charles den Rücken zu und musterte die gefangenen Schurken mit einem kalten, spekulativen Blick. Die Männer in den Käfigen verkrampften sich, weil sie ihre Gefahr spürten.

Ashton wandte seinen Blick nicht von Hugo ab. Lucien kämpfte sich auf die Beine, ebenso wie Godric und Cedric. Keiner von ihnen wollte auf den Knien sterben. Daniel sah vom Rand des Rings aus zu, die Arme verschränkt, das Gesicht unbewegt.

Was kann ich tun, um sie zu retten? Charles hatte sich in seinem Leben noch nie so hilflos gefühlt, außer in jener Nacht im Fluss. Die Vergangenheit wiederholte sich, aber dieses Mal konnten sie nicht ans andere Ufer schwimmen.

»Lennox, Rochester, Essex, Sheridan ... Wer von euch wird ihm jetzt beistehen? Er hat euch allen Tod und

Verderben gebracht. Ihr wollt doch sicher nicht an seiner Seite stehen«, sagte Hugo spöttisch. Dann änderte sich sein Gesichtsausdruck. »Ich fühle mich großmütig. Sein Leben ist verwirkt, aber eure müssen das nicht sein. Ich biete euch euer Leben an - *wenn* ihr euch von ihm lossagt und weggeht.«

»Tut es!«, flehte Charles sie an, und seine Augen brannten vor Tränen. »Geht ... *bitte*.«

Ashton warf Charles einen Blick mit einem Ausdruck zu, den dieser nicht lesen konnte. Dann legte Ashton den Kopf schief, als würde er Hugos Angebot überdenken.

»Du hast nie verstanden, was wahre Freundschaft ist, nicht wahr, Hugo?«

»Ach, halt die Klappe, Lennox. Du wurdest zusammengeschlagen. Ihr werdet heute Nacht *alle* sterben, wenn ihr nicht zustimmt zu gehen. Wenn ihr euch nun fragt, ob ihr mir glauben sollt, dann beachtet doch bitte Folgendes: Das Verschwinden so vieler Mitglieder des Adels zu erklären, ist für mich eine große Unannehmlichkeit. Überlasst Charles seinem Schicksal, und ich werde nichts mehr mit euch zu tun haben, denn ich weiß, dass ihr euch niemals gegen mich stellen werdet. Wenn ihr das nämlich tut, würde eure Mittäterschaft öffentlich werden. Deshalb habe ich von euch nichts zu befürchten. Natürlich hoffe ich, dass ihr hierbleibt, denn ich werde es sehr genießen, zu sehen, wie das Licht aus euren Augen verschwindet.«

Ashton gluckste leise, als würde er sich über Hugos Angebot amüsieren. »All die Jahre hast du uns gehasst, aber nicht, weil du Peter oder deinen Vater verloren hast. Du hast dich selbst mit Hass erfüllt, weil du wusstest, dass du niemals das haben würdest, was Charles in jener Nacht hatte. Liebe, Liebe von Fremden. Unsere Verbindung basiert auf Liebe und Aufopferung, wenn sie gefordert wird.«

»Du *wagst* von Liebe zu sprechen? Peter war mein Freund.

Ich habe ihn geliebt, und ihr Narren habt ihn mir weggenommen! Er war mein einziger Freund, der ...«

»Er war auch mein Freund!«, rief Ashton in einem überraschenden Anfall von Wut. »Und er starb bei dem Versuch, deinen meistgehassten Feind zu retten. Du hast Charles dafür noch mehr gehasst, aber du hättest von Anfang an erkennen müssen, was Peters Tod wirklich bedeutet. Er hat in jener Nacht nicht versucht, Charles zu retten – er wollte *dich* retten.« Ashton hielt inne und holte tief Luft. »Weil er als dein einziger Freund wusste, dass deine Seele den Mord an deinem eigenen Bruder nicht überleben würde.«

Der Wind strömte aus Charles' Lunge. Ihm wurde plötzlich schwindelig, als er auf den Füßen schwankte. Was hatte Ashton damit gemeint? Bruder? Nein. Sie waren nicht ... sie konnten nicht ...

Er starrte Hugo an, zeichnete seine Gesichtszüge nach, suchte nach einer Vertrautheit und fand sie zu seinem eigenen Entsetzen auch. Hugo war eine dunkelhaarige Version von Charles' Vater. Er hatte die Wahrheit nicht sehen wollen, hatte diese Gedanken verdrängt. Doch hatte er Kat nicht angesehen und geschworen, dass er in ihrem kleinen Gesicht etwas von sich selbst gesehen hatte?

Ich bin ihr Onkel.

Hugo gab Ashton ein langsames, bedächtiges Klatschen. »Halbbruder. Genauigkeit ist wichtig, findest du nicht auch?« Er begann wieder auf und ab zu gehen, aber er schien sich immer noch völlig unter Kontrolle zu haben. »Sein Mischlingsvater verführte meine Mutter, und sie gebar mich, doch mein wahrer Vater zog mich auf, *liebte* mich. Er starb, um meine Ehre zu schützen.« Hugo sah wieder zu Ashton. »Ehrlich gesagt, wessen Vertrauen wolltest du mit dieser Enthüllung erschüttern? Das scheint nur für Charles eine Neuigkeit zu sein. Und wir sind *keine* Brüder, egal welches Blut uns verbinden mag.«

Charles hätte nicht intensiver zustimmen können. Brüder waren nicht durch Blut, sondern durch Liebe miteinander verbunden. Die Männer, die hier in den Zellen gefangen waren, waren seine wahren Brüder.

Hugo hörte auf, auf und ab zu gehen und sah Charles langsam und bedächtig an. »Da deine Freunde nicht bereit sind, dich zu denunzieren, sollte ich sie alle töten. Das waren schließlich die Regeln.«

Charles sagte nichts. Was könnte er sagen, das die Sache nicht noch schlimmer machen würde?

»Aber vielleicht sollte Blut doch etwas zählen«, fuhr Hugo fort, als ob er eine neue Möglichkeit erwäge. »Wähle einen von ihnen. Wähle einen deiner Freunde, der gehen soll, und ich wähle einen, um ihn zu töten. Ein fairer Tausch, findest du nicht auch?«

Charles' Zähne fühlten sich an, als würden sie Pulver zermahlen. »Ich würde dir ja sagen, dass du zur Hölle fahren sollst, Hugo, aber anscheinend regierst du dort bereits.«

Hugo schmunzelte. »Wähle niemanden, und ich werde zwei töten.«

»*Was willst du von mir?!*«, schrie Charles. »Mein Leben? Ich werde mich auf dein Schwert stürzen. Mein Titel? Du bist der ältere Bruder. Ich werde ihn dir überlassen.«

»Selbst wenn das in deiner Macht stünde, will ich nichts von dir. Triff deine Wahl, *Bruder*, und ich werde meine treffen.«

Charles sah zu seinen gefangenen Freunden und wieder zu Hugo. »Ich ...«

»Es würde keinen Unterschied machen«, sagte Ashton. »Das ist ein Trick. Wähle einen von uns aus, der gehen soll, Charles, und das ist derjenige, den er umbringen wird. Was auch immer er sagt, es wird ein Trick sein.«

Hugo sackte zusammen und seufzte. »Oh, um Gottes

willen, musst du *immer* so ein verdammter Besserwisser sein? Wähle, Charles, oder Ashton stirbt zuerst.«

Charles schloss seine Augen und atmete tief durch. Er sah zu Hugo.

»Ich entscheide mich ... für eine Entschuldigung.«

Ashton lächelte. Hugo blinzelte. »Was?«

»Ich weiß, dass dies nichts daran ändern wird, dass du dich auf diesen Weg begeben hast. Ich weiß, dass nichts anderes als mein Tod dich zufrieden stellen wird, aber ... es tut mir leid. Es tut mir leid, dass ich deinen Vater herausgefordert habe. Es tut mir leid, dass ich der Grund für seinen und Peters Tod bin. Wenn ich das alles rückgängig machen könnte, würde ich es tun. Ich hätte einen anderen Weg gefunden, deine Mutter vor dem Mann zu schützen, den du deinen Vater nennst. Der Schmerz, den du erlitten hast, tut mir leid.«

Hugos Gelassenheit begann zu bröckeln. Er ging zu Charles hinüber und schlug ihm mit dem Handrücken ins Gesicht. Charles wehrte sich nicht, er nahm den Schlag hin, blieb aber standhaft. Zum ersten Mal seit ihrer Ankunft begann Hugo vor Wut zu zittern.

»Deine Entschuldigung bedeutet *nichts*!«, brüllte Hugo. »Du glaubst, du kannst dich mit *Worten* retten? Deine Worte haben diejenigen getötet, die mir am nächsten standen. Und nun haben sie das Schicksal derer besiegelt, die dir am nächsten stehen. Daniel, eine Pistole.« Hugo winkte gebieterisch mit der Hand, und Daniel hielt eine geladene Waffe vor ihn hin. Hugo untersuchte sie kurz und hob dann den Lauf in Richtung der Männer in den Zellen.

»Nein!« Charles' Stimme hallte durch den höhlenartigen Raum. Er sprang über den Ring und stellte sich zwischen Hugos Sichtlinie und seine Freunde. »Beende das, Hugo. Aber lass sie aus dem Spiel.«

»Charles, nicht«, rief Godric hinter ihm.

»Du verlängerst nur deinen Schmerz, Charles«, sagte

Hugo, als würde er einem Kind die Situation erklären. »Siehst du das nicht?«

Charles hatte einen Geistesblitz. »Das alles begann, weil ich eine Herausforderung ausgesprochen habe. So soll es auch enden. Ich fordere dich heraus, Hugo.«

Hugo schnaubte. »Zu einem Duell?«

»Zu einem Kampf. Du glaubst, du bist besser als ich? Dann beweise es. Lass uns das klären, nur du und ich. Oder bist du ein zu großer Feigling, *Bruder*?« Er betonte das Wort, um Hugos Zorn auf sich selbst und nicht auf seine Freunde zu ziehen.

Hugos Lippen verzogen sich zu einem animalischen Knurren. »Wie du willst.«

Er reichte die Pistole an Daniel zurück und nickte seinem Leutnant nur kurz zu. Daniel steckte die Pistole in seinen Mantel und ging an Charles vorbei, nur um sich plötzlich umzudrehen und ihn anzugreifen.

Ein Schmerz durchzuckte Charles' unteren Rücken. Er stöhnte, und seine Beine zitterten, als Daniel ihn an den Schultern packte und mit einem Arm festhielt, während sich der andere schmerzhaft in seinen unteren Rücken grub. Charles konnte die Klinge eines Messers in sich spüren. Daniel hatte auf ihn *eingestochen*.

Einen Moment lang schauderte Charles, als er in Daniels Augen starrte und spürte, wie der kalte Stahl mit weißglühenden Qualen verschmolz. Es fühlte sich falsch an, fremd. Er war ein toter Mann. In einem seltsam distanzierten Moment fragte er sich, wie lange es wohl dauern würde, bis er verblutete.

Er nahm die Schreie seiner Freunde und das Klappern der Metallkäfige, als sie versuchten, zu ihm zu gelangen, nur schwach wahr. Doch alles, worauf er sich konzentrieren konnte, war, dass er von dem Mann getötet worden war, der versprochen hatte, Lily und Katherine vor Hugo zu schützen. Wie dumm von ihm, zu glauben, er könne ihm vertrauen.

Er wollte die Augen schließen, sich jetzt ergeben und es vorbei sein lassen. Er konnte keinen Kampf gewinnen, nicht mit einer tödlichen Wunde - das war selbst für ihn unmöglich.

Daniel beugte sich dicht zu ihm heran und flüsterte ihm mit seiner sanften, überraschend klaren Stimme ins Ohr. »Die Wunde ist nicht tödlich, Lonsdale. Du kannst das überleben. Also kämpfe. Mach dem ein Ende, für uns alle.« Dann trat er zurück, einen blutverschmierten Dolch locker in den Händen haltend.

»Charles!«, rief Ashton, und seine Stimme klang entsetzt.

Charles taumelte und bedeckte die Wunde in seinem Rücken. Als er seine Hand wegnahm, war sie blutverschmiert. Er hob seinen Blick zu Hugo, der nur lächelte.

»Du ... du würdest dich mir nicht einmal in einem fairen Kampf stellen.« Charles versuchte zu ignorieren, wie sich seine Muskeln um die Wunde herum verkrampften und wie sich seine Beine dadurch wackelig anfühlten.

»Ich habe nie zugestimmt, *fair* zu kämpfen.« Hugo krempelte seine Ärmel hoch und winkte Charles mit der Hand, um ihn spöttisch zum Angriff aufzufordern. »Nun komm schon. Kämpfe um das Leben deiner Freunde. Sie zählen alle auf dich.«

Charles versuchte, den Schmerz seiner Wunde zu verdrängen, und hob die Fäuste. Sein Atem wurde immer kürzer. Er wusste, dass er nicht mehr viel Zeit haben würde, denn er spürte, wie das heiße Blut seinen Rücken hinunterrann.

Das ist nicht anders als bei jedem anderen Boxkampf. Bekämpfe ihn mit allem, was du noch hast.

Er betete nur, dass es genug sein würde.

KAPITEL 28

Lily war in einem Traum aus Küssen und geflüsterten Liebesworten versunken, während sie und Charles den Sonnenaufgang durch die Erkerfenster beobachteten. Ihr Mann beugte sich über sie, seine grauen Augen leuchteten vor Leidenschaft.

Dann sank die Sonne hinter den Horizont, und die Dunkelheit hüllte sie ein. Charles schrie auf, als dunkle, schattenhafte Hände ihn aus dem Bett zogen und ihn unter den Boden zerrten, der zu einem eisigen Fluss geworden war.

»Charles!«, schrie Lily.

Sie richtete sich im Bett auf. Im leeren Bett. Charles war weg.

Lily warf die Decke zurück und schaute sich im Zimmer um. Das Feuer im Kamin war erloschen, und alles war still. Charles hätte sie nie verlassen, nicht heute Nacht. Nicht, solange sie alle darauf warteten, dass Hugo seinen Zug machte. Er musste entführt worden sein. Sie alle.

Aber so schnell? Sie war sich sicher, dass er zumindest ein paar Tage warten würde. Warum gerade jetzt? Nein, das *Warum* spielte keine Rolle. Entscheidend war das *Wohin*. Sie glaubte zu wissen, wohin Hugo sie führen würde. Ein Ort, an dem er für Privatsphäre sorgen und dramatische Wirkung erzielen konnte. Ein Ort, an dem Charles glauben würde, dass er eine »kämpferische« Chance hatte.

Die Lewis-Street-Tunnel.

Lilys Hände zitterten, als sie die Treppe hinauf in ihr altes Zimmer eilte und nach Toms Dienerkleidung kramte. Sie brauchte die Bequemlichkeit ihrer Reithosen und ihrer Weste, um zu laufen. Dann steckte sie das einzige Ding ein, das sie heute Abend sicher brauchen würde, und verließ eilig das Zimmer.

Ich wusste immer, dass meine Zeit mit ihm kurz sein würde, aber ich hätte nie geglaubt, dass ich ihn nur einen Tag lang haben würde. Das ist nicht genug.

Dann erinnerte sie sich an ihr Treffen mit Ashton.

»Es ist nie genug, wenn man sich von der Liebe leiten lässt«, sagte Ashton. »Aber wenn du die Kraft hast, kannst du ihn retten. Du kannst sie alle retten.«

Ein Hauch von Lächeln umspielte ihre Lippen. »Du selbst eingeschlossen.«

Ashton seufzte schwer. »Es macht mir keinen Spaß, Hugos Spiele zu seinen Bedingungen zu spielen. Ich würde deinen Platz einnehmen, wenn ich könnte, aber ich bin nicht derjenige, dem Charles' Herz gehört.«

Lily nickte. »Ich verstehe.«

Sie verstand es immer noch. Sie wusste, was sie zu tun hatte.

Bitte lass mich nicht zu spät kommen.

JONATHAN VERSTECKTE SICH IM SCHATTEN DES Tunneleingangs, der in eine große Höhle mit Boxringen mündete. Er hatte einigen von Hugos Männern ausweichen müssen, die den Pöbel fernhielten, aber das war nicht allzu schwierig. Jetzt sah er zu, wie Charles um sein Leben kämpfte. Und verlor. Zweimal war er zu Boden gegangen, und zweimal war er wieder aufgestanden.

Mit jedem Schlag wurde Charles schwächer. Das Blut lief ihm den Rücken hinunter und hinterließ ein kränkliches, purpurnes Muster auf dem Boden, während er mit Hugo kämpfte. Es war überraschend, Hugo kämpfen zu sehen. Er war gut, vielleicht so gut wie Charles, aber die Verletzung von Charles' Rücken hatte ihn geschwächt. Seine schleppenden Schritte und verqueren Finten funktionierten nicht. Wieder sank er auf die Knie. Hugo gackerte und trat einen Schritt zurück, um ihn aufzufordern, wieder aufzustehen.

Jonathan blickte zu den Käfigen. Die Liga schaute zu, alle waren still. Jonathan betrachtete jeden der Männer und erstarrte beim Anblick von Godric, dem das Blut von der Schläfe über eine Gesichtshälfte tropfte.

Jemand packte ihn von hinten, nahm seinen Arm und zog ihn zurück. Er hob eine Faust, um zuzuschlagen, hielt aber inne, als er Tom sah ... oder jedenfalls Lily, die als Tom verkleidet war.

»Was machst du ...?«

»Wir haben keine Zeit. Ich werde Hugo ablenken. Misch dich nicht ein. Egal, was passiert, du musst hier bleiben. Wenn du eine Gelegenheit siehst, dann lass die anderen raus, aber versucht nicht, die Tunnel zu verlassen, bis es sicher ist. Hugos Männer patrouillieren immer noch an der Oberfläche. Verstehst du mich?«

»Woher weiß ich, wann es sicher ist?«

»Wenn Hugo nicht mehr ist.« Das war alles, was sie sagte, bevor sie wieder in den Schatten verschwand.

CHARLES KONNTE KAUM ATMEN, SEINE WUNDE SCHMERZTE, und der Schweiß rann ihm von der Stirn in die Augen und ließ sie brennen. Hugos Faust traf Charles' Kiefer mit einem Krachen. Er stolperte und stürzte auf den Rücken. Wieder einmal.

»Das sind vier!«, sagte Hugo triumphierend. »Auch Luciens Leben ist nun verwirkt. Vier Stürze, vier Leben. Du hättest nur auf den Beinen bleiben müssen, Charles, und nicht einmal das hast du geschafft. Und jetzt lass uns das beenden.«

Charles war sich nicht sicher, ob er dieses Mal aufstehen konnte. Seine Arme waren wie Blei, und seine Muskeln krampften. Das Blut lief ihm den Rücken hinunter, und in seinem Inneren war es kalt, so verdammt kalt. Er schien nicht mehr zu Atem zu kommen. Ein Teil von ihm wollte einfach auf dem Boden bleiben und Luft einsaugen, bis er sich wieder bewegen konnte.

Er blickte zu seinen Freunden, die alle gegen die Gitterstäbe gepresst waren. Ashton, Lucien, Godric, Cedric. Sie waren alle dem Untergang geweiht. Weil er sie im Stich gelassen hatte. Alles schien sich zu verlangsamen. Weiße Punkte färbten seine Sicht.

»Charles!« Lilys Gesicht war plötzlich über seinem, ihre kühlen Finger auf seiner heißen Stirn. »Du musst aufstehen«, sagte sie, gerade laut genug, dass er es hören konnte. »Du musst kämpfen.«

Hugo packte Lily am Arm und zerrte sie auf die Beine. »Endlich kehrt mein Spion zurück. Unerwartet, aber was für ein schöner Zufall. Hat sie es dir gesagt, Charles? Sie arbeitet für mich.«

»Hugo, du musst das nicht tun«, sagte Lily flehend. »Hat er nicht genug gelitten?«

Hugo sah Charles mit einem wissenden Lächeln an. »Was denkst du, Charles? Hast du?«

Charles hatte es geschafft, sich umzudrehen, und war jetzt auf Händen und Knien, wobei ihm das Blut von der Lippe lief und sich auf dem Boden sammelte. »Nicht ...«, keuchte er.

Hugo wandte sich wieder an Lily. »Meine Liebe, ich bin froh, dass du gekommen bist, unabhängig von deinen wahren Motiven. Ich bin dir nicht böse, dass du Gefühle für Charles entwickelt hast. Er ist bedauernswert, ich weiß. Aber du hast deine Arbeit gut gemacht, und ich halte mich an meine Vereinbarungen. Du sollst deine Rente und dein ruhiges Leben auf dem Land haben.«

»Ich will dein Geld nicht, du Monster«, spuckte Lily aus.

Hugo ignorierte sie. »Und ich werde unsere Tochter hier in London großziehen. Ich werde ihr ein Leben ermöglichen, wie du es nie könntest. Sie wird Privilegien und einen Status haben, der einer Waverly angemessen ist.«

Lilys Gesicht verfinsterte sich vor Entsetzen. »Nein ... Das kannst du nicht tun.«

Daniel kam näher und wollte Lily vom Ring wegziehen, aber sie trat ihm auf den Fuß und schlug ihm mit der flachen Hand auf die Nase. Während Daniel kurzzeitig geblendet war, griff Lily in seinen Hosenbund und nahm eine seiner Pistolen heraus, spannte sie und richtete sie auf Hugo.

Hugo packte ihren Arm und rang mit ihr um die Kontrolle über die Pistole. Aber sie konnte nicht mit Hugos Kraft mithalten, als er die Pistole herumdrehte und sie auf Lilys Brust richtete.

Knall!

Charles' Herz blieb stehen, als Lily zu Boden sackte.

»Nein ...«

Hugo warf die leere Pistole zu Boden und stürmte auf Charles zu, mit Mordlust in seinen Augen. Es war, als wäre Charles wieder im Fluss, das dunkle Wasser schloss sich um seinen Kopf, die schweren Steine zogen ihn hinunter. Dieses Mal würde niemand für ihn kommen. Es gab keine Wunder mehr.

Meine Welt, meine ganze Welt ist weg.

Schwarze Verzweiflung krallte sich in seine Brust und drückte fest zu. Er dachte an Katherine, *sein* Kind, mutterlos, das von Hugo aufgenommen und wie sein eigenes aufgezogen werden sollte. Sie brauchte ihn jetzt mehr denn je.

Wut durchströmte seinen Körper, und er richtete sich auf. Ein Brüllen entrang sich seinen Lippen, als er sich auf Hugo stürzte. Hugo blieb wie angewurzelt stehen. Die Wut, die Hugo im Laufe der Jahrzehnte aufgestaut hatte, schrumpfte und wich angesichts von Charles' Zorn zurück. Der Tod selbst war hier, und angesichts dessen tat Hugo Waverly das Einzige, was er tun konnte.

Er rannte.

Charles brüllte vor Wut und jagte ihm hinterher. Seine Stiefel waren glitschig von seinem eigenen Blut, aber er stolperte nicht über den rauen Steinboden. Er sprintete in der Dunkelheit hinter Hugo her, wobei die sporadischen Fackeln einen flüchtigen Blick auf Hugos zurückweichende Gestalt ermöglichten.

Der Boden begann sich unter Charles' Füßen zu heben, als sie sich nach oben bewegten. Sie verließen die Tunnel. Plötzlich waren er und Hugo draußen, und die eisige Luft schnitt ihm den Atem ab, während er sich orientierte. Sie waren in der Nähe der Themse.

Hugo rutschte die eisige Böschung hinunter und keuchte, als er mehr Abstand zwischen sich und Charles brachte. Die Themse sah gefroren aus, und Hugo hetzte über das Eis, Charles dicht hinter ihm. Die Dämmerung überzog die winterliche Landschaft vor ihm und warf unheimliche Schatten auf die Gestalt, die gerade noch in seiner Reichweite war.

»Halt!«, rief Charles. Schmerz und Wut erfüllten ihn bis zu dem Punkt, an dem nichts anderes mehr in ihm existierte. Er war eine Bestie, die nur ein Ziel hatte: den Mann zu töten, den sie verfolgte.

Das ohrenbetäubende Geräusch von brechendem Eis war überall um ihn herum zu hören und hallte über die Themse. Hugo blieb stehen, seine Stiefel rutschten auf dem Eis aus. Charles tat das Gleiche und lauschte auf ein weiteres Warngeräusch, aber er konnte keine offensichtlichen Risse erkennen.

»Keinen Schritt weiter, Bruder«, warnte Hugo mit fester und kalter Stimme.

Die Wut in ihm kam wieder hoch. »Bruder? Du wagst es, mich so zu nennen? Du hast mir *alles* genommen. Sie war meine Welt.« Charles' Finger ballten sich zu Fäusten. Er wagte es nicht, die Augen zu schließen. Wenn er das täte, würde er sie, seine schöne Liebe, vor seinen Augen sterben sehen.

»Das ist nicht weniger, als du verdienst. Du hast mir *meine* Welt genommen«, knurrte Hugo, und Charles sah den Schmerz in Hugos eisigem Blick. »Du und dein Vater, ihr habt mein Leben zerstört.«

»Er war auch dein Vater. Er hat versucht, dich zu retten.« *Dich vor deinem eigenen Hass zu retten. Wie Peter.*

»Er hat mich verlassen, um sich selbst zu retten«, sagte Hugo. »Du bist eine Schande.«

Charles hielt seine Wut im Zaum. »Ich hatte nie ein Problem mit dem Mann, der ich bin, aber du? Du bist ein Mörder. Wenn wir die Sünden auflisten wollen, stehen deine an erster Stelle.« Charles machte einen weiteren Schritt auf Hugo zu. Das musste ein Ende haben. So konnten sie nicht weitermachen.

»Mörder? Wie kannst du es wagen ...«

Mit einem Krachen brach das Eis, Hugo schrie auf und stürzte in die eisigen Tiefen.

»Nein!«

Das sollte es gewesen sein. Er hätte sich dorthin zurück-ziehen sollen, wo das Eis fester war, zurück zum Ufer. Aber in diesem Moment stellte er sich vor, wie Hugo das Schicksal erleiden würde, das er so lange für sich selbst befürchtet hatte, und was hätte passieren können, wenn Peter und Godric und Cedric und Lucien und Ashton nichts getan hätten.

Charles stürzte auf die Hand zu, die aus dem Bruch im Eis ragte, aber es gab nach, und er stürzte ebenfalls in den Fluss.

Dunkelheit, Eis und Kälte hüllten ihn ein. Er konnte eine weitere Gestalt sehen, die in der trüben Tiefe gegen das Unvermeidliche kämpfte. Charles griff nach Hugo, seine Finger streiften eine Schulter, aber die Strömung war zu stark.

Wir werden sterben.

Jeder Albtraum, den er seit dem Studium je gehabt hatte, wurde wahr. Seine Lunge brannte, und bald würde er Wasser einatmen müssen. Es war das Ende, für sie beide.

Hugo war so nah, dass Charles seinen verwirrten Gesichtsausdruck sehen konnte. Die Frage in seinen Augen.

Warum?

Warum jetzt versuchen, ihn zu retten? Charles hatte keine Antwort, er wusste nur, dass er es versuchen musste.

Und dann öffnete sich Hugos Mund, als ob er eine letzte Offenbarung gehabt hätte. Die Luft entwich, als er sich verschluckte, und sein blasses Gesicht verzerrte sich, als er Wasser einsaugte. Charles befürchtete, dass er ihm nur allzu bald folgen würde.

Es war von vornherein klar gewesen, dass es so weit kommen würde. Tod im Dunkeln. Und dieses Mal hatte er seinen eigenen Bruder, seinen Feind, sein Blut getötet. Aber die Wut, die Hugo angetrieben hatte, hätte auch Charles verzehren können, wenn das Duell anders verlaufen wäre.

Alles wäre abgewendet worden, hätte er Hugos Vater nicht zum Duell herausgefordert.

Vielleicht war er von Anfang an der Bösewicht in dieser Geschichte gewesen ...

Charles bewegte seine Arme, krallte sich verzweifelt an das Eis über ihm und versuchte, die Öffnung zu finden, durch die er gefallen war. Seine Augen schlossen sich, und er hörte auf zu kämpfen. Lilys Gesicht ging ihm durch den Kopf.

Ich liebe dich.

Er würde bald wieder mit ihr zusammen sein. Das war ein Grund, dankbar zu sein. Er spürte, wie sein Körper einem immer heller werdenden Licht entgegenflog, das sich mit rasender Geschwindigkeit bewegte, wobei Weiß und Schwarz über seine geschlossenen Augenlider blitzten, während er aufstieg.

Ich werde dich finden, Lily, ich verspreche es.

Ein eiskalter Schmerz durchzuckte ihn, und etwas schlug hart gegen seine Brust.

»Atmen! Atme, du Mistkerl!«

Charles hustete heftig, keuchte und würgte, während er sich auf die Seite rollte. Er lag am Ufer des gefrorenen Flusses, etwa drei Meter von der Stelle entfernt, an der er hineingefallen war. Godric. Es musste Godric sein. Oder Lucien, vielleicht. Er war der stärkere Schwimmer.

Der Mann neben ihm schaute finster drein, und als Charles' verschwommener Verstand ihn mit einem Namen in Verbindung brachte, versuchte er, den Mann anzugreifen.

»Halt, du Narr. Du bist viel zu schwach«, schnauzte Daniel verärgert und hielt Charles fest, bis er aufhörte zu zappeln. »Gern geschehen, Lonsdale.«

»Warum?«, stöhnte Charles, als er seinen schmerzenden, frierenden Körper in eine sitzende Position zwang.

»Ich habe Hugo alles zu verdanken. Meinen Loyalitätsschwur konnte ich nicht brechen. Aber diese Loyalität starb

mit ihm. Betrachte dies als mein Angebot eines Waffenstill-
stands. Ich werde dafür sorgen, dass keine endgültigen Anord-
nungen im Namen von Hugo posthum ausgeführt werden. Es
ist vorbei.«

Daniel stand auf und ging den Hang des Flussufers hinauf.
Er drehte sich nicht noch einmal um und verschwand bald
darauf in einer Seitengasse außer Sichtweite. Charles folgte
ihm nur so lange, bis er den Weg zurück zum Eingang der
Lewis Street-Tunnel sah.

Jedes steife Gelenk und jeder Knochen knackte, als er
durch die steinernen Gänge zurückging. Der Blutfluss aus
der Wunde an seinem Rücken hatte sich durch die Kälte
verlangsamt. Er war wie betäubt, seine Gedanken waren
unter einer schweren Wolke gefangen, aber er wusste, dass
er nicht aufgeben durfte. Seine Freunde brauchten ihn
immer noch, und Katherine brauchte immer noch einen
Vater.

Und Lily ... Er musste sie ein letztes Mal im Arm halten.

Ohne Hugos Wachen füllten sich die Tunnel allmählich
mit ihren üblichen Bewohnern. Ein paar Taschendiebe waren
bereits zurückgekehrt. Charles stolperte auf die Gruppe von
Männern zu, die die Zellen verließen. Jonathan war da und
schloss die Zellentüren auf, so schnell er konnte. Niemand
sprach, als Charles neben Lilys Körper auf die Knie fiel.

Sie trug die Hose, die Teil ihrer Kammerdiener-Uniform
gewesen war, und eine Weste mit der Livree seiner Familie.
Tom war ihm ein letztes Mal zu Hilfe gekommen. Sie lag auf
der Seite, die Augen geschlossen, das Gesicht blass und ernst,
als ob sie schliefe. Mit zitternder Hand streckte er die Finger
aus und umfasste ihr Gesicht. Ihre Haut war noch warm. Es
quälte ihn mit Erinnerungen an die Stunden zuvor, als sie
noch lebendig in seinen Armen gelegen und ihn in seinem
Bett geküsst hatte. Seine geliebte Frau. Sie hatte nur einen
Tag überlebt.

Eine Hand legte sich auf seine Schulter. Jemand hockte sich neben ihn.

»Sie war der letzte Zug«, sagte Ashton wie zu sich selbst.

»Zug? Das war kein verdammtes *Spiel*, Ashton«, knurrte Charles.

»Das war es«, sagte Ashton. »Und zwar ein sehr blutiges.« Seine Finger legten sich fest auf Charles' Schulter. »Lilys Anwesenheit hier war kein Zufall. Sie wusste, was sie tat. Sie gab ihr Leben für das deine. Für uns alle.«

»Ich verstehe das nicht.«

»Hugo wusste, solange du noch etwas zu verlieren hattest, würdest du dich nicht verpflichten, ihn so zu zerstören, wie du es tun musstest. Deine Angst um unser Leben würde dich immer zurückhalten und ihm erlauben, uns alle zu zerstören, bis nichts mehr übrig ist. Aber sie zu verlieren?«

Die Luft war eiskalt geworden. Charles drehte sich langsam zu Ashton um, seine Fäuste ballten sich. »Du ... hast ihr *gesagt*, dass sie sich opfern soll?«

»Ich habe ihr gesagt, wie sich die Dinge entwickeln würden, und sie hat den Fehler erkannt, den er machen würde, genau wie ich. Sie verstand Hugo fast genauso gut wie ich. Du musst mir glauben - wenn ich ihren Platz hätte einnehmen können, hätte ich es getan.«

Charles wollte Ashton niederschlagen, aber hinter den ruhigen Worten konnte er den Schmerz sehen, den sein Freund empfand. Er hatte sich selbst dazu gebracht, wie Hugo zu denken, eine Zeit lang Hugo *zu sein*, und das hatte ihn ein Stück seiner Seele gekostet.

Die Liga bildete nun einen stillen Ring um ihn, und einen Moment lang fühlte er sich mit ihnen allen verbunden. Sie waren ein Leib, eine Seele, als sie mit ihm trauerten. Niemals zuvor war ein Mensch mit solchen Freunden gesegnet gewesen, und doch hatten sie einen unsäglichen Preis bezahlt. Lilys Leben für ihn gegeben, für *alle* von ihnen. Er streckte seine

Hand aus und strich mit einer Fingerspitze über Lilys Wange, wobei sich seine Augen vor Tränen trübten.

»Warte mal«, sagte Jonathan und legte seine Stirn in Falten. »Wo ist das Blut?«

»Blut?«, murmelte Lucien neben ihm.

Lily keuchte und verkrampfte sich. »*Ahh!*«

Alle um sie herum fluchten und stolperten zurück, auch Charles. Zum ersten Mal in seinem Leben wurde er fast ohnmächtig.

»Oh ...«, stöhnte sie und zerrte an ihrer Weste. Sie riss die Knöpfe beiseite und stöhnte, als sie eine dicke Schicht Leder und einen kleinen metallenen Brustpanzer freilegte.

»Was in Gottes Namen ...?«, begann Cedric.

Eine Kugel steckte in dem Metall, und Lily berührte sie vorsichtig, aber sie war fest in die Platte gedrückt.

»Gut gemacht, Lily.« Lucien gluckste. »Gut gemacht. Ich sage immer: Gehe nie ohne Schutz in eine gefährliche Situation.«

Lilys Blick blieb an Charles hängen. Sie lächelte, zuckte dann zusammen und bedeckte ihre Brust. »Du bist am Leben«, flüsterte sie.

»Du auch«, murmelte er ungläubig. »Aber wie?«

Lily nickte Ashton und Cedric zu. »Ich erinnerte mich an das Duell mit Lord Sheridan im letzten Jahr. Ich habe von der Rüstung gehört und dachte, dass es vielleicht funktionieren könnte. Allerdings hatte ich gehofft, ihn erschießen zu können, aber als wir kämpften, sorgte ich dafür, dass er auf mich schoss, wo ich es wollte.«

»Es hätte nicht funktionieren dürfen«, sagte Ashton. »Du solltest tot sein.« Als ihn alle anschauten, schüttelte er den Kopf. »Es tut mir leid, aber es ist wahr.« Er kniete sich hin und untersuchte die Delle und die Kugel, die noch darin steckte. »Wenn es ein Streifschuss gewesen wäre, dann ja.

Aber auf so kurze Distanz und direkt? Das hätte nicht funktionieren dürfen.«

Charles hatte eine Offenbarung. »Es war Daniels Pistole«, sagte er und erinnerte sich daran, wie Hugos Leutnant auf ihn eingestochen hatte. Es würde ihn nicht überraschen, wenn sich herausstellen sollte, dass die Pistole nicht vollständig mit Schießpulver geladen gewesen war. Aber das spielte keine Rolle. All das spielte im Moment keine Rolle mehr.

»Du wirst trotzdem blaue Flecken haben«, warnte Lucien. »Möglicherweise hast du auch eine oder zwei gebrochene Rippen.«

»Es fühlt sich auf jeden Fall so an.« Lily griff nach Charles, und er zog sie in seine Arme. Er vergrub sein Gesicht in ihrem Haar. Sein Körper bebte, als er zu weinen begann. Er konnte es nicht länger zurückhalten - diese Flut war nicht mehr aufzuhalten. Sie schlang ihre Arme um ihn, hielt ihn wie ein Kind, und es war ihm egal.

»Ist schon gut, mein Schatz«, sagte sie.

»Ich weiß«, sagte Charles. »Ich weiß.«

Hugo war tot.

Lily war am Leben.

Es war endlich vorbei.

KAPITEL 29

Charles wollte nie wieder einen verdammten Arzt sehen. Er lehnte sich im Bett zurück, sein Oberkörper war stark bandagiert. Es war genau so, wie Daniel ihm gesagt hatte – die Messerwunde war nicht tödlich. Der Stich war nur bis auf den Hüftknochen gegangen. Schmerzhaft, aber oberflächlich. Er hatte genau gewusst, wo er zustechen musste, um eine überzeugende, blutende Wunde zu verursachen, ohne Charles zu töten. Der Mann hatte ihn erst verschont und dann gerettet.

»Du runzelst schon wieder die Stirn«, flüsterte Lily.

Sie lag im Bett neben ihm, ihr eigener Körper war bandagiert, um ihre gebrochenen Rippen zu stützen. Was für ein Paar sie waren. Gebrochen und gequetscht und bettlägerig in ihren Flitterwochen. Aber lebendig und gemeinsam. Er wandte ihr sein Gesicht zu, immer noch überwältigt von Liebe und Erleichterung. Sie lehnte sich an ihn, drückte ihre Stirn gegen seine und schloss die Augen.

»Eigentlich müssten wir tot sein, aber wir sind es nicht.« Er nahm ihr Gesicht in eine Hand. »Ich bin so dankbar.«

Sie schlang ihre Finger um sein Handgelenk. »Das bin ich auch.«

»Aber das macht unser Glück nicht weniger bemerkenswert - oder rätselhaft.«

»Rätselhaft?«

»Wir haben im Wesentlichen deshalb überlebt, weil Hugo mich so sehr hasste. Man sollte meinen, dass mehr Hass die Dinge beschleunigt hätte, doch stattdessen hat er die Dinge in die Länge gezogen und ein Spiel daraus gemacht, von dem er glaubte, dass nur er es gewinnen kann.«

»Er wollte dich nie einfach töten«, sagte Lily. »Ich glaube, er musste in gewisser Weise beweisen, dass er besser ist als du. Dass seine Werte überlegen waren.«

Das verwirrte Charles nur noch mehr. »Was meinst du?«

»In den letzten Jahren habe ich mehr über Hugo gelernt, als ich mir je gewünscht hätte. So ungeheuerlich seine Taten auch sein mochten, für Hugo standen Pflicht, Loyalität und Dienst über allem anderen. Du und deine Freunde schätzen Freundschaft, Ehre und Freiheit. Ich glaube, er hasste das, wofür ihr alle steht, genauso sehr wie er dich selbst hasste. Und doch hast du gewonnen.«

Charles dachte an den Fluss zurück, wie er Hugo trotz allem, was er getan hatte, die Hand gereicht hatte, und an den letzten Moment der Offenbarung im Gesicht seines Bruders. Zu spät hatte Hugo erkannt, dass er sich die ganze Zeit geirrt hatte.

Sie schwiegen einen langen Moment, hielten sich an den Händen, die Finger ineinander verschränkt, bevor Lily sprach.

»Bist du immer noch glücklich, mit mir verheiratet zu sein?« Ihre Worte waren spielerisch, aber in ihren Augen lag ein Hauch von Angst, die Angst, dass er sie wegstoßen würde.

»Mehr denn je, Frau«, versprach er. »Mehr als du jemals wissen wirst. Ich habe ein Leben lang darauf gewartet, dich zu finden. Hast du das gewusst? Ich habe gewartet, dein Name ist in mein Herz eingraviert.«

Sie zeigte ein Lächeln ohne Kummer, ohne Zögern. Dies war die Frau, die Lily immer sein sollte. Ungebrochen. Unerschrocken. Couragiert.

»Ich habe mit Emily über dich geredet, weißt du.«

»Sollte ich mir Sorgen machen?«, fragte Charles und hob eine Augenbraue.

Sie fuhr mit den Fingerspitzen an seinem Kiefer entlang. »Sie sagt, du bist der Letzte.«

»Das letzte was?«

»Der letzte teuflische Schurke.« Sie biss sich auf die Unterlippe. »Und du gehörst ganz mir, Mylord.«

»Ist das so?« Er hob ihr Kinn an und senkte sein Gesicht an ihres.

Ihr Kuss trug die langsame Hitze einer späten Frühlingssonne. All der Schmerz, den er seit dem Tod seines Vaters ertragen hatte, verblasste im Sog dieses allmächtigen Kusses. In dieser sanften Leidenschaft wurde Charles wiedergeboren. »Wie konnte ich nur das Glück haben, dich zu finden?«, fragte er Lily.

Sie umklammerte seinen Nacken und starrte ihn an, als wäre sie in ihren eigenen Träumen versunken. »Wir haben uns gefunden, weil es so gewollt war. Nennen wir es Schicksal.«

»Schicksal«, sagte er feierlich, und sein Herz war erfüllt von Hoffnung für die Zukunft. »Und ich werde dich nie wieder gehen lassen.«

Sie küsste ihn erneut, und er spürte, wie sich die Welt plötzlich öffnete und ihm ein ganzes Leben voller Möglichkeiten und Wunder bevorstand.

Das war Liebe. Das war es, worüber die Dichter schrieben. Er mochte der letzte Schurke gewesen sein, der sich verliebt hatte, aber er war auch der glücklichste.

Die Vergangenheit konnte in der Vergangenheit bleiben.

Er konnte um die trauern, die er verloren hatte. Er konnte aus seinen Fehlern lernen. Und er konnte dankbar sein für seine Freunde und seine Familie, die ihm immer zur Seite standen. Aber er wollte nicht länger zulassen, dass die Vergangenheit bestimmte, wer er war. Von nun an sollte alles anders werden. Zum ersten Mal konnte er mit Freude in die Zukunft blicken.

Er nahm seine Frau in die Arme und küsste sie, als würde die Welt untergehen, obwohl er wusste, dass sie gerade erst begonnen hatte.

EPILOG

F*ünf Monate später*

»SIE HAT DIE WUNDERSCHÖNSTEN GRÜNEN AUGEN, EMILY. Genau wie die von Godric«, stichelte Charles, während er auf Emily und Godrics Tochter Sierra hinunterblickte. Sie standen an einem kleinen See im Hyde Park und genossen die herrliche Frühlingssonne.

»Sie wird so verwöhnt werden.« Auf Emilys Beschwerde folgte ein nachsichtiges Glucksen.

»Natürlich wird sie das«, antwortete Lily. Sie hielt eine Hand schützend über ihren leicht gerundeten Bauch. Sie setzte sich auf eine Bank, nicht weit von Charles und Emily entfernt, die an dem kleinen See in der Mitte des Parks standen, und nahm Kat auf den Schoß. Das Kind zappelte aufgeregt mit den Beinen und wollte lieber rennen als stillsitzen.

Als Charles in ihre Richtung blickte, drehte sich sein

Herz in der Brust. Er würde bald zweifacher Vater sein, und er konnte sich nichts Schöneres vorstellen.

Ich liebe dich, murmelte er. Sie murmelte die Worte zurück, setzte Katherine auf dem Boden ab und schob sie zu Charles. Er kniete nieder und öffnete seine Arme.

»Kat, komm zu Papa.« Kat lief zu ihm herüber. Er nahm sie in seine Arme und hob sie in die Luft. Sie quietschte und lachte, als er sie festhielt.

»Willst du das Baby sehen?«, fragte er sie.

Katherine nickte, plötzlich ernst. Sie beugte sich über Emilys Schulter, um auf das Baby hinabzublicken.

»So hübsch«, sagte sie zu Emily und legte ihren Kopf schüchtern an Charles' Hals. Lily erhob sich von der Bank und gesellte sich zu Charles und Emily und dem Rest der Liga an den See.

Ashton und Rosalind lümmelten auf einer Decke und diskutierten angeregt über Bankgeschäfte. *Mein Gott, wenn das ihre Vorstellung von Bettgeflüster ist ...* Cedric und Anne standen am Wasser und sprachen mit einem Herrn über Pferdezucht. Ihre neugeborenen Zwillinge Sean und Hartley, benannt nach dem tapferen Diener, der Cedric und Anne einst das Leben gerettet hatte, waren sicher zu Hause im Kinderzimmer untergebracht und wurden betreut, so dass die frischgebackene Mutter einen Moment an der frischen Frühlingsluft verbringen konnte.

Lucien, Horatia und der kleine Evan fütterten Enten. Evan, der sicher in den Armen seiner Mutter lag, sah fasziniert zu, wie sich die weißen Enten um ihre Beine drängten und unaufhörlich schnatterten. Jonathan und Audrey standen im Schatten eines Baumes, ihre Gesichter dicht beieinander, während sie sich etwas zuflüsterten. Audrey grinste verschmitzt, und Jonathan hatte eine Hand auf ihrer Hüfte, seine Finger spielten mit ihren Röcken.

Da ist was im Busch. Charles lächelte und schaute zu

Godric, der die Augen verdrehte und Sierra seiner Frau abnahm, während er ihr einen Kuss auf die Stirn gab.

Alles war so, wie es sein sollte. Endlich.

Er schaute sich im Park um und sah Daniel Sheffield und Melanie, Hugos Witwe, die Hugos Sohn Peter zum Seeufer brachten. Daniel hatte Melanie skandalös schnell nach Hugos Tod geheiratet, aber die Gerüchte über ihre Verbindung verstummten schnell, als neue Gerüchte an ihre Stelle traten.

Daniel kniete sich neben den Jungen, zeigte auf die Schwäne in der Mitte des Sees und lächelte, als der kleine Junge mit ihm sprach.

Charles fragte sich einen Moment lang, ob Peter in Hugos Fußstapfen treten würde. Aber wenn es eine Lektion gab, die er gelernt hatte, dann war es diese: Blut macht uns nicht zu dem, was wir sind. Es war die Aufgabe von Daniel und Melanie, dafür zu sorgen, dass Peter zu einem besseren Menschen als sein Vater erzogen wurde.

Daniel schaute ihn an, nickte einmal, und Charles antwortete mit einer Neigung seines Kopfes. Ihr Krieg war vorbei. Es gab keine Feinde mehr, nur noch Freunde und vielleicht vorsichtige Verbündete.

Möge jeder Schurke seinen Tag haben, dachte Charles und schaute über jeden im Park, *und möge er mit einem Leben voller Freunde und Liebe gesegnet sein, so wie ich.*

Er hätte fast gelacht, als er merkte, dass es sich anhörte, als würde er beten, und fügte hinzu: *Amen.*

»Was ist so amüsant?«, fragte Lily.

»Ich habe darüber nachgedacht, wie meine Gebete erhört wurden, und dass ich Glück hatte, nicht vom Blitz getroffen zu werden, obwohl ich so teuflisch war. Ich habe immer befürchtet, dass ich für die Feuer unter der Erde bestimmt sein könnte.« Natürlich war das nur ein Scherz, aber tief in seinem Inneren hatte ein Teil von ihm befürchtet, dass er zu viel Schmerz verursacht hatte, um jemals eine solche Freude zu verdienen.

Lily blickte ihn an, ihre blauen Augen waren von einem uralten Verständnis erfüllt. »Ein Mann wie du, Charles? Es gibt nur eine Sache, für die du bestimmt bist.«

»Und was ist das?«

Sie stellte sich auf die Zehenspitzen, strich mit ihren Lippen über seine und flüsterte: »Liebe.«

Auszug aus der *Quizzing Glass Gazette*, 18. Dezember 1822, der Rubrik Lady Society:

Seid unbesorgt, meine Lieben, die Lady Society ist zurück. Lord Lonsdale ist endlich in den Hafen der Ehe gesegelt, das stimmt, aber es gibt noch viele andere Schurken in der Welt, deren Herzen gezähmt werden müssen. Zu viele, als dass ich sie allein bewältigen könnte. Denken Sie daran, meine Damen, es liegt an Ihnen, Ihren Beitrag zu leisten. Vielleicht ist Ihr Schurke noch irgendwo da draußen und wartet darauf, entdeckt zu werden.

Vielen Dank für das Lesen von *Der letzte teuflische Schurke*. Die Liga der Schurken setzt ihre Abenteuer in *Küsse niemals einen Schotten* fort. Blättern Sie um, um das erste Kapitel zu lesen.

KÜSSE NIEMALS EINEN SCHOTTEN

KAPITEL EINS

Auszug aus der *Quizzing Glass Gazette*, 30. Juni 1821, der Rubrik Lady Society:

Lady Society hat die köstlichsten Geschichten gehört. Man munkelt, dass Lord Kincade, ein schottischer Graf, und seine beiden Brüder vor kurzem nach Bath gekommen sind und die Fächer in Aufruhr und die Matronen in Aufregung versetzen. Ich bin versucht, Eheverbindungen für diese schottischen Schurken vorzuschlagen, aber wenn ich etwas über Schotten weiß, dann, dass sie sich nehmen, was sie wollen und wann sie es wollen. Meine Damen von Bath, wenn Sie sich einen von ihnen zum Ehemann wünschen, wünsche ich Ihnen viel Glück!

Hampshire, Juni, 1821

Der wilde Hochlandlord schloss die Frau in seine Arme und presste seine Lippen auf ihre. Der Wind zerrte an ihren Röcken, als sie auf dem höchsten Punkt des mit Heidekraut bewachsenen Hügels standen und sich umarmten. Nichts war so wundersam wie dies, nichts so erfüllend wie ein perfekter Kuss ...
»Ein perfekter Kuss?« Joanna Lennox starrte auf die letzte

Seite ihres Gothic-Romans *Lady Jades wilder Lord*. »Den perfekten Kuss gibt es nicht.« Ein perfekter Kuss war ein Mythos. Sie war sich sicher, dass es den nicht gab, denn wenn doch, wäre sie schon geküsst worden und hätte es gewusst, oder? Und doch war sie hier, zwanzig Jahre alt, ungeküsst, nicht umworben und völlig *allein*.

Sie starrte in die Tiefen des Kamins in ihrer Bibliothek, ihr Herz war leer. Nach drei anstrengenden Saisons in London war sie ein Misserfolg, was die Standards des Heiratsmarktes anging. Die Gerüchteküche hatte begonnen, Geschichten zu spinnen, warum sie immer noch nicht verheiratet war. Die Londoner Gesellschaft liebte es, sich über eine Frau lustig zu machen, die sich keinen Mann angeln konnte, insbesondere eine Frau mit einer großen Mitgift. Verzweifelte Männer würden über viele Probleme mit einer Frau hinwegsehen, solange ihre Mitgift reichlich ist.

Was ist es also, das mir fehlt und selbst Glücksritter in die Flucht schlägt?

Es war nicht so, dass sie hoffte, um der Ehe willen zu heiraten oder um die dummen Erbsen vom Tratschen abzuhalten. Sie war eine unabhängige, intelligente und eigenwillige Frau. Doch irgendetwas fehlte in ihr, ein großes Geheimnis, in das nur ein Verliebter eingeweiht war. Zumindest, wenn die Bücher, die sie gelesen hatte, ein Hinweis darauf waren. Sie wollte lieben und von einem Mann geliebt werden, aber sie wusste, wie selten Liebesbeziehungen wirklich waren.

Sie versuchte, sich auf das Buch in ihrem Schoß zu konzentrieren, während sie ihren Schottenstoffschal eng um ihre Schultern zog. In der Bibliothek ihres alten Landhauses war es ein wenig kühl, auch wenn das Feuer brannte. Normalerweise konnte sie sich in einem Buch verlieren, aber nicht heute Abend. Ihr älterer Bruder Ashton war an der Grippe erkrankt, und seine Verlobte Rosalind kümmerte sich um ihn. Aber im Haus war es still, eine schreckliche Stille, die zu unruhigen Nächten und melancholischen Gedanken verleitete.

Joanna hatte miterlebt, wie Ashton seine frühere Kälte und die Lasten der Vergangenheit ablegte, damit er sich auf eine warme Zukunft mit seiner zukünftigen Braut einlassen konnte. Es war klar, dass ihr Bruder Rosalind sehr liebte, auch wenn er zu dickköpfig war, um es zuzugeben.

Wird mich jemals jemand auf diese Weise lieben? Sie stieß einen frustrierten Atemzug aus. Es war ja nicht so, dass sie nicht *versucht hätte*, den perfekten Gentleman zu finden. Sie war charmant, höflich und liebenswert. Die Männer liebten es, sie in ein Gespräch zu verwickeln, doch kein Mann besuchte sie, und keiner schickte ihr Blumen. Es gab nicht den geringsten Anflug von Hoffnung, dass sie umworben werden würde.

Die Sorgen quälten sie mehr und mehr, so dass sie nachts nicht mehr schlafen konnte und tagsüber gereizt war. Aber sie war nicht die Art von Frau, die Trübsal bläst, und deshalb fand sie ihre derzeitige Stimmung äußerst ärgerlich. Joanna wusste, dass sie mehr tun sollte, um sich von diesem Trübsinn abzulenken.

Vielleicht würde die Gesellschaft der rebellischen Damen ein weiteres Mitglied begrüßen.

Joanna kicherte bei dem Gedanken und schlug die letzte Seite ihres Buches auf. Das würde sie zumindest von ihrer erfolglosen Ehemannjagd ablenken. Die Gesellschaft war eine geheimnisvolle und zunehmend gefragte Gruppe für junge Damen des *ton*, und doch galt es als skandalös, ihr beizutreten - was einen Teil ihrer Anziehungskraft auf die Mitglieder ausmachte. Gerüchte besagten, dass die Gesellschaft immer inmitten von Plänen steckte, von denen einige sogar die Seiten der *Quizzing Glass Gazette* zierten, und sie schienen ganz glücklich darüber zu sein, ihre eigenen Abenteuer zu erleben, ohne dass Männer sie beschatteten. Ihre Ehemänner hatten nicht die geringste Ahnung, dass die Bälle, Tees und

Abendessen oft nur ein Vorwand für die Aktivitäten der Gesellschaft waren.

Da Joanna keinen Mann hatte, der sie beschatten wollte, wäre sie die perfekte Kandidatin für die Gesellschaft. Es war bekannt, dass sie alleinstehende Frauen, verheiratete Frauen und sogar erklärte Jungfern in ihre Reihen aufnahmen. Jedes Mitglied der Gesellschaft musste die Eigenschaften Willensstärke und Zielstrebigkeit besitzen, und sie mussten akzeptieren, dass die Loyalität zu den anderen Mitgliedern an erster Stelle stand.

Ein plötzliches Knarren des Holzbodens ließ sie aufschrecken. Um diese Zeit sollte niemand unterwegs sein, aber es gab eine ganze Reihe von Situationen, in denen dies möglich gewesen wäre. Immerhin war sie selbst ja auch noch wach. Langsam spähte sie über die Kante ihres Stuhls.

Ein großer, breitschultriger Mann in schwarzen Hosen und einem langen schwarzen Hemd stand in der Tür und starrte sie an. Seine Augen waren von lebhaftem Graublau und konzentrierten sich intensiv auf sie. Einen Moment lang hielt Joanna beim Anblick seines markanten Kiefers und seiner markanten Nase inne, sein dunkles Haar war ein wenig zu lang, um als anständig zu gelten.

Ein Hauch von Klarheit überkam sie. Ein fremder Mann hatte kurz vor Mitternacht die Bibliothek betreten - und sie war allein dort. Sie blieb ruhig. Wenn sie Hilfe brauchte, konnte sie schreien. Ein Diener würde sie sicher hören.

»Wer sind Sie?«, fragte sie. Er gehörte nicht zu den Freunden ihres Bruders. Ashton gehörte zu einer berüchtigten Gruppe englischer Adliger, die in manchen Kreisen als Liga der Schurken bezeichnet wurde. Sie kannte fast alle seine Freunde und auch die Mitglieder der Liga, und dieser Mann war keiner von ihnen. Wer war er also?

»Es spielt keine Rolle, wer ich bin. Wer sind *Sie*?« Seine Stimme war tief und seidig, doch der Akzent war so stark, dass sie wusste, dass er Schotte sein musste. Hatte er vielleicht etwas mit Ashtons Verlobter zu tun? Sie war Schottin.

»Ich bin Joanna Lennox.« Sie klappte ihr Buch zu und legte es zusammen mit ihrem blauen Schottenkaroschal auf dem Stuhl ab, als sie aufstand.

»Ich kenne diesen Clan«, sagte der Mann und wies auf das Karomuster. »MacLeod. Sind Sie Schottin?«

»Was? Oh nein, in meiner Familie gibt es Verwandte, die das sind, aber nicht ich.« Sie dachte daran, wie sehr *nicht* schottisch sie war, und der Gedanke amüsierte sie. Sie musste zugeben, dass sie oft davon geträumt hatte, in den Highlands zu leben und sich keinen Deut darum zu scheren, was die Londoner Gesellschaft oder ihre verdammten Regeln über sie dachten. Sie schob diese Gedanken beiseite und konzentrierte sich auf den Fremden in Schwarz. Sie kam näher, um ihn besser sehen zu können. Logischerweise wusste sie, dass sie um Hilfe schreien sollte, aber sie hatte nicht das Gefühl, dass sie in Gefahr war. »Sie haben mir nicht geantwortet. Wer sind Sie?«

Der Mann blickte sich um, offensichtlich bemüht, eine Antwort zu finden.

»Ich ...« Er zögerte, dann verengten sich seine Augen. »Ist Lady Melbourne hier?«

»Aber ja, sie ist ... warten Sie einen Moment.« Da wusste Joanna, warum sie so fasziniert von ihm war. Seine Augen hatten etwas sehr Vertrautes an sich, denselben ernsten, gr-blauen Farbton. Und die Art, wie er die Stirn runzelte, war so ähnlich wie bei Rosalind, die eine ziemlich ernste Frau war.

»Sind Sie einer ihrer Brüder? Sind Sie wegen der Hochzeit gekommen?« Das musste es sein. In der ganzen Aufregung über die unerwartete Verlobung ihres Bruders und seine plötzliche Krankheit hatten sie wohl vergessen, ihr zu sagen, dass Rosalinds drei Brüder aus Schottland zur Hochzeit eingeladen worden waren.

»Aye. Ich erhielt einen Brief von meiner Schwester und kam herunter, um an der Hochzeit teilzunehmen. Ich bin gerade erst angekommen und wollte den Haushalt nicht stören.« Er stellte sich breitbeiniger hin, eine seltsam aggressive Bewegung. Joanna hatte plötzlich die Befürchtung, dass er versuchen könnte, sie zu packen, aber das war dumm. Er war Rosalinds Bruder und kein Schurke, auch wenn er wie ein Wegelagerer gekleidet war. Vielleicht war er gerade erst angekommen und nicht darauf vorbereitet gewesen, sie zu treffen, was seine interessante Kleiderwahl erklären würde. Er würde von der Reise erschöpft sein und Zeit zum Ausruhen brauchen, und hier urteilte sie über ihn, als wäre er ein Mann, der geschickt worden war, um Ärger zu machen.

»Oh je, Sie müssen müde sein nach so einer langen Reise Haben die Diener schon Ihre Sachen in Ihre Gemächer gebracht?«

»Danke, Mylady, man hat sich bereits um mich gekümmert. Ich habe nur ein Zimmer gesucht, um mich vor dem Schlafengehen ein wenig aufzuwärmen.« Sein Blick suchte den ihren, und sie hatte den Verdacht, dass er erwartete, dass sie ihn herausfordern würde, aber sie hatte keinen Grund dazu. Er war Rosalinds Bruder und hier sehr willkommen.

»Na dann, kommen Sie, setzen Sie sich ans Feuer. Ich habe gerade meinen Roman beendet und wollte mich bald zur Ruhe legen. Ich leihe ihn Ihnen gerne aus - wenn Sie Romane mögen.« Sie kehrte zu ihrem Stuhl zurück und nahm ihr Buch auf, dann kehrte sie zurück und drückte es ihm in die Hand. »Es ist eines meiner Lieblingsbücher.«

Er starrte auf den Titel. »*Lady Jade's Wild Lord*? Ich danke Ihnen.«

Es war ein Roman von L. R. Gloucester, ein düsterer Schauerroman, und er starrte ihn mit einem ehrfürchtigen Blick an, der ihr am Herzen riss. Wie ein Mann, der seit Jahren kein Buch mehr in den Händen gehalten hatte.

»Ich fürchte, ich weiß immer noch nicht, wie Sie heißen. Welcher von Rosalinds Brüdern sind Sie?«

Seine sturmumwölkten Augen blickten durch den Raum, bevor sie zu ihr zurückkehrten. »Woher wissen Sie von uns?«

»Oh, sie hat mir alles über Sie drei erzählt. Lassen Sie mich raten ...« Sie tippte sich grinsend ans Kinn. »Sind Sie Aiden, Brodie oder Brock? Ich schätze mal ... Aiden.«

Er schnaubte. »Von wegen. Sehe ich aus wie ein junger Hund?«

Nein, ganz sicher nicht. Er sah eher aus wie ein schottischer Highlander aus ihren mädchenhaften Fantasien.

»Dann eben Brock«, sagte sie. »Sie sehen aus wie ein Brock. Es ist ein sehr alter Name, Brock. Ich lerne gerne etwas über Namen und ihre Bedeutungen. Wussten Sie, dass Brock Dachs bedeutet?« Sie starrte auf seine Lippen und war überrascht, wie voll sie aussahen. Dann wollte sie sich selbst treten. Sie sollte nicht von den Lippen dieses Mannes träumen. Er war ein Gast, und sie musste sich wie eine anständige Dame benehmen, nicht wie eine lüsterne Kreatur, die von jemandes Mund besessen ist.

»Dachs?« Er legte den Kopf schief. »Das habe ich nicht gewusst.« Die vollen Lippen verzogen sich zu einem Lächeln, und sie konnte nicht anders, als zurückzugrinsen. Ihr Herz raste wie wild, als sie seinen Augen begegnete. Sein unbekümmertes Grinsen traf sie so hart, dass sie Mühe hatte, stehenzubleiben. Brock legte das Buch ab, packte sie plötzlich an der Taille und zog sie dicht an seinen Körper heran.

»In meinem Dorf ist es Brauch, denjenigen einen Kuss zu geben, deren Familien zusammengeführt werden sollen.«

Ein Kuss? Die Erregung schoss wie Quecksilber durch sie hindurch. Vielleicht würde sie endlich erfahren, ob ihre Gothic-Romane die Wahrheit über Küsse sagten.

»Wirklich? Ich habe über Teile von Schottland gelesen, aber ich habe nie ...«

Sein Arm um ihre Taille wurde fester, und sie drückte sich an seinen Körper, spürte die harten Muskeln seines großen Körpers an ihren weichen Rundungen.

»Sei still, Mädchen, und lass mich bei der Tradition bleiben«, flüsterte er, neigte den Kopf und legte seinen Mund über ihren.

Sein Geschmack explodierte auf ihrer Zunge und verführte sie mit dunkler Erregung. Ein Hauch von Brandy lag noch auf seinen Lippen, und sie genoss ihn. Eine seiner Hände ließ von ihrer Taille ab, um ihren Po zu streicheln. Sie quietschte überrascht auf und stöhnte dann, als er seine andere Hand in ihrem Haar vergrub und ihren Kopf zurückzog, um den Kuss zu vertiefen. Ihre Knie knickten verräterisch ein, und sie versuchte zu denken, aber es war schwer, vernünftig zu sein, wenn ihr Magen von einem so wundervollen, schwankenden Gefühl erfüllt war. Sie küsste Rosalinds Bruder ...

Joanna zog sich so weit zurück, dass sich ihre Lippen trennten. Sie war erstaunt über die aufregenden Empfindungen, die ein einziger Kuss in ihr auslöste. Vielleicht konnten Küsse wirklich perfekt sein. Wie konnte sie etwas Unsichtbares und doch so Greifbares fühlen, wenn sie diesen Mann nicht einmal kannte? Es ergab keinen Sinn, und sie mochte es, wenn Dinge einen Sinn hatten.

Beherrsche dich, Joanna - du fällst bei Küssen nicht in Ohnmacht. Küsse können nicht annähernd so gut sein, wie sie auf dem Papier beschrieben sind.

Doch Brocks Kuss war genau das gewesen - verhängnisvoll perfekt. Natürlich konnte sie nicht wissen, ob alle Küsse so waren oder nur seine, denn es war ja ihr erster.

»Ist das da, wo Sie herkommen, traditionell?« Wenn alle Damen in Schottland so geküsst wurden, wenn sie einem Mann zum ersten Mal begegneten ... *du lieber Himmel ...*

Seine Lippen zuckten. »Alt wie die Knochen in den Hügeln.«

Sie drückte ihre Handflächen auf seine Brust und wusste, dass sie ihn wegstoßen und sich wie die englische Lady verhalten sollte, zu der sie erzogen worden war. Aber ein Teil von ihr, ein viel stärkerer Teil, wollte die Regeln des guten Benehmens über Bord werfen und alles für nur einen weiteren Kuss tun. Sie sah auf und blickte in seine graublauen Augen.

»Und ich nehme an, es wäre unhöflich von mir, mit der Tradition zu brechen.«

Sein jetzt arrogantes Lächeln hätte sie dazu gebracht, ihn zu ohrfeigen, wenn sie nicht so verzweifelt gewesen wäre, sich wieder in seinem Kuss zu verlieren.

»Unglaublich unhöflich. Das wäre eine Beleidigung für meinen ganzen Clan.«

Ihr Puls flatterte, und sie saugte kurz an ihrer Unterlippe, während sie auf einen weiteren Kuss wartete. »Nun, Mutter hat mich dazu erzogen, andere Kulturen zu respektieren.« Sie ließ ihre Handflächen über seine Brust gleiten und krallte ihre Finger in sein schwarzes Hemd, als sich ihre Münder trafen und das süchtig machende Feuer erneut in ihr aufloderte. Sie schmiegte sich an Brock, erforschte seinen Mund mit ihrem, ihre Zungen berührten sich sanft, bevor der Kuss eindringlicher wurde.

Seine Hände wanderten zurück zu ihrer Taille und zerrten an der blauen Schärpe über ihren Hüften, während seine andere Hand die Nadeln aus ihrem Haar löste, bis er ihr Haarband befreien konnte. Dann zog er ihre Handgelenke zusammen und wickelte die Schärpe um sie. Ihr Körper schmolz unter der plötzlichen Dominanz und dem Kitzel, den sie beim Fesseln verspürte, dahin, aber sie versuchte, rational zu reagieren.

»Was machen Sie da?«, fragte sie in einer atemlosen Mischung aus Wut, Angst und Erregung. »Das kann nicht traditionell sein.« Sie zerrte an ihren nun gefesselten Handgelenken und starrte ihn an, in der Hoffnung, er würde sich erklären.

»Es tut mir leid, Mädchen, aber ich kann nicht zulassen, dass du nach Lennox rufst.«

Lennox? Er musste ihren Bruder meinen, aber warum fesselte er sie?

»Nach ...« Sie verstummte, als er ihr das Haarband zwischen ihre geöffneten Lippen schob und es an ihrem Hinterkopf verknotete, um sie zu knebeln. Mit sanften Händen führte er sie zu dem Stuhl am Feuer und drückte sie hinein. Mit einem dumpfen Schrei, der nicht aus Schmerz, sondern aus Empörung kam, fiel sie zurück. Wie *konnte er es wagen*, sie zu fesseln und ...

»Wenn du dich in den nächsten Minuten von hier entfernst, wirst du es bereuen«, warnte Brock.

Sie versuchte, ihn zu verfluchen, aber der Knebel dämpfte das Geräusch. Er blickte noch einen Moment auf sie herab, ein scharfes Aufblitzen von Bedauern in diesen grauen Augen, das sie verstummen ließ. Er wollte sie nicht gefesselt zurücklassen. Dies war nicht Teil eines Verführungsspiels, warum also hatte er es getan? Und was noch wichtiger war: Was war es, was er im Begriff war zu tun, von dem er eindeutig nicht wollte, dass sie es sah? Eine kalte Welle des Schreckens durchfuhr sie, aber sie wagte nicht, sich zu bewegen, bis sie ihn durch die Bibliothekstür und auf den Korridor verschwinden sah.

Joanna wartete nur einen Moment, bevor sie vom Stuhl aufsprang und zur Tür eilte. Sie zog an der Türklinke und eilte in den Flur, wobei sie über eine Falte im Teppich stolperte und sich den Knöchel verdrehte. Sie schrie auf, als sie einen Schritt auf den verletzten Knöchel machte.

Als sie Schritte hörte, blickte sie auf und erwartete, Brock zu sehen, aber stattdessen war es Charles Humphrey, oder wie

London ihn kannte, der Earl of Lonsdale. Charles war ein Mitglied der Liga der Schurken und einer der engsten Freunde ihres Bruders.

Er blieb ruckartig stehen, als er sah, dass ihre Hände gefesselt waren und ihr Mund geknebelt war. »Joanna? Was zum Teufel?« Er zerrte das Band von ihren Lippen und löste ihre Handgelenke. »Was ist passiert?«

»Es ist ein Mann hier ... einer von Rosalinds Brüdern ...«, versuchte sie zu erklären, aber sie hatte wirklich keine Ahnung, was wirklich los war.

»Du meinst, ein Schotte ist in diesem Haus?«, schnappte Charles.

»Ja, er sagte, er sei zur Hochzeit eingeladen, aber dann hat er mich gefesselt und ...«

»Er ist nicht eingeladen. Der verdammte Bastard sollte gar nicht hier sein. Wir müssen es Ashton sofort sagen.«

»Was? Warum?«

»Weil Rosalinds Brüder verdammt gefährlich sind. Sie sind gekommen, um Rosalind zu ihrem Vater nach Schottland zurückzubringen. Er ist ein widerlicher Mensch.« Charles sah sie an. »Der Mann hat dich doch nicht angefasst, oder? Ich meine, abgesehen davon, dass er dich gefesselt hat?«

Joanna schluckte schwer und schüttelte den Kopf. Sie wollte nicht zugeben, dass sie einen gefährlichen Schotten leidenschaftlich geküsst hatte.

»Gott sei Dank. Dein Bruder würde nie zulassen, dass dir einer dieser Rohlinge etwas antut«, murmelte Charles, während er ihr den Korridor entlang half. Sie umklammerte die Seidenschärpe, die er um ihre Handgelenke geschlungen hatte, als sie den Flur hinuntergingen und nach ihrem Bruder riefen.

»Was für ein Mann ist ihr Vater?«

»Die Art von Mann, der seine eigene wehrlose Tochter schlägt.«

»Haben ihre Brüder Rosalind etwas angetan? Oder war es nur ihr Vater?«

»Nur ihr Vater, soweit ich weiß. Aber ich habe mich schon einmal mit ihnen angelegt. Einer der Bastarde hat einen Stuhl über meinem Rücken zerbrochen.«

»Mein Gott! Was sollte das denn?«

Charles zögerte mit seiner Antwort, aber nicht lange. »Wie du es von mir erwarten würdest. Eine Frau. Nimm mich beim Wort - du willst mit keinem von ihnen allein sein. Sie würden dich verführen, bevor du eine Chance zum Nachdenken hast.«

Joanna schluckte den plötzlichen Kloß in ihrem Hals hinunter. War Brock gefährlich? Das hätte sie nicht überraschen dürfen. Jeder Mann, der so küssen konnte, musste es sein. Es war ihr Glück, dass sie einen Mann gefunden hatte, bei dem sie sich lebendig fühlte, und er war jemand, den sie niemals heiraten durfte.